AF289799

plaisir
d'amour

FSC
www.fsc.org
MIX
Papier aus ver-
antwortungsvollen
Quellen
Paper from
responsible sources
FSC® C105338

RHENNA MORGAN

ERYX

Eden

Rhenna Morgan
Eden Teil 1: Eryx

Aus dem Amerikanischen ins Deutsche übertragen
von Sandra Martin

© 2014 by Rhenna Morgan unter dem Titel „Unexpected Eden (Eden #1)"
© 2023 der deutschsprachigen Ausgabe und Übersetzung by Plaisir d'Amour Verlag, D-64678 Lindenfels
www.plaisirdamour.de
info@plaisirdamourbooks.com
© Covergestaltung: Sabrina Dahlenburg (www.art-for-your-book.de)
ISBN Taschenbuch: 978-3-86495-656-0
ISBN eBook: 978-3-86495-657-7

Dieses Werk wurde vermittelt durch die Literaturagentur Langebuch Gerez Weiß GbR, 20257 Hamburg.

GLOSSAR

Aron – das wichtigste Nutztier in Eden, welches sowohl als Nahrungsmittel als auch zur Kleidergewinnung dient. Die Haut wird gegerbt, um ein weiches, geschmeidiges Leder zu erhalten, und ist in den kälteren Regionen die wichtigste Quelle für schützende Oberbekleidung. Das Fell des Tieres käme im Reich der Menschen einer Kreuzung zwischen Büffel- und Biberfell gleich, denn es ist dick und wärmend wie das eines Büffels, aber glänzend und weich wie das eines Bibers.

Asshur – eine Region in Eden. Bisweilen scheint hier zwar die Sonne, doch zumeist ist es bedeckter und regnerischer als in anderen Gegenden. Aufgrund des ungastlichen Klimas ist die Bevölkerung in Asshur während der vergangenen Jahrhunderte geschrumpft.

Erweckung – eine Zeremonie, während der ein oder eine Myren zwischen achtzehn und einundzwanzig Jahren ihre Kräfte entfaltet. Der Vater (oder väterliche Vertreter) ist in der Regel der Auslöser für diesen Prozess, während die Mutter (oder der mütterliche Einfluss) als Anker für das erwachte Individuum fungiert.

Baineann – der weibliche Teil einer Vereinigung zweier aneinander gebundenen Individuen.

Briash – das Myren-Äquivalent zu Haferflocken, das eine braune Farbe und ein leicht schokoladiges und zimtiges Aroma aufweist.

Brasia – eine Region in Eden. Das Gebiet ist bergig, wobei in den höheren Lagen starker Schneefall und raue Bedingungen vorherrschen.

Briyo – Schwager.

Cootya – eine Art Café, in dem übliche Myren-Getränke und Snacks verkauft werden. Myren-Obst und -Gemüse stehen am häufigsten auf der Speisekarte, aber es werden auch einige Backwaren serviert. Die meisten Cafés verfügen über einen Außenbereich, in dem sich die Gäste entspannen können, während im Inneren gekocht und serviert wird.

Cush – die Hauptstadtregion von Eden. Dicht besiedelt, mit kunstvoll gestalteten Gebäuden.

Diabhal – Teufel.

Drast – Schutzkleidung, die von Kriegern getragen wird, um die lebenswichtigen Organe im Kampf zu schützen. Die aus feinen Metallfäden gefertigten Oberteile liegen eng am Körper an und sind dazu gedacht, Angriffe mit Feuer und Elektrizität abzuwehren. Die Drasts, die als Alltagskleidung getragen werden, sind ärmellos, während die formelle Version drei Viertel der Arme bedeckt. Ein U-Boot-Ausschnitt sorgt für einen bequemen Sitz und mehr Bewegungsfreiheit im Kampf.

Drishen – eine in Eden heimische Frucht. Sie sieht aus wie eine Traube und schmeckt wie Limonade.

Eden – eine andere, den Menschen unbekannte, Dimension innerhalb der Hülle, die die Erde umgibt.

Ellan – gewählte Beamte, die neben dem Malran oder der Malress das Volk der Myren regieren. Wie bei den meisten Regierungsorganen besteht der Rat aus einer Mischung aus ehrlichen Staatsdienern, die Wohlstand und Wachstum für die Myren anstreben, und korrupten Alten, die auf antiquierten Ideen und Zeremonien beharren.

Evad – das Reich, in dem sich die Menschen aufhalten.

Fireann – der männliche Teil einer Vereinigung zweier aneinander gebundenen Individuen.

Havilah – eine wohlhabende und wenig bevölkerte Region in Eden. Auch hier regnet es, doch zumeist nur am Abend, während tagsüber die Sonne scheint und angenehme Temperaturen vorherrschen.

Histus – das Äquivalent der menschlichen Hölle.
Kilo – ein Fisch, der in vielen Seen in Eden heimisch ist, aber am häufigsten in Brasia vorkommt. Bei den Myren ist er eine beliebte Proteinquelle und wird meist über Apfelholz geräuchert und mit einer Apfel-Zimt-Glasur übergossen serviert.

Larken – ein langflügeliger Vogel, der für sein wohlklingendes Zwitschern bekannt ist. Das Gefieder ist kobaltblau, während die Flügelspitzen lavendelfarben sind.

Lasta – ein beliebtes Frühstücksgebäck der Myren.

Lomos-Rebellion – eine Fraktion der Myren, die seit langem die Versklavung der Menschen anstrebt und versucht, das Dogma des Großen zu stürzen.

Lyrita-Baum – ein exotischer Baum, der nur in der Region Havilah vorkommt. Die Stämme sind dunkelbraun, die Blätter lang und schlank und von salbeigrüner Farbe. Der Lyrita-Baum hat außergewöhnlich große Blüten mit perlmuttweißer bis blassrosa Farbe. Die durchschnittliche Höhe einer ausgewachsenen Lyrita beträgt dreißig bis vierzig Fuß.

Malran – der männliche Anführer des Myren-Volkes, der in der Menschenwelt mit einem König vergleichbar ist. Seit der Entstehung des Volkes der Myren werden die Herrscher von der Familie der Shantos gestellt, wobei der Titel des Malran (oder der Malress) auf den Erstgeborenen (oder die Erstgeborene) fällt.

Malress – die weibliche Anführerin des Myren-Volkes, die in der Menschenwelt mit einer Königin vergleichbar ist.

Myren – eine begabte Rasse, die seit über sechstausend Jahren existiert und in einer anderen Dimension namens Eden lebt. Sie stehen in tiefem Einklang mit der Natur und den Elementen, die sie umgeben. Ihr mächtiger Geist und ihre Verbindung zu den Elementen erlauben es ihnen, im Stillen mit denen zu kommunizieren, mit denen sie verbunden sind. Außerdem können sie fliegen und beherrschen bestimmte Elemente. Die Frauen haben in der Regel eher heilende oder pflegende Gaben, während die Männer zu schützenden und aggressiven Fähigkeiten neigen.

Natxu – eine körperliche Übung, die von allen Myren-Krieger regelmäßig ausgeführt wird. Die Bewegungen und Positionen sind äußerst anstrengend, haben aber auch meditative Qualitäten, was zu körperlicher Höchstleistung führt und die Verbindung zu den Elementen stärkt.

Nirana – das Äquivalent des menschlichen Himmels.

Oanan – Schwiegertochter.

Quaran – das Myren-Äquivalent eines Generals in den Reihen der Krieger.

Runa – Eine Region in Eden, die hauptsächlich für den Ackerbau genutzt wird. Der schwarze Boden ist fruchtbar und funkelt voller Mineralien. Die Gegend wird vom „blauen Kamm" umsäumt, einer sichelförmigen Gebirgsformation, die vom Fuße der Berge aus blau erscheint.

Shalla – Schwägerin.

Somo – vereidigter Leibwächter des Malran oder der Malress.

Strasse – ein stark berauschendes Myren-Getränk, das aus Beeren hergestellt wird, die nur in Eden vorkommen.

Strategos – Anführer der Myren-Krieger.

Torna – ein lästiges Nagetier. Größer als ein Gürteltier, mit einer ähnlichen Farbe wie Aal-Haut. In der Regel ist es nicht aggressiv, seine Zähne erinnern aber an die eines Hais. Es scheut sich nicht vor einem Kampf.

Unterland – die meisten betrachten die Gegend

nicht als eine eigenständige Region, sondern eher als unbewohntes Ödland. Der Mangel an Regen macht Landwirtschaft fast unmöglich.

Vicus – ein Gemüse, das für seinen extrem säuerlichen Geschmack bekannt und bei der älteren Generation beliebt ist.

Zurun – ein dickes Blätterteiggebäck mit einer dünnen Schicht Zuckerguss in der Mitte, das in Form einer Schleife gedreht ist.

KAPITEL 1

Tief einatmen und langsam wieder ausatmen. Lexi musste sich nur auf den Rhythmus von Rihannas neuestem Hit konzentrieren, Drinks servieren und hinter ihrer Hälfte des Tresens verharren. Die geballte Ladung Testosteron, die auf Jerrys Seite saß, würde schließlich nicht die ganze Nacht bleiben können.

„Vielleicht hast du es ja nicht bemerkt, aber der Adonis da drüben starrt dich schon die ganze Zeit an. Er scheint nicht von hier zu sein." Mindy verzog die Lippen zu einem breiten Grinsen und reichte ihr die letzte Getränkebestellung.

Weißes T-Shirt, stahlharte Muskeln und schokoladenbraunes Haar, das ihm bis auf den Rücken reichte? Ja, der Kerl war ihr zweifellos aufgefallen. Mehrmals. Und jedes Mal, wenn sie einen Blick riskiert hatte, hatte er sie mit seinen silbrigen Augen angesehen und längst totgeglaubte Nervenenden in ihr zum Vibrieren gebracht.

„Vergiss es, Mindy. Solche Typen sind ein Berufsrisiko, das weißt du genau."

„Schätzchen, dieser Mann ist weit mehr als nur ein Risiko. Er scheint eher der Typ nukleare Katastrophe zu sein." Sie lehnte sich gegen den modischen Betontresen, wobei die modernen Hängelampen ihr platinblondes Haar und ihr üppiges Dekolleté beleuchteten. Eines musste man Mindy lassen – sie wusste, wie sie ihre Vorzüge zur Geltung bringen konnte. „Ich könnte wetten, er ist es sogar wert, dass man die Folgen eines Desasters in Kauf nimmt."

„Der Laden ist heute gerammelt voll. Willst du lieber die Drinks unter die Leute bringen und gutes Trinkgeld verdienen, oder deine Zeit verschwenden, indem du einen Schönling angaffst?"

Mindys verträumtes Lächeln erstarb und sie zog das mit Cocktails beladene Serviertablett zu sich heran. „Nur Arbeit und kein Vergnügen, wie?" Sie schüttelte den Kopf und wandte sich der Menge zu. „Viel Spaß damit."

Ach, verdammt. Schon wieder hatte Lexi es geschafft, jemanden zu vergraulen. Mit ihren fünfundzwanzig Jahren hätte sie eigentlich in der Lage sein sollen, sich von Frau zu Frau über einen Mann auszutauschen. Vor allem, nachdem sie vier ihrer Lebensjahre damit verbracht hatte, in einer Kneipe zu arbeiten. Aber über einige Dinge sollte man einfach lieber ein Tuch des Schweigens ausbreiten. Wie zum Beispiel über ihre übertriebene Nervosität gegenüber dem anderen Geschlecht.

Sie bückte sich, um eine Flasche Wodka unter dem Tresen hervorzuholen und wagte einen Blick über ihre Schulter.

Diese Lippen, bei deren Anblick eine Frau sogar ihren Namen vergessen konnte, verzogen sich zu einem verschmitzten Lächeln.

Erwischt.

Mit einem Ruck wandte sie sich wieder ab und stieß dabei mit der Stirn an die Kante der Theke. „Du verdammtes, nichtsnutziges Stück Scheiße."

Mit gesenktem Kopf zählte sie bis drei und kämpfte gegen das Bedürfnis an, sich umzudrehen, um zu sehen, ob sie jemand gehört hatte. Dankbar stellte sie fest, dass ihr Fluch offenbar in der lauten Musik untergegangen war.

Für gewöhnlich ließ sie sich nicht dazu hinreißen, jemanden derart unverhohlen anzustarren, doch in den letzten dreißig Minuten hatte sie in Sachen Finesse kläglich versagt. Und daran war einzig und allein dieser dunkelhaarige Mann schuld.

Mit der frischen Flasche in der Hand stand sie auf und begann, zwei Männer mittleren Alters zu bedienen, die gekleidet waren wie Mitglieder einer Burschenschaft. Die beiden tranken und zahlten ein Getränk nach dem anderen. Lexi war dankbar für die Routine, denn sie lenkte sie von den Blicken ab, die sich nach wie vor in ihren Rücken bohrten.

„Hey, Lex." Jerry klopfte ihr auf die Schulter und zeigte im Gehen auf etwas hinter ihm, als er auf die Kasse zusteuerte. „Groß, dunkel, gut aussehend will mit dir reden."

Sie wagte es nicht, ihn anzusehen. Nicht noch einmal. Ein Trio junger Mädchen, die gerade einmal alt genug schienen, um legal trinken zu dürfen, kämpfte sich an den Barbereich vor. Ihr Anblick war nicht einmal annähernd so erbaulich wie der, den der Kerl am Tresen bot, aber zumindest lieferten sie eine Ablenkung. „Seit wann betätigst du dich als Kuppler?"

„Seit der Typ mir einen Hunderter gegeben hat, um sicherzustellen, dass du ihn bedienst."

Wie bitte?

Sie wirbelte herum.

Der Fremde begegnete ihrem überraschten Blick und schenkte ihr ein Grinsen, in dem sich eine Mischung aus Bescheidenheit und Selbstsicherheit widerspiegelte. „Ist dir wohl nicht schwergefallen, mich für einen Hunderter zu verscherbeln, wie?"

„Verdammt richtig." Jerry zwinkerte ihr zu, schob einen Stapel zerknitterter Scheine in die Kasse und schlenderte auf die wartenden Blondinen zu, ohne Lexi auch nur viel Glück zu wünschen.

Lexi schnaubte und nahm die Bestellung eines Mittzwanzigers entgegen, der ebenfalls recht ansehnlich war. Der geheimnisvolle Mann könnte sich noch ein paar Minuten gedulden. Und falls er genauso gut flirtete, wie er aussah, dann würde sie sich ohnehin zuerst wappnen müssen.

Mit einer Extraportion Stolz nahm sie gemächlich die Bestellungen einiger weiterer Gäste auf, während sie versuchte, sich einen Überblick über die Lage zu verschaffen.

Neben dem dunkelhaarigen Adonis saß ein Mann, dessen pechschwarzes gewelltes Haar ihm bis an sein markantes Kinn reichte. Obendrein hatte er einen straff gestutzten Kinnbart, der ihm eine geradezu bedrohliche Ausstrahlung verlieh. Definitiv nicht der Mann, den man mitnehmen sollte, um Frauen aufzureißen.

Als Lexi die anderen Kunden, die sich an der Bar drängten, bedient hatte, wandte sie sich den beiden Männern zu und wischte den Tresen ab. „Was darf ich Ihnen bringen?" Ihre Stimme klang weit zittriger, als sie beabsichtigt hatte. Sie versuchte, ihre Unsicherheit zu überspielen, indem sie auf die Flaschen starrte, die unter dem Tresen lagerten.

„Meine Taktik hat Ihnen wohl nicht gefallen." Oh mein Gott, die Stimme des Mannes passte tatsächlich zu seinem Gesicht. Sie war geschmeidig und durchströmte Lexi mit einem leichten Brennen, das mit einem fünfzig Jahre alten Scotch vergleichbar war. „Ich muss zugeben, dass so etwas für gewöhnlich nicht mein Stil ist, aber ich war verzweifelt."

Derartige Worte hätte sie von einem so umwerfenden Typen zwar nicht unbedingt erwartet, doch sie halfen ihr immerhin, sich ein wenig zu entspannen. „Sie sind alles andere als verzweifelt, das wissen wir beide."

Er schenkte ihr ein strahlendes Lächeln, das sie fast aus den Socken gehauen hätte. Lässig stützte er die muskulösen Unterarme auf den Tresen und zog eine Augenbraue in die Höhe. „Gehen Sie mit mir essen."

Eigentlich sollte es unmöglich sein, ihn bei der Lautstärke zu hören, geschweige denn eine derart starke körperliche Reaktion zu spüren, doch sie nahm beides zweifellos wahr. „Ich kenne Sie doch gar nicht."

Er streckte ihr eine Hand entgegen, und sie betrachtete seine langen, starken Finger und die Schwielen an seiner Handfläche. „Eryx Shantos."

Sein Kumpel starrte nur stur geradeaus. Er hatte

eisblaue Augen, die so kalt wirkten, als könnte er damit jemandes Seele erfrieren.

„Lexi Merrill." Als er ihre Hand ergriff, durchzuckte ein Schauer ihren Arm, der an ihrer Wirbelsäule wieder hinunterrann. Sie bebte am ganzen Körper, als hätte sie es sich in der Badewanne mit einem Föhn gemütlich gemacht. Sofort riss sie sich los und rieb die Handfläche an ihrer Jeans.

Eryx zuckte nicht einmal mit der Wimper, während er sie mit einem wagemutigen und entschlossenen Blick aus seinen metallgrauen Augen musterte.

Möglicherweise forderte die Müdigkeit ihren Tribut und ihre Fantasie spielte ihr einen Streich. Vielleicht brütete sie auch eine Grippe aus. Oder sie hatte einfach das verzweifelte Bedürfnis, sich mit jemandem durch die Laken zu wälzen. Sie hielt sich am Tresen fest und nahm die Bestellung einer niedlichen kleinen Brünetten auf, die versuchte, der Anmache eines glatzköpfigen Mannes mittleren Alters zu entgehen.

Währenddessen trank Eryx' Kumpel gemächlich einen Schluck Bier, blieb aber ansonsten reglos sitzen. Mit seiner wütenden Miene schien er förmlich zu schreien: *„Niemand kommt uns zu nahe."*

„Jetzt kennen Sie mich", sagte Eryx. „Essen Sie mit mir zu Abend."

„Ich muss arbeiten."

„Wie wäre es dann mit Mittagessen?"

„Mittags arbeite ich ebenfalls." Es klang zwar wie eine lahme Ausrede, aber es stimmte. Mit zwei

Jobs und einem Teilzeitstudium am College blieb Lexi nicht viel Zeit für Geselligkeit. Doch mit Letzterem hatte sie ohnehin noch nie viel Erfolg gehabt.

„Dann eben Frühstück."

Unwillkürlich entfuhr ihr ein halbherziges Lachen. „Sie sind ziemlich hartnäckig, das muss ich Ihnen lassen."

„Sie haben ja keine Ahnung", warf sein Kumpel mit angespannter Stimme ein und tippte an seine Bierflasche, um eine weitere zu bestellen.

Eryx warf ihm einen finsteren Blick zu.

„Ihr Freund redet wohl nicht viel." Lexi schnappte sich ein paar leere Gläser und legte sie in eine Spüle mit Seifenwasser.

„Er heißt Ludan. Und es wäre möglich, dass er bis zum Ende der Nacht überhaupt nicht mehr fähig ist, noch einen Ton herauszubringen. Das hängt ganz davon ab, ob er seine Zunge zügeln kann oder nicht."

„Hey! Wir wollen zwei Bud Lights." Zwei Männer im College-Alter, denen es augenscheinlich an Manieren mangelte, drängten sich neben Ludan an den Tresen.

Ludan richtete sich auf und starrte die Männer an, sodass die beiden ein paar Schritte zurücktraten.

Lexi hatte keine Lust, sich mit einer Schlägerei auseinandersetzen zu müssen, selbst wenn die beiden Idioten eine Lektion nötig gehabt hätten.

„Beruhigen Sie sich und hören Sie auf, meinen

Gästen Angst einzujagen."

Ludan wandte sich ihr zu und starrte sie mit einem durchdringenden Blick an. Seine Augen schienen eher weiß als blau zu sein. Er atmete ein- oder zweimal tief durch, dann entspannte er sichtlich die Muskeln unter seinem schwarzen T-Shirt und verzog die Lippen zu einem Grinsen. Er ließ sich wieder auf seinen Barhocker sinken und griff nach seinem Bier. „Deine Frau hat Schneid, Eryx."

Lexi schnappte sich zwei Bud Lights aus der Kühlbox und öffnete sie. „Ich bin nicht seine Frau."

„Noch nicht", erwiderte Eryx gelassen, wobei die Worte halb aufreizend, halb verheißungsvoll klangen. Der Ausdruck schierer Entschlossenheit, der sich auf seinem Gesicht abzeichnete, sandte einen elektrisierenden Schauer über ihren Rücken, über den sie nicht einmal nachdenken wollte.

Es wäre besser für sie, sich wieder auf ihren Job zu konzentrieren und etwas Abstand zwischen sich und den Typen zu bringen, bevor sie noch etwas tat, was sie später bereuen würde. „Also, was hätten Sie gern zu trinken? Ich muss mich wieder an die Arbeit machen."

„Ich habe Ihnen bereits gesagt, was ich will."

Lexi stemmte eine Hand in die Hüfte und dankte Gott dafür, dass der Kerl ihr wild pochendes Herz nicht sehen konnte. „Ihre Bestellung steht aber nicht auf der Karte."

Eryx nickte mit einer bedächtigen, sinnlichen Bewegung, die viel mehr als nur seine Zustimmung zum Ausdruck brachte. „Auf manche Dinge lohnt es sich, zu warten."

Plötzlich ereilte sie ein Déjà-vu. Im ersten Moment war sie fassungslos, dann stieg Frustration in ihr auf und sie ging zurück in ihre Hälfte der Bar. Sie gab Jerry einen Klaps auf den Arm und zeigte auf Eryx. „Er gehört ganz dir. Ich will wieder die Seite mit den normalen Leuten bedienen."

Sie machte sich daran, Drinks auszuschenken und konzentrierte sich ganz auf ihre Arbeit. *Auf manche Dinge lohnt es sich, zu warten.* Es war nichts weiter als ein schmieriger Spruch. Kerle wie Eryx waren wie Landminen, die nur darauf warteten, dass man auf sie trat.

Direkt vor ihr stellten ein Mann und eine Frau gerade ihre Zuneigung zueinander zur Schau, indem sie ihre Nasen aneinander rieben. Die zärtliche Geste wirkte inmitten der grellen Lichter, die die Tanzfläche beleuchteten, deplatziert. Ihr Herz machte einen Satz. Hatte sie gerade eine einmalige Chance vorbeiziehen lassen? Vielleicht sollte sie es sich anders überlegen und sehen, ob er noch einen …

Er war weg, genauso wie sein Kumpel. Stattdessen tummelte sich eine Schar von Frauen um die lederbezogenen Barhocker aus Chrom, von denen eine ein Diadem mit einer unsittlichen Aufschrift und eine Schärpe trug, die sie unverkennbar als zukünftige Braut auszeichnete.

Der winzige Hoffnungsschimmer, den sie nicht hatte anerkennen wollen, verblasste. Sie schnappte sich einen Beutel aus der hinteren Kühlbox und leerte den Inhalt über die Bierflaschen im vorderen Behälter. Sie wusste, dass sie besser daran täte, nicht auf die Liebe zu hoffen. Verdammt, in den letzten Jahren war ihr nicht einmal ein Kerl ins Auge gestochen. Wahrscheinlich könnte sie sich von einer Horde Chippendales massieren lassen und würde trotzdem nicht in Wallung geraten. Warum um alles in der Welt sollte sie je jemanden finden, für den es sich lohnte, ihr Herz aufs Spiel zu setzen?

Also wandte sie sich der hinteren Kasse zu und unterdrückte ihre Enttäuschung. Sie konnte sich später noch mit diesem Thema auseinandersetzen – in etwa fünf Jahren. Für heute würde sie den Abend einfach ausklingen lassen, sich wie immer auf den morgigen Tag vorbereiten und sich darüber freuen, dass sie einem potenziellen Drama entgangen war.

Plötzlich lief ihr ein kribbelnder Schauer über den Rücken und Wärme umhüllte sie. Letztere zog jedoch nicht als dicke, feuchte Luft von der Tanzfläche herüber, sondern war eher ein wohliges Gefühl, das mit dem Duft von Leder und Sandelholz einherging. Wie aus dem Nichts. Aber wunderbar.

Sie blickte geradeaus in den großen Spiegel, der die Gäste reflektierte, deren Gesichter vom Alkohol gerötet waren. Nirgendwo konnte sie etwas Ungewöhnliches entdecken. Nichts schien auf eine Bedrohung hinzudeuten.

Und doch hätte sie schwören können, dass warme, raue Fingerspitzen über ihre Wange strichen.

***

Eryx hockte auf der hohen Böschungsmauer am Ende des Parkplatzes und starrte auf die Straßenlaterne über ihm. Mit einer einfachen Bewegung seines Handgelenks könnte er die ganze verdammte Vorrichtung durchbrennen lassen. Damit würde er zwar seiner Ungeduld Luft machen, doch für seine Pläne wäre es eher hinderlich. Kluge Frauen wie Lexi wagten sich normalerweise nicht um halb drei Uhr nachts auf dunkle Parkplätze.

Ludan klopfte mit den Absätzen seiner Stiefel gegen die Mauer, ließ die Fingerknöchel knacken und suchte zum fünfzigsten Mal die Umgebung mit einem Blick ab. Als Eryx' Somo kümmerte sich Ludan um dessen Wohlergehen, doch der gemeine Scheißkerl neigte dazu, seinen Job etwas zu ernst zu nehmen und gebar sich hin und wieder wie eine Glucke. „Wir müssen zurück nach Eden. Dort können wir ein paar Tage Energie tanken, dann kommen wir zurück und bemühen uns um deine Frau. Falls die Rebellen uns hier finden, während unsere Reserven derart ausgelaugt sind …"

„Das sind nur Gerüchte, mehr nicht." Eryx verlagerte das Gewicht auf dem kalten Beton, um den Blutfluss in seinem Hintern wieder in Gang zu bringen. „Die Rebellion hat seit über siebzig Jahren keinen nennenswerten Angriff mehr unternommen. Ich wette, ich könnte keine fünf Leute auftreiben, die Maxis in dieser Zeit gesehen haben. Ich werde meine Männer nicht wegen irgendwelcher Vermutungen in Aufruhr versetzen."

„Und der Ellan?", fragte Ludan und beachte Eryx mit einem unterkühlten Blick. „Willst du die Mitglieder ebenfalls weiterhin ignorieren? Die alten Kauze können es kaum erwarten, herauszufinden, was dich in der Menschenwelt festhält."

„Nur die Hälfte von ihnen sind alte Kauze. Die anderen sind genauso jung und versessen darauf, unser Volk zu modernisieren, wie wir." Falls man einhundertzweiundfünfzig Jahre alt als *jung* bezeichnen konnte. Aus menschlicher Sicht war das wahrscheinlich eine halbe Ewigkeit.

Ludan wandte den Blick ab und hielt sich am Mauersims fest. Vermutlich hätte er Eryx viel lieber die Faust ins Gesicht gerammt. Man konnte es ihm nicht verübeln. Die meisten hätten längst Reißaus genommen, wenn sie Eryx zehn Jahre lang bei der Suche nach der Frau helfen müssten, die ihn jede Nacht in seinen Träumen heimsuchte. Aber Ludan? Er war loyal bis ins Mark und immer noch an seiner Seite. Das bedeutete jedoch nicht, dass er nicht hin und wieder etwas dagegen einzuwenden hatte. Eryx gab ihm höchstens zehn Sekunden, bevor er sich wieder zu Wort melden würde.

Zehn.

Neun.

Acht.

Sie…

„Du bist der Malran. Du hast das Sagen." Ludan verschränkte die Arme vor der Brust. „Aber selbst ohne die Bedrohung durch die Rebellion, riskierst du deinen Thron und könntest zum Tode verurteilt werden."

Und da war sie. Die Strafpredigt, auf die er gewartet hatte, seit er in seinen Träumen endlich einen Hinweis auf Lexis Arbeitsplatz gefunden hatte und ihm nachgegangen war. Die Menschen waren für sie tabu. Zwar war es Myren möglich, mit ihnen Geschäfte zu machen und sich frei in ihrer Dimension zu bewegen. Auch eine Runde heißer, schweißtreibender Sex mit ihnen war nicht verboten. Aber unter keinen Umständen war es ihnen gestattet, sie über die Rasse der Myren aufzuklären oder sich in das Schicksal der Menschen einzumischen. Damit handelte man sich den Tod durch die Axt ein. Der Große selbst hatte diese Regel aufgestellt, als er Eryx' Volk erschaffen hatte.

„Wir sind schon viel zu lange hier", fuhr Ludan fort. „Bald werden wir keine Kraft mehr haben. Falls wir attackiert werden und die Angreifer in der Überzahl sind, sind wir erledigt."

Die Personaltür wurde mit einem Knall aufgedrückt.

Eryx sprang von der Mauer.

„Tut mir leid, Mann." Der Barkeeper, den er zuvor bestochen hatte, schlenderte mit einem mitfühlenden Kopfschütteln auf den mittelgroßen Pickup zu, der zu Eryx' Linken geparkt war. „Es hat

Sie wohl schlimm erwischt."

Eryx lehnte sich gegen die Backsteinmauer, verschränkte die Arme vor der Brust und kreuzte die Beine an den Knöcheln. „Wollen Sie mir etwa erzählen, dass sie der Mühe nicht wert ist?"

Die Schlüssel des Mannes klimperten in der Stille der Nacht, als ein Piepen ertönte und die Scheinwerfer des Wagens aufblitzten. Er zuckte mit den Schultern und riss die Fahrertür auf. „Schwer zu sagen. Ich bin noch nie einem Mann begegnet, der sich der Herausforderung gestellt hat." Er warf seinen schwarzen Seesack auf die Beifahrerseite, nickte Ludan zu und schenkte Eryx ein Grinsen. „Viel Glück."

„Na großartig. Deine Traumfrau spielt wohl die Unnahbare." Sobald der Truck davonfuhr, sprang Ludan ebenfalls von der Mauer und stemmte die Hände in die Hüften. „Wir werden es nie zurück nach Hause schaffen."

Das Zirpen der Grillen und das Dröhnen der Autos auf der Interstate erfüllten die Stille. „Würdest du an meiner Stelle zurückkehren?"

Die Frage war gemein. Ludan wusste genau, wie viel es Eryx abverlangte, die Frau ständig in seinen Träumen zu sehen. Er konnte kaum noch klar denken und wachte jedes Mal voller Verlangen auf, seine Gefährtin zu finden. „Wenn du so nah am Ziel wärst, würdest du riskieren, sie zu verlieren?"

Ludan ließ zwar nicht unbedingt den Kopf hängen, aber er betrachtete eingehend den Asphalt.

„Nein." Er drehte sich um und steckte die Hände in die Taschen. „Es wäre besser, sich nicht mit den Schicksalsgöttinnen anzulegen."

Die Tür gab ein klapperndes Geräusch von sich, dann wurde sie geöffnet.

Eryx vibrierte am ganzen Körper und drückte den Rücken durch.

Ludan wich einen Schritt zurück und begann, telepathisch mit Eryx zu kommunizieren. *„Willst du das wirklich tun? Du kannst nicht mit Sicherheit wissen, dass sie eine Myren ist."*

„Ich werde es herausfinden. Die Bilder in ihrem Kopf waren definitiv aus Eden."

Unter dem grellen Licht der Straßenlaternen glühte Lexis gebräunte Haut förmlich. Ihr seidiges schwarzes Haar wallte um ihre Schultern, während sie ihre Hüften auf scheinbar unbeabsichtigt sinnliche Weise hin und her wiegte. Sie schien in Gedanken versunken zu sein, denn sie zog ein langes Gesicht und ihr Mund war angespannt. Plötzlich sah sie auf und hielt abrupt inne, wobei der Schotter unter ihren eleganten Schuhen ein knirschendes Geräusch von sich gab. „Das soll wohl ein Witz sein."

„Ich sagte doch, ich bin bereit zu warten." Obwohl er sich um einen beschwingten Tonfall bemühte, war seine Stimme angespannt. Er war dieser unwiderstehlichen Frau zehn Jahre lang hinterhergejagt. So etwas hinterließ Spuren bei einem Mann.

Sie sah zwischen Eryx, der neben ihrem roten

Jeep Wrangler stand, und Ludan, der nur ein paar Schritte entfernt war, hin und her. Dann warf sie einen Blick auf die geschlossene Tür hinter sich. Sie rückte den Riemen ihrer Handtasche zurecht und kniff ihre blaugrauen Augen zu dünnen Schlitzen zusammen. „Ihr Verhalten geht schon etwas über das eines gewöhnlichen Stalkers hinaus."

Er hob abwehrend die Hände. „Ich schwöre, so ist es nicht. Ich möchte Sie wirklich einfach nur zum Frühstück einladen." Als sie einander die Hände geschüttelt hatten, hatte er ihre Erinnerungen gescannt und war dabei einen Schritt weiter gegangen, als er es hätte tun sollen. Nach der Arbeit traf sie sich häufig mit einem Mann, der Mitte bis Ende fünfzig zu sein schien, zum Frühstück. Und sie fuhr mit dem hinter ihm geparkten Wrangler dorthin.

„Es ist fast drei Uhr morgens."

„Und wir haben alle Hunger. Perfektes Timing." Er ließ die Hände sinken und hoffte, dass Ludan davon absah, sie mit finsterer Miene anzustarren. Leider gehörte ein harmloses Auftreten nicht gerade zu seinen Stärken.

„Kluge Mädchen gehen nicht mit fremden Männern frühstücken." Sie nickte in Richtung ihres Jeeps. „Geschweige denn, sich einem Fahrzeug zu nähern, neben dem zwei ihr unbekannte Männer stehen."

„Ihr Kollege hat mir verraten, welchen Wagen Sie

fahren." Er hoffte, dass sie ihm die Lüge abkaufen würde, obwohl er sich nicht gut dabei fühlte. „Sie könnten jederzeit jemanden anrufen und ihn bitten, sich uns anzuschließen. Wir treffen uns an einem öffentlichen Ort und Sie fahren mit Ihrem eigenen Jeep dorthin." Er hielt inne, um ihr einen Moment Bedenkzeit zu geben. „Was haben Sie schon zu verlieren?"

Ein Windhauch zerzauste ihr Haar. Ihr Gesicht entspannte sich, als eine kaum wahrnehmbare Woge aus Energie über den Parkplatz schwappte.

Ludan horchte auf.

Lexi hatte sie ausgelöst. Es konnte nicht anders sein. Ein Mensch wäre nicht in der Lage, eine derartige Welle zu erzeugen. Zumindest war er bisher keinem begegnet.

Sie hob ihre Handtasche an und kramte darin herum. „Waffle House. Ein paar Kilometer die Straße runter." Sie fuchtelte mit einem Schlüsselbund herum und ließ die Handtasche wieder auf ihre Hüfte sinken. „Ich treffe mich dort mit einem Freund. Er ist Polizist, um genau zu sein. Also kommen Sie nicht auf dumme Gedanken."

Zufriedenheit durchströmte Eryx. Die Tatsache, dass ein fremder älterer Mann dabei sein würde, war nur ein unbedeutendes Detail. Er ging mit gleichmäßigen Schritten langsam auf sie zu und strich ihr über die Wange.

Sie riss die Augen auf.

Die Schicksalsgöttinnen irrten sich nie. Zwar lieferten sie immer nur vage Begründungen und hielten sich mit ihren Anweisungen zurück, aber eines war sicher: Sie hatten ihn zu seiner Gefährtin geführt.

KAPITEL 2

Maxis Steysis fesselte die Handgelenke seines Opfers mit einem Seil. Mit geübter Effizienz sicherte er die Beine des bewusstlosen Mannes, sodass diese unbeweglich von der Kante der einfachen Pritsche baumelten. „Sklavin!"

Verdammtes Zeolith. Jeder Zentimeter der winzigen Kellerzelle war mit dem Mineral überzogen, das seine myrenischen Kräfte blockierte und an seiner Seele nagte. Aber er würde die Zähne zusammenbeißen und weitermachen, so wie er es unzählige Male zuvor getan hatte. Macht hatte immer einen Preis, und Paul Renner war im Besitz einer Kraft, für die es sich zu leiden lohnte.

Ein rhythmisches, metallisches Klappern ertönte auf dem Korridor. Einen Moment später trat Brenna mit den Waschschüsseln ein und hielt den Blick starr auf den Boden gerichtet.

Er deutete auf die Ecke neben Pauls Füßen. „Hierher."

Im Kerzenlicht wirkte ihr elfenbeinfarbenes Kleid, als sei es aus Leinen statt aus einem groben, rauen Stoff. Sie zitterte so heftig, dass sogar ihre dunklen Zöpfe zu beiden Seiten ihres Kopfes bebten.

Es war ein Geniestreich gewesen, sie sich in einem fügsamen Alter von acht Jahren zu schnappen. Seine ersten Sklavinnen waren zu alt gewesen. Gerade als sie begonnen hatten, ihre Sache gut zu machen, waren sie zusammengebrochen. Doch dieses Mädchen hatte er nach seinen Bedürfnissen geformt, und sie hatte noch einige Jahre vor sich. Es war ein Kompromiss. Menschen waren zwar leicht zu kontrollieren, doch die Fluktuation war extrem hoch.

Maxis stopfte seinem Gefangenen ein Handtuch in den Mund und verpasste ihm eine Ohrfeige.

Vom Chloroform immer noch ganz benommen, blinzelte der Mann und schüttelte den Kopf. Er rollte sich auf die Seite und zerrte an den Fesseln, dann stieß er einen Schrei aus, den der Knebel jedoch dämpfte.

Mit einem kalten, singenden Laut zog Maxis seinen Dolch aus der Scheide. Er zeigte mit der Klinge auf die großen Metallschüsseln. „Stell sie an ihren Platz."

Brenna setzte sich mit einem Ruck in Bewegung und hätte dabei beinahe die Schüsseln auf den Steinboden fallen lassen.

Maxis klopfte mit der flachen Seite der Waffe gegen seinen Oberschenkel. Man sollte meinen, sie wäre nicht mehr so schreckhaft, nachdem er diese Prozedur bereits unzählige Male durchgeführt hatte. Aber sie war ein Mensch. Am Ende zogen sie immer den Kopf ein und retteten ihren eigenen Arsch, selbst wenn das bedeutete, dass sie jemand anderen leiden lassen mussten. Sogar einen trauernden neunjährigen Jungen.

Die Erinnerung ließ ihn bis tief in seine Seele erschaudern. Der menschliche Junge, den er für seinen Freund gehalten hatte, hatte genauso zitternd wie Brenna jetzt hinter einer Mauer aus Teenagern gestanden, während sie ihn verprügelten, bis er keine Kraft mehr gehabt hatte. Die Schläge hätte er vielleicht noch weggesteckt, doch die vernichtenden Worte, mit denen sie ihn verhöhnt hatten, zerrissen ihm auch heute noch das Herz.

Kein Mensch würde je wieder eine solche Macht über ihn ausüben.

Den Blick abgewandt und die Hände zu Fäusten geballt, flüchtete Brenna sich zurück in ihre Ecke.

Paul wehrte sich nicht mehr, doch er ließ seinen Blick über die Wände schweifen, während seine flachen Atemzüge durch den kleinen Raum hallten.

„Es ist Zeolith" erklärte Max. „Weder deine Familie noch sonst irgendjemand wird dich hier erreichen können."

Zweifellos würde er es trotzdem versuchen, doch sein Geist würde den Kristall nicht durchdringen können. Myren waren ihren Familien und Gefährten auf ganz natürliche Weise mental verbunden. Die telepathische Kommunikation ging genauso instinktiv vonstatten wie das Bedürfnis eines Tieres, zu atmen.

„Vor einigen Wochen habe ich deinen Bruder getroffen." Maxis trat einen Schritt zur Seite, woraufhin das Kerzenlicht auf das abgespannte Gesicht des Mannes fiel. „Er ist in der Tat ziemlich langweilig. Offenbar verträgt er keinen Alkohol. Aber er wird äußerst redselig, wenn er etwas getrunken hat."

Bis auf das rasche Heben und Senken seiner Brust lag Paul reglos da.

„Er erzählte mir von dem unglücklichen Vorfall aus eurer Kindheit. Du hast damals deine mentale Verbindung genutzt, um den Verstand deiner Schwester zersplittern zu lassen."

Maxis beugte sich zu dem Mann vor und atmete den süßen Duft des Grauens ein, der von ihm ausging. „Ehrlich gesagt, halte ich es für reine Verschwendung, dass du diese Gabe nie wieder benutzt hast." Er führte seine Lippen an Pauls Ohr und flüsterte: „Ich versichere dir, dass ich nicht denselben Fehler machen werde."

Kopfschüttelnd versuchte Paul, trotz des Knebels zu sprechen, und eine Schweißperle rann ihm über die Schläfe.

Maxis zögerte. Vielleicht sollte er dem armen Kerl noch ein oder zwei Worte gewähren, bevor dieser vor seinen Schöpfer trat. Er packte den Knebel in seinem Mund. „Nicht schreien. Verstanden?"

Der Mann nickte.

Maxis zog den Stoff heraus, richtete sich auf und verschränkte die Arme vor der Brust. „Sprich."

„Ich habe keine Ahnung, wovon Sie reden", krächzte Paul mit brechender Stimme. „Sie müssen mich mit jemandem verw…"

„Ich weiß genau, wer du bist." Maxis schob dem Mann die Leinenhose bis zu den Knien hoch. „Während du ohnmächtig warst, habe ich deine Erinnerungen gescannt, um mich zu vergewissern, dass dein Bruder die Wahrheit gesagt hat. Du bist in der Lage, jeden, zu dem du eine Verbindung hast, zu töten, indem du seinen Geist vernichtest. Dafür musst du nicht einmal in seiner Nähe sein. Das ist eine einzigartige Gabe, und ich will sie haben."

„Sie sind verrückt." Paul zerrte an den Fesseln. „Dazu sind Sie gar nicht in der Lage. Nur der Malran hat die Fähigkeit, jemandem seine Kräfte zu entreißen."

„Er ist der Einzige, der es auf natürliche Weise tun kann." Maxis hob den Dolch und drehte ihn, wobei die Klinge im Kerzenlicht aufblitzte. „Ich habe eine Möglichkeit gefunden, dieses Problem zu umgehen. Es hat Jahre gedauert und unzählige Leben gekostet, aber ich habe es geschafft."

Die Muskeln in Pauls Nacken und Schultern spannten sich an, als er erneut an den Fesseln zerrte.

„Unsere Kräfte entspringen dem Gehirn, aber unter normalen Umständen ist es unmöglich, die natürlichen Abwehrmechanismen unseres Körpers zu überwinden. Es gibt jedoch einen Moment, kurz bevor eine Person ins Nirana übergeht, in dem der Verstand loslässt und die Tür für einen Opportunisten wie mich weit offenlässt." Maxis klemmte das Bein des Mannes oberhalb des Knöchels ein und durchtrennte die Fußrückenarterie.

Paul stieß einen Schrei aus, der von den Wänden widerhallte.

Maxis stopfte ihm hastig den Knebel wieder in

den Mund. Das Gejaule zerrte an seinen Nerven und er durfte die Sache nicht vermasseln. Eine Macht wie diese würde ihm so schnell nicht wieder über den Weg laufen, und sie war die letzte, die er noch in seinem Arsenal brauchte. Zumindest für den Moment.

Er durchtrennte die Arterie an Pauls anderem Bein.

Pauls Blut floss in Strömen in die Schüsseln. Er wurde immer blasser, und seine Augenlider begannen zu flattern.

Maxis tastete nach dem Puls des Mannes. Er war schwach. Fast war er so weit.

Mit einem schnellen Hieb seiner Klinge löste er die Fesseln. Er hob den bewusstlosen Mann von der Pritsche und eilte in den Nebenraum. Sobald er die mit Zeolith beschichtete Schwelle überschritt, erwachten seine Kräfte wieder zum Leben und über seine Haut rann ein elektrisierender Schauer.

Er warf Paul auf die Liege, packte ihn an beiden Seiten des Kopfes und drang mental tief in seinen Geist ein. Er saugte sämtliche Gaben auf, über die der Mann verfügte, denn er hatte nicht genügend Zeit, um wählerisch zu sein. Es wäre besser, sich alles einzuverleiben, als zu riskieren, dass die Fähigkeit in Pauls Psyche begraben wurde, wenn er starb.

Maxis verschwamm die Sicht vor Augen, als er vor Schmerz kaum noch atmen konnte. Die Gaben des Mannes drangen mit Wucht in ihn ein und brachten sämtliche Nerven in seinem Körper zum Vibrieren.

Das leblose Gesicht des Mannes glitt ihm aus den Fingern. Mit einem dumpfen Knall fiel der Kopf auf die dünne Matratze.

Schwere Schritte ertönten auf der Holztreppe, die in den Keller führte. Maxis hatte Mühe, sich zu konzentrieren.

„Sir." Der schneidende Bariton seines Spions drang durch den Raum.

Maxis entspannte die Schultern, rückte seinen langen Mantel zurecht und drehte sich um. „Ich hoffe für dich, dass du einen guten Grund hast, warum du den Malran im Moment nicht wie befohlen verfolgst."

„Ihr sagtet, ich solle Euch kontaktieren, wenn der Malran sich in irgendeiner Weise auffällig verhält. Ich konnte Euch über die Verbindung nicht erreichen." Der Mann warf einen Blick auf den leblosen Körper, der hinter Maxis auf der Pritsche lag, und schluckte. „Er hat … auf eine ungewöhnliche Art … Kontakt zu einem Menschen aufgenommen."

„Inwiefern ungewöhnlich?"

Maxis' Lakai errötete und trat unbehaglich von einem Fuß auf den anderen.

„Auf eine romantische Art."

Interessant. Im Gegensatz zu einigen freigeistigen Myren, hielt sich Eryx normalerweise von den Menschen fern, es sei denn, er machte Geschäfte mit ihnen. Der Ellan murrte schon seit Jahren, dass

Eryx sich nicht zur Genüge mit den Ratsangelegenheiten befasste. Falls der betreffende Mensch irgendetwas mit Eryx' Abwesenheit zu tun hatte, wäre das vielleicht eine Untersuchung wert.

„Nicht gerade eine weltbewegende Enthüllung, aber wir sollten der Sache nachgehen." Maxis schnappte sich ein Tuch von Brenna und wischte die Blutspuren von seiner Klinge und seinen Fingern. „Gib mir seine Koordinaten. Ich werde mir selbst ein Bild davon machen."

***

Scheinwerfer beleuchteten das Armaturenbrett, als Lexi ihren Jeep auf den Parkplatz des Waffle House lenkte. Abgesehen von Ians braunem Wagen und dem Hummer, der hinter ihr parkte, war der Platz leer. Das aufgemotzte, schwarz verchromte Ungetüm schien eigentlich nicht Eryx' Stil zu sein, aber was wusste sie schon? Ein Händedruck und eine kurze Unterhaltung auf dem Parkplatz machten sie nicht gerade zu seiner besten Freundin.

Sie schaltete den Motor aus und atmete tief durch. Warum hatte sie Eryx nur eingeladen? In dem Moment, in dem sie sich setzten, würde Ian ihn sicher in die Mangel nehmen. Wenn man zudem die Reaktion bedachte, die Eryx in ihr auslöste, würde sie noch vor ihrer ersten Tasse Kaffee wie ein unreifer Teenager beim Abschlussball herumzappeln.

Sie erinnerte sich wieder an das Gefühl von Eryx' Fingerspitzen an ihrer Wange, und ein erregender Schauer durchzuckte ihren Unterleib. Wie die unsichtbare Berührung, die sie in der Kneipe gespürt hatte, war auch seine Liebkosung sanft und doch bestimmt gewesen. Auf gewisse Weise schien sie ihr … vertraut.

Die Tür ihres Wagens wurde aufgezogen. Lexi zuckte zusammen und schlug mit den Fingerknöcheln gegen das Lenkrad. „Meine Güte!" Sie schnappte sich ihre Handtasche vom Beifahrersitz, um ihre Aufregung zu überspielen, und stieg mit einem finsteren Blick aus. „Sie haben mich erschreckt."

Eryx schloss die Tür und lächelte. „Sie sahen so aus, als wollten sie Reißaus nehmen. Ich dachte mir, ich greife lieber ein, bevor Sie es sich anders überlegen können."

Sie warf einen vielsagenden Blick auf den Hummer und wandte sich dann der Tür zu. „Ziemlich protzig."

„Nicht mein Stil." Eryx legte eine Hand an ihren Rücken. Die Berührung war angenehm, und sie verlangsamte ihre Schritte. „Ludan legt Wert auf Beinfreiheit, also haben wir Ramsays Wagen genommen."

„Ramsay?" Sie griff nach der Türklinke, doch Eryx packte ihr Handgelenk und zog ihren Arm beiseite, wobei sie die Wärme seiner Brust an ihrem Rücken spüren konnte. Sein heißer Atem strich über ihren Nacken und ein Hauch von Minze durchzog die kühle Frühlingsnacht.

„Mein Zwillingsbruder." Er ließ ihren Arm los, trat zur Seite und öffnete die Tür. „Sie werden ihn mögen."

Gott hatte also nicht nur einen, sondern gleich zwei dieser umwerfenden Männer geschaffen? Voller Zwiespalt betrat sie das Restaurant. „Sie gehen davon aus, dass wir uns nach dem Frühstück wiedersehen werden."

Ian erhob sich und musterte Eryx mit einem unnachgiebigen Blick.

Glücklicherweise schien er nicht überrascht zu sein, dass sie noch andere Gäste mitgebracht hatte, was bedeutete, dass er zur Abwechslung seine Mailbox abgehört hatte. Allerdings wirkte er nicht gerade begeistert darüber, ihren Adjutanten spielen zu müssen.

Nun, sein Pech. Sie brauchte eine unvoreingenommene Meinung, die nicht von ihrem dürftigen Sexualleben beeinträchtigt wurde, und Ian war ihr einziger wahrer Freund. Er würde darüber hinwegkommen. Irgendwann.

„Ian, das sind Eryx und …" Lexi lehnte sich zurück und sah sich nach seinem Kumpel um, der auf die Barhocker am Tresen zusteuerte. „Ludan?"

„Er ist nicht sonderlich gesellig." Eryx streckte Ian eine Hand entgegen. „Eryx Shantos."

„Ian Smith." Die beiden gingen ohne Umschweife in einen stummen Zweikampf unter Männern über. Ein fester Händedruck. Durchdringende Blicke.

Lexi war unbehaglich zumute. „Wollt ihr beiden euch duellieren oder können wir jetzt frühstücken?"

Ian zog als Erster seine Hand zurück, wobei er den Blick immer noch starr auf Eryx gerichtet hatte und ihm ein wenig überzeugendes Lächeln schenkte.

„Das ist eine Sache unter Männern. Wir können nicht anders."

Eine Sache unter Männern, von wegen. Ian hatte sich im Nu vom hilfsbereiten Freund in eine neugierige Vaterfigur verwandelt.

Er trat einen Schritt zurück und bedeutete Lexi, in der Nische neben ihm Platz zu nehmen. Lexi setzte sich in Bewegung, doch Eryx packte sie wieder am Handgelenk. „Würden Sie sich zu mir setzen?"

Die einfachen Worte zeugten von einer Bescheidenheit und Aufrichtigkeit, die Lexi mit einem unerwartet angenehmen Schauer durchströmten. „Ich …"

Ian betrachtete sie in aller Ruhe mit seinen haselnussbraunen Augen und wartete, dass sie ihre Wahl traf. Was auch immer er über die Situation dachte, er würde sich ihrer Entscheidung fügen.

Eryx strich mit dem Daumen über ihr Handgelenk.

Und sämtliche Nervenenden in ihrem Körper vibrierten. „Sicher", sagte sie mit heiserer Stimme und setzte sich in die gelbe Nische. Zu diesem Zeitpunkt schien sie nur zwei Möglichkeiten zu haben. Entweder sie versteckte sich unter dem

Tisch oder sie setzte sich rittlings auf Eryx Schoß und verlangte von ihm, ihre hormongeschwängerten Fantasien zu befriedigen.

Denise kam an ihren Tisch. Wie jeden Abend hatte sie ihre dichten schwarzen Locken zu einem hohen Pferdeschwanz zusammengebunden. Ihr Make-up war schon vor Stunden verblasst, wahrscheinlich inmitten des Andrangs von Leuten, die nach einer durchzechten Nacht hier auftauchten. „Nimmst du das Übliche?"

Lexi nickte und rückte die unbenutzten Speisekarten zurecht, die hinter dem Serviettenhalter lagen.

Die Frau blätterte auf eine neue Seite ihres Notizblocks, machte eine Blase mit ihrem Kaugummi und wandte sich Eryx zu. „Und Sie?"

„Ich nehme das Gleiche."

Lexi reckte den Hals, um ihm in die Augen zu sehen. Verdammt, er war groß. Die Tatsache, dass sie zu ihm aufschauen musste, schwächte leider die Wirkung ihres finsteren Blickes. „Sie wissen ja nicht einmal, was ‚das Übliche' ist."

„Das ist nicht von Bedeutung." Eryx' Antwort war zwar nicht so schnippisch wie ihre Bemerkung, dafür umso lauter. Er ließ eine Hand über die abgenutzte, holzgemusterte Resopaltischplatte gleiten und bedeckte damit ihre Faust, an der ihre Fingerknöchel weiß hervortraten. „Ich bin Ihretwegen hier."

Denise hörte auf, auf ihrem Kaugummi herumzukauen.

Lexis Magen krampfte sich zusammen und schlug zugleich einen Purzelbaum.

Ian deutete auf seine Tasse, die bei ihrer Ankunft bereits auf dem Tisch gestanden hatte. „Für mich nur den Kaffee. Ich kann nicht lange bleiben."

Lexi bedachte Ian mit einem finsteren Blick. Vor ihrem inneren Auge sah sie die Sprechblase über seinem Kopf aufblinken: *Wie man sich bettet, so liegt man.*

„Dann erzählen Sie mal etwas von sich, Eryx", sagte Ian und senkte den Blick auf dessen Hand, die immer noch auf der ihren ruhte. „Woher kommen Sie?"

„Ich habe eine Wohnung hier in Tulsa."

Als Denise ihnen zwei weitere Tassen Kaffee an den Tisch brachte, bat Eryx sie um einen Stift. Sie kramte in der Tasche ihrer fleckigen brauen Schürze und reichte ihm einen Kugelschreiber, dann ging sie hinüber zu Ludan.

Ian fuhr mit seinen Fragen fort. „Und was machen Sie beruflich?"

„Ich bin im geologischen Bereich tätig." Eryx holte seine Brieftasche hervor, zog eine Visitenkarte heraus und kritzelte etwas auf die Rückseite. „Lexi erwähnte, dass sie Polizist sind."

„Tatsächlich bin ich im Ruhestand und arbeite nur noch als Privatermittler."

Eryx legte den Stift beiseite. „Meine Firma führt Erkundungen von Erdgas- und Mineralvorkommen durch." Er schob die elegante Karte über den Tisch und bedachte Ian mit einem unbeirrt selbstsicheren Blick. „Falls Sie Wert auf Hintergrundinformationen legen, sollte Ihnen das hier für den Anfang reichen. Sie werden auch mehr über Ludan in Erfahrung bringen können."

Ian lehnte sich zurück und verschränkte die Arme vor der Brust. „Und werde ich irgendetwas finden, worüber ich mir Sorgen machen muss?"

Eryx nahm seine Tasse und trank gemächlich einen Schluck Kaffee, ohne den Blick von Ian abzuwenden. „Nicht das Geringste."

Lexi wagte es nicht zu atmen. Verdammt, sie hatte sogar Angst, sich zu bewegen. Zum einen hätte sie ihren Freund am liebsten umarmt, und zum anderen glaubte sie, es wäre wohl besser, nach Hause zu gehen. Dieses ganze männliche Gehabe hatte sicher gefährliche Nebenwirkungen.

Ian entspannte sich, wandte sich ihr zu und steckte die Visitenkarte in seine Tasche. „Hast du über unser Gespräch von gestern nachgedacht?"

Lexi hatte keine Ahnung, wovon er plötzlich sprach. „Tut mir leid, wie bitte?"

„Deine Jobs und die Schule." Ian stützte einen Ellbogen auf den Tisch und ergriff mit dem Daumen und Zeigefinger der anderen Hand ihr Kinn. „Die dunklen Ringe unter deinen Augen werden sicher nicht einfach verschwinden, wenn du so weitermachst."

Eryx lehnte sich vor und betrachtete ihr Gesicht.

„Es geht mir gut", erwiderte Lexi und schob Ians Hand beiseite, bevor sie näher an die Wand rutschte, um den Abstand zu Eryx zu vergrößern. „Ich gebe den Job in der Bar auf, sobald du ausreichend Aufträge hast. Derzeit kannst du es dir nicht leisten, mich Vollzeit einzustellen."

„Das Problem ist nicht nur die Müdigkeit, Lexi, und das weißt du."

Zwischen ihnen breitete sich unangenehmes Schweigen aus. Es war wirklich ein Jammer, dass seine Frau und sein ungeborenes Kind zu einem ungelösten Vermisstenfall geworden waren. Denn er machte sich perfekt als Vaterfigur.

Er musterte Eryx und bedachte sie dann mit einem Grinsen. „Ich würde sagen, das hier ist gut für dich." Er sprach die Worte fast im Flüsterton aus, aber nicht so leise, dass Eryx sie nicht hören konnte. Ian fischte ein paar Dollarscheine aus seiner Tasche und stand auf. „Ich hoffe, es macht euch nichts aus, aber ich werde jetzt nach Hause gehen."

Eryx stand ebenfalls auf.

Lexi geriet in Panik. Der einzige Mensch, mit dem sie soziale Kontakte pflegte, wandte sich zum Gehen. „Musst du denn …"

Ian baute sich dicht vor Eryx auf. „Mir kommen nur wenige Dinge in den Sinn, die mich dazu verleiten würden, das Gesetz zu brechen." Er streckte Eryx eine Hand entgegen. „Eines davon wäre es, wenn sich jemand dazu entscheidet, Lexi wehzutun."

Eryx ergriff Ians Hand. „Verstanden."

Lexi stieg die Hitze in die Wangen. Sie massierte sich die Schläfen und richtete ihren Blick auf die

Sirupflasche vor sich. Eigentlich hatte sie gehofft, Ian könnte ihr helfen, sich ein Bild von Eryx zu machen. Sie hatte nicht erwartet, dass er sie einfach den Wölfen zum Fraß vorwerfen würde.

Die Bank mit dem Plastiksitz gab einen ächzenden Laut von sich, als Eryx sich neben ihr niederließ. „Es ist völlig in Ordnung, dass jemand auf Sie aufpasst."

„Aber das war peinlich." Sie bemühte sich nicht einmal, ihren gereizten Tonfall zu unterdrücken. Warum sollte sie auch?

Er legte eine Hand an ihren Nacken und strahlte dabei eine Wärme aus, die ihr den Rücken hinunterrann. „So hatten Sie sich das Frühstück wohl nicht vorgestellt."

„Nicht im Geringsten." Ihre Stimme war heiser und klang in dem heruntergekommen Waffle House fehl am Platz.

„Was meinte er damit, dass es gut für Sie wäre?"

„Nichts."

Zwischen ihnen herrschte Stille, die nur die leise Unterhaltung des Kochs und der Kellnerin am anderen Ende des Cafés unterbrach.

Eryx legte seine andere Hand an ihren Unterarm. „Verraten Sie es mir, Lexi. Ich würde Sie wirklich gern kennenlernen." Seine Stimme strahlte eine ebensolche Wärme aus wie seine Berührung. „Öffnen Sie mir die Tür zumindest einen Spalt, um mir einen Einblick zu gewähren."

Verdammt. Der Kerl hatte mehr auf Lager als nur einen billigen Spruch, um sie ins Bett zu locken. Er sprach sie auf einer tieferen Ebene an und wollte sich wirklich mit ihr unterhalten. Ihre Intuition schrie förmlich, sich ihm zu öffnen und ihr Misstrauen beiseitezuschieben.

Die Hitze, die von seiner Hand ausströmte, breitete sich auf ihrem ganzen Körper aus und hüllte sie ein wie eine Decke. Es fühlte sich gut an. Richtig. Schon fast notwendig.

„Ian denkt, ich sollte mehr unter Leute gehen", gestand sie mit einem Brummen. „Ich …" Sie hatte Mühe, die richtigen Worte zu finden. „Ich ecke überall an. Ian ist einer der wenigen Menschen, mit denen ich mich gut verstehe. Alle anderen verwirren mich entweder oder sie stechen mir ein Messer in den Rücken." Natürlich war sie ganz und gar nicht verbittert.

Er durchbohrte sie mit einem Blick aus seinen stahlgrauen Augen und blinzelte dabei kein einziges Mal. „Vielleicht befinden Sie sich ja am falschen Ort."

Lexis Sinne waren sofort in Alarmbereitschaft. Doch das lag weniger an seinen Worten, sondern vielmehr an der Art, wie er sie ausgesprochen hatte. Denn in seiner Stimme schwang sowohl ein verführerischer als auch warnender Unterton mit.

Eryx drehte sich auf seinem Sitz um und musterte Ludan an der Bar. Er presste die Lippen zusammen und verengte die Augen zu dünnen Schlitzen.

Ludan runzelte nur die Stirn und widmete sich wieder seinem Kaffee.

Eryx sog bedächtig die Luft ein und legte ihr eine

Hand an die Wange. „Welche Art Frau sind Sie? Ergreifen Sie eine Herausforderung, wenn Sie sie sehen? Oder sitzen Sie am Rande der Stromschnellen und schauen zu, während die anderen vorbeirasen?"

Eine seltsame Frage. Tiefgründig. Oder es war seine Art, um auf raffinierte Weise zu fragen: *Deine Wohnung oder meine?"*

„Das kommt ganz darauf an", erwiderte sie.

Eryx schwieg und rührte sich nicht. Lexi fühlte nur, wie er kaum merklich die Finger an ihrer Wange anspannte.

„Ich sehne mich nach den Stromschnellen, aber wenn meine Intuition mich davor warnt, setze ich mich daneben." Das war die Wahrheit und zugleich eine Warnung.

Er strich mit dem Daumen über ihre Unterlippe. „Ich verlasse mich ebenfalls auf meine Instinkte." Er ließ seinen Blick auf ihren Mund gleiten. „Und das werde ich auch jetzt tun."

Er senkte den Kopf.

Ein Kuss. Lieber Gott, er wollte sie küssen. Hier. In der Öffentlichkeit.

Ihre Lippen begannen zu kribbeln, als sie bereitwillig leicht den Mund öffnete. Das Herz schlug ihr bis zum Hals und Unentschlossenheit und Panik packten sie. Sie sollte ihn von sich stoßen. Und sich von ihm fernhalten.

Er ließ seine Lippen sanft über die ihren gleiten, und ihr Magen schlug Purzelbäume. Sie stieß zitternd die Luft aus, die sich mit seinem warmen

Atem vermengte. Plötzlich flammte Begierde in ihr auf. Es war so sinnlich und trotz der Kleidung, die sie am Leib trugen, unglaublich intim.

Eryx presste seine Stirn an ihre und atmete tief durch. „Ich denke, Sie ecken überall an, weil Sie am falschen Ort sind."

Wie bitte? *Jetzt* wollte er sich unterhalten? Sie konnte nichts weiter tun als atmen und fühlen. „Sie meinen, dass ich den falschen Job ausübe?"

„Nein, ich meine, Sie befinden sich am falschen Ort", erwiderte er mit fester und entschlossener Stimme. „Sie sind nicht im Kreise der Menschen, unter denen Sie geboren wurden."

Die winzige Flamme der Hoffnung, die in ihrer Brust entfacht war, erstarb und ihr lief ein kalter Schauer über den Rücken. Sie stieß ihn von sich, als ihre Begierde einem Gefühl wich, das man fast als Abscheu bezeichnen könnte. Ihrer Erfahrung nach waren die gut aussehenden Kerle meistens nicht ganz richtig im Kopf. „Ich denke, ich werde jetzt nach Hause gehen. Lassen Sie mich bitte raus."

Eryx blieb sitzen. „Ein weißer Sandstrand, umringt von schwarzen Felswänden. Sie haben von diesem Ort geträumt." Seine tiefe Stimme war kaum mehr als ein Flüstern, in dem ein eindringlicher Unterton mitschwang.

Mit seinen Worten zeichnete er ein Bild, das ihr immer wieder in ihren Träumen erschien, doch sie schob es beiseite. „Ja, ich bin mir ziemlich sicher, dass das irgendwo auf Hawaii ist. Da wollte ich schon immer mal hin. Und jetzt lassen Sie mich bitte aufstehen."

„Am Himmel ist immer ein Regenbogen zu sehen. Überall, wo man hinschaut, wechseln die Farben, wobei manche aus verschiedenen Blickwinkeln noch kräftiger erscheinen."

Lexis Herzschlag wurde sofort wieder in eine Höhe katapultiert, in die er ihr Herz wenige Minuten zuvor noch mit seinen Lippen gehoben hatte. Sie schluckte, um ihr Staunen zu überspielen.

„Die Bäume sind von einer weißen Rinde umgeben, die von dunklen Adern durchzogen ist. Immergrüne Blätter in der Form von Federn neigen sich dem Boden zu, wobei die Spitzen indigoblau sind."

Lexi hörte, wie Denise Teller auf ihrem Tisch abstellte.

Er konnte unmöglich etwas über diese Bilder wissen. Niemand wusste von ihren Träumen. Nicht einmal Ian. „Warum erzählen Sie mir das alles?"

Eryx sah ihr tief in die Augen und presste die Lippen so lange aufeinander, dass sie schon glaubte, er würde ihr die Antwort schuldig bleiben. „Weil ich Ihre Erinnerungen durchsucht habe. Der Ort, den Sie in Ihren Träumen sehen, ist meine Heimat. Und ich denke, dass es auch die Ihre ist."

Das Blut rauschte Lexi in den Ohren.

„Ich glaube, Sie sind eine unserer Verlorenen."

KAPITEL 3

E ryx hätte es ihr auch schonender beibringen können. Wenn er schlau wäre, würde er schummeln und Lexis Gefühle lesen. Als männlicher Shantos verfügte er über sämtliche Gaben der Myren. Das war ein nicht zu verachtender Vorteil, falls er sich dazu herablassen sollte, ihn zu nutzen.

Sie wurde blass und schlang die Arme um ihren Körper.

Scheiß drauf.

Er öffnete seine Sinne und wurde von einem stechenden Gefühl von Panik übermannt.

Lexis Panik.

„Lassen Sie mich aufstehen." Lexi schnappte sich ihre Handtasche und stieß mit einer Hand gegen seine Schulter. „Ich brauche frische Luft. Lassen Sie mich raus."

Er rutschte von der Bank und stand auf.

Lexi eilte zur Tür.

„Bezahl die Rechnung", sagte er telepathisch zu Ludan. Letzterer saß immer noch mit einer Tasse Kaffee auf seinem Barhocker. *„Und lenk die Kellnerin ab."* Eryx konnte keinerlei Einmischung gebrauchen, doch Denise hatte die Stirn gerunzelt und sah aus, als wollte sie jeden Moment einschreiten.

Er stürmte durch die Tür und ergriff Lexis Arm, als sie gerade die Autotür aufzog. „Lexi, warten Sie."

Sie riss sich los, wobei ihre Tasche gegen die Außenseite des Jeeps prallte. „Lassen Sie mich in Ruhe", stieß sie mit zitternder Stimme hervor.

Mit einer flinken Bewegung schlang er einen Arm um ihre Taille und führte sie zum Heck ihres Wagens. „Lexi, atmen Sie. Ganz ruhig." Er drückte sie gegen den Jeep, wobei er seine Beine zu beiden Seiten ihrer Schenkel aufstellte, ohne sie jedoch einzuengen. Dann umfasste er mit beiden Händen fest ihr Gesicht. „Ich bin nicht verrückt. Das schwöre ich Ihnen. Hören Sie sich an, was ich zu sagen habe."

„Ich habe Ihnen bereits zugehört." Mit hochrotem Gesicht schlug sie nach seinen Händen. „Sie sind verrückt."

„Sie sagten, dass Sie sich von Ihren Instinkten leiten lassen. Hören Sie auf sie. Gehen Sie in sich und sagen Sie mir, was Sie fühlen." Es war ein Risiko. Sie war derart aufgewühlt, dass die Taktik auch nach hinten losgehen konnte. Aber es wäre besser, als sie gehen zu lassen, damit sie sich irgendwo verstecken konnte. Er hatte ein Fass geöffnet, das er nun nicht mehr verschließen könnte.

Mit einem Schnauben presste sie die Hände gegen den Jeep. Ihr Blick wurde weicher, als eine Woge aus Energie um seine Schultern schwappte.

„Ihr Freund hat bemerkt, wie müde Sie sind." Vielleicht würde die Erwähnung einer Person, der sie vertraute, sie zum Zuhören bewegen.

Sie entspannte sich ein wenig.

„Falls ich richtig liege, gibt es dafür einen guten

Grund. Sie brauchen die Energie in Eden, um aufzublühen."

„Eden?", fragte Lexi bebend, als sie den Blick über den Parkplatz schweifen ließ. Sie ergriff sein Handgelenk, doch sie wollte ihn nicht von sich stoßen. Vielmehr schien sie sich an ihn wie an eine Rettungsleine zu klammern.

„Eden. Meine Heimat. Und ich glaube, dass es auch Ihre ist."

Im Restaurant gestikulierte die Kellnerin enthusiastisch und schenkte Ludan ein strahlendes Lächeln. Was auch immer er gesagt oder getan hatte, schien zu wirken.

Eryx schlang eine Hand um Lexis Nacken. „Gehen Sie in sich. Benutzen Sie Ihre Sinne und fühlen Sie meine Energie. Ich weiß, dass das alles überwältigend ist, und ich werde Ihnen alles erklären, wenn Sie mir versprechen, nicht wegzulaufen."

Ein Sattelschlepper rumpelte auf dem Highway vorbei. Sobald er davongerauscht war, erfüllte das Zirpen der Grillen wieder die Luft.

Eine Woge intimer Energie umhüllte ihn. Sie tat nur das, worum er sie gebeten hatte und versuchte herauszufinden, welche Absichten er verfolgte. Aber verdammt, das Gefühl war berauschend.

Er stöhnte und zog sie dicht an sich, wobei er die Hände in ihrem seidigen Haar vergrub. „Beim Großen, das fühlt sich gut an." Ihre vollen und rosigen Lippen waren den seinen so nah. Er schob die Hüfte vor und spürte, wie sie sich ihm fügte.

Lexi keuchte. „Was fühlt sich gut an? Was tun Sie

da?", hauchte sie. Ihre Worte klangen ein wenig zittrig, doch sie war genauso erregt wie er. Sie vibrierte förmlich und ihre blaugrauen Augen verdunkelten sich.

„Ihre Energie." Er ließ seine Lippen über ihr Kinn gleiten und umfasste ihren Hintern, wobei er sich vorstellte, wie es sich ohne ihre Jeans zwischen ihnen anfühlen würde. „Sie ist stark genug, dass ich sie spüren kann."

Er musste vorsichtig sein. Nur ein einziger Schub seiner eigenen Energie würde er ihre Erweckung herbeiführen, falls sie Myren war. Mit ihrer heiseren Stimme und dem Gefühl ihrer geschmeidigen Brüste an seinem Oberkörper hatte er Schwierigkeiten, klar zu denken.

„Stopp." Sie legte die Hände an seine Brust und versuchte, ihn von sich zu stoßen.

Er erstarrte. Wenn eine Frau „Stopp" sagte, dann drängte er sich ihr nicht auf. Doch die Energie, die von Lexi ausging, stimmte nicht mit ihrer Zurückweisung überein. Er packte sie an den Schultern und zog den Kopf gerade so weit zurück, dass er ihr in die Augen sehen konnte. Unter keinen Umständen würde er zulassen, dass sie vor dem, was zwischen ihnen beiden brannte, davonlief.

„Energie? Wirklich?", fragte sie mit eiskalter Stimme. „Meine Güte, ich bin so dumm. Ich habe schon unzählige Anmachsprüche gehört. Aber sich einen bescheuerten Ort namens Eden auszudenken und zu behaupten, dass Sie meine Energie spüren? Erwarten Sie wirklich, dass ich Ihnen das abkaufe?“

Eryx presste seine Nase an ihre und spürte ihren warmen, süßen Atem. Am liebsten hätte er die Gesetze seiner Welt missachtet und sie einfach mit nach Hause genommen.

„Das ist keine Anmache, und das wissen Sie. Sie haben es gespürt.“

In ihren Augen blitzte etwas auf. War es Schmerz? Oder Furcht?

Er fühlte ihre Emotionen und wäre unter der Wucht fast zusammengebrochen. Vor allem spürte er ihren Schmerz, doch unter der Oberfläche loderte ein Feuer der Begierde. Er schlang seine Arme um sie und packte mit einer Hand ihr Haar. „Wo ich herkomme, spielt ein Mann keine Spielchen. Beide Partner stehen zu ihren Gefühlen und handeln nach ihren Bedürfnissen.“ Er strich mit seinen Lippen über die ihren und genoss das Beben ihres Körpers. „Sie haben mich auf eine Weise berührt, die sich Ihrem Verständnis noch entzieht. Doch ich habe darauf reagiert und Sie ebenso. Das ist ganz natürlich, daran ist nichts Falsches.“

Er ließ seine Zunge über ihre Unterlippe gleiten. Kaugummi. Der Geschmack war nicht überwältigend, aber stark genug, um ihn an die Grenzen seiner Selbstbeherrschung zu bringen. Er war versucht, sich fallen zu lassen. „Werden Sie auf Ihre Vergangenheit hören? Tief im Inneren wissen Sie, dass es richtig ist.“

Sie krallte ihre Nägel in seine Schultern.

Er glaubte schon, sie würde ihn wieder von sich

stoßen. „Es liegt nur an Ihnen, Lexi. Sie haben die Wahl. Ich werde nicht mehr von Ihnen verlangen, als Sie zu geben bereit sind, doch Sie müssen ehrlich sein. Wenn Sie sich der Wahrheit wirklich nicht stellen wollen, dann verschließen Sie die Augen davor, aber schieben Sie die Fehler anderer Männer nicht als Ausrede vor."

Sie blinzelte und kniff die Augen zu dünnen Schlitzen zusammen, wobei ihre weichen Gesichtszüge sich verhärteten. „So habe ich es nicht gemeint."

„Doch, das haben Sie." Er presste seine Hände zu beiden Seiten ihres Kopfes gegen die Heckscheibe des Jeeps. „Ich mache Ihnen keinen Vorwurf. In dieser Dimension funktioniert Sexualität nun einmal so. Aber in Eden ist es anders. Zwischen uns wird es niemals derartige Missverständnisse geben." Er beugte sich vor und sehnte sich nach ihrer Berührung. „Werden Sie sich jetzt nehmen, was Sie brauchen, oder wollen Sie uns beide ins Unglück stürzen?"

Sie leckte sich über die Lippen. Die Geste war unschuldig und verführerisch zugleich. „Sie sind wirklich ungewöhnlich."

„Mehr als Sie ahnen. Und ich werde es Ihnen beweisen. Aber Sie könnten mich von meinem verdammten Elend erlösen, indem Sie mich Ihre süßen Lippen kosten lassen."

Sie beugte sich vor.

Sobald sie ihre Lippen auf die seinen presste, hatte er das Gefühl, dass seine Welt aus den Fugen

geriet und der Boden unter seinen Füßen weggezogen wurde. Er schmeckte ihren warmen Mund,
hörte ihr begieriges Stöhnen und spürte, wie sie
auf sinnliche Weise die Hüften vorschob. Dieser
Moment war all das Warten und die Suche nach
ihr wert gewesen. Jede verdammte Sekunde.

Er strich über ihre Taille und fühlte den rauen
Stoff ihrer Jeans unter seinen Fingern. Der Saum
ihres Trägerhemds kitzelte seine Fingerknöchel, als
er eine Hand darunter schob. Er wollte nur einmal
ihre Haut berühren. Mehr brauchte er nicht.

Ein plötzlicher Windstoß wirbelte die Blätter auf
dem Asphalt auf.

Ein warnendes Kribbeln flammte an Eryx' Nacken auf. Mit der Geschwindigkeit eines Myren
schob er Lexi schützend gegen die Wand des Restaurants, um sie vor der Präsenz abzuschirmen, die
er gespürt hatte. Währenddessen rief er Ludan auf
telepathische Weise zu sich.

Ein hochgewachsener Mann mit langen dunklen
Haaren tauchte vor ihnen auf. In seinem lockeren
schwarzen Hemd und seiner Lederhose wirkte er,
als wäre er einem Piratenfilm entsprungen. Er verschränkte die Arme vor der Brust und verzog die
Lippen zu einem bösartigen Lächeln. „Es überrascht mich, unseren Malran in den Armen einer
Menschenfrau vorzufinden. Sie muss wirklich etwas Besonderes sein, denn du hast auf diese lächerlichen Zöpfe verzichtet, die du für gewöhnlich
trägst. Sie sind doch ein Zeichen deiner Ergebenheit gegenüber deinem Volk, nicht wahr?"

Maxis Steysis. Beim Großen. Der Erzfeind seiner Familie hatte sich in den letzten siebzig Jahren völlig verändert. Damals war er noch ein schlaksiger Bücherwurm gewesen, doch über die Jahre hatte er sowohl seine Muskeln als auch seinen Ausdruck gestählt. Seine blassgrünen Augen waren jedoch immer noch dieselben.

Maxis beugte sich vor und reckte den Hals, um einen besseren Blick auf Lexi werfen zu können. „Ich hörte, die Ellan sind besorgt darüber, dass du den Angelegenheiten der Myren nur wenig Aufmerksamkeit schenkst. Vielleicht ist diese Frau die Erklärung dafür, warum du in letzter Zeit so abgelenkt warst?"

Die höhnische Bemerkung war durchaus gerechtfertigt, wenn man bedachte, dass die Ratsmitglieder sofort in Panik verfallen würden, wenn sie von seinem Umgang mit einer Menschenfrau erführen. Dennoch war Eryx nicht so dumm, darauf einzugehen.

Lexi bewegte sich hinter ihm.

Er streckte eine Hand nach hinten aus und packte ihre Hüfte. Ohne eine mentale Verbindung zu ihr konnte er nicht mehr tun, um sie zu warnen.

Sie murmelte etwas, verstummte aber gleich wieder.

Er würde später noch Zeit haben, ihr alles zu erklären. Im Moment musste er sie in Sicherheit bringen. „Warum bist du hier, Maxis?"

„Ah, dann erinnerst du dich also an mich." Maxis schenkte ihm ein überhebliches, schiefes Grinsen.

„Vielleicht ist es ein glücklicher Zufall?"

„Zwischen unseren Familien hat sich noch nie etwas zufällig zugetragen." Eryx entspannte seine Hand, obwohl er am liebsten einen dicken Feuerstrahl in Maxis' Brust gestoßen hätte. „Es spricht nicht gerade für dein Urteilsvermögen, dass du dich mit mir anlegst."

Maxis zuckte mit den Schultern. „Ich bin nicht allzu besorgt. Du würdest dein wahres Wesen einem Menschen gegenüber nicht preisgeben. Damit würdest du deine kostbaren Gesetze brechen."

Lexi zuckte zusammen und krallte sich von hinten in Eryx' T-Shirt.

Maxis richtete sich auf und straffte die Schultern. Er ließ die Arme seitlich hängen und spreizte sie leicht ab. „Mir hingegen ist es scheißegal, was die Menschen denken."

Eryx wappnete sich, verlagerte das Gewicht auf die Fußballen und machte sich bereit. Maxis zielte mit der Handfläche und schoss einen spannungsgeladenen Strahl auf Eryx.

„Jetzt, Ludan!" Eryx packte Lexi, sprang mit ihr in die Luft und vollführte eine Drehung, wobei die elektrische Salve ihn in die Schulter traf. Er reagierte, indem er mit der Rückhand einen Feuerball ausstieß.

Der Schuss streifte Maxis an der Seite.

Ludan stürzte sich von der anderen Seite auf Maxis und schleuderte ihn gegen eine nahe gelegene Böschungsmauer.

„Ludan, er hat …"

Ludans Arme krampften, als rote und blaue elektrische Spannung mit einem Knistern über seine Haut zuckte, woraufhin er Maxis losließ.

Maxis sprang daraufhin in den Himmel hinauf, wo er sich in Luft auflöste.

Mit einem Knurren betrachtete Ludan seine verkohlten Hände. „Ich werde diesen Hurensohn umbringen." Er ging in die Hocke, um ebenfalls zum Sprung anzusetzen.

„Geh nicht." Mit einem Blick suchte Eryx den Parkplatz nach möglichen Zeugen ab und senkte die Stimme. „Ich brauche dich hier."

Lexi versuchte, sich aus Eryx' Griff zu befreien, doch er hielt sie fest.

Ludan kam auf die beiden zu. „Können wir die Spekulationen jetzt hinter uns lassen?", fragte er mit vor Wut bebender Stimme. „Maxis' Blutlinie verfügt eigentlich nicht über irgendwelche offensive Fähigkeiten, doch er hat mir gerade einige üble Stromstöße verpasst. Ich würde sagen, das ist ein Grund zur Besorgnis."

„Später, Ludan", erwiderte Eryx und zeigte mit dem Kopf auf Lexi.

Diese stieß Eryx mit beiden Händen gegen die Schultern und ließ eine Reihe an Flüchen auf ihn niederprasseln, die selbst Ludan erröten ließen. „Lass. Mich. Los."

Eryx zuckte zusammen und zog sie fester an sich, wobei er auf seine schmerzende Schulter achtete.

Lexi zögerte und drehte sich um, um einen Blick darauf zu werfen. „Du bist verletzt."

„Es geht mir gut. Meine Schwester wird sich darum kümmern."

„Ist sie Ärztin? Wir brauchen einen Arzt. Mein Jeep steht gleich da drüben, wir werden einfach …"

„Lexi."

Sie hielt inne und blickte keuchend zu ihm auf.

Er umfasste ihr Gesicht und überlegte, was er ihr sagen sollte, um in ihrem panischen und verwirrten Zustand zu ihr durchzudringen. „Ich bin ungewöhnlich, schon vergessen? Meine Schulter wird wieder geheilt werden, und ich habe immer noch vor, deine Fragen zu beantworten, aber zuerst muss ich dich in Sicherheit wissen. Lass mich dich nach Hause bringen."

Sie starrte ihn mit großen Augen und gerötetem Gesicht an. Eryx konnte sehen, dass sie jeden Moment Reißaus nehmen wollte.

Eryx betete sowohl zu dem Großen als auch zu den Schicksalsgöttinnen, die ihn hierhergeführt hatten. Er würde alles Nötige tun, um Lexi zu beschützen, völlig egal, wie sie ihm nun antworten würde. Aber er würde es vorziehen, wenn sie dabei nicht schreiend um sich schlug.

Sie nickte. Die Geste war zwar nur zaghaft, doch sie reichte aus, um ihn einmal tief durchatmen zu lassen.

„Bist du dir deiner Sache sicher, Eryx?", ertönte Ludans gedämpfte Stimme neben ihm. In Anbetracht der Konsequenzen, denen sich Eryx würde stellen müssen, falls Lexi keine Myren war, war die Frage berechtigt.

„Ich werde sie ganz bestimmt nicht hier zurücklassen." Eryx drehte sie zu Ludan um und schlang seine Arme um ihre Taille. „Mach schon, Ludan."

KAPITEL 4

Schwankend umklammerte Lexi Eryx' Unterarm an ihrer Taille. Was sie gerade gesehen hatte, war nicht möglich. Oder doch? Ihr Herz pochte so wild in ihrer Brust, dass es schmerzte. Sie beobachtete, wie die Gäste in den frühen Morgenstunden nach und nach das Waffle House betraten, doch nicht einer von ihnen schien sie zu bemerken. „Warum sehen sie uns nicht?"

„Weil wir durch ein Schild vor ihren Blicken geschützt sind", antwortete Eryx. „Ludan, jetzt öffne das verdammte Portal. Ich kümmere mich um unsere Tarnung."

Tarnung? Portal? Das klang weder gut noch sicher. Es war verrückt. Ihre Sicht verengte sich und ihre Kehle war wie zugeschnürt. Sie sollte ihren Kopf aus dem Sand ziehen und die Flucht ergreifen, doch irgendetwas hielt sie fest. Etwas verhieß Veränderung. Den Wendepunkt in ihrem Leben, nach dem sie sich so sehr gesehnt hatte.

„Sie ist nicht bereit dafür." Ludan hob eine Hand, dann richtete er seine Handfläche auf die dunkelste Ecke des Parkplatzes aus. Seine muskulösen Arme waren verkohlt und schienen mit dem tiefen Schwarz seines T-Shirts zu verschmelzen.

Lexi versuchte, einen Schritt zurückzutreten, doch da Eryx direkt hinter ihr stand, kam sie nicht weit. „Was geht hier vor sich?"

„Sieh einfach zu. Ludan hat unrecht. Du wirst es verkraften."

Seine Worte waren nicht sonderlich tröstlich, vor allem, da er mit einem wachsamen Blick den Himmel absuchte.

An der Stelle, auf die Ludan mit einer Hand zielte, begann die Luft zu flirren. Aus der Dunkelheit erschien eine blassgraue Kugel, in deren Mitte ein Strudel zu sehen war, der sich immer mehr verdichtete, bis sich ein höhlenartiger Eingang bildete. Rauch stieg über dem Boden auf und der Rand funkelte.

Ludan ließ die Hand sinken und wandte sich ihr zu. Seine blauen Augen leuchteten heller und das Weiß um seine Iriden schien zu glühen.

Der Anblick war unheimlich. Aber auf seltsame Weise überraschte er sie nicht. „Wir müssen los, Lexi", sagte Eryx.

Sie reckte den Hals, um ihn anzusehen. „Was ist das für ein Ding?"

„Der Weg nach Hause. Nach Eden."

Als wäre das eine einleuchtende Erklärung für eine Höhle, die plötzlich aus dem Nichts auftauchte. Lexi hatte das dringende Bedürfnis, durchzuatmen und etwas Abstand zu gewinnen, daher schob sie seinen Arm von ihrer Taille und riss sich los.

Eryx zuckte zusammen.

Verdammt. Sie hatte ihm nicht wehtun wollen. Vielleicht sollte sie ihm noch einmal den Vorschlag unterbreiten, ihn ins Krankenhaus zu fahren.

„Dieser Mann war hinter euch her, nicht hinter mir."

Er ließ seinen Blick über die Stelle hinter ihr schweifen und starrte ihr dann direkt in die Augen. Ein tatsächlicher Käfig hätte sie nicht besser festhalten können. „Der Mann, den du gerade gesehen hast, heißt Maxis. Vor etwa fünf Minuten bist du auf seiner Liste der begehrtesten Leute ganz nach oben gerutscht. Denn durch dich kann er zu mir gelangen."

„Aber …"

„Du sagtest, du wolltest Antworten. Sie liegen direkt vor dir", fuhr er mit bestimmtem Tonfall und angespannten Mundwinkeln fort. „Entscheide dich."

Langsam spürte sie ein Gefühl des Trotzes in sich aufwallen. Sie hatte noch nie wohlwollend auf Ultimaten reagiert. „Und wenn ich nicht mitgehe?"

„Dann bleibe ich hier bei dir. Ich werde dich nicht allein lassen."

„Kommt gar nicht infrage", knurrte Ludan. „Du bist viel zu schwach. Das beweist die Verletzung an deiner Schulter. Er hätte dich nie getroffen, wenn du nicht so ausgelaugt wärst."

Eryx hatte es getan, um sie zu schützen. Auf keinen Fall wollte sie die Sache noch schlimmer machen. „Wovon redet er?"

„Er muss zurück nach Hause", antwortete Ludan und ballte die Hände zu Fäusten. „Auf der Suche nach dir hat er viel zu viel Zeit hier verbracht. Und da Maxis nun weiß, welchen Wert du besitzt, wird Eryx dir nicht mehr von der Seite weichen. Dadurch bringt er sich in …"

„Hör schon auf", unterbrach Eryx ihn.

„Von wegen." Schwer atmend kam Ludan auf ihn zu. „Wir können nicht so weitermachen. Wenn wir noch ein paar Minuten hierbleiben, werden wir beide aus den Latschen kippen." Er bedachte sie mit einem vorwurfsvollen Blick. „Zeig, was in dir steckt und triff eine Entscheidung."

Sie taumelte rückwärts. Verdammt, ihre Gedanken überschlugen sich. Vielleicht hatten sie sie auf dem Parkplatz nach der Arbeit bewusstlos geschlagen und das alles spielte sich nur in ihrem Kopf ab.

„Du weißt, dass es richtig ist", sagte Eryx leise, denn die Worte waren nur für ihre Ohren bestimmt. Mit einer Hand umfasste er wieder ihren Nacken. „Vertrau mir."

Seine Finger waren warm und sein Griff selbstsicher. Mit seiner gesamten Präsenz schien er die Realität zu verdrängen. Er hatte die Bilder aus ihren Träumen bis ins Detail beschrieben. Es war verrückt, doch sie konnte diese Tatsache nicht einfach ignorieren. Obwohl es ihr eine Heidenangst einjagte, musste sie sich eingestehen, dass ein Teil von ihr in dem Moment zum Leben erwacht war, in dem sie ihn gesehen hatte. Es war, als wäre sie in einer unbändigen Farbenpracht erblüht. Was wäre es für ein Gefühl, sich an ihn zu schmiegen und seinen Berührungen hinzugeben? Falls das alles nur ein Traum war, was sollte schon geschehen?

Dies ist deine Chance. Du hast auf diesen Moment

gewartet.

„Ich komme mit." Sie konnte selbst kaum glauben, dass ihr die Worte über die Lippen gekommen waren.

„Wurde auch Zeit, verdammt", sagte Ludan hinter ihnen.

Eryx schlang die Arme um sie und trat in den Nebel der Höhle.

Als die weiche, kühle Luft sie umhüllte, machte ihr Magen einen Satz. Vielleicht war das doch so keine gute Idee. Sie klappte wie ein Taschenmesser in Eryx' Armen zusammen.

Er stieß ein Grunzen aus und hielt sie so weit wie möglich von seiner verletzten Schulter weg, während er jedoch weiter voranschritt.

„Ich kann selbst gehen." Oder in die andere Richtung laufen, wenn er ihr die Gelegenheit dazu geben würde.

Er drückte ihr einen Kuss auf die Schläfe und sie spürte seinen warmen Atem auf ihrer kühlen Haut. „Es ist besser, wenn ich das Gehen übernehme. Du musst nur stillhalten. Konzentriere dich auf die Stille."

Sie spannte die Muskeln an und wappnete sich. Im Inneren des Portals war kein Ton zu hören und es herrschte eine merkwürdig meditative Atmosphäre. Es war ganz anders als der Strudel aus den Science-Fiction-Filmen, den sie erwartet hatte. Kein schwarzes Loch, das sie aufsaugte und wieder ausspuckte.

Vor ihr flackerte eine blasse Lichtkugel auf, die

immer größer wurde, ohne bedrohlich zu wirken. Ihre Haut kribbelte und die Härchen auf ihren Armen stellten sich auf. Sie hielt den Atem an und kniff die Augen fest zusammen, als sie sich auf den Aufprall vorbereitete.

Im nächsten Moment wurde sie von einer angenehmen Wärme umhüllt. Sie hörte Vogelgezwitscher. Und der frische Duft von Frühlingsblumen stieg ihr in die Nase. Es roch, als hätte es erst kürzlich geregnet.

Sie öffnete ein Auge.

Heilige Scheiße. Sie war weder tot noch befand sie sich im Delirium. Sie hatten sie tatsächlich an einen anderen Ort gebracht. Und er wirkte, als wäre er direkt ihrer Fantasie entsprungen.

„Es ist so ... hell hier.“

Eryx hielt sie aufrecht und lachte leise. „Es ist farbenfroh. Lebendiger als Evad.“

Lebendig war eine Untertreibung. Ein spektakulärer Sonnenaufgang voller Rosa- und Orangetönen erstreckte sich über den Horizont, und leuchtendes, dichtes Gras schimmerte am Boden, so weit das Auge reichte. Sie ging in die Hocke und fuhr mit den Fingern darüber. Dünne, silbrige Adern zogen sich durch die Mitte und über die Ränder jedes Halms, während sich das Gras wie Moos anfühlte. „Es ist ähnlich, aber anders.“

„Das trifft es ziemlich genau.“ Eryx half ihr, sich aufzurichten. „Wie fühlst du dich?“

War das eine Fangfrage? „Wie Alice im Wunderland.“

Ludan stieß hinter ihr ein leises Lachen aus.

„Ich meine körperlich", erwiderte Eryx mit einem Grinsen. „Fühlst du dich irgendwie anders?"

Sie ballte die Hände zu Fäusten und streckte dann die Finger aus, wobei sie ihre Handflächen betrachtete. „Ich habe das Gefühl, als hätte ich ein paar Energydrinks zu mir genommen, ohne jedoch zittrig zu werden."

Eryx' Grinsen wich einem Lächeln, das so strahlend war wie der Sonnenaufgang hinter ihm. „Ich habe es dir doch gesagt", sagte er zu Ludan.

„Das könnte das Adrenalin sein."

Der Himmel war von einem holografischen Geflecht aus Regenbögen überzogen, wobei nicht eine einzige Wolke zu sehen war. Die Farben waren noch satter als in ihren Träumen. Falls die Bilder sich bewahrheiteten, war der Rest dann ebenfalls real?

In der Ferne erblickte sie eine Hütte aus grauen Steinen und mit einem schwarzen Schieferdach, die am Fuß eines riesigen schwarzen Berges stand. Bäume mit mahagonifarbenen Stämmen und blassrosa Blättern säumten die Hänge. „Ich kenne diesen Ort."

Eryx und Ludan, die sich gerade noch miteinander unterhalten hatten, verstummten. „Du kennst welchen Ort?" Ludan bedachte sie mit einem finsteren Blick und kam auf sie zu. Sie deutete auf den Horizont. „Das Haus …"

Ludan packte ihre ausgestreckte Hand, und sie spürte das gleiche Kribbeln, das sie schon in der

Bar durchzuckt hatte. Im nächsten Moment war ihre Hand frei und das Kribbeln war verschwunden.

„Du. Fasst. Sie. Nicht. An." Mit blitzenden Augen und hochrotem Gesicht hielt Eryx seinen Freund im Schwitzkasten.

Ludan durchbohrte Lexi weiterhin mit einem Blick und verzog die Lippen zu einem unbeholfenen Grinsen. „Du Hitzkopf." Mit Eryx' muskulösem Unterarm um seine Kehle brachte er die Worte nur krächzend hervor.

Eryx ließ von ihm ab und verpasste ihm einen Schubs. „Halt dich verdammt noch mal von …"

„Ganz ruhig." Ludan hob abwehrend die Hände und zeigte mit dem Kopf auf Lexi.

Die beiden starrten einander an.

Eryx senkte das Kinn und blähte die Nasenflügel.

Ludan runzelte die Stirn. Es war dieselbe stillschweigende Konversation, die sie auch beim Frühstück zwischen den beiden beobachtet hatte.

Lexi trat einen Schritt vor und bedachte Ludan mit einem finsteren Blick. „Was hast du getan?"

„Er hat dir nicht geglaubt", erklärte Eryx, als er sich hinter sie stellte und eine Hand um ihren Hals schlang. Es war eine besitzergreifende, primitive Geste, die ihr einen erregenden Schauer durch den Körper jagte. „Er hat deine Erinnerungen gescannt."

„So etwas kannst du tun?" Sie war nicht gerade erpicht darauf, dass jemand einfach so in ihrer Vergangenheit herumstöberte. „Warum?"

Ludan verzog die Lippen zu einem selbstzufriedenen Grinsen und verschränkte die Arme vor der Brust.

Eryx spannte die Hand um ihren Hals an. Die Bewegung war nicht bedrohlich, aber fordernd.

„Er kann es tun und er hat es getan, hauptsächlich um seinen Vater zu schützen. Es gibt nur sechs Personen auf dieser Welt, die wissen, wo Graylin wohnt, und du bist keine von ihnen. Er wollte nur wissen, was du gesehen hast, doch das entschuldigt sein Verhalten natürlich nicht."

Lexi kämpfte verzweifelt darum, ihre Gedanken zu ordnen, doch das war fast unmöglich, solange Eryx ihr so nah war. Ihre Haut vibrierte förmlich unter seiner Hand.

„Ich habe es in meinen Träumen gesehen. Leider kann ich mir die Bilder nicht gerade aussuchen, die mir erscheinen."

Ludan blieb wie angewurzelt stehen und betrachtete sie mit einem süffisanten Gesichtsausdruck.

„Und warum siehst du mich so an?", wollte sie wissen. „Vor weniger als fünf Minuten wolltest du mir noch den Kopf abreißen."

Ludan schwieg. Er atmete einmal. Dann noch einmal. Er ließ die Arme hängen und schlenderte auf sie zu, wobei er sich dicht genug vor sie stellte, um Eryx ein Knurren zu entlocken.

„Das war, bevor ich deine Vergangenheit gesehen habe." Seine eisblauen Augen hatten eine fast hypnotische Wirkung auf sie und zogen sie in ihren Bann. „Es braucht Mut, um das durchzustehen, was dir widerfahren ist. Ich habe Respekt vor Kriegern."

Ihr Herz krampfte sich zusammen. Wie weit war er zurückgegangen? Wie viel hatte er gesehen?

„Eine von Ludans besonderen Gaben ist die Fähigkeit, die Erinnerungen einer Person mit einer beachtlichen Geschwindigkeit aufzusaugen." Eryx schlang einen Arm um sie und zog sie an sich. „Er wird sich eine derartige Dreistigkeit nicht noch einmal erlauben."

Über ihnen rauschte der Wind und peitschte Lexi die Haare aus dem Gesicht. Im nächsten Moment fiel ein Mann vom Himmel und landete mit einem dumpfen Aufprall auf dem Boden.

„Was zum Teufel?" Sie schnappte nach Luft, doch ihre Lunge schien plötzlich viel zu klein zu sein, um Atem zu schöpfen.

„Ganz ruhig", sagte Eryx und strich mit dem Daumen auf beruhigende Weise über die Innenseite ihres Handgelenks. „Es ist genau wie in deinen Träumen. Nicht anders."

Die Männer umringten sie wachsam und schienen alle drei bereit, bei Bedarf in Aktion zu treten. Verdammte Scheiße. Der dritte Kerl war Eryx' Zwillingsbruder. Oder eine futuristische Version von ihm aus einer anderen Realität. Silberne Kettenhemden und schwarze Lederhosen und -stiefel gehörten auf der Erde nicht gerade zur Standardausrüstung.

„Ist die Luft rein?", fragte Eryx seinen Bruder.

Der Neuankömmling musterte sie bedächtig von

Kopf bis Fuß. Seine grauen Augen funkelten, dann verzog er die Lippen zu einem Grinsen und ein Grübchen zierte seine Wangen.

Der Mann wandte den Blick nicht von Lexi ab und nickte. Er strahlte etwas Verruchtes aus und schien der Typ böser Junge zu sein, der Frauen, die drei Staaten entfernt wohnten, mit kaum mehr als einem Augenzwinkern in die Knie zwingen konnte. „Du hast mir zwar nicht gerade viel Zeit gegeben, um die Gegend abzusuchen, aber ja, die Luft ist rein."

Mit offenen Haaren, die ihm bis auf die Schultern reichten, trat er auf sie zu und streckte ihr die Hand mit der Handfläche nach oben entgegen. „Ich bin Ramsay, der bessere Bruder von uns beiden."

Oh ja. Er war zweifellos ein Frauenheld.

Lexi ergriff seine Hand und drehte sie leicht, um sie zu schütteln. „Ich bin mir nicht sicher, ob ich dir den besseren Bruder abkaufe. Ich bin Lexi Merrill."

In Ramsays Augen blitzte ein verschmitztes Funkeln auf. „Mein Bruder ist ein Glückspilz."

„Nur wenn ich sie lange genug am Leben halten kann, um mich mit ihr zu brüsten. Und wenn du endlich mit deinem Romeo-Getue fertig bist, können wir sie in Sicherheit bringen und die Spähtrupps losschicken. Ich will Maxis Steysis. Und zwar umgehend."

Ludan horchte auf und trat auf Eryx zu. „Das wurde aber auch Zeit."

„Die Quarans sind auf dem Weg zum Trainingszentrum." Ramsay deutete auf Eryx' Schulter. „Galena ist unterwegs, um sich um euch beide zu kümmern. Sie sollte in fünf bis zehn Minuten hier eintreffen."

Obwohl Ramsay ihm versichert hatte, dass die Luft rein war, ließ Eryx seinen Blick über die Umgebung schweifen. „Wurde während unserer Abwesenheit irgendetwas Verdächtiges gemeldet?"

Ramsays Augen verdunkelten sich, als er die Lippen zu einer dünnen Linie zusammenpresste. „Wir haben einen Krieger verloren. Scheint aber nicht mit Maxis Steysis zusammenzuhängen. Er starb, als er einen Verbrecher verfolgte, der auf der Flucht nach Evad war. Wir haben versucht, seine Baineann zu benachrichtigen, aber sie ist verschwunden. Angeblich hat jemand gesehen, wie sie weinend ihr Haus verließ."

„Sucht weiter nach ihr. Ich will mit ihr reden, sobald ihr sie gefunden habt", erwiderte Eryx mit grimmiger Miene. Er legte eine Hand an Lexis Rücken und schob sie in Richtung der Hütte, wobei er sich Ludan zuwandte. „Bist du sicher, dass Graylin damit einverstanden ist?"

„Machst du Witze? Pops kann es kaum erwarten."

Seine Stimme war beschwingt, fast glücklich. Zugegebenermaßen kannte sie Ludan erst seit ein paar Stunden, aber sie bezweifelte, dass er häufig derart fröhlich klang.

Irgendetwas war geschehen, als er sie kurz berührt hatte. Sie spürte eine vertraute Verbindung zu ihm, die ihr die Angst vor seinem raubeinigen Äußeren nahm und in ihr das Bedürfnis weckte, seine Seele zu beschützen.

Ihr kam ein Gedanke. Sie packte Eryx' Arm und blieb stehen. „Woher wissen diese Leute, dass wir hier sind? Wir sind doch gerade erst gelandet. Ihr habt doch nicht ..." Lexi deutete auf ihre Taschen. „Ihr habt doch niemanden angerufen."

Ramsay brach in schallendes Gelächter aus, das von den Bergen in der Ferne widerhallte. „Du hast einen langen Tag vor dir, Bruder."

Eryx setzte sich wieder in Bewegung und zog sie mit sich, wobei er Ramsay einen mürrischen Blick zuwarf. „Du auch. Ich will, dass die Trupps rund um die Uhr nach Maxis suchen, bis wir ihn in Gewahrsam haben." Sie betraten den kopfsteingepflasterten Weg, der zur Eingangstür der Hütte führte. Eryx schob Lexi vor sich her, als die Tür sich öffnete, noch bevor sie sie erreichten. Doch niemand stand dahinter.

Lexi stand der Mund offen.

„Ich habe sie geöffnet", sagte Eryx. Die Anspannung war zwar nicht aus seinem Gesicht gewichen, aber er verzog die Lippen zu einem Grinsen. „Noch mehr Fragen, ich weiß. Und ich werde sie dir alle beantworten, sobald wir einen Plan ausgearbeitet haben, um Maxis zu finden."

Er führte sie in einen großen Raum, der in Gold- und Gelbtönen gehalten war. In einer Ecke stand ein abgenutzter Schreibtisch, auf dem sich abgegriffene, in Leder gebundene Bücher stapelten. Die Möbel waren dick gepolstert und mit weichen Stoffen mit ausgefallenen Mustern bezogen. Die gesamte Einrichtung schien kostspielig zu sein.

Die Männer traten ein und begannen, eifrig eine Strategie auszuarbeiten.

Derweil schlenderte sie durch den Raum. Die Atmosphäre war heimelig und lud an einem regnerischen Tag ein, sich mit einem Buch hierher zurückzuziehen. Pflanzen mit langen immergrünen Blättern, die an den Enden weiße, glockenförmige Knollen formten, quollen aus ihren Töpfen.

Über dem Kamin hing ein altes Gemälde. Vor einem elfenbeinfarbenen Hintergrund waren eine männliche und eine weibliche Hand so ineinander verschränkt, dass die Unterarme dem Betrachter zugewandt waren. Die Haut der Frau zierte ein Pegasus, der sich auf seinen Hinterbeinen aufbäumte und die Flügel weit ausgebreitet hatte. Auf dem Arm des Mannes war ein kunstvoll gestaltetes Schwert zu sehen, um das sich Efeuranken wanden.

Sie beschlich das unbestimmte Gefühl, dass sie das Gemälde schon einmal gesehen hatte. Es kam ihr bekannt vor, doch sie konnte sich nicht genau daran erinnern.

„Es stellt eine alte Prophezeiung dar." Ein Mann mit welligem, dichtem grauem Haar, das ihm bis zum Nacken reichte, kam auf sie zu. Er hatte die Hände förmlich auf Höhe seiner Taille übereinandergelegt.

Seine Kleidung war seltsam. Er trug ein ärmelloses Oberteil, eine locker sitzende, graue Seidenhose und darüber einen langärmeligen, legeren Mantel, der ihm bis zu den Schienbeinen reichte. Er wirkte wie ein Hugh Hefner der Neuzeit.

Mit einem Blick auf das Bild erklärte er: „Die Legende besagt: Wenn sich zwei Myren miteinander vereinigen und diese Zeichen auf der Haut hervorbringen, dann werden sie den Beginn einer neuen Ära einleiten."

„Das ist eine eher vage Prophezeiung." Die Worte kamen ihr einfach so über die Lippen, bevor sie sie unterdrücken konnte.

„Meinst du damit, dass es eine Ära voller Verheißungen oder eine Ära des Niedergangs sein könnte?", fragte er mit einem verschmitzten Grinsen.

Lexi schwieg. Soweit sie das beurteilen konnte, hatte der Kerl an diesem schönen Ort das Sagen. Zumindest drückte er sich wie ein offizieller Würdenträger aus. Sie würde jedoch ihren letzten Gehaltsscheck darauf verwetten, dass er mit Ludan verwandt war. Die Größe, der Körperbau und die Augen wiesen zweifellos auf eine gemeinsame DNS hin.

„Darüber haben im Laufe der Jahre viele Leute spekuliert", fuhr er fort. „Einige von ihnen verbreiten richtiggehend Untergangsstimmung. Ich erwarte jedoch eine Veränderung zum Besseren." Er reichte ihr eine Hand und verzog die Lippen zu einem Lächeln, das dem von Ludan glich. „Mein Name ist Graylin Forte. Ich bin Ludans Vater."

Lexi schüttelte ihm die Hand. Der Vater machte einen gelasseneren Eindruck als sein Sohn. „Lexi. Lexi Merrill."

Ein verschmitzter Ausdruck umspielte Graylins funkelnde Augen. „Ich weiß, wer du bist. Eryx hat jahrelang nach dir gesucht."

KAPITEL 5

Eryx ließ Ludan und Ramsay stehen und schob die Suche nach Maxis für einen Moment beiseite, um quer durch den Raum zu gehen und seinen Mentor zum Schweigen zu bringen.

„Du bist bereits der Zweite, der behauptet, dass er nach mir gesucht hat." Lexi warf Eryx einen finsteren Blick zu und verschränkte die Arme vor der Brust.

„Ich habe dir gesagt, dass ich deine Fragen beantworten werde, und ich stehe zu meinem Wort." Aber im Moment wollte er sie nur berühren, ihren Nacken streicheln und ihr die Anspannung mit einem Kuss nehmen. Die öffentliche Zurschaustellung seiner Zuneigung würde die anderen Anwesenden nicht stören, aber er bezweifelte, dass Lexi schon bereit war, in die Kultur der Myren einzutauchen.

„Ludan hat dir von ihr erzählt?", wollte er von Graylin wissen.

Graylin runzelte die Stirn. „Ich habe deinem Vater den größten Teil meines Lebens mit der gleichen Hingabe gedient, mit der mein Sohn jetzt dir dient. Dachtest du, ich würde dich nicht unterstützen? Dein Geheimnis ist bei mir sicher."

Lexi wurde hellhörig. „Geheimnis?"

Eryx legte eine Hand an ihren Nacken, bevor er sich eines Besseren besinnen konnte. Die einfache Berührung erdete ihn auf eine Weise, die er vielleicht niemals verstehen würde. „Zu sagen, es sei ein Geheimnis, würde implizieren, dass ich mich dafür schämen müsste. Ich würde eher sagen, dass ich es notwendigerweise unter Verschluss gehalten habe."

Lexi lehnte sich zurück, um sich an seine Hand zu schmiegen, und ihr Blick wurde weicher. Es war eine so natürliche Bewegung, als wären sie bereits seit Jahren statt erst seit einigen Stunden zusammen.

Die Haustür wurde geöffnet und seine Schwester kam herein. Ihr hüftlanges kastanienbraunes Haar war nach dem Flug noch ganz zerzaust, und ihre schwarze Tunika und Leggings waren mit Erde aus dem Garten verschmutzt. In kürzester Zeit suchte sie mit ihren Blicken zuerst ihn und dann Ludan nach Verletzungen ab. „Ramsay sagte, ihr seid verwundet, doch ich kann kein Blut sehen." Dann betrachtete sie Ludans Hände und grinste. „Allerdings bist du ein bisschen verkohlt. Wen hast du derart auf die Palme gebracht?"

„Wir hatten eine kleine Auseinandersetzung mit Maxis", erklärte Eryx.

Lexi trat einen Schritt vor. „Seine Schulter ist verletzt."

Galena ging quer durch den Raum, untersuchte Eryx keine drei Sekunden lang und zuckte dann mit den Schultern. „Er wird's überleben." Sie wandte sich Lexi zu und zog sie in ihre Arme, um sie fest an sich zu drücken.

„Du musst Lexi sein. Ich bin Eryx' Schwester Galena. Sobald ich diese Rohlinge geheilt habe, können wir uns unterhalten. Du hast sicher viele Fragen, und Männer brauchen immer eine halbe Ewigkeit, bis sie Antworten liefern."

Lexi hatte die Umarmung kaum erwidert, als Galena auch schon einen Schritt zurücktrat und in Richtung Küche zeigte. „Eryx, du zuerst."

„Nein, kümmere dich erst um Ludan." Die ganze Sache war zu sehr außer Kontrolle geraten. Weder die Tatsache, dass Maxis auf freiem Fuß war, noch sein lange unterdrücktes Verlangen nach Lexi würden sich über Nacht ändern. Aber er konnte immerhin seine Freunde und Familie zügeln, die alle ihre Nase in seine Angelegenheiten steckten, und sich um Lexis Bedürfnisse kümmern. „Wenn jemand Lexis Fragen beantwortet, dann bin ich das."

Er führte sie in Richtung Flur und ging an Ramsay vorbei, der immer noch am Eingang stand. „Ich erwarte alle zwei Stunden einen Lagebericht."

Ramsay öffnete den Mund, warf einen Blick auf Eryx und schloss ihn wieder. Er nickte und schenkte Lexi noch ein freches Augenzwinkern, bevor er zur Tür hinauseilte.

Als sie um die Ecke bogen und die gemütliche Küche betraten, erfüllte der Duft von frisch gebrühtem Kaffee den Raum. Eryx zog einen Stuhl am Ende des Ahornholz-Tisches hervor und bedeutete Lexi, sich zu setzen.

„Graylin, ich frage nur ungern, aber Lexi hat noch

nichts gegessen. Wenn du ihr eine Kleinigkeit besorgen könntest, werde ich Orla bitten, zu kommen und die Zubereitung der Mahlzeiten zu übernehmen, während wir hier sind."

Lexi ließ sich auf dem Stuhl nieder. Die Morgensonne fiel durch das Panoramafenster hinter ihr und verlieh ihrem dunklen Haar einen blauen Schimmer, während sie ihren Blick über die Fenster und Türen schweifen ließ. „Ich bin nicht hungrig."

Graylin stellte zwei große Tabletts auf den Tisch. „Unsinn. Falls du wirklich erweckt werden sollst, wirst du deine Kräfte brauchen. Dafür sind sowohl Nahrung als auch Ruhe nötig."

„Erweckt?"

Nun, immerhin lenkte sie das von Fluchtgedanken jeglicher Art ab. Eryx warf Graylin einen tadelnden Blick zu, setzte sich neben Lexi an den Tisch und zeigte auf den Stuhl, der direkt vor Galena stand. „Setz dich gefälligst auf deinen Hintern", befahl er Ludan. „Ich will, dass du geheilt und bereit bist, falls wir weitere Überraschungen erleben sollten."

Mit geblähten Nasenflügeln und gestrafften Schultern stieß sich Ludan von der Kücheninsel ab. „Wie Ihr wünscht." Als er sich auf den Stuhl fallen ließ, gab dieser unter seinem Gewicht ein ächzendes Geräusch von sich. „Malran."

„Was ist ein Malran?", wollte Lexi wissen.

Dieser hinterhältige Idiot.

„Eine Art Anführer", antwortete Eryx, bevor Ludan noch mehr Schaden anrichten konnte.

Eine betretene Stille breitete sich im Raum aus, während sowohl Galena als auch Graylin verwirrt dreinblickten. Eryx legte einen Arm auf die Lehne von Lexis Stuhl.

Ludan zog eine Augenbraue in die Höhe. *„Willst du es ihr nicht erzählen?"*

„Noch nicht. Und ich würde es zu schätzen wissen, wenn du und dein Vater euch aus meinem Privatleben heraushaltet."

Lexi hatte die Lippen zu einer dünnen Linie zusammengepresst und die Fäuste auf der gemaserten, honigfarbenen Tischplatte geballt. Alles in allem hatte sie sich bisher gut gehalten. Aber es erschien ihm nicht sonderlich klug, ihr im Moment seinen Status zu erklären.

Galena umklammerte Ludans verbrannte Hände, woraufhin Ludan das Gesicht mit einem Knurren abwandte. „Halt still, Ludan."

„Was tut sie da?", flüsterte Lexi, wobei ihre Anspannung ein wenig nachzulassen schien.

Eryx führte seine Lippen an ihr Ohr und senkte die Stimme, obwohl Galena ihn ruhig hören konnte. Mit ihren Fähigkeiten war sie in der Lage, eine fast tödliche Wunde mitten in einer Schlacht zu heilen. „Sie ist eine Empathin. Um ihm zu helfen, wird sie seine Wunden in sich aufnehmen und sich dann von innen heraus heilen."

Lexi lehnte sich noch ein oder zwei Zentimeter weiter vor. „Tut das weh?"

Eryx folgte Lexis Blick. Sie starrte Ludan an, der

sich davor sträubte, Galena bei der Arbeit zu beobachten. „Nein. Zumindest nicht ihm. Galena wird zwar fühlen, was er fühlt, jedoch in einem geringeren Ausmaß. Aber wie wir alle sieht er nur ungern zu, wie sie die Wunde in sich aufnimmt."

Lexi richtete ihren Blick auf Galena, als die Verbrennungen an Ludans Armen verblassten und auf den sonnengebräunten Unterarmen seiner Schwester erschienen, ohne dass auch nur ein Wimmern über ihre Lippen kam.

Lexi lehnte sich in ihrem Stuhl zurück, während sich eine Mischung aus Respekt und Ehrfurcht auf ihrem Gesicht abzeichnete. „Das ist unglaublich."

Graylin stellte zwei Tabletts mit Früchten und Käse vor ihnen ab, und Ludan stand auf.

Galena lachte und nahm eine reife, rosa Beere von einem der Servierteller. „Es geht mir gut, Ludan. Wirklich." Sie steckte sich die Frucht in den Mund und winkte Eryx herbei. „Komm schon, Eryx. Du bist dran."

Eryx schüttelte den Kopf und schob einen der Obst- und Käseteller zu Lexi hinüber. „Ruh dich einen Moment aus. Lexi kann zuerst ihre Fragen stellen."

Lexi legte den Kopf schief und starrte auf das Tablett vor sich. Blauer Käse und gelbgrüne Früchte waren in Evad keine alltägliche Kost.

Stille breitete sich im Raum aus.

Dann sah sie auf und blinzelte. „Lass sie zuerst deine Schulter heilen. Ich kann warten."

Die Worte waren zwar wenig überzeugend, aber

angesichts der Nacht, die sie hinter sich hatte, nahm er es ihr nicht übel.

„Es geht mir gut. Galena kann die Zeit nutzen, um sich auszuruhen, und du verdienst Antworten. Wo willst du anfangen?"

Lexi schob eine Käsescheibe an den Rand des Tabletts. „Du hast diesen Ort hier Eden genannt. Meinst du damit *das* Eden?"

Nach Maxis' Angriff hätte Eryx eine andere Frage erwartet, aber sie war dennoch einleuchtend. „Wir sind Myren, eine Rasse, die seit über sechstausend Jahren existiert. Der Große – oder wie ihr ihn nennt, Gott – hat sowohl die Menschen als auch die Myren hier in Eden erschaffen."

Lexi breitete ihre Hände flach auf dem Tisch aus. Auf dem Holz wirkten ihre Fingerspitzen fast weiß.

„Zuerst kreierte er die Menschen und die Myren etwas später", erklärte Eryx. „Obwohl wir uns im Grunde ähnlich sind, verfügt unsere Rasse über bedeutendere Fähigkeiten. Wir sind so etwas wie die zweite Version mit einigen Verbesserungen."

„Warum leben die Menschen nicht mehr hier?"

Eryx nahm ein Glas Strasse von Graylin entgegen. Einen Schluck von dem starken, brennenden Schnaps konnte er jetzt gut gebrauchen. Er reichte Lexi eine Tasse mit schwarzem Kaffee. „Was denkst du, was passiert, wenn man zwei ähnliche Rassen zusammenbringt, während eine davon mächtiger ist als die andere?"

Lexi hob die Tasse an ihre Lippen und pustete auf

die dampfende Flüssigkeit. „Das kommt darauf an." Sie stützte die Ellbogen auf den Tisch, während sie die Tasse mit beiden Händen festhielt. „Was bedeutet mächtiger? Die Fähigkeit, zu fliegen?"

Er schüttelte den Kopf. „Beim Fliegen nutzen wir nur unseren Geist in Verbindung mit der Energie um uns herum. Es ist im Grunde eine ziemlich bescheidene Gabe. Aber einige Fähigkeiten können durchaus problematisch sein und sind alle mit den Elementen verbunden – Feuer, Wasser, Erde, Wind und Sturm. Jeder Myren wird mit einer oder zwei dieser Gaben geboren."

Lexi trank abwesend einen Schluck Kaffee und verzog das Gesicht.

Eryx schob ihr die süße Sahne zu. „Er ist wohl etwas stärker, als du es gewohnt bist."

Sie gab Sahne in ihre Tasse, bis diese fast überlief. „Verglichen mit dem Zeug schmeckt Espresso wie heiße Schokolade." Sie rührte die Flüssigkeit um und trank zögerlich einen Schluck. „Ich dachte, es gäbe nur vier Elemente."

„Nicht für uns. Das Element des Sturms kennst du als Blitz oder Elektrizität, aber wir sind imstande, es genauso zu manipulieren wie die anderen Elemente."

Mit dem Finger zeichnete sie die Maserung des Tisches nach. „Die Myren haben versucht, den Menschen Schaden zuzufügen, nicht wahr?"

„Der Große trennte unsere Rassen voneinander und erschuf Evad – so nennen wir die menschliche

Dimension. Wir blieben in Eden zurück. Evad verfügt lediglich über das Maß an Energie, das die Menschen brauchen. Deshalb können wir uns dort nicht lange aufhalten. Wir werden schwach. Nach einer Weile sind wir dann auf dem gleichen Niveau wie die Menschen."

„Ein Myren, der zu lange auf der Erde bleibt, wird also den Menschen angeglichen." Sie schürzte die Lippen, während sie darüber nachzudenken schien. „Aber wenn ihr zwischen beiden Orten hin und her reisen könnt, was hält die Myren davon ab, Menschen hierher zu bringen? Ihre Kraft schwindet hier doch nicht, oder doch?"

Ein Gefühl von Stolz durchströmte Eryx. Mit ihrer schnellen Auffassungsgabe und ihrem gesunden Menschenverstand eignete sie sich perfekt als Malress. „Unsere Gesetze und Krieger sorgen dafür, dass die Ordnung nicht aus den Fugen gerät. Wir sind an zwei heilige Grundsätze gebunden. Zum einen ist es uns verboten, den Menschen etwas über uns zu erzählen. Zum anderen dürfen wir uns in keiner Weise in das Schicksal der Menschen einmischen."

„Und wie wird jemand bestraft, der diesen Grundsätzen zuwiderhandelt?"

„Mit dem Tod."

Die anderen um sie herum schwiegen. Galena spielte mit ihrem Essen, während Ludan und Graylin nur reglos dastanden.

„Deshalb hast du die Suche nach mir geheim gehalten." Lexi betrachtete ihn mit einem herausfor-

dernden Blick aus ihren schieferblauen Augen.
„Du weißt nicht mit Sicherheit, ob ich eine Myren bin. Ich könnte menschlich sein. Und wenn jemand davon erfährt, bist du erledigt."

„Es ist möglich, dass du ein Mensch bist, aber ich bezweifle es. Meine Träume waren eindeutig. Sie würden keinen Sinn ergeben, falls du keine Myren bist."

„Träume?"

Ihre Frage wurde untermalt von einem seltsamen Ausdruck in ihrem Gesicht, den Eryx nicht ganz deuten konnte. Möglicherweise war es Neugierde, aber vielleicht auch Argwohn.

„Ja. Seit etwa zehn Jahren. Die Träume haben mich zu dir geführt."

Sie biss sich auf die Unterlippe und starrte mit abwesendem Blick auf die Tischplatte.

Kein gutes Zeichen. Wenn intelligente Frauen wie Lexi sich in Schweigen hüllten, schmiedeten sie entweder Pläne, zogen falsche Schlüsse oder beides. Er hatte ihretwegen bereits genügend Hürden zu überwinden, es wäre nur hinderlich, wenn ihr flinker Verstand ihm noch mehr Stolpersteine in den Weg legte.

„Eryx, warum lässt du mich nicht deine Schulter versorgen und gibst Lexi einen Moment Zeit für sich." Galena stellte sich hinter den Stuhl, auf dem Ludan zuvor gesessen hatte. „Zieh bitte das Hemd aus."

Vielleicht hatte Galena recht. Möglicherweise war Lexi nur von all den Informationen überwältigt und plante überhaupt nicht ihre Flucht.

Er stand auf und zog sein ruiniertes Hemd aus. Dabei riss ein Fetzen Stoff, der sich in sein Fleisch eingebrannt hatte, die Wunde erneut auf, und er zuckte zusammen.

Lexi kämpfte sich aus ihrer Benommenheit. Als sie sah, was vor sich ging, setzte sie sich vor ihn.

„Wir können uns weiter unterhalten", schlug sie vor und zuckte unbeholfen mit den Schultern. „Du weißt schon, um dich abzulenken."

Er brauchte zwei oder drei Sekunden, bis er begriff, was sie vorhatte. Ihm stand der Mund offen. Sie hatte gar nicht vor, zu fliehen. Und falls sie zuvor daran gedacht hatte, tat sie es jetzt sicher nicht mehr. Diese Frau, diese tapfere, starrköpfige Frau, die von einem Mann, den sie kaum kannte, in ein Reich verschleppt worden war, von dessen Existenz sie nichts gewusst hatte, sorgte sich um ihn. Er räusperte sich.

„Was möchtest du sonst noch wissen?"

Sie beobachtete Galena bei der Arbeit. „Welche Unterschiede bestehen sonst noch zwischen uns?"

Galena tastete die verbrannte Haut an Eryx' Schulter ab, und er atmete zischend ein. „Wir sind schneller und stärker als Menschen, können Gegenstände mittels Telekinese bewegen und mit denjenigen, mit denen wir verbunden sind, telepathisch kommunizieren."

Ihr Blick hellte sich auf und sie drückte den Rücken durch. „So hast du also mit Graylin und Ramsay kommuniziert, bevor wir hier ankamen."

„Ganz genau. Innerhalb einer Familie werden die Mitglieder mit telepathischen Verbindungen zueinander geboren. Du musst dir nur vorstellen, dass du jederzeit den Hörer abnehmen und deine Familie anrufen kannst. Außerdem bist du in der Lage, sie zu finden, ohne ein Telefon zu benutzen.“

„Und das gilt nur für Familienmitglieder?“

„Für den Anfang.“ Er legte eine Hand auf ihre. „Aber wenn wir es wünschen, können wir auch Verbindungen zu anderen Personen herstellen.“ Allein bei der Berührung wanderten seine Gedanken in gefährliches Terrain ab. „Gefährten stellen immer eine solche Verbindung zueinander her.“

Sie bebte und riss ihre Hand zurück. Ganz gleich, wie aufgewühlt sie über ihre derzeitige Lage auch sein mochte, ihr Körper reagierte auf primitive Weise auf ihn.

„Fertig.“ Galena klopfte ihm auf die geheilte Schulter und trat mit einem Schnauben zurück. „Ich wäre euch dankbar, wenn ihr Jungs euch in Zukunft von Ärger fernhalten könntet.“ Sie runzelte die Stirn. „Und tut mir einen Gefallen. Wenn ihr nicht heftig blutet oder innere Verletzungen erlitten habt, dann ruft mich beim nächsten Mal nicht, als müsste ich zu einem Notfall eilen. Ihr wisst doch, dass ich jedes Mal gleich an das Schlimmste denke.“

Graylin trocknete sich die Hände an einem abgegriffenen Handtuch ab und trat von der Anrichte zurück. „Eryx, warum bringst du Lexi nicht in dein Zimmer.“ Er nickte in Richtung der Fenster und der rasch aufgehenden Sonne draußen. „Unter der Erde ist es dunkler, und sie könnte sicher eine Runde Schlaf gebrauchen."

Der bloße Gedanke an Lexi, die auch nur in die Nähe eines Bettes kam, jagte ihm einen erregenden Schauer über den Rücken.

„Komm nicht auf dumme Gedanken." Schmunzelnd nahm Galena eine leuchtend gelbe Tasse von einem Haken unter dem Hängeschrank und schenkte sich Kaffee ein. „Falls Lexi tatsächlich eine Myren ist, könntest du ihre Erweckung auslösen, also achte darauf, dass es zwischen euch nicht zu heiß hergeht."

Lexi stand auf, griff nach ihrer Tasse und starrte durch das Fenster auf den See hinaus. Die Ellbogen hatte sie eng an ihre Seite gepresst und den Rücken kerzengerade durchgedrückt. „Von Erweckung hast du noch nichts erwähnt."

„Darüber können wir reden, nachdem du dich eine Weile ausgeruht hast." Er legte die Hände auf ihre Schultern und zog sie an seine Brust. „Ein paar Stunden Schlaf würden dir guttun. Du hast auch so schon eine Menge zu verarbeiten."

Lexi nickte kaum merklich. Die zaghafte Bewegung passte nicht zu ihrer lebhaften Persönlichkeit.

„Vielen Dank, dass wir hierbleiben können", sagte Eryx zu Graylin. „Ich werde Orla bitten, im Haushalt zu helfen, solange wir hier sind."

Graylin winkte dankend und ging in Richtung seines Schlafzimmers auf der anderen Seite der

Hütte. „Sie soll sich bei mir melden, falls sie etwas braucht. Ich fahre später in die Stadt, um Vorräte zu besorgen."

Galena hielt ihre Tasse von sich gestreckt, um zuerst Eryx und dann Lexi mit dem anderen Arm zu umarmen. „Eryx hat recht", sagte sie zu Lexi. „Ruh dich aus, bevor du weitere Informationen verarbeiten musst. Du bist hier in Sicherheit. Dir bleibt genügend Zeit, um alles zu erfahren, was du wissen musst."

Beim Hinausgehen gab sie Ludan einen Klaps auf die Schulter. „Ich werde nach Hause gehen, um mich frisch zu machen. Ich komme später wieder."

Mit einem Glas Strasse in der Hand setzte sich Ludan auf einen Küchenstuhl. „Ich habe hier alles im Griff. Geh schon." Er zeigte mit dem Kinn in Richtung der hinteren Treppe und kippte den Stuhl nach hinten. „Deine Frau sieht aus, als würde sie gleich umfallen."

Zeit allein. Mit Lexi. In einem Bett. Mehr als genug Gründe, um sich zurückzuziehen. Außerdem würde er jede Sekunde brauchen, um ihre Verbindung zu stärken. Denn es gab noch eine beängstigende Antwort, die er ihr bisher schuldig geblieben war. Und womöglich würde diese sie zurück nach Evad treiben.

***

Lexi hatte in ihrer Jugend nie viel mit Drogen experimentiert, aber im Moment fühlte sie sich, als käme sie gerade von einem wochenlangen, höchst illegalen Trip runter. Eryx berührte sie. Schon wieder. Sie spürte seine warme Hand an ihrem Rücken, als er sie durch den dunklen Flur führte, an dessen Wände Messer und Schwerter wie in einem Museum ausgestellt waren.

Sie war ganz aufgedreht. Entweder lag es an dem Kaffee oder an dem Übermaß an Energie in Eden. Seit Eryx sein Hemd in der Küche ausgezogen hatte, war sie ständig versucht, ihn anzufassen. Wenn ein Mann derart umwerfende Muskeln zur Schau stellte, dann sollte eine Frau zumindest die Gelegenheit bekommen, sie mit ihren Händen zu bewundern.

Eryx ging vor ihr eine Stufe der glitzernden Onyxtreppe hinunter und streckte ihr eine Hand entgegen.

Am Fuß der Treppe war es zwar nicht gerade stockdunkel, aber ziemlich düster. „Wir gehen unter die Erde?"

Im nächsten Moment flackerten Kerzen in Wandleuchtern auf und sie wich zurück.

Eryx stieß ein leises, sonores Lachen aus, das ihr einen erregenden Schauer über den Rücken jagte. „Ich werde mich immer um deine Bedürfnisse kümmern, Lexi." Der silbrige Glanz in seinen Augen verdunkelte sich und wich einem stürmischen Grau. „Um alle."

Ihr Magen schlug einen Purzelbaum und sie spannte die Schenkel an. Noch nie hatte ein Mann sie auf diese Weise angesehen. In seinem Blick lag pure sinnliche Verheißung, ohne einen Anflug von Arglist oder Heuchelei.

Wo ich herkomme, spielt ein Mann keine Spielchen. Beide Partner stehen zu ihren Gefühlen und handeln nach ihren Bedürfnissen.

Vielleicht waren seine Worte auf dem Parkplatz wirklich kein Spruch gewesen, um sie anzumachen. Der Gedanke erregte und erschreckte sie gleichermaßen. Sie ließ ihre Hand in seine gleiten und wurde sofort von seiner Wärme umhüllt. Das Kerzenlicht schimmerte an den glitzernden Felswänden. „Habt ihr hier keinen Strom?"

„Wir brauchen keinen. Unsere Fähigkeiten decken unseren Bedarf gänzlich. Außerdem wollen die meisten Leute alles so belassen, wie es der Große geschaffen hat." Unten angekommen, führte Eryx sie weiter, bis sie am Ende eines kurzen Ganges eine riesige geschwungene Mahagonitür erreichten, zu deren Seiten zwei offene Räume abgingen.

„Das heißt allerdings nicht, dass wir mit den Menschen keinen Handel betreiben. Ramsay würde den Verstand verlieren, wenn er auf seine regelmäßige Dosis Technologie und moderne Musik verzichten müsste. Jedes Mal, wenn er nach Evad reist, schaltet er zuerst sein iPhone ein."

Die Flügeltür öffnete sich von allein und sie machte einen Satz zurück, wobei sie gegen Eryx' stahlharten Körper hinter ihr prallte. Ein kühler Luftzug strömte aus dem Raum und umwehte ihren von Adrenalin gepeitschten Körper. „Daran muss ich mich erst noch gewöhnen.“

„Das wirst du.“ Eryx schob sie sanft vorwärts. Offenbar konnte er es nicht lassen, sie immer wieder auf subtile Weise zu berühren. Aber sie wollte sich nicht beschweren. „Niemand erwartet, dass du dich von einem Tag auf den anderen anpasst.“

Er ging an ihr vorbei zu einer weiteren kleineren Doppeltür, die bereits geöffnet war. „Hier ist das Badezimmer, falls du dich frisch machen willst. Ich werde sehen, ob ich ein Nachthemd oder einen Pyjama für dich finden kann.“

Der Raum war nicht wie der Flur von Kerzen beleuchtet, sondern von einem seltsamen rosafarbenen Schimmer erhellt. Lexi stellte sich in die Mitte des geräumigen Zimmers und betrachtete die Öffnungen in der Decke.

Sieh einer an. Die Myren verfügten zwar nicht über Elektrizität, aber sie hatten ihre eigene Version von Oberlichtern, um die Räume unter der Erde zu beleuchten. Praktisch. Zumal sie selbst nicht wie Eryx und seine Familie in der Lage war, Kerzen mit der Kraft ihrer Gedanken zu entzünden.

„Etwas Besseres kann ich im Moment nicht finden“, sagte Eryx, als er mit einem grauen Seidennachthemd in der Hand auf das riesige Bett an der gegenüberliegenden Wand zuging. „Ich habe Orla gebeten, dir ein paar Sachen zu bringen, bis wir deine eigenen Kleider aus Evad holen können.“ Er warf das Hemd auf die ebenfalls graue Bettdecke, die mit einem saphirblauen Rand umsäumt war. Dann stützte er eine Hand an einem der geschnitzten Bettpfosten ab. „Geht es dir gut?"

Vor ihrem geistigen Auge tauchte ein Bild von Eryx und ihr auf, wie sie sich in einem Gewirr aus erhitzten Gliedmaßen durch die Laken wälzten. Sie spannte die Muskeln an, als ein Kribbeln ihren Unterleib durchzuckte.

Sie musste sich konzentrieren und sollte die Gedanken an Softpornos für einen Moment beiseiteschieben. „Ja, ich ..." Sie warf erneut einen Blick auf das Bett, während sie nach geeigneten Worten suchte.

Eryx kam auf sie zu und zog sie in seine Arme.

Sie ließ sich von seiner Wärme einhüllen und entspannte sich augenblicklich. Ohne das Hemd war sein männlicher Duft noch stärker. Er roch nach Leder und Sandelholz, wobei Letzteres überwog.

Sie atmete tief ein. Alles an ihm schien richtig zu sein. Sein Duft hinterließ bei ihr das gleiche Gefühl der Geborgenheit, das sie jedes Mal ereilt hatte, wenn sie aus ihren Träumen erwacht war. War er die Präsenz, die sie gespürt hatte? War sie bereit, Eryx davon zu erzählen?

Er umfasste ihr Gesicht mit beiden Händen und neigte ihren Kopf nach hinten. Dann führte er seine Lippen so nah an die ihren, dass sie fast laut aufgestöhnt hätte. „Willst du, dass ich gehe?"

Gehen? Nein, ganz ausgeschlossen. Nicht, solange sein Mund nur Zentimeter von ihren Lippen entfernt war. „Ich bin nur etwas überwältigt."

Ein Muskel an seiner Wange zuckte. Er ließ den Blick über ihr Gesicht schweifen, bevor er an ihrem

Mund haften blieb. „Da sind wir schon zwei." Sie spürte seinen heißen Atem auf ihrer Haut, kurz bevor er seine Lippen auf ihre presste.

Wunderbare Glückseligkeit. Sie gab sich ihm hin. Es war ihr völlig egal, ob ihr gesunder Menschenverstand nur zu erschöpft war, um sich ihm zu widersetzen, oder ob sie sich wirklich ihrem Schicksal ergab. Sie sehnte sich nach ihm und wollte sich nicht länger gegen dieses Gefühl wehren.

Er vergrub eine Hand in ihrem Haar, während er mit der anderen über ihren Rücken strich, um ihre Hüfte an die seine zu pressen. Dann neigte er leicht den Kopf und vertiefte den Kuss, wobei er seine Zunge an ihre gleiten ließ und seinen harten Schwanz gegen ihren Unterleib drückte. Plötzlich stöhnte er in ihren Mund und rollte die Schultern zurück.

Scheiße! Sie zog den Kopf zurück und sah die Abdrücke ihrer Fingernägel auf seiner Haut.

Mit einem Ruck presste Eryx sie wieder an sich. „Nein", sagte er mit einem Grinsen und biss ihr zärtlich in die Unterlippe, um dann mit der Zunge darüberzufahren. „Es gefällt mir." Er strich mit seinen feuchten Lippen über die ihren, woraufhin sie erneut den Mund öffnete. „Ich will, dass du wieder meine Schultern packst." Er sprach die Worte mit einem tiefen Knurren aus, das ihr fast den Verstand raubte. Mein Gott, sie konnte gar nicht genug davon bekommen. Am liebsten würde sie es hören, während er mit seinem harten Schaft in sie eindrang.

Er presste seinen Mund auf ihren und hob sie hoch, woraufhin sie ihre Beine um seine Taille schlang.

Sie gab ihm, was er wollte, und krallte ihre Fingernägel tief in seinen Rücken. Sie klammerte sich an ihn, als hinge ihr Leben davon ab, als er sie zum Bett trug.

Im nächsten Moment hörte sie ein sanftes Rascheln und spürte die weiche Matratze an ihrem Rücken, während sein stahlharter Körper auf ihr lag und er sie mit unnachgiebiger Leidenschaft küsste … Ja, an Schlaf war gerade wirklich nicht zu denken.

Als er den Kopf zurückzog, entfuhr ihr ein beschämendes Wimmern. Sie hob reflexartig die Hüfte an, um sich wieder an ihn zu schmiegen.

„Ganz ruhig", flüsterte er. Sein Atem glitt über ihre Wangen und kitzelte die feinen Härchen in ihrem Gesicht. In seinen Augen loderte ein Feuer, als er den Blick gemächlich über ihren Hals zu ihren Brüsten schweifen ließ.

Sie sog zittrig die Luft ein. „Was ist los?" Sein Zögern versetzte ihr einen Stich im Herzen. Kein Mann hielt sich zurück, wenn er sich mit einer willigen Frau und einem Bett im selben Raum befand. Vor allem nicht, wenn diese Frau bereits ausgestreckt vor ihm lag und keuchte wie ein Triathlet. Sie stemmte die Handflächen gegen die Matratze, um sich aufzusetzen.

„Oh, nein, kommt gar nicht infrage." Eryx ergriff ihre Handgelenke und presste sie zu beiden Seiten ihres Kopfes auf die Matratze. Als er seine Lippen an ihr Ohr führte, konnte sie seinen warmen Atem spüren. „Du bist perfekt. Zu perfekt."

Das Gefühl seiner Zähne, die über ihre Haut glitten, war nicht annähernd genug. Sie wollte mehr und neigte den Kopf nach hinten, damit er sie beißen und lecken konnte.

„Ich muss vorsichtig sein, Lexi. Viel mehr, als mir lieb ist." Er verlieh seinen Worten Nachdruck, indem er seine Lippen auf die Biegung ihres Halses drückte.

Sie erschauderte und wölbte sich auf, sodass ihr Busen gegen seine nackte Brust presste.

Eryx küsste und leckte über ihr Dekolleté, während er seine Hüften in einem sinnlichen Rhythmus kreisen ließ. Dann hauchte er einen Kuss auf die Vertiefung zwischen ihren Brüsten und hob den Kopf. „Wir müssen damit aufhören." Er spannte die Kiefermuskeln an und kniff die Augen zusammen. „Beim Großen, ich will all deine Bedürfnisse befriedigen, aber wir dürfen das nicht tun. Ich könnte dich verletzen."

Über ihnen zuckte eine blau-weiße elektrische Spannung durch die Luft.

Bevor sie protestieren konnte, stieß Eryx sich von der Matratze ab und landete gut einen Meter vor dem Bett auf dem Boden, während er genauso heftig atmete wie sie. Mit dem Kinn zeigte er auf das Nachthemd am Fußende des Bettes. „Zieh das an und ruhe dich etwas aus. Orla wird dich später wecken."

„Bist du denn gar nicht müde?" Ach herrje. Eine idiotischere Frage war ihr wohl nicht eingefallen.

Er verzog die Lippen zu einem gequälten Lächeln. „Ich würde im Moment kein Auge zutun können. Aber mach dir keine Sorgen. Ludan und ich sind oben, falls du etwas brauchst." Er wandte sich zum Gehen.

Plötzlich prasselte alles auf einmal auf sie ein – die ungewohnte Umgebung, all die Dinge, die sie mit eigenen Augen bezeugt hatte und ihre unbefriedigte Leidenschaft. „Warte."

Eryx hatte die Hand bereits auf den Türknauf gelegt und blickte mit zusammengebissenen Zähnen zu ihr auf. „Würde es dir etwas ausmachen ..." Meine Güte, sie würde es noch vermasseln. Und seinem Gesichtsausdruck nach zu urteilen, quälte sie ihn außerdem.

Sie warf einen flüchtigen Blick auf das Hemd am Fußende des Bettes. Zum Teufel damit. „Ich schlafe in meinen Kleidern und werde Abstand halten, aber es würde mir gefallen, wenn du bei mir bleibst."

KAPITEL 6

Maxis schob den Teller mit den Resten seines Frühstücks von sich und nippte an seinem Kaffee.

Brenna arbeitete an der Anrichte, wobei sie ihm, so oft sie konnte, den Rücken zukehrte. Sie ging vorsichtig auf und ab, ihre Schritte noch achtsamer als sonst.

Verständlich. Während seines frühmorgendlichen Besuchs in ihrer Kammer war er ruppiger als beabsichtigt gewesen. Nach dem Schlamassel mit Eryx hatte er mit Brennas weniger willigem Körper ein wenig Stress abbauen wollen.

Seine Kaffeetasse gab einen klirrenden Laut von sich, als er sie auf der Untertasse abstellte. „Hast du meinem Gast etwas zu essen gebracht?"

Brenna zuckte zusammen. Sie verschränkte die Hände vor sich, drehte sich zu ihm um und nickte, wobei sie den Blick jedoch abwandte.

„Gut", sagte er.

Ein tiefvioletter Bluterguss erstreckte sich von ihrer Schläfe bis zu ihren aufeinandergepressten Lippen. Ein Luftzug würde ausreichen, und sie würde wieder in Tränen ausbrechen.

„Unterschätze niemals einen Menschen", hatte seine Großmutter immer gesagt. *„Sie sind primitive Wesen und brauchen eine feste Hand, um sie unter Kontrolle zu halten."*

Ein guter Rat, den er nicht außer Acht lassen sollte. Man tat besser daran, den Menschen nicht zu vertrauen, vor allem nicht denjenigen mit gefühlvollen braunen Augen. „Räum das auf und geh auf dein Zimmer. Ich gebe dir den Tag Zeit, um dich auszuruhen, bevor du dich wieder an die Arbeit machen musst. Verstanden?"

Brenna nickte und machte sich daran, das schmutzige Geschirr einzusammeln. Mit ihren ruckartigen Bewegungen brachte sie die Teller zum Klappern, bevor sie sich mit einem beeindruckenden Stapel auf dem Arm zur Tür wandte.

Maxis senkte die Stimme, bis sie kaum mehr als ein Flüstern war, während er einen warnenden Unterton darin mitschwingen ließ. „Du würdest doch nicht versuchen, vor mir zu fliehen, oder, Brenna?"

Sie blieb stehen und schüttelte den Kopf. Dabei wäre eine Gabel fast von dem Berg Geschirr gerutscht.

„Und was würde geschehen, falls du doch einen Fluchtversuch unternimmst?"

„Ich hätte Glück, wenn ich es bis zu einem nahe gelegenen Anwesen schaffen würde", antwortete sie mit ausdrucksloser Stimme, während sie den Blick starr an die Wand hinter ihm gerichtet hatte. „Und falls ich dorthin gelangen würde, würde ich von einem anderen Myren getötet werden, weil wir Menschen hier nicht erlaubt sind."

Das entsprach nicht ganz der Wahrheit. Menschen waren hier zwar tatsächlich verboten, aber es war eher unwahrscheinlich, dass ein anderer Myren sie gleich umbringen würde. Vielmehr würde er sie an einen wohlmeinenden Krieger des Malran ausliefern. Doch das würde er Brenna natürlich nicht verraten. „Und wenn du nicht von einem anderen umgebracht wirst?"

Sie erbleichte und das Geschirr auf ihrem Arm geriet klappernd ins Wanken. „Dann werdet Ihr mich finden und mich selbst töten."

„Gut gemacht." Er nickte einmal und hob seine Kaffeetasse an. „Du kannst jetzt gehen."

Er nippte an dem dunklen Gebräu und starrte ihr hinterher. Ihre Stimme hatte viel zu schwermütig geklungen. Er sollte sie ein paar Tage lang im Auge behalten, um sicherzustellen, dass sie keine Dummheit beging. Es wäre viel zu mühsam, eine neue Haussklavin einzuarbeiten. Er täte besser daran, das nicht zu vergessen, wenn sein Temperament das nächste Mal mit ihm durchging.

Ruckartig wischte er sich eine Träne aus dem Augenwinkel. Verfluchte, verdammte Sonne. Seine Lichtempfindlichkeit wurde immer schlimmer, während die Farbe seiner Iriden weiter verblasste.

Einst waren sie so grün gewesen wie die seiner Großmutter. Angeblich waren es Evanoras smaragdgrüne Augen gewesen, die vor zwei Generationen die Aufmerksamkeit des Malran geweckt hatten.

Doch das hatte ihr nicht viel gebracht. Statt als Malress über die Myren zu herrschen, wurde sie schwanger, nur um von Eryx' Großvater wegen einer Bürgerlichen verlassen zu werden.

Maxis stand auf und marschierte in Richtung des

Gästetrakts. Die dicken karmesinroten Teppiche dämpften seine schweren Schritte, während die dunklen Wände einen willkommenen Zufluchtsort für seine rachsüchtigen Gedanken boten. Er würde Evanora rächen. Es war nur eine Frage der Zeit, bis ein Steysis auf dem Thron saß und die Menschen ihrer Bestimmung zuführte und sie als Diener der Myren versklavte. Wenn er seine Karten richtig ausspielte, könnte die trauernde Baineann, die in seinem Gästezimmer untergebracht war, genau der Trumpf sein, den er für seinen Plan brauchte.

Eigentlich umgab er sich nicht mit hysterischen Frauen, aber diejenige, die er gestern in der Nähe des Trainingsgeländes seiner Armee vornübergebeugt und schluchzend gefunden hatte, hatte er sich nicht entgehen lassen können.

Im Grunde war es der goldene Wendelring um ihren Hals, der seine Aufmerksamkeit erregt hatte. Denn ein solches Schmuckstück überreichte ein Krieger seiner Baineann als Zeichen ihres gesellschaftlichen Rangs. Man musste kein Genie sein, um aus ihren Tränen und dem verblassten Mal auf ihrem Unterarm zu schließen, dass ihr Gefährte vor kurzem gestorben war – höchstwahrscheinlich „bei der Arbeit". Und wäre das nicht eine ideale Gelegenheit, um ein Druckmittel in die Finger zu bekommen?

Eine weitere Möglichkeit, wie er zu den Shantos vordringen konnte.

Er hielt inne und ließ seine Sinne über das Anwesen ausschweifen, indem er ein unsichtbares Netz auswarf, mit dem er ungewöhnliche Energieimpulse aufspürte. Wie erwartet, befand Brenna sich in der Küche und sein Gast im oberen Stock. Zwar wussten nur wenige Myren von seinem Heim oder hatten es gar besucht, doch er wollte sicherstellen, dass niemand ihn störte.

Maxis wartete vor der verschlossenen Tür und spitzte die Ohren, um zu hören, ob sich im Inneren etwas regte.

Nichts.

Er klopfte an die Tür und trat einen Schritt zurück.

Das leise Rascheln von Stoff ertönte, gefolgt von gedämpften Schritten.

Der Knauf wurde gedreht und die Tür einen Spalt breit geöffnet. Phybe lugte schüchtern hervor und schenkte ihm ein schwaches Lächeln, das ihre rot umrandeten Augen Lügen strafte. „Wesley."

Maxis konnte ein Schnauben gerade noch unterdrücken. Nachdem er nun schon siebzig Jahre lang seine Identität vor dem Großteil der Myren verborgen hatte, sollte man meinen, er würde seine Decknamen mit etwas mehr Bedacht wählen. „Ich hoffe, du fühlst dich heute Morgen schon etwas besser."

Sie biss sich mit ihren perfekten Zähnen auf ihre blassrosa Unterlippe und fummelte am Türknauf herum. Ihr Äußeres passte zu ihrem Auftreten. Sie hatte hellbraune Augen und unscheinbares, strohblondes Haar, das ihr blasses Gesicht umrahmte. Sie gehörte zu dem Typ Frau, an dem man mit der

Zeit Gefallen finden konnte, der aber ansonsten kaum auffiel. Geradezu perfekt für sein Vorhaben.

Er stieß die Tür etwas weiter auf und trat ein. Mit einem telepathischen Ruck öffnete er die Vorhänge, woraufhin die Sonne unbarmherzig grell ins Zimmer strömte. „Ich hätte dich gern noch etwas schlafen lassen, doch du solltest zu deiner Familie zurückkehren. Sicher haben sie inzwischen bemerkt, dass du verschwunden bist."

Wenn er noch länger wartete, würden sie zweifellos ihre Verbindung nutzen und bald vor seiner Tür stehen.

Er ging zu der kleinen Sitzecke neben dem Kamin. Der Tisch war mit Obst und Gebäck gedeckt, das jedoch nicht angerührt worden war. „Ich wünschte wirklich, du hättest etwas gegessen."

Sie verharrte in der Nähe der Tür und legte eine Hand an ihren Bauch. Ihr blassblaues Baumwollkleid untermalte ihre Zerbrechlichkeit. „Bei dem Gedanken an Essen wird mir schlecht."

„Bitte." Er zeigte auf den Tisch und zog ihr einen Stuhl hervor. „Könntest du nicht wenigstens ein Zurun essen, bevor ich dich nach Hause bringe? Du würdest dadurch mein besorgtes Herz beruhigen."

Als ihm die blumigen Worte über die Lippen kamen, hätte er fast gewürgt, doch sie erfüllten ihren Zweck. Phybe setzte sich zu ihm an den Tisch und ergriff mit ihren zierlichen Fingern ein Stück des gebackenen Konfekts.

Er nahm ihr gegenüber Platz. „Ich kann doch

nicht zulassen, dass die Baineann eines unserer Krieger nicht umsorgt wird, nicht wahr?"

Ihre zierliche Gestalt wurde sichtlich von einem Schauer durchzuckt.

Er überließ sie einen Moment ihrer Trauer und zählte jeden Bissen, den sie zu sich nahm. „Willst du darüber reden?"

„Da gibt es nicht viel zu sagen." Sie aß einen weiteren Happen. „Er hat einen Kriminellen nach Evad verfolgt. Er sagte, die Menschen seien in Gefahr, da der Mann gewalttätig sei. Mehr weiß ich nicht. Er war kaum zehn Minuten weg, da spürte ich einen heftigen Schmerz in der Brust. Ich habe zwar von den Qualen gehört, die man erleidet, wenn der Gefährte stirbt – aber in Wirklichkeit ist es viel schlimmer. Ich war weder in der Lage zu atmen noch konnte ich einen klaren Gedanken fassen. Ich bin einfach nur … weggelaufen."

Sie schob den elfenbeinfarbenen Teller von sich.

Er stand auf und streckte ihre eine Hand entgegen. „Hast du jemanden von deiner Familie kontaktiert? Nur, um sie wissen zu lassen, dass du in Sicherheit bist?"

Phybe verneinte und starrte auf ihren Teller. „Nein. Ich weiß, es ist selbstsüchtig, aber ich kann einfach nicht …" Sie schluckte, ignorierte die Hand, die er ihr reichte, und ballte die Hände in ihrem Schoß zu Fäusten. „Ich hätte seiner Familie Bescheid geben sollen, aber ich konnte mich einfach nicht dazu durchringen. Noch nicht."

Maxis schüttelte, so mitfühlend er nur konnte,

den Kopf, legte ihr eine Hand auf die Schulter und beschwor sie aufzustehen. „Es ist in Ordnung, meine Liebe. Du wirst schon sehen. Die Mitstreiter deines Fireanns und ihre Gefährtinnen werden dir Trost spenden. Soweit ich weiß, steht der Malran denjenigen bei, die den Verlust eines Kriegers erleiden, der im Dienst unserer Rasse stand.“

Sie presste ihre bebenden Lippen zu einer dünnen Linie zusammen und schloss die Augen. „Es ist üblich, dass eine Baineann dem Malran vorstellig wird, nachdem ihr Gefährte im Dienst gestorben ist. Ich hätte nie gedacht, dass ich diesen Brauch einmal würde praktizieren müssen.“

Maxis zog sie in seine Arme und ließ dabei so viel Wärme in die Geste einfließen, wie er nur vortäuschen konnte. „Ich bin sicher, der Malran wird Verständnis für deine Situation haben. Gib ihm eine Chance, die Dinge wieder in Ordnung zu bringen.“

Phybe wich mit hochroten Kopf zurück und blickte um sich, wobei sie es vermied, Maxis anzusehen.

„Du solltest nach Hause gehen, bevor deine Familie von jemand anderem erfährt, was geschehen ist. Ich werde dich persönlich dorthin bringen.“ Ihm grauste zwar vor dem dreißigminütigen Flug nach Havilah und zurück, denn die brennende Sonne war eine Qual für seine schmerzenden Augen. Aber nicht dafür zu sorgen, dass Phybe in der Gunst des Malran stand, wäre noch schlimmer. Falls die Männer des Malran bisher noch nicht auf der Suche nach der Frau waren, würden sie es bald sein. Maxis wollte, dass sie bereit war.

Während der Reise schwiegen sie die meiste Zeit und wechselten nur ein paar Worte, damit sie ihm den Weg zu ihrem Zuhause weisen konnte. Sie flogen in sittlichem Abstand durch die Luft. Nur einmal, als die Temperatur etwas abfiel, schwebte Maxis dicht bei Phybe, um sie vor der unerwarteten Kälte abzuschirmen.

Sie landeten am Rande eines abgelegenen Dorfes, das den Familien der Krieger vorbehalten war. Die kleinen, gemütlichen Häuser bildeten eine bunte Ansammlung aus Lehmwänden und Schieferdächern, während tiefgrüne Pflanzen die Landschaft mit ihren leuchtenden Regenbogenblüten schmückten.

„Es ist wohl besser, wenn wir uns hier voneinander verabschieden, meine Liebe." Maxis ergriff ihre Hand und drückte ihr einen zaghaften Kuss auf die Fingerknöchel. „Ich will vermeiden, dass jemand einen falschen Eindruck von dir gewinnt, falls du mit einem fremden Mann gesehen wirst."

Phybe erwiderte nichts und zupfte mit der anderen Hand an dem Wendelring um ihren Hals.

„Darf ich dir noch eine letzte Frage stellen?", wollte er wissen.

Sie nickte und faltete ihre Hände sittsam vor ihrem Körper. „Du hast doch Freunde, die dir Trost spenden, nicht wahr? Jemanden, mit dem du reden kannst. Mir ist der Gedanke zuwider, dich in einem solchen Moment hier allein zu lassen."

Sie senkte den Blick. „Ich denke schon.“

Aha. Na endlich. Seit er sie gefunden hatte, hatte er immer wieder Andeutungen gemacht, jedoch ohne Erfolg. Dabei hätte er sie nur fragen müssen.

„Vielleicht könntest du einen Freund außerhalb deines Bekanntenkreises gebrauchen. Es wäre mir eine Ehre, mich mit dir zu verbinden. Du könntest mich jederzeit rufen, falls du dich mit jemandem unterhalten willst.“

Er hielt inne und gab ihr Zeit, um diese Vorstellung und die damit einhergehenden Auswirkungen zu überdenken. Die Verbindung mit einem Myren außerhalb der Familie oder der Gefährten wurde nicht auf die leichte Schulter genommen, denn sie ermöglichte es zwei Individuen nicht nur, telepathisch miteinander zu kommunizieren, sondern auch einander zu orten. Abgesehen von der Bindung, die ein Krieger mit seinem Strategos einging, wenn er den Treueeid ablegte, waren derartige Beziehungen aufgrund der möglichen Risiken selten. Niemand wusste, wie man eine solche Verbindung ungeschehen machen konnte, wenn sie einmal hergestellt wurde.

Maxis setzte eine höfliche Miene auf, während er wartete. Ein Anflug von Misstrauen huschte über Phybes Gesicht. Hatte er die Situation falsch eingeschätzt?

Dann erhellte ein Lächeln ihr Gesicht. „Ja, Wesley, ich werde mich mit dir verbinden.“

Das Raubtier in ihm schnurrte triumphierend. Er hatte gewonnen. Da er sie nicht erschrecken wollte, ergriff er ganz behutsam ihre Hand und sandte Stränge seiner Energie durch ihre Finger.

Sie reagierte nur zaghaft, doch er konnte das Kribbeln auf seiner Haut spüren. Vor seinem geistigen Auge sah er einen zarten, blassrosa Strang.

Er schnappte ihn sich, bevor sie ihn zurückziehen konnte und verwob ihn fest mit seiner eigenen Energie. Falls diese Verbindung ihm nützliches Wissen aus dem Lager der Shantos verschaffte, wäre es die Mühe wert. Vor allem, wenn er mit Phybes Hilfe beweisen konnte, dass Eryx seine kostbare Menschenfrau nach Eden gebracht hatte.

Maxis küsste noch einmal ehrfürchtig Phybes Hand, wobei sein Triumph ihn mit einer Wärme durchströmte, die die Geste noch aufrichtiger wirken ließ. „Ich fühle mich geehrt, dass du mir dein Vertrauen zuteilwerden lässt." Er ließ ihre Hand los und griff hinter ihr nach einer Blume, die an einem schulterhohen Busch wuchs und etwa die Größe ihres Ohrs hatte. Die Blütenblätter waren so korallenrot wie ein Sonnenaufgang in Eden und der Kelch war indigoblau und mit winzigen weißen Punkten gesprenkelt.

Phybe legte den Kopf schief und blickte zwischen dem Busch und der Blume in seiner Hand hin und her.

„Meine Großmutter hat mir einmal erzählt, dass die Krocious-Blüte ein treues Herz symbolisiert." Er steckte ihr die Blume hinters Ohr. „Genau das werde ich für dich sein, Phybe. Du bist nicht allein."

Eine Träne kullerte ihr über die Wange und ihre Lippen bebten. „Ich danke dir. Dein Beistand bedeutet mir mehr, als ich in Worte fassen kann. Ich werde mich niemals bei dir revanchieren können."

Maxis strich ihr eine Haarsträhne hinter das andere Ohr und schenkte ihr ein, wie er hoffte, zumindest halbwegs charmantes Lächeln. „Ich bin mir sicher, dass ich eines Tages auf deine Güte angewiesen sein werde. Ich hoffe nur, dass der Malran ein angemessenes Maß an Bedauern für den Verlust eines unserer Krieger zeigt, vor allem, da er gestorben ist, um diese abscheulichen Menschen zu beschützen."

Phybe erschauderte und blickte auf die Häuser in der Ferne. Er strich über ihre Schulter und drehte sie in Richtung ihrer Heimat. „Geh. Kontaktiere deine Familie und lasse sie wissen, dass du in Sicherheit bist. Dann wende dich an den Malran. Ich werde in ein oder zwei Tagen wieder nach dir sehen. Wäre dir das recht?"

Sie nickte und ging in Richtung ihres Dorfes, in dem sie in einer Villa mit sonnengelben Wänden verschwand.

Eine fröhliche Farbe, die wunderbar zu seiner Stimmung passte. Sein Morgen war durchaus vorteilhaft verlaufen. Und Phybe würde sich ganz sicher bei ihm revanchieren.

Schneller, als sie ahnte.

***

Das leise Klicken eines Türriegels riss Lexi aus dem Schlaf. Seidene Laken liebkosten ihre Wange, als sie auf eine graue Steinwand blickte. Nicht ihre Wohnung.

Sie schob die Bettdecke von sich und die Ereignisse der vergangenen Nacht stürmten wieder auf sie ein. Unwillkürlich begann ihr Herz zu rasen und ihre Gedanken überschlugen sich. Wo war Eryx?

Lexi saß kerzengerade im Bett, als ihr Blick auf eine dunkle Holztruhe fiel, die in der Nähe der Badezimmertür etwa hüfthoch über dem Boden schwebte. Sie sah aus wie ein uraltes Kunstwerk, das mit schmiedeeisernen Griffen und Scharnieren bestückt war.

Eine füllige Frau Ende fünfzig oder Anfang sechzig lugte um die immer noch schwebende Kiste herum und Lexi stieß einen Schrei aus.

„Ich habe gewartet und wollte dich noch eine Weile schlafen lassen, bevor ich dir deine Sachen bringe." Die Frau senkte die Hände, als wollte sie einen Kirchenchor auffordern, sich zu setzen.

Die Truhe kam mit einem dumpfen Aufschlag auf dem Boden auf.

„Es ist viel einfacher, die Dinge selbst in die Hand zu nehmen, als darauf zu warten, dass die Jungs mir die Arbeit abnehmen." Sie stemmte die Hände in die Hüften und trat vor. „Nun denn. Ich bin Orla Weathers."

Die Frau wirkte mit ihrem kornblumenblauen Kleid und ihren funkelnden Augen wie Aschenputtels gute Fee. Allerdings besaß sie keinen Zauberstab, hatte silbriges Haar, das ihr bis zu den Hüften reichte, und stellte stolz ihre Kurven zur Schau. Eine Art gute Fee, die zu einem Blumenkind mutiert war.

Orla ließ sich auf die Bettkante plumpsen und zog Lexi mütterlich in ihre Arme. „Ich wusste, dass mein Eryx etwas im Schilde führt. Die ganze Zeit über war ich mit ihm in Evad, doch er hat mir kein Sterbenswörtchen verraten." Sie zog den Kopf zurück, während sie Lexis Schultern immer noch fest umklammerte. „Aber das ist jetzt nicht wichtig. Er hat dich gefunden, nur darauf kommt es an."

So sehr sie sich auch bemühte, Lexi konnte keinen klaren Gedanken fassen. Eine anständige Tasse Kaffee würde das Problem lösen. Vielleicht würde sie im Moment auch eine ganze Kiste Red Bull brauchen.

Orlas fröhlicher Gesichtsausdruck verblasste. „Es tut mir so leid." Sie stand ruckartig auf und wich ein paar Schritte zurück, wobei sie nervös mit den Händen rang.

„Ich habe dich erschreckt. Und das nach der Nacht, die du hinter dir hast …"

„Warte." Lexi zog die Beine an und stand auf, was in ihren Jeans gar nicht so leicht war, selbst wenn die Laken sündhaft geschmeidig waren. „Vielleicht könnten wir noch einmal von vorn anfangen?" Sie trat einen Schritt vor und streckte Orla eine Hand entgegen. „Ich bin Lexi."

Orla warf einen Blick auf Lexis ausgestreckte Hand und kam mit einem strahlenden Lächeln auf sie zu. „Oh, Schätzchen. Ich gebe doch der Frau, die das Herz meines Jungen erobert hat, nicht die Hand. Du gehörst jetzt zur Familie."

Sie schlang erneut ihre starken Arme um Lexi, die vor allem von ihren Worten gefesselt war.

Familie.

Eine wohlige Wärme breitete sich in Lexis Brust aus, und ihre Kehle schnürte sich zusammen. Vielleicht hatte Orla ihre Beziehung zu Eryx missverstanden. Oder sie hatte eine Vorliebe für Dramen und Liebesromane. „Bist du Eryx' Mutter?"

Orla zog den Kopf zurück und verzog die Lippen zu einem wehmütigen Lächeln. „Nein, Eryx' Eltern sind schon vor vielen Jahren ins Nirana übergegangen. Ich bin die glückliche Frau, die sich um ihn und seine Bande von Rowdys gekümmert hat, seit er schreiend das Licht dieser Welt erblickte." Sie tätschelte die Bettkante und eilte dann davon. „Setz dich, während ich deine Sachen für dich auspacke." Die Frau mochte schon über fünfzig sein, aber sie huschte mit der Energie eines zweijährigen Kindes durch den Raum. „Wenn du willst, kann ich dir ein Bad einlassen, bevor Eryx zurückkommt. Die Wanne da drinnen sieht ziemlich luxuriös aus. Kein Wunder, wenn man bedenkt, dass Graylin ein Auge für die schönen Dinge des Lebens hat."

Lexi hörte mit einem Ohr zu, während Orla ein Kleidungsstück nach dem anderen aus der Truhe zog, von denen keines aussah, als stammte es aus ihrem Kleiderschrank zu Hause. Mindestens drei der Kleider waren einfach geschnitten, wie das von Orla. Darunter waren auch ein paar Tanktops und Leggings, wie die, die Galena getragen hatte. Sämtliche Stücke waren aus Seide oder Baumwolle in kräftigen, leuchtenden Farben. Danach holte Orla noch vier Paar hübsche Ledersandalen mit eingewebten, glitzernden Perlen hervor.

Währenddessen plapperte sie munter über Graylin und Ludan, und erwähnte, wie überrascht sie gewesen war, als sie von der Hütte erfahren hatte. Sie betonte, dass sie ihren Jungs eine Lektion in Sachen Geheimniskrämerei erteilen würde.

Lexi fiel es schwer, ihren Ausführungen zu folgen und zugleich den Inhalt der Truhe zu erfassen. „Ist das alles für mich?"

Orla blickte auf und verstummte augenblicklich. „Es tut mir leid", sagte Lexi und zupfte verlegen am Saum ihres Tanktops. „Aber das sind eine Menge Kleider für ein paar Tage."

„Ein paar Tage?" Orla blinzelte sie mit großen Augen an und war ansonsten wie erstarrt.

„Nun, ich dachte, Eryx würde mir ein paar meiner Sachen von zu Hause holen. Oder ich gehe selbst." Würde sie zurückkehren? War sie überhaupt in der Lage dazu? Was war mit Ian? *Verdammt!* Sie sah sich im Zimmer nach ihrer Handtasche oder ihrem Handy um. Wahrscheinlich hatte Ian ihr bereits Hunderte von Sprachnachrichten hinterlassen.

Orla machte nur eine abwinkende Geste und zog einen weiteren Schwung Kleider aus der Truhe. „Oh, die sind hier." Tatsächlich hatte sie einen ordentlich gefalteten Stapel ihrer Jeans und T-Shirts in der Hand, als sie sich wieder aufrichtete. Mit einem Augenzwinkern ging sie zur Kommode und verstaute Lexis Kleidung in der obersten Schublade. „Ich dachte, du würdest die hiesige Kleidung gern anprobieren. Die Mode von Evad hat sicher auch ihre Berechtigung, aber die Stoffe in Eden sind so viel weicher."

„Wie ist Eryx an meine Kleider gekommen? Er weiß doch gar nicht, wo ich wohne. Wo ist er überhaupt?"

Orla warf einen flüchtigen Blick über ihre Schulter. „Aus deinen Erinnerungen, nehme ich an."

Lexi stapfte zu der Truhe und spähte hinein. „Ich mag es gar nicht, wenn man in meinem Kopf herumpfuscht." Sie entdeckte zwei Paar Caprihosen und einen Stapel Shorts, aber keinen einzigen Pyjama oder Unterwäsche. Ja, genau. Sie würde tatsächlich ein Wörtchen mit Eryx reden müssen.

„Ich bin sicher, dass er nicht respektlos sein wollte. Das ist einfach seine Art." Orla riss die Kleider aus Lexis verkrampften Fingern und verstaute jedes Teil ordentlich in der nächsten Schublade. „Ein Mann in seiner Position kann nicht lange überlegen, bevor er eine Entscheidung trifft. Es ist sein Job, sich um andere Leute zu kümmern."

„Was für eine Position hat er denn inne?" Endlich sah sie sich jemandem gegenüber, den sie zum

Reden bringen konnte. „Er sagte, er sei eine Art Anführer."

Orla drehte sich langsam zu Lexi um und begegnete ihrem Blick. „Er ist unser Malran."

„Ja, das habe ich schon gehört, aber …"

„Wie ich sehe, hast du Orla bereits kennengelernt", drang Eryx' tiefe Stimme durch den Raum.

Lexi und Orla schreckten gleichzeitig auf, wobei Letztere ein wenig schuldbewusst wirkte. Eryx stand in einer frischen Jeans und einem perfekt sitzenden grauen T-Shirt in der Tür. Er warf Orla einen finsteren Blick zu und zeigte mit dem Kopf in Richtung Flur hinter ihm.

„Ich möchte mich kurz mit Lexi allein unterhalten. Wir kommen gleich nach oben", sagte er mit gebieterischer, aber freundlicher Stimme.

Man musste Orla zugutehalten, dass sie sich nicht beirren ließ und eine ebenso düstere Miene aufsetzte. Eine Minute lang starrten die beiden einander nur an.

Oh, richtig. Telepathie.

„Es ist unhöflich, hinter dem Rücken anderer Leute zu reden." Lexi ging energischen Schrittes ins Badezimmer und schlug die Tür hinter sich auf die altmodische Weise zu. Hoffentlich funktionierten die sanitären Anlagen hier genauso wie zu Hause. Wenn sie nach einem derart dramatischen Abgang wieder hinausgehen und um Hilfe bitten müsste, würde die Geste ihren Biss verlieren.

Aber abgesehen von einigen merkwürdigen Hebeln war das Konzept mit dem auf der Erde vergleichbar. Dennoch ließ sie sich Zeit und nahm den Raum in Augenschein, der mit griechischen Motiven, deckenhohen Säulen und Efeu, der sich um eine überdimensionale Badewanne mit Klauenfüßen rankte, gestaltet war. Eryx hatte es verdient zu warten. Sie selbst hatte auch darauf warten müssen, dass er ihr Informationen nach seinem Belieben zukommen ließ. Doch da sie nun ein paar Stunden geschlafen hatte, würde sie ihm das nicht mehr einfach so durchgehen lassen.

Nachdem sie sich das Gesicht gewaschen und den Mund ausgespült hatte, stieß sie die Doppeltür auf und erstarrte. Eryx lag auf dem frisch gemachten Bett auf der Seite und hatte einen Ellbogen auf die Matratze gestützt. Er wirkte wie ein Löwe, der sich auf einem warmen Felsen sonnte.

„Es gefällt mir nicht, wenn du dir selbst Einlass in meinen Kopf gewährst." So. Es wäre besser, sofort zur Sache zu kommen, um Eryx seine Grenzen aufzuzeigen. Er verzog die Lippen zu einem verführerischen Grinsen, das einen Teil ihrer Wut verebben ließ, was dazu führte, dass sie am liebsten etwas nach ihm geworfen hätte.

„Warum denn nicht?" Er ließ seinen Blick gemächlich über ihren Körper gleiten und strich unverhohlen über die wachsende Schwellung in seiner Jeans. „Du spukst mir ja auch im Kopf herum. Und du gehst mir unter die Haut."

Das war ungehobelt. Und zugleich sündhaft sinnlich. Plötzlich war ihr Mund wie ausgetrocknet und ihre Haut sehnte sich nach seiner Berührung.

Eine unsichtbare Hand schlang sich um ihre Taille und zog sie vorwärts, bis sie auf das Bett purzelte.

Bevor sie sich wieder aufrichten konnte, hatte Eryx sie unter sich gerollt und presste seinen harten Schwanz gegen ihre Schenkel. „Ich werde nicht noch einmal in deine Erinnerungen eindringen. Es sei denn, du erlaubst es." Mit den Lippen strich er über ihre Stirn. „Es ist tatsächlich unhöflich, sich ohne Erlaubnis der betreffenden Person diesem Mittel zu bedienen, doch ich brauchte einen Anhaltspunkt, bevor ich dich ansprechen konnte."

Meine Güte, wenn sie doch nur einen klaren Gedanken fassen könnte. Oder zwei. Doch sein Körper auf ihrem … Ihr Verstand hatte einfach ausgesetzt. „Ludan schien keinerlei Skrupel zu haben."

„Ludan *ist* unhöflich."

Ein Lachen bahnte sich unwillkürlich einen Weg über ihre Lippen. So unbeschwert und frei lachte sie normalerweise nur, wenn sie mit Ian zusammen war. „Punkt für dich."

Er strich mit dem Daumen über ihre Lippe und folgte der Bewegung mit seinem Blick, in dem ein begieriger und konzentrierter Ausdruck lag.

Wenn sie nicht bald anfing, ihre Fragen zu stellen, würde sie nie Antworten erhalten. Sie schob seine Hand beiseite und versuchte, von ihm wegzurutschen. „Wir müssen uns unterhalten."

Er zog sie wieder unter sich, ergriff eine ihrer Hände und führte sie an seine Lippen. Dann biss er spielerisch in ihren Fingerknöchel und verzog die Lippen zu einem Lächeln, mit dem er Schokolade zum Schmelzen bringen konnte. „Ich habe Jahre mit der Suche nach dir verbracht." Er liebkoste die Haut hinter ihrem Ohr und sagte mit heiserer, gedämpfter Stimme: „Meine Familie ist gerade beschäftigt und dein verführerischer Körper liegt unter mir. Du könntest zumindest zulassen, dass ich dich berühre, während du mich ausfragst."

Ein erregender Schauer durchzuckte sie und sie schloss die Augen. Er kannte sie noch nicht einmal einen ganzen Tag und hatte bereits eine ihrer drei erogenen Zonen gefunden. „Ich kann nicht klar denken, wenn du mich berührst."

„Gut." Er ließ seine Lippen über ihr Kinn gleiten. „Mir wäre es ohnehin lieber, du würdest einfach nur fühlen."

Sie vibrierte am ganzen Körper und wollte sich ihm gerade hingeben. „Nein." Sie hatte keine Ahnung, wie sie es geschafft hatte, das Wort über die Lippen zu bringen.

Eryx erstarrte und das sinnliche Glühen in seinen Augen wich einem sachlichen Ausdruck.

Gerade war er noch so leidenschaftlich und verspielt gewesen. „Es tut mir leid, aber ich brauche noch mehr Antworten." Sie versuchte erneut, sich von ihm abzudrücken, doch er legte sich mit seinem Gewicht auf sie.

Dann packte er ihr Kinn und begegnete ihrem Blick. „Es muss dir nicht leidtun. Niemals. Nein bedeutet Nein." Er strich ihr das Haar aus dem Gesicht. „Ich habe dir gesagt, dass wir hier keine

Spielchen spielen. Und ich habe es ernst gemeint. Wenn dich etwas stört, musst du es mir sagen. Wenn du etwas willst …“ Das Glühen kehrte in seine Augen zurück. „Dann sagst du mir das ebenfalls.“

Oh, mein Gott. Wenn das nicht ein Angebot war, all ihre Fantasien wahrwerden zu lassen.

Bevor sie ihre Gedanken neu ordnen konnte, rollte er sich auf den Rücken, zog sie mit sich und drückte sie an seine Brust. „Also“, sagte er und stieß den Atem aus, „was willst du wissen?“

Verdammt. Sie hatte so viele Fragen. Aber sie musste irgendwo anfangen. „Warum glaubst du, dass ich eine Myren bin? Ich habe nicht dieselben Fähigkeiten wie du.“

„Vor unserer Erweckung verfügt keiner von uns über irgendwelche Gaben“, sagte er in einem sachlichen Tonfall, als würde er nicht gerade ihre ganze Welt auf den Kopf stellen. Dabei ließ er seine Hand zärtlich über ihren Rücken kreisen. „Wir werden mit denselben Fähigkeiten wie Menschen geboren, doch im Alter zwischen achtzehn und einundzwanzig unterziehen wir uns einem Erweckungsritual. Die Eltern entscheiden, wann das Kind reif genug dafür ist.“

Sie stützte die Arme auf seiner Brust ab, um sein Gesicht besser sehen zu können. „Warum werdet ihr nicht mit euren Gaben geboren?“

Er grinste und strich ihr über die Schulter. „Ich würde es als Sicherheitsvorkehrung bezeichnen, die der Große eingebaut hat. Schließlich will man vermeiden, dass ein Haufen Kinder herumfliegt und Feuer und Blitze wirft."

Nun, zumindest war er ihr nicht allzu weit voraus, was den Umgang mit seinen Fähigkeiten anging. Er konnte nicht älter als Ende zwanzig, höchstens Anfang dreißig sein. „Dann verfügst du also erst seit ein paar Jahren über deine Kräfte, richtig?"

In Eryx' Augen blitzte ein Funkeln auf und sein Lachen brachte intime Stellen ihres Körpers zum Vibrieren, die sie niemals benennen würde. „Wohl eher einhundertvierunddreißig. Ich wurde mit achtzehn Jahren erweckt, also bin ich einhundertzweiundfünfzig Jahre jung. Nach deinen Maßstäben bin ich Anfang dreißig. Wir leben vier- bis fünfhundert Jahre, es sei denn, uns widerfährt ein Unglück."

Nun, wenn das nicht ein Vorteil ist. „Das verleiht der Beziehung zu einem älteren Mann eine ganz neue Bedeutung." Sie zeichnete die Linie seines Brustbeins entlang seines Ausschnitts nach. Die Baumwolle seines T-Shirts war weicher als Seide. „Wie genau funktioniert diese Erweckung?"

Das beschwingte Lächeln in seinem Gesicht verblasste. Was auch immer er gleich sagen würde, es war scheinbar etwas Ernstes. „Das Ritual findet ganz privat im engsten Familienkreis statt." Ein distanzierter Ausdruck trat in seine Augen. „Am Tag vor dem Ereignis wird ein großes Fest gefeiert, genauso wie die darauffolgenden zwei bis fünf Tage."

„Warum warten? Warum nicht gleich danach feiern?"

Der ausgelassene Ausdruck kehrte in sein Gesicht zurück und sein Lachen ließ das Bett erbeben. „Weil niemand in der Lage ist, sofort danach zu feiern. Die Eltern sind müde und das Kind ist so aufgedreht, als hätte es eine Woche lang jeden Tag halbstündlich eine Tasse Espresso getrunken. Niemandem ist nach Feiern zumute."

„Und du denkst, ich bin noch nicht erweckt worden?"

Eryx nickte.

„Du sagtest, du glaubst, ich sei eine eurer Verlorenen?"

Er nickte erneut, doch diesmal bedächtiger. „Einige Myren entscheiden sich aus den verschiedensten Gründen dafür, Eden zu verlassen und ihren Lebensabend in Evad zu verbringen. Es ist nicht verboten, solange sie den Menschen das Wissen über unsere Rasse vorenthalten." Er hielt einen Moment inne, und sie spürte ein Kitzeln an ihrer Schulter – doch es war nicht sonderlich angenehm. „Ich habe in deinen Erinnerungen gesehen, dass du in Pflegefamilien aufgewachsen bist. Wir werden nie erfahren, warum deine Familie Eden verlassen hat, doch es scheint durchaus einleuchtend, dass du myrenischer Herkunft bist."

All seine Antworten ergaben Sinn. Warum hatte sie dann das Gefühl, dass er ihr noch etwas vorenthielt? „Was verheimlichst du mir?"

Eryx strich ihr eine Haarsträhne hinters Ohr. „Ich

habe lange Zeit nach dir gesucht", antwortete er behutsam. „Jeden Morgen bin ich aus meinen Träumen erwacht, die genauso real waren wie dieser Moment. Jetzt, da du hier bei mir bist, habe ich es nicht eilig, dir einen Grund zu geben, der dich zum Weglaufen bewegen könnte."

Scheiße.

Dann hatte er wohl nichts Gutes zu sagen.

Dennoch wäre es besser, die Wahrheit zu erfahren.

Zumindest hoffte sie das.

Eryx seufzte. „Falls du eine Myren bist und dich dem Erweckungsritual unterziehst, wirst du danach über sämtliche grundlegenden Gaben unserer Rasse verfügen. Zudem wirst du noch eine oder zwei zusätzliche Fähigkeiten aufweisen."

„Und falls ich menschlich bin?"

Er spannte die Kiefermuskeln und sog die Luft ein, um ein paar Sekunden den Atem anzuhalten, bevor er antwortete: „Dann wirst du sterben."

KAPITEL 7

Eryx fiel vom Himmel und erschütterte den gesamten Palast mit seiner Landung. Er stürmte auf den Eingang des Schlosses zu, während er zugleich von Trauer und Verärgerung gepackt wurde. Natürlich hatte er gewollt, dass die Baineann des toten Kriegers gefunden wurde, denn er wollte sich vergewissern, dass sie in Sicherheit war und ihr sein Beileid aussprechen. Doch das Timing war beschissen. Er hatte Lexi in der Hütte zurücklassen müssen, während sie immer noch völlig schockiert war. Zweifellos war es eines der schwersten Dinge, die er je getan hatte.

Ludan landete neben Eryx und packte ihn am Ellbogen. „Sie wird sich schon wieder fangen. Sie ist eine Kämpferin. Vertrau mir.“

„Du denkst, es ist klug, mich daran zu erinnern, dass du mehr über die Vergangenheit meiner Frau weißt als ich?“ Die Drohung kam ihm teils als Flüstern, teils als Knurren über die Lippen.

Ludan hatte immerhin den Anstand zusammenzuzucken, als er Eryx' Arm losließ. „Ich war zu voreilig.“ Die Worte kamen einer Entschuldigung gleich. Zumindest soweit die Forte-Männer zu einer fähig waren.

Sie konnten seinen inneren Aufruhr zwar nicht gänzlich beruhigen, doch sie milderten ihn geringfügig. „Wenn sie wegläuft …“

„Das wird sie nicht. Sie ist nicht der Typ, der in Panik gerät.“ Ludan reckte trotzig das Kinn in die

Höhe, was Eryx mehr als nur ein wenig nervös machte.

„Irgendwie habe ich das Gefühl, dass ich gar nicht wissen will, was du in ihrem Kopf gesehen hast."

„Selbst wenn du es wüsstest, könntest du nichts mehr dagegen tun."

Die geheimnisvolle Bemerkung war nicht sonderlich hilfreich, denn sie weckte in Eryx den Wunsch, jedem, der Lexi in ihrer Vergangenheit verletzt hatte, die Arme abzureißen.

Eine der riesigen Türen wurde aufgezogen und Galena streckte den Kopf heraus. „Würdet ihr euch beeilen? Ich kann die beiden nicht länger voneinander fernhalten, und Phybe hat die Einmischung dieses Miststücks wirklich nicht verdient."

Eryx hielt inne. „Die beiden? Und wer ist Phybe?"

„Wer ist das Miststück?", wollte Ludan wissen.

Galena hielt die Tür auf und winkte sie hinein. „Phybe ist die Gefährtin des Kriegers, der ums Leben gekommen ist. Sie befindet sich im Salon neben der Küche. Das war der einzig sichere Ort, an dem ich sie warten lassen konnte, bis ihr eintrefft."

Eryx trat einen Schritt vor, doch er zögerte, als Galena nicht weiterging. „Und?"

„Und deine Ex wartet im offiziellen Empfangszimmer." Ludan und Eryx hielten beide auf der Stelle an.

„Oh, verdammt, nein." Mit einer abwinkenden Handbewegung machte Ludan auf dem Absatz kehrt und ging in Richtung der Schlossgärten. „Gib mir Bescheid, wenn du fertig bist."

„Du bist wirklich ein toller Somo."

Ludan hielt inne. „Wenn es um Maxis oder einen anderen feuerspeienden Dämon geht, auf jeden Fall. Aber bei dieser Viper?" Er schüttelte den Kopf und setzte sich wieder in Bewegung. „Da bist du auf dich allein gestellt."

Eryx warf einen Blick auf Galena, die immer noch die Tür aufhielt. „Hey, wir haben dich gewarnt", sagte sie mit einem überheblichen Achselzucken.

Sie hatte recht. Seine Familie hatte ihn gewarnt, aber er hatte nicht auf sie gehört. Serena Doroz war vor über zwanzig Jahren die perfekte Ablenkung gewesen, um seine Einsamkeit zu lindern, die seine nie enden wollenden Verpflichtungen mit sich brachte. Letztendlich hatte sie nur eines gewollt – seinen Titel. Sie würde sogar ein Kind opfern, wenn es zwischen ihr und ihren Zielen stünde.

„Nenn sie nicht meine Ex", sagte Eryx und machte sich auf den Weg in den Salon.

Galena folgte ihm und senkte ihre Stimme. „Ich begleite dich. Jemand muss die arme Baineann beschützen, falls etwas schiefgeht. Falls Serena sich einmischt, kannst du dich auf den feuerspeienden Drachen werfen und uns retten."

So verkorkst es auch klingen mochte, eine Konfrontation mit Serena wäre ein verdammt gutes Ventil, um etwas Dampf abzulassen und das Brodeln in seinem Magen zu lindern. Er hatte keine

Zeit für sein tägliches Natxu gehabt, geschweige denn für ein Sparring mit Ludan. Vielleicht war es an der Zeit, dass er Serena eine Kostprobe ihrer eigenen Medizin verabreichte.

Als sie den Salon erreichten, hatte sich sein Herzschlag wieder ein wenig beruhigt. Sobald sie eintraten, stand Phybe auf und sank auf die Knie, um ihn förmlich zu begrüßen. „Malran."

„Ich denke, wir können heute auf die Etikette verzichten", sagte Eryx und reichte ihr die Hand, um ihr beim Aufstehen zu helfen. „Wenn jemand knien sollte, dann bin ich es."

Phybes Unterlippe bebte, wobei die blassrosa Farbe sie noch zerbrechlicher erscheinen ließ. Die Haut um ihre Augen war geschwollen und ihre Wangen waren mit roten Flecken übersät.

Seine Kehle schnürte sich zu und seine Augen brannten. Von all seinen Pflichten war dies die schwerste und übertraf sogar den Schrecken, den er empfand, wenn er seine Männer in die Schlacht schicken musste.

„Hast du die Familie deines Gefährten kontaktiert, Phybe?" Galena war stets die perfekte Gastgeberin und trat vor, um Phybe zu einem Stuhl zu führen.

Die Baineann nickte, wobei die blonden Strähnen, die ihr Gesicht umrahmten, auf und ab wippten. „Er hatte nur noch seine Mutter. Ich habe sie heute Morgen kontaktiert." Sie sah zu Eryx auf und senkte dann den Kopf. „Ich weiß, dass Eure Männer nach mir gesucht haben. Ich hätte nicht einfach davonlaufen sollen. Es tut mir leid."

Galena setzte sich auf die Armlehne von Phybes Stuhl und ließ beruhigend ihre Hand über den Rücken der Baineann kreisen. „Niemand verurteilt dich für deine Reaktion. Es muss sehr qualvoll sein, die Verbindung zu seinem Gefährten zu verlieren. Ich würde wahrscheinlich genauso handeln."

Eryx ging vor Phybe in die Hocke und ergriff ihre kalten Hände. „Ich bin nicht wütend, Phybe. Keiner von uns ist verärgert. Wir kümmern uns um die Unsrigen, und du bist ganz sicher eine von uns."

Phybes Schultern bebten, und ein unfeines Schniefen hallte durch den Raum.

„Hast du Familie oder Freunde in deiner Heimat?" Galena hielt inne und wartete, bis die Baineann zu ihr aufblickte. „Vielleicht könntest du sie einladen, dir für ein paar Tage Gesellschaft zu leisten?"

Phybe schüttelte den Kopf und begegnete Galenas Blick. „Ich habe nur noch meine Mutter und meinen Vater, und sie sind schon älter. Es wäre zu viel verlangt, ihre Routine zu stören."

„Nun, wenn du möchtest, kannst du mich besuchen und etwas Zeit mit mir verbringen. Gärtnerst du gern?"

Galena war gut. Sie hatte derartige Situationen schon immer gemeistert. Mit ihrer ungezwungenen Art brachte sie stets das Beste in den Menschen hervor und konnte selbst die schwierigsten

Persönlichkeiten erweichen.

Unwillkürlich schoss ihm die Frage durch den Kopf, ob Lexi solchen Aufgaben wohl gewachsen wäre.

„Ich fürchte, ich weiß nicht viel über Pflanzen." Zum ersten Mal seit ihrer Ankunft verzog Phybe die Lippen zu einem zaghaften Lächeln. „Zu Hause habe ich ein paar, doch sie sind eher welk."

„Nun, ich habe eine Menge Pflanzen, mit denen du üben und dabei etwas lernen kannst. Ich werde dich in den kommenden Tagen abholen, dann werde ich dich in die Kunst des Gärtnerns einweisen."

„Ich bin sicher, dass auch die Frauen der anderen Krieger in den nächsten Tagen Zeit mit dir verbringen werden", sagte Eryx.

Phybe erstarrte.

Eryx tastete ihre Emotionen ab, wobei er äußerst behutsam vorging, um jede Regung von Energie zu verbergen, die ihn verraten könnte. Ein Schleier aus schimmerndem Grau umhüllte Phybes Schultern. Besorgnis. Vielleicht auch Angst. „Phybe, hast du Probleme mit den Frauen? Wenn es dir lieber ist, kannst du gern hierbleiben."

„Nein." Phybe schniefte und wischte sich mit einer Faust über die Wange. „Wirklich, ich komme zurecht. Ich habe heute sogar einen neuen Freund gefunden." Sie hickste und rieb sich erneut über die Wange. „Gestern Abend, um genau zu sein. Er hat mich gefunden und mich zu sich nach Hause mitgenommen."

Sie öffnete die Faust und zeigte ihm die zerdrückte Krocious-Blüte in ihrer Handfläche. „Er hat mir diese Blume gegeben", sagte sie mit einem Schluchzen. „Ich hätte wohl behutsamer mit ihr umgehen sollen."

Eryx nahm ihr die beschädigte Blüte aus der Hand und zwirbelte sie zwischen den Fingern. „Sie ist perfekt. Genau wie du." Er steckte sie hinter Phybes Ohr und tippte mit dem Finger an ihr Kinn. „Ich bin froh, dass er dich gefunden und mitgenommen hat."

Phybe schenkte ihm ein zittriges Lächeln. „Ich glaube, mein Freund hat sich in Euch getäuscht."

Eine seltsame Bemerkung. Eryx mochte ein paar strittige Entscheidungen getroffen haben, seit er den Thron bestiegen hatte, aber die meisten Leute waren mit den Veränderungen einverstanden.

Phybe strich den Stoff ihres blauen Kleides glatt. „Er denkt, es sei eine Schande, dass mein Fireann gestorben ist, um die Menschen vor einem Myren zu beschützen. Aber ich denke, es ist richtig, dass Ihr für ihre Sicherheit sorgt."

Eryx lehnte sich zurück und verlagerte das Gewicht auf die Fersen. Nicht jeder Myren war den Menschen wohlwollend zugeneigt, aber die meisten betrachteten sie als gleichberechtigte Wesen.

„Oh, da bist du ja." Eine laute Stimme hallte dramatisch durch den kleinen Raum.

Eryx und Galena stöhnten auf.

Er warf Galena einen vielsagenden Blick zu und stand auf, um einer der schlechtesten Entscheidungen seines Lebens gegenüberzutreten. „Serena."

Sie war unbestreitbar schön. Zwar hatte sie das Gesicht eines Engels, doch in ihrer Brust wohnte ein teuflisches Herz. Sie kam auf ihn zu, wobei ihr formelles grünes Kleid um sie herumwogte. Es war lächerlich, dass sie an der ältesten aller Traditionen festhielt. „Ich kann nicht glauben, dass du mich nicht sofort nach deiner Ankunft aufgesucht hast."

„Ich dachte, Galena hätte dir gesagt, du sollst im Empfangszimmer warten." Eryx baute sich zwischen Phybe und Serena auf.

Die Schlampe hatte nicht genug Feingefühl, um eine heikle Situation zu erkennen.

„In dem Empfangszimmer lässt du Leute warten, die dir unbekannt sind, Eryx." Sie legte die Hände an seine Brust und atmete mit einem kehligen Schnurren aus. „Ich bin wohl kaum eine Unbekannte."

Eryx wandte sich seiner Schwester zu. „Galena, würdest du Phybe nach Hause begleiten? Ich muss etwas mit Serena besprechen."

Die beiden eilten ohne einen weiteren Blick aus dem Salon.

Serenas Wangen glühten. „Ich bin froh, dass du wieder zu Hause bist."

Beim Großen, sie war wirklich von sich eingenommen. Jahrelang hatte er um den heißen Brei herumgeredet und versucht, ihre kurze Beziehung auf sanfte Weise zu beenden. Er hatte vermeiden wollen, dass sie ihm eine wütende Szene machte. Außerdem hatte er sich ihre sehr wohlhabende und politisch involvierte Familie vom Leib halten wollen. Jetzt musste er jedoch an Lexi denken. Das Letzte, was er gebrauchen konnte, war Serena, die durch das Schloss tobte und Chaos anrichtete.

Er packte sie am Ellbogen und drehte sie herum. Ihr Keuchen hallte durch den Raum, als sie überrascht nach Luft schnappte.

„Es ist an der Zeit, dass du und ich die Karten auf den Tisch legen.“ Er zog sie in die Küche, wo zwei von Orlas Köchinnen auseinanderstoben, um ihm aus dem Weg zu gehen.

Serena versuchte, ihren Arm unauffällig aus seinem Griff zu winden, ohne dabei zu stolpern, während sie Mühe hatte, mit ihm Schritt zu halten. Sie senkte die Stimme. „Beim Großen, Eryx. Was ist denn in dich gefahren? Du machst eine Szene vor den Angestellten.“

Eryx ging unbeirrt weiter durch den langen Speisesaal. „Du sorgst dich um die Angestellten. Wer's glaubt.“

Da außer ihnen beiden nun niemand mehr in der Nähe war, stemmte sie sich gegen ihn und versuchte, sich mit einem Ruck zu befreien. „Lass mich los.“

Er festigte seinen Griff um ihren Arm und stapfte weiter.

„Verdammt noch mal. Lass. Mich. Los.“ Serenas schrille Worte hallten an den Steinwänden wider.

Sobald die Eingangshalle in Sicht kam, riss er die

Tür mit einem Energiestoß auf und drehte Serena zu sich. „Ich will, dass du verstehst, was ich dir jetzt sagen werde."

„Das werde ich *nicht*." Die späte Nachmittagssonne fiel durch die Türen und umhüllte sie mit einem majestätischen Schein. „Bevor wir uns weiter miteinander unterhalten, wirst du dich für dein Verhalten mir gegenüber entschuldigen, vor allem vor den Augen der Bediensteten."

Er packte sie an den Schultern und ließ die ganze Frustration und Wut der letzten Tage in seinen Blick einfließen. „Wir. Sind. Fertig. Es gibt kein Wir. Es hat nie ein Wir gegeben und es wird ganz sicher auch in Zukunft keines geben."

Serena zuckte zusammen und erstarrte.

Verflucht. Vielleicht waren seine Worte etwas zu hart gewesen, aber er war es leid, um das Thema herumzutanzen. „Ich habe versucht, Anstand walten zu lassen und dir sanft zu verstehen zu geben, dass wir keine Beziehung haben. Aber du hast dich geweigert, zuzuhören. Von jetzt an wirst du dich so verhalten, wie es sich für eine meiner Bekannten gehört, mehr nicht."

Er spürte, wie sie sich unter seiner Hand versteifte, als eine fleckige Röte ihren Hals hinauf bis zu ihren Schläfen wanderte.

Er hatte kein schlechtes Gewissen. Es war das Beste, Serena gegenüber direkt zu sein, wenn er die Sache ein für alle Mal hinter sich lassen wollte. „Ist das klar?"

Furchtlos wie eine Kobra trat sie näher. „Du

wagst es, in diesem Ton mit mir zu reden? Und mich vor den Untergebenen so zu behandeln? Ich habe auf dich gewartet. Ich habe mich zum Gespött der Leute gemacht. Und du glaubst, du kannst so mit mir umspringen?"

Sie trat einen Schritt zurück und straffte die Schultern, wobei ein wahnsinniger Schimmer in ihren ansonsten hübschen Augen funkelte. „Ich werde einen Weg finden, dich für dein Verhalten bezahlen zu lassen. Auf die eine oder andere Weise werde ich genauso verletzen, wie du mich verletzt hast." Mit der überlegenen Haltung einer langjährigen Königin schritt sie zur Tür hinaus.

Ja, es war definitiv die richtige Entscheidung gewesen, direkt zu sein. Die Frau war wahnsinnig. Hübsch, aber trotzdem verrückt.

Er machte sich auf die Suche nach Ludan. Vielleicht wäre es keine schlechte Idee, Lexi alles zu erzählen und sich in absehbarer Zukunft mit einem dreiköpfigen Sicherheitsteam zu umgeben.

KAPITEL 8

Ein Sonnenstrahl drang durch die Oberlichter des Schlafzimmers und vertrieb die Schatten der Nacht. Seltsam, Lexi fühlte sich nicht anders. Die letzten vierundzwanzig Stunden waren eine emotionale Achterbahn aus neuen Erfahrungen gewesen, aber sie hatte sich noch nie so lebendig gefühlt. Es war, als seien die ersten fünfundzwanzig Jahre ihres Lebens unbedeutend gewesen.

Sie schmiegte sich dichter an Eryx und genoss die morgendliche Stille. Sein einzigartiger Duft aus Sandelholz und Leder umhüllte sie. Er war so aufmerksam und hatte sie am Vortag sogar zur Erde mitgenommen, um Ian zu besuchen. Um ihre Abwesenheit zu erklären, hatten sie ihm erzählt, dass sie spontan einen Ausflug unternehmen wollten. Es war ein schönes Gefühl, sich von jemandem umsorgen zu lassen, der ihre Bedürfnisse erahnte, noch bevor sie überhaupt darüber nachdenken konnte.

Obwohl sie gern den Kopf in den Sand gesteckt hätte, konnte sie die nagende Vermutung, dass er die Erscheinung aus ihren Träumen war, nicht länger ignorieren. Sie hatte nie ein Gesicht gesehen, aber sie war immer mit demselben Gefühl aufgewacht, das sie auch jetzt empfand. Zufriedenheit. Behütet sein. Er hatte gesagt, dass seine Träume ihn zu ihr geführt hatten, also war es nur logisch, dass ihre Träume das Gleiche bedeuteten.

„Ich kann deine Gedanken zwar nicht lesen, aber deine Emotionen wandern eindeutig in die richtige Richtung", sagte Eryx mit heiserer und sinnlicher Stimme. Er rollte sich halb auf sie und ließ seine Lippen über ihren Hals gleiten.

Einen Moment mal. Sie wand sich und presste die Hände an seine Brust, dann schob sie ihn ein Stück weit von sich, damit sie sein Gesicht sehen konnte. „Du kannst meine Gefühle lesen?"

Eryx ließ den Kopf hängen und seufzte. „Ja, das kann ich." Er stützte die Ellbogen zu beiden Seiten ihres Kopfes ab, wobei sein Haar wie ein dunkler Vorhang um ihr Gesicht fiel. „Das ist eine meiner Gaben. Ich kann sie nach Belieben aktivieren und ausschalten, aber wenn ich schlafe, ist es nicht ganz so einfach."

Er musterte sie und atmete langsam und gleichmäßig. „Hier ist vieles anders als auf der Erde, Lexi. Du wirst lernen müssen, neue Wahrheiten und Ideen zu akzeptieren. Und du wirst dich an mich und meine Fähigkeiten gewöhnen müssen."

Ja, aber offenbar geschah das alles nach seinem Zeitplan.

„Du wirfst mir die Informationen immer nur häppchenweise nach deinem Gutdünken zu." Sie versuchte, unter ihm hervorzurutschen, denn sie hatte genug davon, sich derart machtlos zu fühlen.

„Hör auf damit." Eryx hielt sie fest. Seine Gesichtszüge wirkten kantiger als je zuvor. „Du bist nicht die Einzige, die Ängste aussteht und sich davor fürchtet, wie andere über sie urteilen.

Glaubst du, es ist leicht für mich oder irgendeinen von uns, zu wissen, wie viel oder wie wenig wir preisgeben dürfen, ohne zu weit zu gehen?"

Lexi schloss die Augen und schluckte ihre Gewissensbisse hinunter. Er und die anderen waren gut zu ihr gewesen und sie benahm sich wie eine widerspenstige Göre. „Du hast recht."

Er spannte den Trizeps unter ihren Händen an. So stark. So stahlhart.

So Eryx.

Er war alles, was sie sich immer gewünscht hatte. „Ich warte nur auf den Moment, an dem ich herausfinde, dass die Sache einen Haken hat, und mir alles wieder entrissen wird."

Eryx strich mit dem Daumen über ihr Kinn. „Es gibt keinen Haken. Du bist dazu bestimmt, dieses Leben zu führen. Vorausgesetzt, du entscheidest dich, es anzunehmen."

Da war sie. Die Frage, die mit der Anmut eines Elefanten durch ihren Kopf schwirrte. Der Tod wäre viel mehr als nur eine unangenehme Begleiterscheinung, falls Eryx sich irrte und sie keine Myren war. Plötzlich wurde sie von dem Bedürfnis übermannt, auf und ab zu gehen, während sie die Konsequenzen ihrer Entscheidung abwog.

„Du hast gesagt, dass Myren ihre Existenz den Menschen gegenüber nicht offenbaren dürfen. Bedeutet das, dass ich Ian nicht mehr sehen kann?" Abgesehen von einem möglichen Tod, wäre das der einzige Grund, der sie dazu bewegen könnte, Eden zu verlassen.

„Du darfst die Gesetze nicht brechen, Lexi. Ich habe sie bereits ausgereizt, indem ich dich nur auf Verdacht hierhergebracht habe. Du kannst immer noch in seiner Nähe sein, aber du darfst ihm niemals verraten, wer oder was wir sind."

Mit den Fingern zeichnete sie die Biegung seiner Schulter nach. „Aber ich darf ihn besuchen."

Eryx nickte. „Doch du musst vorsichtig sein. Nach deiner Erweckung wirst du dich auf eine andere Art bewegen und mehr Macht haben. Außerdem wirst du nie länger als ein paar Wochen bleiben können. Evad raubt dir deine Energie. Aus diesem Grund hast du dich immer so erschöpft gefühlt."

Sorgenfalten zeichneten sich auf seiner Stirn ab. Er strahlte eine gebieterische Aura aus, ob er sich dessen nun bewusst war oder nicht. Darüber schien er stets die Kontrolle behalten zu müssen. Dennoch hatte sie nie auch nur einen Funken von Böswilligkeit in seiner Seele gespürt.

Ihr Herz machte einen Satz.

„Ich will das Ritual durchführen."

Eryx erstarrte. „Bist du dir sicher?" Er schlang seine starken Arme um sie.

Das Pochen in ihrer Brust wurde heftiger, als sie fast von ihren Emotionen übermannt wurde. „Ich bin mir sicher."

Er stieß langsam den Atem aus und verzog den Mund zu einem schiefen, unsicheren Grinsen. „Ich werde Orla bitten, alles für die Feierlichkeiten vor-

zubereiten. Damit hast du ein paar Tage Zeit, um
…“

„Nein.“ Sie richtete sich auf, denn sie wollte ihm
auf Augenhöhe begegnen. „Ich will es jetzt gleich.
Heute.“

„Lexi, es hat keine Eile.“

„Ich habe gestern mit Graylin gesprochen, während du weg warst.“ Eryx erstarrte und neigte den
Kopf zur Seite.

„Seiner Meinung nach ist es besser, wenn ich es
so schnell wie möglich tue.“

Eryx brannte zwar nicht gerade vor Wut, aber
Lexi konnte dennoch seinen Zorn auf ihrer Haut
spüren. „Graylin sollte sich um seine eigenen Angelegenheiten kümmern.“

„Aber es stimmt doch. Je länger ich menschlich
bin, desto länger läufst du Gefahr, entdeckt zu
werden und desto verletzlicher bin ich. Damit liegt
er doch nicht falsch, oder?“

Eryx presste die Zähne so fest zusammen, dass
sein Kieferknochen aussah, als könnte er jeden
Moment brechen. „Nein, er liegt nicht falsch.“

„Gibt es einen Grund, warum ich es nicht gleich
heute tun sollte?“

Er schüttelte den Kopf.

„Dann will ich das Ritual durchführen.“

Wenn sie nicht schon im Bett gelegen hätte, hätte
der stürmische Blick in seinen Augen sie umge-
hauen, denn darin zeichnete sich eine Mischung
aus Hoffnung und Angst ab.

Er beugte sich vor und ließ seine Lippen ehrfürchtig über die ihren gleiten. „Dein Wunsch ist mir Befehl."

***

Eryx schleuderte einen weiteren Kieselstein über die Oberfläche des Sees. Er hüpfte über die winzigen verebbenden Wellen der zwanzig anderen Steine, die er davor geworfen hatte. Die Szenerie war friedlicher als das Chaos in seinem Kopf.

Es war ein schöner, sonniger Frühlingstag in Eden. Perfekt für ein Picknick am See … und für Lexis Feier.

Eigentlich sollte er sich darüber freuen.

Du wirfst mir die Informationen immer nur häppchenweise nach deinem Gutdünken zu.

Wenn er an Lexis Worte dachte, verspürte er immer noch einen Stich im Herzen. Er wollte sich gar nicht ausmalen, was sie ihm an den Kopf werfen würde, wenn dieser Tag erst einmal vorbei war – vorausgesetzt, sie war dann noch am Leben.

„Sei nicht so nervös, Eryx." Orlas unnachgiebige Stimme untermalte den lauten Knall, der durch die Luft hallte, als sie mit einem Handtuch eine Fliege von den Speisen verjagte.

Ramsay, Graylin und Ludan standen unter den langen Ästen des Friusbaums und unterhielten sich. In ihren Stimmen war nichts von der Anspannung zu hören, die ihm die Kehle zuschnürte.

„Es ist völlig normal, dass eine Frau etwas Zeit

braucht, um sich fertigzumachen." Orla strich eine unsichtbare Falte auf dem leuchtend blauen Leinentischtuch glatt. „Vor allem, wenn ihr Mann ihr ein so schönes Geschenk macht."

Ein saphirblaues Kleid mit einem mit Diamanten besetzten Gürtel aus Platin und dazu passenden Manschetten. Die Farben waren so kühn wie die Frau selbst. Verdammt, in ihm brodelte der Trieb eines geilen Teenagers, gepaart mit der Lust eines erfahrenen Kriegers. Er sollte geduldig sein. Ausgeglichen.

Eine kühle Frühlingsbrise glitt über die Wasseroberfläche und streifte sein Gesicht, doch sie war nicht in der Lage, ihn zu beruhigen. „Warum zum Teufel brauchen sie so lange? Ich habe Galena zu ihr geschickt, um zu helfen, nicht um den Prozess um Stunden zu verlängern."

„Vielleicht will Galena ihr etwas mehr über die Myren beibringen. Wir haben bereits festgestellt, dass Lexi nichts von der Bindung der Gefährten weiß, ganz zu schweigen davon, dass du sie als die deine haben willst." Orla warf ein Handtuch auf den Stuhl, auf dem er zuvor noch gesessen hatte, und stemmte die Fäuste in die Hüften. „So wie es sich anhört, weiß sie nicht einmal, dass du der Malran bist."

„Doch, sie weiß es." Seine Stimme klang schroff, aber das war ihm mittlerweile egal.

„Und weiß sie auch, was ein Malran ist?", fragte Orla beharrlich und kam auf ihn zu.

Der See lag ruhig vor ihm. Leider konnte er dasselbe nicht über sein inneres Befinden sagen. „In gewisser Weise.“

„Und was genau meinst du damit, wenn ich fragen darf?“

Etwas in ihm explodierte. Er wirbelte herum und baute sich vor der Frau auf, die ihn praktisch großgezogen hatte. „Ich sagte ihr, dass ich ein Anführer bin. Wir hatten uns gerade erst kennengelernt, und sie wusste nichts über unsere Rasse. Hätte ich ihr vielleicht erklären sollen, dass ich in ihrer Welt gleichbedeutend mit einem König bin?“ Er warf die Hände in die Luft. „Oh, warte, wahrscheinlich hätte ich ihr auch sagen sollen, dass ich sie als meine Baineann will, gleich nachdem ich sie durch ein Portal getragen und Feuer aus meiner Handfläche geschossen hatte!“

Er wandte sich wieder dem See zu und versuchte verzweifelt, seine Atmung zu beruhigen. Während die Stille des Frühlingstages sich unangenehm um ihn herum ausbreitete, konnte er die Blicke der anderen an seinem Rücken spüren. Noch nie im Leben hatte er Orla auf diese Weise angeherrscht. Noch nie.

„Verzeih mir“, drang Orlas tröstliche Stimme an sein Ohr. „Ich habe nur an Lexi gedacht. Mir ist nicht in den Sinn gekommen, mit welchen Hindernissen du zu kämpfen hast.“

Er presste die Zähne so fest zusammen, dass ein stechender Schmerz seine Kieferpartie durchzuckte. Beschämt senkte er den Kopf. „Ich sollte mich bei dir entschuldigen.“

Er drehte sich um, zog Orla an seine Brust und drückte ihr einen Kuss auf den Kopf. Wenn er seine Gefühle nicht im Zaum halten konnte, würde er die Nacht nicht überstehen. Vor allem nicht, da er sich noch einer Täuschung schuldig machen musste.

Ramsay stieß ein kehliges Lachen aus und Eryx sah ihn an. Sein Bruder verschränkte die Arme vor der Brust, wobei das Grinsen auf seinem Gesicht zu einem breiten Lächeln wurde. „Du bist ein Glückspilz", sagte er und zeigte mit dem Kopf in Richtung des Gartentors. „Mach dich bereit für eine Herausforderung, Bruder."

Gelobt sei der Große.

Lexi schlenderte mit Galena den gewundenen Pfad entlang. Die Blumen, das wogende Gras, die gedämpften Farben des Hauses hinter ihr – all das war nur eine Hintergrundkulisse für ihre strahlende Erscheinung. Ihr mitternachtsschwarzes Haar wallte locker über ihre Schulter, während das blaue Kleid sich perfekt an ihren gebräunten Körper schmiegte. Ihm stand der Mund offen. Sein Stolz befahl ihm, ihn wieder zu schließen, doch er war viel zu geschockt, um darauf zu hören.

Sie war die perfekte Malress.

Seine animalischen Instinkte meldeten sich zu Wort.

Nimm sie.

Beschütze sie.

Verwöhne sie.

Nein. Noch nicht. Es war seine Aufgabe, sie zu

führen und zu unterweisen. Er konnte sie sich nicht einfach über die Schulter werfen und in eine verborgene Höhle schleppen.

Als sie um die letzte Kurve vor dem Tor bog, begegnete Lexi seinem ehrfürchtigen Blick. Ihre Wangen liefen rot an und ihre Finger begannen zu zittern.

Mit einer unbeholfenen Bewegung stieß Eryx das Gartentor auf.

Galena ging an ihnen vorbei und wandte den Blick ab, wobei sie die Lippen zu einem verschmitzten Grinsen verzog.

Eryx ergriff Lexis Ellbogen, zog sie an sich und schlang seine Finger um ihr Handgelenk. Es schien so zierlich und verletzlich, und er konnte ihren rasenden Puls unter seinem Daumen spüren. Er führte ihre Hand an seine Lippen und drückte ihr einen Kuss auf die empfindsame Stelle. „Ich habe schon viele schöne Dinge gesehen, aber nichts berührt mich so wie du, Alexis." Der süße Duft von Rosmarin und Minze stieg ihm in die Nase. Was es ihn auch kosten möge, er würde nicht aufgeben. Sie war seine Gefährtin … ob sie es nun wusste oder nicht.

KAPITEL 9

Eryx streichelte Lexis Rücken, und ihr ganzer Körper wurde von einem erregenden Schauer durchflutet.

Er schien sich nicht darum zu scheren, dass sie nicht allein waren. Je mehr er sie berührte, desto weniger störte auch sie sich an dem Publikum. Ahnte er, dass Galena sie überredet hatte, nichts unter dem Kleid zu tragen?

„Vielen Dank für die wunderschönen Geschenke", sagte sie mit bebenden Lippen. In ihrer Stimme schwang ein Verlangen mit, das nichts mit ihren Worten zu tun hatte.

Eryx wandte sich ihr zu, wobei ihr Seidenkleid ihre Schenkel und ihren Bauch kitzelte. „Du gefällst mir in myrenischer Kleidung." Sein sinnlicher Tonfall jagte ihr erneut einen Schauer über den Rücken. Er verzog die Lippen zu einem verruchten Lächeln und liebkoste mit seinen rauen Fingern die Vertiefung an ihrer Kehle. „Und es gefällt mir noch besser, dass du unter dem Kleid nichts trägst."

„Beim Großen, Eryx. Hör schon auf, sie zu begrapschen, damit wir endlich essen können", durchdrang Ramsays belustigte Bemerkung den Nebel ihrer sinnlichen Benommenheit.

Orla teilte den Männern Aufgaben zu, und Galena führte Lexi an das Kopfende eines großen Tisches, der unter einem riesigen Baum stand.

Gefiederte, meerschaumgrüne Blätter tanzten

über ihr in der Brise. Die Äste des Baumes überspannten eine Fläche, die ein kleines Haus beherbergen könnte, und spendeten der ganzen Gruppe Schatten. An seiner äußersten Spitze ragte ein Ast auf den See hinaus und küsste die Wasseroberfläche. Ihr entging nicht die Ironie des Anblicks. Denn auch sie selbst wurde von etwas Größerem angezogen. Bisher hatte sie nur ihren kleinen Zeh ins Wasser getunkt, doch sie war bereit, unter die Oberfläche zu tauchen.

Überall um sie herum unterhielten sich die Leute fröhlich miteinander und schienen als Gruppe eine perfekte Einheit zu bilden. Sie hatte nie geglaubt, dass solche Gefüge tatsächlich existierten. Sie hatte sie immer als Fantasiegespinste abgetan, die es nur in Büchern und auf der Kinoleinwand gab. Gott wusste, dass sie eine solche Gemeinschaft in keinem der Heime erfahren hatte, in denen sie gelebt hatte. Doch hier scherzten und lachten die Leute miteinander und begegneten einander mit einem familiären Vertrauen, das sie nicht ganz nachvollziehen konnte.

„Du gehörst jetzt auch dazu, weißt du?" Graylin beugte sich zu ihr vor, wobei der Holzstuhl, auf dem er saß, einen ächzenden Laut von sich gab. Sein Gesichtsausdruck erinnerte Lexi an den von Ian – weise, ein wenig schulmeisterlich und väterlich. „Sie werden dir Zeit lassen, damit du dich an ihre Mätzchen gewöhnen kannst, aber sie sind jetzt deine Familie."

Bei dem Gedanken machte Lexis Herz einen Satz.

Ihre eigene Familie. Menschen, mit denen sie scherzen konnte. Menschen, die sie lieben und um die sie sich kümmern konnte, und die das Gleiche für sie tun würden.

Nein. Das war nicht möglich. Sie kannten sich doch kaum.

„Zerbrich dir nicht zu sehr den Kopf darüber", sagte Graylin. „Manche Dinge geschehen einfach. Du akzeptierst sie, bedankst dich und machst weiter."

Lexi rutschte auf ihrem Stuhl hin und her. „Aus deinem Mund klingt das so einfach."

Er verzog die Lippen zu einem Lächeln. „Die meisten Dinge sind ganz einfach, bis unser Verstand sie verkompliziert. Vor allem dein Verstand scheint ein wahrer Unruhestifter zu sein."

Ein unfeiner Laut entwich Lexis Kehle, der halb wie ein Husten und halb wie ein Hicksen klang. Sie wollte etwas erwidern, doch ihr fiel nichts ein.

Galena schlug Ramsays Hand beiseite, als er gerade in eine große Schüssel greifen wollte, während Eryx und Orla zwei große Teller mit Fleisch vorbereiteten.

Vielleicht hatte Graylin recht. Vielleicht war es so einfach, und sie musste sich nur fallenlassen, um sich von der Strömung treiben zu lassen. Lexi räusperte sich. „War deine Feier genauso wie diese, Eryx?"

Alle verstummten.

Und warfen sich einander vielsagende Blicke zu. Und, heilige Scheiße, errötete Eryx etwa?

Er hielt mitten im Tranchieren eines Fleischstücks inne. „Nein, sie war größer. Aber meine Eltern hatten auch viel Zeit, um sie zu planen. Dad liebte es, zu feiern."

„Von wegen Feier." Ludan stapelte einige Teller am Ende des Tisches aufeinander, die laut klirrten. „Es war ein verdammter Nationalfeiertag. Sowohl für ihn als auch für Ramsay."

Wow. Ein derart großes Fest? „Dann seid ihr die Zeremonie gleichzeitig durchlaufen? Ich dachte, das Ganze wäre sehr beschwerlich für die Eltern."

„Das ist es und das war es auch." Eryx warf Ludan einen verärgerten Blick zu. „Unsere Eltern waren tagelang außer Gefecht gesetzt und mussten sich erholen, wodurch wir beide genügend Zeit hatten, mit unseren neuen Gaben zu experimentieren."

Orla gab Eryx einen Klaps auf den Hinterkopf. „Ihr habt vielleicht eure Eltern in Ruhe gelassen, aber mich habt ihr terrorisiert. Ich musste ganze zwei Tage lang ständig eure Wunden bandagieren, weil ihr in der Luft herumgetollt seid."

Lexi musste kichern, als sie versuchte, sich Eryx oder Ramsay als tollpatschige Jungen vorzustellen. Irgendwie hatte sie Schwierigkeiten, es sich auszumalen. „Hatte einer von euch Angst?"

„Ich hatte eine Heidenangst", gestand Ramsay mit einem Grinsen. „Eryx auch, aber er hat versucht, es sich nicht anmerken zu lassen."

Eryx lachte und warf seinem Bruder ein Handtuch an den Kopf. „Tu mir einen Gefallen und ruiniere mein Image nicht vor meiner Frau."

Seine Frau. Die Worte ließen ihr Herz höherschlagen. So besitzergreifend und dominant. Eigentlich hätte er sie damit verärgern müssen, doch das Gegenteil war der Fall.

Eryx bedachte sie mit einem verführerischen Blick und ein Kribbeln durchfuhr sie.

„Ah, richtig. Dein männliches Image. Dann lass mal sehen …" Ramsay hustete übertrieben und legte mit einer theatralischen Geste eine Hand an die Brust. „Er ist der Inbegriff der Tapferkeit, Weisheit und Disziplin. Die Frauen vergöttern ihn scharenweise, denn er ist in den sinnlichen Künsten unübertroffen." Ramsay ergriff den Teller mit der seltsamen Vorspeise, die er vorbereitet hatte, und stellte ihn in die Mitte des Tisches. „Ist dir das lieber?"

Ludan verdrehte die Augen. „Ich glaube, die Kurzversion lautet ‚Gut bestückt und stinkreich'."

Wieder brachen alle in Gelächter aus und scherzten miteinander. Nichts davon faszinierte sie so sehr wie Eryx. Sie beobachtete, wie er Getränke ausschenkte und Orla, wenn nötig, zur Hand ging. Sie driftete mit ihren Gedanken ab, während die Hormone in ihrem Körper verrücktspielten.

Die Frauen, die ihn in Scharen vergötterten. Bei dem Gedanken daran, dass eine andere Frau sich Eryx näherte oder ihn gar berührte, ballte sie die Hände zu Fäusten, sodass sich die Fingernägel tief in ihre Handflächen bohrten. Wahrscheinlich würde sie in weniger als einer Woche wegen Mordes verhaftet werden.

Eryx zog sie auf die Füße und schlang die Arme um sie, um an ihrem Ohr zu knabbern. „Entspann dich, Lexi. Was auch immer dir im Moment durch den Kopf geht, du hast nichts zu befürchten. Nicht von mir."

Allmählich verlangsamte sich ihr Herzschlag und sie beruhigte sich. Eryx drückte ihr ein kühles, rotes Getränk in die Hand und hob sein eigenes Glas. „Ich trinke auf Alexis. Möge ihre Reise heute Abend zügig verlaufen und ihre neuen Fähigkeiten ihrem Leben in Eden dienlich sein."

Alle jubelten und sprachen Lexi ebenfalls ihre Wünsche aus. Das Essen wurde am Tisch herumgereicht, und die Gläser wurden stets nachgefüllt. Mit jedem Getränk wurden Graylin, Ramsay und Orla lebhafter. Es erschien Lexi nicht ganz richtig, dass die anderen den Alkohol genossen, während sie selbst ohne einen Tropfen auskommen musste.

Irgendwann brachte Orla ein Tablett mit Getränken an den Tisch, die aussahen wie kleine Schokoladen-Mudslides. Eryx zog Lexi von ihrem Stuhl und setzte sie auf seinen Schoß, woraufhin sie sich an seine Schulter schmiegte.

Mit den Fingern zeichnete er die Umrisse ihres Gesichts nach und betrachtete sie dabei mit einem derart fürsorglichen und aufrichtigen Ausdruck in den Augen, dass er ihr den Atem raubte. „Du musst mir heute Abend vertrauen, Alexis. Ganz und gar. Kannst du das tun?"

Ihre Kehle schnürte sich zu. Hier ging es nicht einfach um irgendein intimes Geheimnis oder eine große Summe Bargeld, die er ihr anvertraute. Es ging um ihr Leben. Sie starrte ihm in die Augen und besann sich auf ihre innere Stimme, von der sie sich immer hatte leiten lassen.

Sie spürte eine harmonische Kraft, die in ihrer Brust aufblühte. Liebe. Das Gefühl war so schwach, dass sie es auch leicht als Wunschdenken hätte abtun können. Es war auf jeden Fall noch zu früh dafür. Sie sollte den Gedanken fürs Erste beiseiteschieben. „Ich vertraue dir", antwortete sie stattdessen. „Ich weiß, dass du immer für mich sorgen wirst."

Eryx presste seine Lippen auf ihre und küsste sie ehrfürchtig. Dann ließ er seine Hand in ihr Haar gleiten, schmiegte seine Stirn an ihre und schloss die Augen. „Möge der Große dir eine schnelle und unbeschwerliche Reise ermöglichen", flüsterte er. „Ich brauche dich hier bei mir."

Lexi umarmte ihn, während irgendetwas an seinem Verhalten sie hellhörig werden ließ. „Ich werde es überstehen. Ich weiß, dass ich das Richtige tue." Sie fuhr mit der Hand durch sein dichtes Haar und erinnerte sich daran, wie er heute Morgen im Bett auf sie herabgeblickt hatte.

Sein Brustkorb hob und senkte sich in einem stetigen Rhythmus. Er begegnete ihrem Blick, nickte und reichte ihr eine von Orlas schokoladigen Mixturen. Dabei schenkte er ihr ein Lächeln, das jedoch nicht ganz so strahlend war wie sonst. „Dann solltest du dein Dessert trinken."

Das Glas war mit Kondenswasser überzogen, von dem ein kühler Tropfen über ihre Finger glitt. Irgendetwas war ihr entgangen.

Er schob das Getränk an ihre Lippen. „Du denkst zu viel nach. Genieße es einfach." Sie nahm einen Schluck und stöhnte auf. Es schmeckte wunderbar schokoladig und süß, mit einem zarten Hauch von Minze. Und es enthielt Schnaps. Eindeutig ein Pluspunkt in Sachen Stressbewältigung.

Sie nahm noch einen Schluck. Dann noch einen. Als sie das Glas wieder auf den Tisch stellte, hatte sie es zur Hälfte geleert. „Das ist gut, Orla. Was für ein Schnaps ist da drin?"

Galena warf Eryx einen Blick zu und sah dann Lexi an. „Es enthält keinen Alkohol."

Neben ihrem Glas standen noch sieben weitere auf dem Tisch, die niemand angerührt hatte. Ihre Gesichtsmuskeln erschlafften und sie hatte das Gefühl, als würde ihr die Haut von den Knochen rutschen.

„Es ist ein myrenisches Betäubungsmittel", erklärte Eryx, dessen Stimme warm und weich an ihr Ohr drang. „Dadurch wird es für dich leichter. Es nimmt dir die Angst." Er festigte den Griff um ihre Hüfte. „Du hast gesagt, du vertraust mir."

Sie konnte keinen klaren Gedanken fassen. Ihr Verstand schien blockiert zu sein wie alter Haferbrei, den man durch ein feines Sieb zu drücken versuchte. Wut wallte in ihr auf, doch sie war nicht in der Lage, die Benommenheit zu durchbrechen. Ihr fielen die Augen zu, als ihr Herz anklagend schrie.

„Du hast mich belogen."

***

Eine Horde von Harleys rumpelte über die Straße, während ein paar schwatzhafte Jogger Maxis fast vom Gehweg gedrängt hätten. Er hasste Evad. Selbst die weniger bevölkerten Städte wie Tulsa waren im Vergleich zu der natürlichen Schönheit von Eden laut und verschmutzt. Und die Technologie brachte nichts weiter als eine Neuheit nach der anderen hervor, alles minderwertig gefertigte Spielzeuge, die die Menschen von ihrer leeren Existenz ablenken sollten. Er hatte aufgehört, die Geräte zu zählen, die er unwillkürlich zerstört hatte, weil er mit seiner myrenischen Energie das Innenleben mit kaum mehr als einem Druck und einem Wisch zum Schmelzen gebracht hatte.

Das antiquierte Wohnhaus vor ihm stammte mit seinen roten Backsteinen und der weißen Fassade, von der der Putz abblätterte, aus den Fünfzigerjahren. Die schmiedeeisernen Gitter vor den Fenstern sprachen nicht gerade für die Gegend.

Der Park auf der anderen Straßenseite war moderner, ebenso wie das trendige Restaurant, das auf massiven Stahlträgern auf den Arkansas River hinausragte. Dazwischen schlängelten sich weitere Jogger, die in ihren bunten Outfits einem Regenbogen Konkurrenz machten.

Er sollte sich auf seine Mission besinnen, damit er dieses Chaos so schnell wie möglich hinter sich lassen konnte. Die bloße Vermutung, dass Eryx sein neues Spielzeug mit nach Eden gebracht hatte, würde den Mitgliedern des Ellan nicht genügen. Sie würden Beweise verlangen.

Eryx hatte einen seiner Lakaien geschickt, um Lexis Habseligkeiten zu holen – und hatte seinem Kontakt im Shantos-Lager ihre Adresse fast eigenhändig übergeben. Die Wahrscheinlichkeit, dass er in ihrer Wohnung überhaupt Beweise finden würde, war zwar gering, aber es wäre immerhin ein Anfang.

Er riss die verwitterte Fliegengittertür auf und öffnete die Glastür dahinter. Die Luft in dem dunklen Treppenhaus war muffig und abgestanden. Auf jeder Seite befanden sich vier Wohnungstüren, die durch ein Meer aus industriegrauen Fliesen miteinander verbunden waren.

Maxis ging zu einer Reihe von Briefkästen, die in der mittleren Wand eingelassen waren. Auf acht gleichförmigen Schlitze aus angelaufenem Messing waren die Namen der Mieter auf ungleichen Schildchen vermerkt.

Alexis Merrill.

Ein berauschendes Gefühl durchströmte ihn, doch er tat sein Bestes, es zu unterdrücken. Beim letzten Mal, als er so aufgeregt gewesen war, hatte er sich einen Fehltritt erlaubt und Eryx entwischen lassen. Einen weiteren konnte er sich nicht leisten.

Er warf einen flüchtigen Blick auf die Nummern an den Türen im Erdgeschoss – eins bis vier. Er wollte zu Nummer acht. Das neue Spielzeug des Malrans wohnte in der oberen Etage. Wie niedlich.

Als er fast oben angekommen war, wurde eine Tür geöffnet, wobei die aus Messing geformte Acht das Sonnenlicht aus dem Inneren reflektierte. Ein Mann mittleren Alters in einem blauen Hemd und verblichenen Jeans stand mit einem Stapel Post in den Händen auf der Schwelle.

Maxis verlangsamte seine Schritte und tastete die drei verbleibenden Wohnungen mental ab. In einer befand sich ein Haustier, die anderen beiden waren leer. Mit einem knappen Nicken steuerte Maxis auf die Wohnung neben Lexis zu und gab vor, in der Vordertasche seiner Jeans nach seinem Schlüssel zu kramen.

Der Mann zog Lexis Tür zu und verriegelte sie mit einer flinken Handbewegung.

Maxis warf dem Mann einen besorgten Blick zu und gab vor, seine nicht vorhandenen Schlüssel zurück in die Tasche zu schieben. „Ich glaube, wir kennen uns noch nicht." Er streckte dem Kerl eine Hand entgegen. „Sind Sie ein Freund von Alexis?"

Einen unangenehmen Moment lang starrte der Mann auf Maxis' ausgestreckte Hand. Es war eine nicht allzu subtile Warnung. Dann schüttelte er Maxis die Hand. „Ian Smith", stellte er sich vor und ließ seinen Blick zu der Tür hinter Maxis gleiten. „Lexi hat mir nicht gesagt, dass sie einen neuen Nachbarn hat."

Maxis scannte Ians Gedanken. Ein pensionierter Polizist, der mittlerweile als Privatdetektiv arbeitete. Ians Erinnerungen zeigten wenig, das nicht seinen Job betraf, zumindest die der vergangenen Jahre.

Ian zerrte an seiner Hand.

„Verzeihen Sie." Maxis ließ ihn los und ging auf die Tür zu, hinter der er vorgab zu wohnen. „Seit ich hier eingezogen bin, habe ich Lexi nur einmal getroffen, aber sie scheint ein nettes Mädchen zu sein. Man kann nicht vorsichtig genug sein, wenn es um die Sicherheit einer jungen Frau geht."

Ian musterte Maxis von Kopf bis Fuß. Er war offenbar ein gerissener alter Mann, dem kein Detail entging.

Das war ein Problem, auf das er hätte verzichten können. Eigentlich sollte er die Gefahr sofort beseitigen und aus dem Mann einen Vermisstenfall machen, bevor er Lexi gegenüber erwähnen konnte, dass er Maxis begegnet war. Andererseits waren gute Informationsquellen nur schwer zu finden.

„Entschuldigen Sie, dass ich Sie aufgehalten habe", sagte Maxis und wandte sich seiner vermeintlichen Wohnung zu, wobei er telepathisch das Schloss entriegelte. Er öffnete die Tür gerade einen Spalt breit, damit er eintreten konnte, und schloss sie mit einem leisen Klacken hinter sich.

Er trat einen Schritt in die Wohnung und wartete. Zehn Sekunden. Zwanzig. Dreißig.

Beim Großen, würde der Mann jemals gehen? Dann ertönten Schritte auf der Holztreppe.

Endlich.

Maxis atmete tief durch und verfolgte im Geiste Ians Energie hinaus auf den Parkplatz. Er ging ins Schlafzimmer und spähte zwischen den staubigen Jalousien hindurch. Lexis Freund warf die Post auf den Beifahrersitz seines armseligen Wagens und stieg ein.

Maxis tippte sich auf die Lippen. Auf der anderen Straßenseite schob eine Frau ein pummeliges Kleinkind in einer Schaukel an. Eine Ente folgte zwei lachenden Jungen, die eine Tüte Brot dabei-hatten.

Ians Erinnerungen hatten ihm keine Beweise ge-liefert, aber er hatte darin Eryx und Lexi am Vor-tag zusammen gesehen, als sie ihrem Freund von einem geplanten Ausflug erzählten.

Er schloss die Jalousien und verließ die stickige Wohnung. Als Nächstes würde er Lexis Apart-ment durchsuchen. Wenn er dort nichts fand, konnte er immer noch Phybe einen Besuch abstat-ten und sehen, wie ihr Besuch bei dem Malran verlaufen war. Vielleicht ging es bei dem Ausflug, den die beiden erwähnt hatten, um eine Reise nach Eden. Wenn dem so war, musste er nur einen Zeu-gen finden, der sie dort gesehen hatte und er hätte alles, was er brauchte, um Eryx zu ruinieren.

KAPITEL 10

*L*exi genoss einen tiefen, traumlosen Schlaf. Etwas versuchte, sich in ihr Bewusstsein zu drängen. Etwas Wichtiges. Es schlängelte sich still und geheimnisvoll, mit einer kaum merklichen elektrisierenden Spannung, um ihre Sinne. Es war genau wie in den Träumen, die sie als Kind gehabt hatte. Sie hatte aufwachen wollen – musste aufwachen – doch sie schaffte es beim besten Willen nicht, die Augen zu öffnen.

Eine angenehme Wärme schmiegte sich an ihre Seite, worauf das verzweifelte Bedürfnis, die Oberfläche zu durchstoßen, verebbte. Ihr Geist zog sich in den unsichtbaren, sicheren Hafen zurück und rollte sich an einem dunklen, ruhigen Ort zusammen, an dem weder Sorgen noch Ängste Platz hatten.

Eine entfernte Stimme drang gedämpft zu ihr durch. „Bleib stark für mich."

Der moschusartige Duft von Leder und Gewürzen stieg ihr in die Nase.

Seltsam. Zuvor hatte sie in ihren Träumen nie etwas riechen können.

Etwas Zartes strich über ihre Schläfe und ein Flüstern kitzelte ihr Ohr.

„Ich liebe dich."

Sie hörte die Worte kaum. Hatte sie das richtig verstanden? Oh, Moment. Es war nur ein Traum. Noch nie im Leben hatte jemand diese Worte zu ihr gesagt. Sie war nur …

Aaaaaaah! Lexi kämpfte gegen den heftigen, brennenden Schmerz in ihrer Brust an. Ein Schrei blieb ihr in der Kehle stecken, denn ihre Atemwege waren qualvoll blockiert.

Das ist kein Traum. Sondern ein Albtraum. Sie versuchte, sich zu bewegen, wollte weglaufen, aber ihre Arme und Beine wollten ihr nicht gehorchen. Ihre Lunge verkrampfte sich – zwei Mal einatmen, fünf Mal ausatmen. An der Stelle, an der sich eigentlich ihr Herz befinden sollte, summte ein betäubender, elektrisierender Strom, der überall in ihren Körper ausstrahlte.

Eine Präsenz flimmerte in ihrem Kopf herum und ein Knistern durchzog ihre Synapsen.

„Wer ist da?", presste sie die Frage hervor, die in einem Nebel des Nichts widerhallte. Vielleicht halluzinierte sie. Das Letzte, woran sie sich erinnern konnte, waren Eryx und ...

Der Drink. Eryx hatte sie betäubt. Ihr Magen krampfte sich zusammen und ein Schrei entrang sich ihrer Kehle. Sie hätte nicht geglaubt, dass der Schmerz noch heftiger werden könnte, aber sie hatte sich geirrt. Eryx' Verrat zerriss sie von innen heraus, während sie weiterhin das Gefühl hatte, in ihrer Brust explodierte eine Wasserstoffbombe.

Ein Licht durchdrang den trüben Nebel ihres Albtraums. Sie zitterte so heftig, dass sie mit den Zähnen klapperte, dann begann sich die Sicht vor ihrem geistigen Auge zu verdunkeln. Irgendwo in der Ferne ertönten wütende Rufe, doch sie konnte die undeutlichen Worte nicht verstehen.

Sie wollte nur noch, dass es aufhörte. Jemand musste ihr das fünfhundert Pfund schwere Brandeisen von der Brust nehmen, damit sie sich umdrehen und sterben konnte.

Eine funkelnd weiße Explosion versuchte, die Dunkelheit zu verdrängen. Galena schritt mit einem entschlossenen Gesichtsausdruck durch den Nebel, und ihr sonnengelbes Kleid wogte um sie herum.

Lexi rollte sich im Traum zu einer Kugel zusammen. Sie hörte, wie ihr Puls in ihrem Inneren widerhallte, bis sie glaubte, zerspringen zu müssen. So konnte sie nicht weitermachen. Sie hatte keine Kraft mehr zu kämpfen.

Kühle Finger packten ihre zusammengekauerten Schultern und der Schmerz verebbte. Lexi erstarrte. Eben hatte sie noch in Flammen gestanden und war unfähig gewesen, einen klaren Gedanken zu fassen. Und jetzt war sie ruhig und lag in den Armen einer Frau. Sie drehte sich, um besser sehen zu können.

„Nicht bewegen." Galena schnaufte, als wäre sie einen Marathon gelaufen. „Wir mussten stundenlang kämpfen, um zu dir durchzudringen. Wenn ich jetzt den Kontakt zu dir verliere, prasseln sämtliche Empfindungen erneut auf dich ein."

Bewegung. Schmerz. Nicht gut. Verstanden.

„Feuer." Es brachte sie fast um, das Wort auszusprechen. Die Schmerzen waren noch nicht verschwunden, sondern lediglich Galenas Berührung hielt sie in Schach.

Galena streichelte Lexis zitternde Arme. Sie schmiegte sich nicht direkt an Lexis Rücken, aber war ihr nah genug, um ihr Trost zu spenden. „Das ist deine Erweckung." Die Traumlandschaft veränderte sich und die Anspannung in Lexis Bauch löste sich ein wenig. Über ihnen erstreckte sich ein endloser schwarzer, samtiger

Himmel, übersät mit silbernen und diamantenen Sternen. „Ich habe jetzt die Kontrolle." Galenas Stimme war ein beruhigendes, gleichmäßiges Summen. „Entspann dich und lass mich dir helfen. Diese Reaktion ist völlig normal. Glaub mir."

Ihre Erweckung. Erinnerungen überfluteten sie mit der gleichen Intensität wie das Brennen, das sich trotz Galenas Bemühungen in ihr ausbreitete. Sie hatte es tatsächlich getan. Sie war mittendrin.

Und Eryx hatte sie ausgetrickst. Zusätzlich zu dem Schmerz stieg Wut in ihr auf und schrie nach Vergeltung.

„Du musst dich entspannen, Lexi. Wir sind schon seit über vier Stunden dabei und dein Körper kann nicht viel mehr ertragen. Eryx ist vor Sorge schon ganz verrückt."

„Mich betäubt", brachte Lexi hustend hervor und versuchte, über den stechenden Schmerz unter ihrer Haut zu atmen.

„Natürlich hat er dich betäubt. Das ist Brauch. Niemand geht mit offenen Augen in seine eigene Erweckung." Ein erschöpftes Lachen vibrierte in Galenas Brust. „Nun, außer Eryx und Ramsay. Aber die beiden sind Idioten."

Ein Teil von Lexis selbstgerechtem Zorn verblasste und wich einem Gefühl der Verlegenheit. „Brauch?"

„Mm-hm." Galena strich ihr abwesend, aber dennoch fürsorglich über die Stirn.

Lexi stöhnte auf. So wäre es gewesen, wenn sie eine Schwester gehabt hätte.

Oder eine Mutter.

Irgendjemanden.

„*Es ist besser, wenn sich die Person, die erweckt wird, entspannt, damit der Anker leichter in ihren Geist eindringen kann. Trotz des Beruhigungsmittels hast du dich gegen mich gewehrt.*"

„*Ich war stinksauer.*"

„*Das habe ich begriffen.*" Galena strich eine Haarsträhne hinter Lexis Ohr. „*Es fällt dir wohl wirklich nicht leicht, anderen zu vertrauen, meine Freundin.*"

Ihr benommener Verstand hatte dem nichts entgegenzusetzen. Es war nicht leicht, gegen Fakten anzugehen. „*Träume ich?*"

„*Gewissermaßen. Eigentlich ist dein Zustand eher mit einer drogeninduzierten Hypnose vergleichbar, die jedoch nicht sonderlich sanft ist*", erklärte sie mit einem gurrenden Tonfall, der Lexis brennende Poren durchdrang. „*Aber jetzt wird alles gut. Denk an etwas Angenehmes und lass dich einfach fallen.*"

„*Eryx?*", fragte Lexi mit krächzender Stimme.

Galena lachte erschöpft. „*Willst du damit sagen, dass du ihn angenehm findest, oder willst du wissen, wie es ihm geht?*"

„*Okay?*"

Galena stieß ein Seufzen aus, in dem unzählige unausgesprochene Emotionen mitschwangen. Enttäuschung. Wut. Müdigkeit. „*Er ist erschöpft, aber er wird wieder. Da er ein starrköpfiger Mann ist, lässt er nicht zu, dass jemand anderes uns Energie zuführt, also wird er von Ludan und Ramsay versorgt. Jetzt entspann dich und hör auf, dir Sorgen zu machen. Sein Ego ist groß genug.*"

Ihre schwelende Seele seufzte erleichtert auf. „Wie lange noch?" Ihre Stimme brach und sie war sich nicht sicher, ob Galena die Frage verstanden hatte.

„Du bist schon ziemlich lange in diesem Zustand – länger, als irgendjemand erwartet hat", erklärte Galena mit einem entschlossenen Unterton in ihrer sonst so sanften Stimme.

Mit reiner Willenskraft riss Lexi die Augen auf. Galenas blasses Gesicht schwebte über ihr. Ihr Mund war angespannt. „Tue dir weh."

„Ich werde es überleben." Sie beugte sich zu Lexi vor und kniff die Augen zu dünnen Schlitzen zusammen. „Und ich erwarte von dir, dass du es ebenfalls überlebst. Wenn nicht für dich selbst, dann für meinen Bruder."

***

Schwere Wolken hingen über Maxis, als er auf die äußersten Ausläufer von Asshur zuflog. So weit das Auge reichte, erstreckten sich dunkle, raue Felsen unter ihm, die die entlegene Festung verbargen, an der er während der vergangenen fünfzig Jahre gebaut hatte.

Er umrundete den letzten der zerklüfteten Berge und wurde von einem Gefühl des Stolzes durchströmt. Allerdings würde er sich mit der Garnison nicht brüsten können – und genau das war der Punkt. Niemand würde sie so leicht finden.

Als er in einer verborgenen Ritze landete, ließ Maxis seine Sinne etwa hundert Meter weit ausströmen. Die subtilen Energieimpulse derer, die in der Festung auf ihn warteten, prallten an der spiegelglatten Oberfläche ab, aber ansonsten war weit und breit niemand zu finden.

Er duckte sich hinter eine vorspringende Felswand. Dunkelheit. Eine wohltuende Abwechslung zu der grellen Sonne. Die Finsternis wurde nur von den Wandleuchtern weiter unten in den Tunneln unterbrochen, in denen glühende Kohlen schwelten. Wenn es nach ihm ginge, hätte er auf jegliches Licht verzichtet. Mit seinen empfindlichen Augen war er in der Lage, selbst im Stockdunkeln problemlos zu navigieren. Seine Gäste und Wachen waren jedoch nicht mit derartigen Fähigkeiten gesegnet.

Ein Luftzug kitzelte seinen Nacken und der stechende Geruch von Schmutz erfüllte seine Lungen. Jeder seiner Schritte hallte dumpf auf dem dunklen Pfad wider. Es war eine Sache, Beweise gegen Eryx zu sammeln, um ihn vom Thron zu stürzen, aber bis er seinen eigentlichen Plan in die Tat umsetzen würde, war es nicht mehr lange. Denn er würde die Lomos-Rebellion vorantreiben und sich als Herrscher behaupten.

Bei dem Gedanken verkrampfte sich sein Magen. Alles, wofür seine Großmutter gekämpft hatte, war nun zum Greifen nah. Sein Vater hatte sich als Versager erwiesen, sowohl für die Rebellion als auch für seinen einzigen Sohn. Er war weniger ein geachteter Anführer, als vielmehr eine boshafte, verhätschelte Niete gewesen. Seine Mutter nicht viel besser. Sie hatte ihn verlassen, als er kaum neun Jahre alt gewesen war und hatte ein ungeborenes Kind, das sie mit einem Menschen gezeugt hatte, ihm vorgezogen. Aber Evanora ... sie war standhaft gewesen. Sie war die Einzige gewesen, auf die er sich hatte verlassen können. Wäre sie jetzt stolz auf ihn? Würde sie sein Vorhaben respektieren?

Er bog um die letzte Kurve. Seine Männer hatten es sich um die Feuerstelle herum bequem gemacht, während Sklavinnen in einfachen, weißen Baumwollkleidern zu ihren Füßen saßen. Falls er seine Pläne verwirklichte, wäre das ein gewöhnlicher Anblick.

„Es freut mich, dass ihr euch heute hier eingefunden habt, meine Herren." Hinter ihnen war ein Buffet aufgebaut, auf dem die Auslage von Käse und mundgerecht geschnittenem Fleisch kaum angerührt worden war. „Ich nehme an, ihr seid mit eurer Unterbringung zufrieden?"

Ein zustimmendes Grunzen hallte an der Kuppeldecke des Raumes wider, als Maxis die Reihe elegant geschnitzter Stühle umrundete. Er begrüßte seinen ersten Gast und scannte die letzten Erinnerungen des Mannes. „Hat sie sich nicht um deine Bedürfnisse gekümmert, Thyrus?"

Die Sklavin senkte den Kopf.

Thyrus' blähte die Brust und schüttelte den Kopf, wobei sein Doppelkinn hin und her wackelte. „Nein, aber ich habe das Mädchen nicht gedrä..."

Maxis streckte blitzschnell die Hand aus und packte die Frau brutal an der Kehle.

Ihr Schrei durchdrang den Raum, als blau-weiße Stromstöße ihren Körper zum Zucken brachten. Die Adern an ihren Schläfen schwollen an und sie krallte sich in Maxis' Hand. Dann folgte ein ersticktes Keuchen und ein benommener Ausdruck trat in ihre Augen.

Fertig. Er ließ sie los.

Die Frau sackte schlaff zu Boden. Das makellose Weiß ihres Kleides hob sich von ihrer rotbläulichen Haut ab, während der Geruch von verbranntem Haar die Luft durchzog.

„Ich habe dir genaue Anweisungen gegeben", sagte er in einem gedämpften, gleichmäßigen Tonfall. Seine Stimme war kaum laut genug, um das knisternde Feuer hinter ihnen zu übertönen. „Geh zurück auf deinen Platz. Und zwar sofort."

Die Frau drückte sich mit zitternden Armen vom Boden ab, wobei ihr lockiges kastanienbraunes Haar über ihr Gesicht fiel. Tränen trafen auf den kalten Steinboden.

Maxis wandte sich an seine übrigen Gäste. „Reese. Cutter."

Cutter war mit seiner durchschnittlichen Statur und seinem glanzlosen braunen Haar ein unscheinbarer Mann.

Reese war das genaue Gegenteil. Mit der Statur eines Kriegers und einer wahrhaftigen Löwenmähne war er eine imposante Erscheinung. Er warf Maxis einen anklagenden Blick zu. „War das wirklich nötig?"

Maxis zuckte mit den Schultern und wandte sich

von den Männern ab. „Es erfüllt seinen Zweck." Er ließ sich auf dem thronähnlichen Stuhl gegenüber seinen Gästen nieder. „Auch wenn du vielleicht noch nicht mit den Idealen der Rebellion einverstanden bist, erwarte ich, dass du dir erst anhörst, was ich zu sagen habe. Einverstanden?"

Reese warf Essensreste in die Grube. „Du lässt mir wohl kaum eine Wahl." Das Leder seines taillierten Mantels gab einen knarzenden Laut von sich, als er sich in seinem Stuhl zurücklehnte. Von den drei Männern war Reese derjenige, der die größte Herausforderung darstellte und am wenigsten geneigt war, sich zu unterwerfen.

Aber er war auch derjenige, den Maxis unbedingt in seinem Lager haben wollte – verdammt, er brauchte ihn. Maxis legte einen Fuß auf das Knie seines anderen Beins. „Die Rebellion hat seit Evanoras Tod zu viel an Boden verloren, was wir vor allem der schlechten Führung meines verstorbenen Vaters zu verdanken haben. Ich bin bereit, das zu ändern und werde alles in die Wege leiten, um unsere Prinzipien unserem Volk näherzubringen."

„Du könntest die Rebellion auch sterben lassen." Reese starrte Maxis von der anderen Seite des Raumes mit einer Miene an, die so ausdruckslos war wie seine Stimme. „Der Glaube daran ist bestenfalls antiquiert."

„Genau diese Worte würde ich von einem Mann erwarten, der ausgebildet wurde, um dem Malran zu dienen." Maxis legte die Fingerspitzen beider

Hände aneinander, die sich mittels des Adrenalins, das durch seinen Körper schoss, erwärmten. „Nachdem er dich einfach so abserviert hat, sollte man meinen, du hättest etwas mehr Interesse daran, jemand anderen auf dem Thron zu sehen. Und zwar jemanden, der deine Fähigkeiten zu schätzen weiß."

Reese bedachte ihn mit einem finsteren Blick.

„Ich werde später noch darauf zurückkommen", sagte Maxis und wandte sich Thyrus zu. „Wir müssen mehr Gehör finden. Und einen Verbündeten innerhalb des Ellan finden."

Thyrus richtete sich auf und zupfte an dem kostbaren Strick, der um seine burgunderrote Anwaltsrobe gebunden war.

„Ich bin sicher, ihr habt das Gemurre der Ratsmitglieder in letzter Zeit gehört", fuhr Maxis fort. „Ich habe persönlich gesehen, dass der Malran übermäßig viel Zeit in Evad verbracht hat. Sowohl unsere Regierung als auch unsere Bürger fragen sich, warum das so ist. Wir wären dumm, wenn wir die Situation nicht ausnutzen und einen Ellan finden, der sich mit uns verbünden will."

Die drei Männer tauschten verstohlene Blicke aus. Cutter rutschte in seinem Stuhl hin und her. Sein Gewand ähnelte dem von Thyrus, war jedoch blassgrün und von geringerer Qualität. „Dir ist sicher klar, dass wir mit einem solchen Vorhaben das Risiko eingehen, entdeckt zu werden. Wir könnten des Verrats angeklagt werden."

Maxis lächelte, um seine Verärgerung zu überspielen. „Deshalb müssen wir den *richtigen* Ellan finden. Es muss jemand sein, der mit dem Malran und seinem Verhalten nicht einverstanden ist."

Cutter trommelte mit den Fingern auf seinem Oberschenkel herum.

Thyrus zuckte mit den Schultern und schnappte sich eine Scheibe Käse von dem Teller, der neben seinem Stuhl auf einem Beistelltisch stand. „Das ergibt Sinn. Es ist zwar heikel, aber es ist plausibel."

Reese saß reglos da. Mit seinen breiten Schultern ließ er die beiden Männer an seiner Seite winzig erscheinen.

Maxis stand auf und schritt vor dem Feuer auf und ab, wobei er die Hände hinter dem Rücken verschränkte. „Nicht ganz so heikel, wie ihr vielleicht denkt. Vor allem, wenn wir jemanden finden, der ein wertvolles Geheimnis hütet, um sicherzustellen, dass unser eigenes gewahrt bleibt." Er blieb direkt vor Reese stehen. „Du bist mit dieser Praxis vertraut, nicht wahr, Reese? Gerade du weißt, wie wichtig es ist, bestimmte Geheimnisse zu wahren."

Reese starrte Maxis mit mürrischem Blick an und legte eine Hand an den Griff seines Dolches, der an seiner Hüfte befestigt war.

„Du bist der Schlüssel zu dem zweiten Schritt in meinem Plan", erklärte Maxis. „Mit dir als Strategos können wir eine ganze Armee aufbauen. Einen voll ausgebildeten Trupp, der den Malran und den Ellan zwingen wird, unsere Überzeugungen zu respektieren." Er senkte die Stimme und fügte hinzu: „Ich verfüge über das nötige Areal, um die Männer auszubilden. Jetzt brauchen wir nur noch dich."

Reese blieb reglos sitzen und hielt Maxis' Blick stand. Er war als Krieger für den Malran abgelehnt worden. Man hatte ihn für den Dienst als unwürdig befunden, weil er sich bei seiner Vereidigung geweigert hatte, Ramsay sein Geheimnis anzuvertrauen. Dieses Geheimnis hatte Maxis benutzt, um Reese heute hier antreten zu lassen. Es war mächtig genug, um eine Partnerschaft zu begründen.

„Dies ist deine Chance, deine Fähigkeiten zu nutzen und allen zu zeigen, was in dir steckt." Maxis streckte ihm eine Hand entgegen. „Im Gegenzug verlange ich nichts weiter als eine Verbindung zu dir, mit der du mir deine Unterstützung zusprichst. Bist du dabei?" Er ließ die Drohung, die auf diese Worte hätte folgen sollen, unausgesprochen in der Luft hängen: *Oder soll ich dein Geheimnis allen verraten, die es hören wollen?*

Reeses Pupillen weiteten sich und seine Wangen liefen rot an. Einen Moment betrachtete er den Ausgang, dann wandte er sich wieder Maxis zu. „Einverstanden", presste er zwischen zusammengebissenen Zähnen hervor. Er ergriff Maxis' Hand und durchströmte seine Handfläche mit seiner Verbindungsenergie.

Ein stechender Schmerz durchbohrte Maxis Schulter, den er jedoch willkommen hieß. Verborgen in seiner Seele seufzte ein Schatten erleichtert auf, als er seinen Geist mit Reeses Energie verwob und die Verbindung zwischen ihnen besiegelte.

Er klopfte Reese auf die Schulter. Plötzlich fiel eine Last von ihm ab, derer er sich nicht einmal bewusst gewesen war. „Damit bleibt nur noch ein letzter Punkt, meine Herren." Maxis schlenderte auf Cutter zu und blieb vor seiner knienden Sklavin stehen. Er zwirbelte eine ihrer Haarsträhnen durch seine Finger. „Hat es dir gefallen, sie zu benutzen?"

Maxis musste Cutters Gedanken nicht lesen, um zu wissen, wie gründlich er sie benutzt hatte. Der Mann hatte selbst ein paar Geheimnisse, wie zum Beispiel die Tatsache, dass er sich Frauen gern aufdrängte, denn die Schreie seiner Opfer trieben ihn in euphorische Höhen – und sie hatten dafür gesorgt, dass einige Aristokraten ihr Leben lassen mussten. Glücklicherweise war Maxis zur Stelle gewesen und hatte dem Narren eine helfende Hand gereicht.

Cutters Blick wanderte zu der Frau und dann zu Maxis, bevor er wie hypnotisiert nickte.

Maxis ging neben dem Mädchen in die Hocke, strich ihr eine Haarsträhne hinters Ohr und streichelte ihr abwesend über den Kopf. „Sie gehört dir. Betrachte sie als ein Zeichen unserer Freundschaft, während wir unser gemeinsames Unterfangen beginnen."

Trotz seiner durchschnittlichen Statur schien Cutter plötzlich etwas größer. „Das ist mehr als großzügig von dir, Maxis. Offensichtlich hast du viel

Zeit in ihre Ausbildung investiert. Bist du wirklich sicher?"

„Wozu sind Freunde da?", erwiderte Maxis nur und kehrte zu seinem Thron zurück, wobei seine Schritte so beschwingt waren wie seit Jahren nicht mehr. „Ich schlage vor, wir fangen Sklaven ein, bilden sie aus und setzen sie an strategischen Punkten ein. Wie könnten wir unseren Standpunkt besser vermitteln als mit einer guten Dosis Realität?"

„Ich bin mir nicht sicher, ob das gemeine Volk bereit ist, Sklaven anzunehmen." Thyrus streichelte abwesend den Kopf der Frau an seiner Seite. „Das Risiko ist zu groß. Wenn der Malran davon erfährt, haben wir ein Problem."

„Denkt ihr wirklich, die guten Leute von Asshur würden kostenlose Arbeit ablehnen? Die Bevölkerung hier schrumpft. Diejenigen, die sich trotz des wenig freundlichen Klimas zum Bleiben entschlossen haben, leiden unter dem Mangel an verfügbaren Arbeitskräften. Wie könnten wir das Volk der Myren besser indoktrinieren, als den Leuten in Form von Sklaven zu demonstrieren, wie wir ihnen die Last erleichtern können? Sie werden nicht nur von der Hilfe profitieren, sondern sich auch schneller mit unserer Sache identifizieren."

„Ein paar Bordelle hier und da könnten auch nicht schaden", warf Cutter ein, wobei er den Blick auf das neue Spielzeug zu seinen Füßen gerichtet hatte.

„Eine ausgezeichnete Idee." Maxis wünschte sich,

er wäre selbst darauf gekommen.

Er nahm erneut Platz, strich über die schwarz lackierte Armlehne seines Stuhls und ließ die Stille zwischen ihnen pulsieren. „Überlegt es euch", sagte er und zeigte auf das Buffet. „Unterhaltet euch untereinander über die Ideen und sagt mir, was ihr davon haltet."

Reese sprang von seinem Stuhl auf und schritt vor der entlegensten Wand auf und ab. Thyrus, der eine Vorliebe für Klatsch und Tratsch hatte, erhob sich ebenfalls. Dann folgte auch Cutter ihrem Beispiel. Die beiden Männer unterhielten sich mit einem fast verschwörerischen Glanz in den Augen, während Reese sie nur aus der Ferne anstarrte.

Fünf Minuten. So lange würde Maxis warten, oder bis ihre gedämpfte Unterhaltung verstummte. Reese, der in regelmäßigen Abständen auf den Ausgang schielte, ließ sich Zeit mit seiner Entscheidung.

„Sag mal, Thyrus", begann Maxis wieder und stand auf, um sich zu den beiden Männern zu gesellen, „hast du jemanden im Auge, der uns ein Verbündeter im Ellan sein könnte?"

Thyrus wischte sich mit einer fleischigen Hand über den Mund und schaffte es dennoch, das meiste seiner Essensreste an seinem Kinn hängen zu lassen. „Ich denke, wir sollten uns auf Angus Rallion konzentrieren. Er und Eryx sind erst vor einem Monat aneinandergeraten. Der Malran hat ihn des Verrats für schuldig befunden, da der Mann ihn bei Strafprozessen vertreten hatte. Eryx hat Angus seinen Rang aberkannt, und seitdem ist der Kerl nur noch am Murren."

„Er hat Glück gehabt." Cutter schnappte sich ein Stück Fleisch vom Tablett und schlenderte hinüber zu seiner Sklavin, die immer noch auf dem Boden kniete. „Eryx hätte ihm seine Kräfte entziehen oder ihn wegen Verrats aufhängen können."

Oh, das war gut. Von allen Emotionen, mit denen man arbeiten konnte, war Rachedurst am leichtesten zu manipulieren. Vor allem, wenn dieser seinen eigenen Racheplänen zugutekam. „Ich bin froh, dass er es nicht getan hat", bemerkte Maxis und trat noch einen Schritt auf Thyrus zu.

Reese blieb an der hinteren Wand stehen und ignorierte ihre Unterhaltung. Er hielt entschieden zu viel Abstand. Daran würde Maxis noch arbeiten müssen.

Maxis reichte Thyrus eine dringend benötigte Serviette und lehnte sich mit der Hüfte gegen den Tisch. „Was hältst du davon, ein Treffen zwischen mir und diesem Angus zu arrangieren?"

„Das dürfte kein Problem sein." Thyrus zuckte mit den Schultern und wischte sich die pummeligen Finger an der Serviette ab, wobei er sein Gesicht völlig außer Acht ließ. „Unter welchem Vorwand?"

„Ich habe da eine Idee." Maxis reichte Thyrus einen weiteren, besonders fettigen Brocken Fleisch. Es konnte nicht schaden, seine Verbündeten bei Laune zu halten.

„Ich habe einige Informationen über Eryx und seine Besuche in Evad. Für einen Mann, der einen Groll gegen unseren Malran hegt, könnten sie durchaus interessant sein."

KAPITEL 11

Eryx wischte sich die letzten Wassertropfen vom Körper und warf das Handtuch auf den Boden. Das verdammte Ding war viel zu weich für seine Stimmung. Jedes Gelenk und jeder Muskel in seinem Körper schmerzten vor Erschöpfung. Galena mit Energie zu versorgen, während sie Lexi verankerte, hatte ihn so erschöpft, dass er eigentlich nicht einmal in der Lage sein sollte, aufrecht zu stehen. Aber er konnte trotzdem kein Auge zutun. Nicht, nachdem Galena ihn wegen des Betäubungsmittels gewarnt hatte. Er wurde den Gedanken nicht mehr los.

In unserer Welt ist es zwar Tradition, doch aus ihrer Sicht bist du ein verräterischer Scheißkerl.

Selbst Galenas Beteuerung, dass sie den Schaden in einem Gespräch von Frau zu Frau hatte begrenzen können, vermochte ihn nicht zu besänftigen. Er würde sich erst wieder beruhigen, wenn er selbst mit Lexi gesprochen hatte.

Falls sie jemals wieder aufwachte.

Er wrang das restliche Wasser aus seinen Haaren, wobei seine Fingerknöchel ein knackendes Geräusch von sich gaben. Es war ihm schleierhaft, warum er geglaubt hatte, dass eine Dusche eine bessere Idee war, als am Bett liegen zu bleiben. Statt wieder einen klaren Kopf zu bekommen, war er noch nervöser als zuvor. Er musste immer daran denken, was geschehen würde, falls sie nicht aufwachte.

Er schnappte sich eine schwarze Seidenpyjamahose. Er konnte sich genauso etwas anziehen und abwarten. Vielleicht sollte er positiv denken und Orla bitten, etwas zu essen bereitzustellen.

Ein gebrochenes Wimmern ertönte durch die Badezimmertür.

Mit einem Ruck zog er die Hose hoch und riss die Tür auf. „Geht von mir runter!" Mit geschlossenen Augen bäumte sich Lexi auf dem Bett auf und kratzte mit einer Hand über ihren Hals, während die andere sich in den Laken verheddert hatte.

Er drückte ihre freie Hand auf die Matratze und heilte eine langsam blutende Wunde an ihrer Wange, indem er mit dem Daumen darüber strich. Weitere Striemen bedeckten ihren Hals und ihr Kinn. Nur gut, dass sie mit der anderen Hand nicht noch mehr Schaden hatte anrichten können.

Die Wunde verheilte und verblasste, bevor er sich um die anderen Kratzer kümmerte. „Lexi, wach auf."

Sie wand sich unter ihm, wobei sie die Augen nach wie vor geschlossen hatte. „Käfer." Sie warf den Kopf hin und her. „Feuer. Es schmerzt."

Zarte elektrische Funken zuckten um ihren Körper, als eine starke Brise durch den Raum fegte. Was auch immer der Grund für ihre langsame und mühsame Erweckung gewesen sein mochte, sie war nun endgültig abgeschlossen. Sie hatte sich von der ungenutzten Hülle einer Myren in ein Pulverfass voller Energie verwandelt. Es war zu viel des Guten, denn all diese Kraft war in einem unvorbereiteten Körper gefangen, der momentan nicht bei Bewusstsein war.

„Ich weiß, Baby. Du musst aufwachen." Er versuchte, so sanft wie möglich vorzugehen und den Griff um ihr Handgelenk zu lockern, während er ihren anderen Arm aus den Laken wickelte. Doch ihr Körper war von Schweiß bedeckt, was das Ganze zu einer Herausforderung machte. „Du bist völlig überladen. Wach auf. Lass mich dir helfen."

Der Wind peitschte um ihn herum und trocknete sein nasses Haar innerhalb von Sekunden.

„Mach. Dass. Es. Aufhört." Sie setzte sich ruckartig auf.

Mit einem Windstoß wurde er vom Bett geschleudert und prallte mit solcher Wucht gegen die gegenüberliegende Wand, dass der Raum bebte. Er schüttelte den Kopf, als ihm fast schwarz vor Augen wurde.

Lexis Gebrüll hallte durch den Raum, während die Luft fast durchgehend um sie herumwirbelte. Obwohl sie mittlerweile aufrecht im Bett saß, hatte sie Mühe, die Augen zu öffnen.

Er erinnerte sich an seine eigene Erweckung, an die Konzentrationsschwierigkeiten, die Verwirrung, das Brennen der Muskeln, die an Kraft gewannen – im Grunde der schlimmste Kater seines Lebens.

Lexi strampelte unter der Bettdecke und kratzte sich über die Arme, wobei sie wütende Striemen auf ihrer Haut hinterließ.

Er stürzte sich auf sie und drückte sie auf die

Matratze. „Lexi!" Der Befehl war eindringlich genug, um einen Toten aufzuschrecken. Es funktionierte. Sie öffnete die Augen in dem Moment, in dem sie sich erneut aufbäumte und einen markerschütternden Schrei ausstieß.

„Lexi, verdammt noch mal", sagte er und schüttelte sie. „Sieh mich an."

Sie entspannte sich genug, um seinem Blick zu begegnen. Tränen traten ihr in die Augen und ihre Lippen begannen zu beben. „Hilf mir." Ihr heiseres Flehen traf ihn mitten ins Herz. Er hatte das Gefühl, als hätte ihm jemand ein Messer in den Bauch gerammt, um damit seine Eingeweide zu durchbohren.

Er schob seine Handflächen auf ihre und verschränkte ihre Finger mit seinen. „Lass die Energie in mich fließen. Konzentriere dich auf meine Hände."

Ihr Körper wurde von einem Beben gepackt. „Ich weiß nicht, wie." Eine Schweißperle rann ihr die Schläfe hinunter und sie begann, heftig zu schluchzen.

„Blödsinn." Er festigte seinen Griff um ihre Hände und beugte sich vor, damit sie keine andere Wahl hatte, als sich zu konzentrieren. Ihre blaugrauen Augen verdunkelten sich zu einem stürmischen Grau, das vom Schwarz ihrer Pupillen fast verschlungen wurde. „Du hast mich gerade durch den ganzen verdammten Raum geschleudert. Jetzt stoß die Energie in mich hinein. Tu es. Sofort."

Sie bäumte sich auf und stieß einen Schrei aus,

der durch das Zimmer tönte.

Der Wind peitschte gegen seinen nackten Rücken, doch er spürte einen schwachen Strom von Energie, der in seine Handfläche floss.

Lust. Er bebte am ganzen Körper, als reines Verlangen ihn durchströmte, das von Lexis einzigartigen Kräften befeuert wurde. Sonnenschein und Verzückung. Unschuldiges Funkeln und sündige Schatten. Die Empfindungen leckten wie tausend winzige Zungen über seine Haut und bescherten ihm die erotischste Liebkosung seines Lebens.

Noch bevor er sich dessen bewusst war, hatte er seine Lippen an ihr Kinn gepresst und atmete den Kräuterduft ein, der ihr anhaftete. „So ist es gut." Er knabberte an ihrem Ohrläppchen. „Gib es mir."

Erneut floss eine Woge der Energie in ihn hinein. Sie schoss Arme hinauf und seine Brust hinunter, um schließlich seine Hoden zu umhüllen. Beim Großen, er benahm sich wie ein verdammter Blutsauger. Er musste einen kühlen Kopf bewahren und sich darauf konzentrieren, die überschüssige Energie aus ihrem angespannten Körper zu leiten. Er durfte sie nur so weit entleeren, bis sie wieder klar denken konnte und musste sich vorsehen, damit er sie beide nicht in einen sexuellen Rausch stürzte. Verdammt, sein Schwanz war hart genug, dass er damit Nägel hätte einschlagen können.

Lexi stöhnte auf und durchdrang mit dem kehligen Laut seine sinnlichen Gedanken. Sie trat nicht mehr um sich, sondern hatte sich entspannt und wiegte nun ihre Hüfte in einem wollüstigen

Rhythmus an seinem Becken. Die Energie floss in einem konstant pulsierenden Strom aus ihr heraus, während Euphorie und Schmerz miteinander verschmolzen und sie berauschten.

„Eryx?" Mit dem einen Wort sagte sie so viel aus. Der gequälte Unterton in ihrer Stimme war verschwunden und einem Anflug von Verwirrung, Hunger und Verzweiflung gewichen.

„Es ist deine Energie." Er unterdrückte ein Stöhnen und zog den Kopf zurück. Er sollte die Situation nicht ausnutzen. Und er würde es nicht tun.

Sie entriss ihre Hände seinem Griff, woraufhin ein Windstoß transparente Funken durch die Luft jagte. Im nächsten Moment packte sie seine Hüfte und zog ihn an sich. „Mehr."

Ihre Energie durchzuckte ihn und er leckte über ihre Unterlippe. Er schmeckte einen Hauch honigartigen Balsam auf seiner Zunge. Verlockend. „Du musst dir sicher sein", flüsterte er an ihrem Mund. „Du musst dir ganz sicher sein."

Sie antwortete, indem sie sein Haar packte und sich in seine Kopfhaut krallte. „Sofort", befahl sie mit einem Aufbäumen ihrer Hüften. „Mehr."

Die beiden Worte sprachen eine animalische Seite in seinem Inneren an, die er zwar spürte, jedoch nie zu befreien gewagt hatte. Das Tier in ihm schob sein Gewissen und seine Vernunft beiseite und musterte seine Beute – festes, kurvenreiches Fleisch, das nur von einem dünnen weißen Baumwollhemd bedeckt war und die dunklen und verhärteten Umrisse ihrer Brustwarzen, die gegen den

Stoff pressten.

Er ließ sich von der Bestie in seinem Inneren leiten, packte den Ausschnitt ihres Gewands – und zerriss es.

***

Kühle Luft umhüllte Lexi. Trotz der Panik, die immer noch ihre Gedanken erfüllte, verhärteten sich ihre Brustwarzen.

Über ihr legte Eryx den Kopf schief und betrachtete sie mit einem durchdringenden und wachsamen Blick.

Sie schluckte einen Kloß im Hals hinunter und klammerte sich an seine Schultern. Seine Muskeln waren wie ein Anker, der sie erdete. Sie konnte es tun. Die Vergangenheit bestimmte sie nicht. Sie bestimmte selbst, wer sie war. Es war ihre Entscheidung. Nichts anderes.

„Hör nicht auf." Sie ließ ihre Hüften kreisen, um ihn zu ermutigen. Der Seidenstoff seiner Hose hinderte sie daran, seine Erektion an ihrer nackten Haut zu spüren.

Eryx setzte sich auf, aber nur so weit, dass sie sich immer noch an seine Schultern klammern konnte. Allerdings spürte sie nun seinen harten Schwanz nicht mehr zwischen ihren Schenkeln. Er ließ die Hände über ihre Beine gleiten, die weit gespreizt waren. Mit seinem Blick ging er ihr unter die Haut und drängte auf Antworten, ohne eine einzige Frage zu stellen.

Es war ganz ausgeschlossen, dass sie jetzt darüber reden würde. Sie würde noch eine ganze Weile damit warten. Es wäre besser, sich mit seinem Schaft tief in ihrem Unterleib abzulenken.

Sie packte den Bund seiner Hose.

Er schlug ihre Hand beiseite und schüttelte bedächtig wie ein Raubtier den Kopf. „Erzähle mir deine Geheimnisse, wenn du bereit dazu bist, aber verstecke dich nie vor mir. Nicht jetzt."

Verblüfft starrte sie ihn an, während ihr das Herz bis zum Hals schlug. „Eryx, ich …"

„Nein." Er legte sich wieder auf sie und stützte die Hände zu beiden Seiten ihres Kopfes ab, wobei sein dunkles Haar um ihr Gesicht fiel. „Wir haben darüber gesprochen. Wenn du etwas nicht willst, dann musst du es sagen. Und wenn du mich willst, dann musst du es auch sagen. Aber weiche mir nicht aus. Und lüge mich nicht an."

Sie nickte. Mehr konnte sie nicht tun. Die Wärme und Aufrichtigkeit seiner Worte machten sie sprachlos. Aber sie konnte sich zusammenreißen und so viel von der Wahrheit preisgeben, wie sie in diesem Moment verkraften konnte. „Du hast mir Angst gemacht."

Er nickte kaum wahrnehmbar, während er ihr tief in die Augen sah.

„Aber ich will das hier."

Er verzog seine sinnlichen Lippen zu einem verschmitzten Lächeln, als er sich vor sie kniete und den Oberkörper aufrichtete. „Zeig es mir. Leg die Hände über den Kopf und halte dich an dem Kissen fest."

Ihr Herz machte einen Satz und ihr Magen schlug einen Purzelbaum, doch sie tat wie geheißen. Ihre Kehle war so trocken, dass sie nicht einmal in der Lage war, zu schlucken.

Mit seinen rauen Fingern streifte er über ihre Knie. „Sag es noch einmal." Er durchbohrte sie mit einem Blick aus seinen silbernen Augen, während seine Stimme sich wie ein heißer, sinnlicher Schwall über ihr ergoss.

„Ich will es", sagte sie heiser und atemlos.

Er ließ seinen Blick an ihrem Körper hinuntergleiten und stieß ein gedämpftes Knurren aus.

Sie lag entblößt und verletzlich vor ihm, doch noch nie im Leben hatte sie eine Berührung so sehr gebraucht wie jetzt. Noch nie hatte sie sich nach dieser Art von körperlicher Intimität gesehnt.

Er legte seine Hand auf ihren Bauch, und sie spannte die Muskeln an. „Lass deine Energie durch meine Hand fließen", befahl er. „Konzentriere dich auf die Stelle, an der ich dich berühre."

Die feinen Härchen auf ihrer Haut tanzten und ein Hauch Energie, der kaum stärker war als der Streich einer Feder, sprang von ihrem Körper zu seinem über.

Er beugte sich vor und stieß über ihrer Brust ein tiefes, kehliges Seufzen aus. „Weißt du, wie lange ich mich danach verzehrt habe?" Er ließ seine Zunge um ihre steife Brustwarze kreisen und liebkoste mit den Fingern die andere. Sein Haar kitzelte ihre Taille und sein würziger Duft erfüllte ihre

Lunge. „Wie viele Nächte ich davon geträumt habe, deine Haut an meiner Zunge zu spüren?"

Sie packte sein Haar mit festem Griff, um sein Gesicht näher an ihre Brust zu ziehen, doch er rührte sich nicht und berührte sie nur ganz zärtlich. „Verdammt. Ich will mehr."

Der Mistkerl hatte die Frechheit zu lachen. „Ja, jetzt weißt du, wie es sich anfühlt." Mit der Zunge bahnte er sich einen Weg von einer Brust zur anderen. Er liebkoste ihren Nippel und blickte durch seine dichten schwarzen Wimpern zu ihr auf. „Ich werde dir geben, was du brauchst, wenn du es brauchst." Er leckte einmal über ihre Brustwarze. „Immer."

Feuchte, wunderbare Wärme schmiegte sich um ihren Nippel, als er ihn in seinen Mund sog. Ihr Unterleib zuckte, während ihre Gedanken in den Himmel aufflogen. Die Leidenschaft ließ ihre Lider schwer werden, doch sie hielt die Augen offen, denn sie wollte sich den Anblick nicht entgehen lassen, der sich ihr an ihren Brüsten bot. Sie sah, wie sich seine Wangen aushöhlten, wenn er genüsslich mit geschlossenen Augen an ihren Brustwarzen saugte.

Sie konnte keinen klaren Gedanken mehr fassen, denn sie hatte jedwede Logik mitsamt ihrem gesunden Menschenverstand so tief vergraben, dass sie das Licht des Tages nicht mehr erblickten.

Sie wollte fluchen und ihn dazu bewegen, sein Festmahl zu beenden und die schmerzende Leere zwischen ihren Schenkeln zu füllen. Doch sie bekam nichts weiter heraus als ein heiseres Seufzen und ein krächzendes Flehen.

Sie ließ ihre Hände über seine Brust, seinen Bauch und über seine Hüfte gleiten und spürte, wie er die Muskeln anspannte. Mit jeder Berührung floss eine Energie zwischen ihnen, die weich wie Baumwolle war und zugleich Funken sprühte. Sie packte erneut seine Pyjamahose, doch sie schaffte es nicht, sie über seine Hüfte zu schieben.

„Bitte." Sie ließ ihre Zähne über seine straffe Schulter gleiten und hatte einen salzigen und beinahe metallischen Geschmack auf den Lippen. „Ich will dich spüren."

Er löste seinen Mund von ihrer Brustwarze und musterte den rosigen Nippel, dann blickte er mit einem verruchten Funkeln in den Augen zu ihr auf. Mit einer Hand strich er über ihre Hüfte, während er mit der Zunge ihre andere Brustwarze liebkoste. „Du meinst so?", fragte er und ließ zwei Finger durch ihre feuchte Spalte gleiten, bevor er damit in sie eindrang und den Mund erneut auf ihren Nippel presste.

„Ja!" Nein. Gott, das hatte sie nicht gemeint, doch es fühlte sich so gut an. Er gab ihr einen Hauch von dem, wonach sie sich sehnte und einen Vorgeschmack auf die Explosion, die ihr bevorstand. Sie wusste nicht, ob sie seinen Kopf von ihrer Brust wegziehen und verlangen sollte, dass er ihre Begierden erfüllte, oder ob sie ihn noch fester an ihren Busen pressen sollte. „Ich will dich in mir spüren."

Er hob den Kopf und ließ seine Zunge ein letztes Mal über ihre Brustwarze gleiten. „Noch nicht." Mit diesen Worten setzte er sich auf und drückte ihre Knie weit auseinander. Er musterte ihr Geschlecht mit einem so glühenden Blick, dass sie glaubte, sie müsste verbrennen. „Nicht, bevor ich dich geschmeckt habe." Er ließ seine Hände über ihren Venushügel gleiten und leckte sich über die Lippen. Dann hob er ihre Hüfte an und beugte sich vor. Sie konnte seinen Atem auf ihren Schenkeln spüren. „So süß. Perfekt für meinen Mund."

Ein tiefes Stöhnen entrang sich ihrer Kehle, das dem enthemmten Laut eines Pornostars glich und sie sicher erröten lassen würde, wenn sie sich später daran erinnerte. Sie genoss das Gefühl seiner Zunge an ihrem Geschlecht, die rhythmische Bewegung seines Kopfes zwischen ihren Beinen und das Kitzeln seiner Haare an ihren Schenkeln. Sie konnte sich nicht dagegen wehren, sie wollte sich gar nicht dagegen wehren, sondern gab sich hin und entblößte ihre Seele.

Er presste eine Hand auf ihren Bauch, um ihre Hüfte festzuhalten. „Gib mir, was ich will", befahl er mit einem Knurren, das von ihrem feuchten Unterleib durch ihren ganzen Körper vibrierte. Dabei stieß er mit seinen Fingern immer wieder fordernd in sie hinein. „Gib mir eine Kostprobe." Die sengende Hitze seiner Lippen umspielte ihre Klitoris, als er sie tief in seinen Mund saugte.

Sie stieß einen markerschütternden Schrei aus, als sie mit Wucht zum Höhepunkt kam und die Muskeln um seine Finger anspannte. Dabei wiegte sie noch immer ihre Hüfte hin und her und spreizte die Schenkel, um ihn noch fester an sich zu pressen. Seine Lippen waren in diesem Moment wichtiger als die Luft zum Atmen. Scham hatte hier keinen Platz. Nur seine Berührung. Emotionen. Leidenschaft.

Eryx löste sich von ihr.

Sie sog die Luft ein – und stieß den Atem schnaubend wieder aus, als er den Kopf hob.

Er betrachtete sie mit halb geschlossenen Augen, während sein dunkles Haar sein markantes Gesicht umrahmte und seine Lippen vom Saft ihrer Erregung glitzerten. Derweil stieß er weiterhin langsam und gleichmäßig mit den Fingern in sie hinein, um sie die Welle der Ekstase bis zum Ende reiten zu lassen. „Das ist Ehrlichkeit." Er zog seine Finger aus ihr heraus und steckte sie in den Mund, um sie gemächlich abzulecken. „Wunderbare, honigsüße Ehrlichkeit."

Eine erneute Woge der Erregung durchfuhr ihren Unterleib und ein weiteres Stück ihrer emotionalen Blockade löste sich in Nichts auf. Wie konnte sie ihn ausschließen? Wollte sie das überhaupt noch?

Er richtete sich auf. Schweiß glitzerte auf seinem muskulösen Oberkörper, als er die schwarze Seide über die Hüfte schob. Sein Schwanz wippte dick und hart an seinem Unterleib. „Es ist nach wie vor deine Entscheidung."

Er wollte ihr weder drohen noch verurteilte er sie. Doch er presste entschlossen die Zähne zusammen und sie wusste, dass er sich zurückziehen würde, wenn sie sich ihm verweigerte – selbst wenn es ihn umbringen würde.

„Ich will mehr", platzte sie heraus, bevor sie lange darüber nachdenken konnte. Vielleicht würde sie es später bereuen, aber sie würde sich nur zu gern ihren schlimmsten Ängsten stellen, wenn sie dafür diesen einen Moment mit ihm in Erinnerung behalten konnte.

Als könnte ein Moment je ausreichen.

Sie ließ ihre Hüften kreisen. Erneut wallte unbändige Lust in ihr auf, als sie sah, wie er seinen Schaft streichelte. Oh, nein. Ein ganzes Leben würde nicht ausreichen.

Er stützte sich mit einer Hand neben ihrem Kopf ab und ließ die Spitze seines Schwanzes durch ihre feuchte Spalte gleiten. Langsam. Aufreizend. Er schnappte nach Luft. „Du gehörst mir."

Die besitzergreifenden Worte ließen Hoffnung in ihr aufwallen. Sie kniff die Augen fest zusammen und wagte es nicht, seinem Blick zu begegnen, aus Angst, selbst daran zu glauben.

Er packte ihre Hüfte und presste seinen Schwanz an ihr Geschlecht. „Sieh mich an."

Oh, Gott. Es würde sie umbringen. Sie wäre machtlos.

Er drang ein Stück weit in sie ein und zog seinen Schwanz wieder heraus. Es war genug, um sie zu reizen, aber nicht annähernd genug, um den Schmerz der Begierde zu lindern. „Lexi."

Sie öffnete die Augen, und sein Blick erschütterte

ihre Seele. „Du gehörst zu mir. Sag mir, dass du das verstanden hast."

Sie war nicht imstande, sich zu bewegen und konnte ihn nicht dazu zwingen, endlich ihre Lust zu befriedigen. Ihr Herz lag ungeschützt vor ihm. „Ja", stieß sie verzweifelt hervor. „Bitte."

Er drang mit einem Stoß in sie ein und dehnte ihre immer noch zuckenden Muskeln, bis ihr Unterleib auf wunderbare Weise schmerzte. Der Moment war perfekt, überstieg ihre fleischlichen Begierden und umschloss ihr Herz. Er drang immer wieder mit kraftvollen Stößen in sie ein. Sie ließ sich fallen und löste sich von allem Irdischen. Es zählte nur noch der Mann, der in einem stetigen Rhythmus in sie hineinstieß.

Sie würde von einem unbändigen Verlangen übermannt, das alles zu verzehren schien und über die Verheißung körperlicher Erlösung hinausging.

„Eryx." Sie presst eine Hand an seine Brust und ließ ihre Energie in ihn hineinfließen, um sein pochendes Herz damit zu umhüllen. Es geschah ganz instinktiv, denn sie suchte nach einer Verbindung, die sie erdete, bevor sie in eine Million winziger Teile zersplitterte.

Er zitterte und kniff die Augen fest zusammen, während er seine Fäuste um das Bettlaken ballte.

„Bitte." Sie stand kurz vor dem Höhepunkt. Voller Sehnsucht nach einer Berührung, die sie jedoch nicht benennen konnte, ließ sie ihre Fingernägel über seine Brust gleiten.

Er begegnete ihrem Blick. Er wusste, was sie

brauchte. Während er die Augen qualvoll zusammenkniff, rammte er immer wieder seinen Schwanz in sie hinein. Er ließ seine Hand zwischen ihre Körper gleiten und umkreiste mit den Fingern ihre Klitoris. „Lass dich gehen."

Ihre Muschi spannte sich um seinen stahlharten Schaft, und er stieß noch einmal tief in sie hinein, um sie jenseits von Misstrauen und Geheimnissen in ekstatische Höhen zu katapultieren.

Mit einem heftigen Brüllen bäumte er sich auf. Violette Blitze schossen an die Decke und ein Donnerschlag erschütterte den Himmel, während sein Schwanz in ihr zuckte.

Sie ließ sich von der Welle der Ekstase treiben, während sie die Arme und Beine fest um ihn geschlungen hatte. Wind kühlte ihre schweißnasse Haut. Sie genoss das Gefühl seines Körpers auf dem ihren und die langsamen, stetigen Bewegungen seiner Hüften.

Er entspannte die Muskeln in seinen Schultern und schlang die Arme fest um sie.

Sie stieß zitternd den Atem aus, während sie am ganzen Körper vibrierte. Der Schmerz der Erweckung war verebbt und einem angenehmen Pochen in Körperstellen gewichen, die sie zu lange ignoriert hatte. Zum ersten Mal in ihrem Leben fühlte sich ihr Herz verbunden. Es war, als hätten sich die Rillen ihres Lebens in ihre perfekte Kerbe eingefügt.

Fast.

Eryx' schuldbewusster Gesichtsausdruck – kurz

bevor er sie mit seinen geschickten Fingern über den Abgrund der Ekstase gestoßen hatte – kam ihr wieder in den Sinn.

Sie hatte keine Ahnung, was er ihr vorenthalten hatte, doch er wollte sie nicht täuschen. Dessen war sie sich sicher. Aber er hatte etwas zu verbergen. Etwas, das sie unbedingt herausfinden wollte.

KAPITEL 12

Maxis trat auf Phybes überdachte Veranda und warf einen Blick auf die Straße hinter ihm. Alles war ruhig. Nirgendwo war jemand zu sehen und die Häuser in dem idyllischen Dorf der Krieger waren fest verschlossen. Die meisten gingen am frühen Nachmittag zum Heiligtum und aßen mit ihren Familien. Die Tradition war für seinen Geschmack ein wenig zu sehr an menschliche Rituale angelehnt, aber in diesem Fall kam sie ihm zugute.

Im Gegensatz zu den anderen Bewohnern war Phybe zu Hause. Er hatte sich vor seiner Abreise vergewissert, dass er sie hier antreffen würde, denn er hätte seiner Netzhaut eine unnötige Reise nicht zumuten wollen. Maxis klopfte an die dunkelgrüne Tür und wartete.

Mit einem schrillen Ächzen wurde sie geöffnet und er blickte in einen dunklen Eingang.

„Herein." Phybes Stimme hallte von irgendwo tief aus dem Inneren des Hauses wider. Was auch immer sie tat, in ihrer Stimme schwang ein schroffer Unterton mit, den er niemals mit ihrem mausgrauen Äußeren in Verbindung gebracht hätte.

Die Eingangshalle bestand nur aus einem kurzen Flur, der zu einem Wohnzimmer mit einer gewölbten Decke führte. Elfenbeinfarbene Liegen und flauschige, salbeifarbene Stühle waren überall im Raum verteilt. Passende, konservativ gemusterte Teppiche bedeckten einen Boden aus hellem Schiefer. Am anderen Ende befand sich eine Schiebetür aus Glas, die sich über die gesamte Länge der Wand erstreckte, um die Sonne hereinzulassen.

„Wesley." Phybe kniete draußen auf den Sandsteinpflastersteinen der Terrasse. Vor ihr lagen Klumpen fast schwarzer Erde. Sie stand auf und wischte sich mit dem Rücken ihrer verschmutzten Hand über die Stirn. „Ich habe nicht mit dir gerechnet. Ich sehe furchtbar aus."

Maxis schlenderte auf das Durcheinander von umgestürzten Töpfen und Blumen zu. „Du hast eine Vorliebe für Pflanzen?"

„Beim Großen, nein." Sie deutete auf einen Stuhl unter einer Markise, dessen verblichene Kissen darauf schließen ließen, dass sie zu viele Stunden in der Sonne gelegen hatten. Phybe ging erneut in die Hocke und widmete sich ihrem nächsten blütenreichen Opfer. „Die Schwester des Malrans hilft mir, auf andere Gedanken zu kommen. Sie glaubt, dass die Verbindung meiner Seele mit Mutter Erde mein Herz heilen wird."

„Ich habe gehört, dass sie eine bekannte Heilerin ist. Vielleicht hat sie recht." Maxis warf einen Blick auf die Blume, die schief inmitten eines rubinfarbenen Topfes stand. „Deine Wahl der Pflanzen erwärmt mein Herz."

Phybes Wangen erröteten und sie senkte den Kopf. „Das Lob gebührt nicht mir. Galena hat sie mir gebracht. Ich habe die Blume, die du mir geschenkt hast, zu meinem Treffen mit dem Malran mitgenommen. Dabei habe ich Galena erzählt, dass ein Freund sie mir gegeben hat und sie mir Kraft gibt."

Maxis' Magen verkrampfte sich. Gerade hatte er noch abwesend mit den Fingern auf die Armlehne getrommelt, doch jetzt hielt er inne.

Phybe umklammerte den Tontopf so fest, dass die Blütenblätter der Blume zitterten. Ihre Augen waren hinter dem Vorhang ihrer hellen Wimpern verborgen. „Als sie gestern vorbeikam, bemerkte sie, wie reizend sie deine Geste fand und wollte mir noch mehr Kraft spenden."

„Du hast ihr von mir erzählt?" Maxis bemühte sich um einen beschwingten Tonfall, doch er musste sich zusammenreißen, um keine Funken aus seinen Handflächen sprühen zu lassen.

Phybe senkte den Kopf und schaufelte eine Handvoll Erde auf. „Nicht viel. Ich habe ihr nur gesagt, dass ich einen neuen Freund gefunden habe und du mich sicher nach Hause gebracht hast."

Maxis sog die Luft ein und atmete einen Teil seiner Wut aus. „Ich nehme an, das Treffen ist gut verlaufen?"

„So gut, wie man es erwarten kann." Mit einem wehmütigen Lächeln schob sie den Topf beiseite und ließ die Hände in den Schoß fallen. Die triste, braune Farbe ihrer Leggings war perfekt für die Arbeit im Garten, doch sich schmeichelte nicht gerade ihrer blassen Haut. „Der Malran war sehr freundlich. Er hat mir Mut gemacht."

„Dann war Galena bei dem Treffen also anwesend. Sonst noch jemand?" Die Worte kamen ihm schroffer über die Lippen als beabsichtigt, doch die Sonnenstrahlen, die immer wieder unter der Markise hindurchfielen, irritierten ihn.

Sie schüttelte den Kopf und schob die Erde in Richtung des Jutesacks zu ihrer Rechten. „Nein. Es waren nur die beiden", antwortete sie und lachte dann süffisant. „Zumindest, bis Serena auftauchte."

„Serena?"

Phybe stieß müde den Atem aus und stand auf. „Die ehemalige Geliebte des Malrans. Ich hatte noch nie von ihr gehört, aber ein paar der Frauen haben mir von ihr erzählt, als ich nach Hause kam." Sie schob den Sack Erde mit einem mentalen Ruck, den sie mit einer flinken Handbewegung untermalte, an den äußersten Rand der Terrassenmauer. „Offenbar waren sie und der Malran vor vielen Jahren ein Paar. Er hat wohl schnell das Interesse verloren, aber sie nicht. Galena hat mir erzählt, dass die Szene zwischen den beiden ziemlich unschön war, nachdem ich gegangen war."

„Faszinierend." Maxis schlug ein Bein über das andere. „So viel Klatsch und Tratsch in der königlichen Familie. Schade, dass er im Moment keine Geliebte hat, die dem Ganzen noch etwas Würze verleihen könnte. Das wäre sicher unterhaltsam."

Phybe setzte sich auf den Stuhl neben dem seinen, wobei ihr helles Haar die Sonne reflektierte. „Nein. Er hat im Moment keine Geliebte. Zumindest habe ich keine gesehen. Aber das muss auch nicht sein. Serena sorgt auch allein für ausreichend

Dramatik."

Verdammt. Die Frau musste wirklich bei der Sache bleiben. Er streckte ihr eine Hand entgegen. „Und wie geht es dir?"

Mit einem leisen Seufzer ergriff sie seine Hand. „Ich bin müde. Jedes Mal, wenn ich die Augen schließe, sehe ich Sauls Gesicht vor mir. Ich frage mich, ob er bei seinem Tod Schmerzen empfunden hat. Und ich denke darüber nach, wie meine Zukunft ohne ihn aussehen wird."

Er hörte ihre Worte kaum, und konzentrierte sich stattdessen auf ihre Erinnerungen an ihr Treffen im Schloss.

„Wesley?"

Ihre Stimme riss ihn aus seinen Gedanken. „Verzeih mir." Er schüttelte den Kopf und täuschte Traurigkeit vor. „Deine Worte haben mich an meine eigenen Verluste erinnert. Was hast du gesagt?"

„Ich habe dich gefragt, ob du etwas trinken möchtest?"

„Nein. Ich war nur gerade unterwegs und dachte, ich komme vorbei und sehe wie versprochen nach dir. Ich denke, es ist besser, wenn ich mich jetzt wieder auf den Weg mache. Mit Klatsch und Tratsch kann man nie vorsichtig genug sein. Besonders in deiner Situation." Er stand auf und konnte es kaum erwarten, in den etwas dunkleren Wohnbereich zu flüchten. „Natürlich kannst du mich jederzeit besuchen. Mein Haus bietet etwas mehr Privatsphäre. Und liegt abgeschiedener."

Phybe wich seinem Blick aus und antwortete

nicht, während sie die Hände fest in ihrem Schoß verschränkt hatte.

„Nun dann." Wenn das nicht unangenehm war. „Ich überlasse dich wieder deinen Pflanzen. Aber ich werde bald wieder vorbeischauen, um mich nach deinem Befinden zu erkundigen."

Sie sah ihm nach, doch er drehte sich nicht noch einmal um. Er hatte in Phybes Erinnerungen nichts über Lexi finden können und der Malran hätte fast davon erfahren, dass er die Baineann nach Hause gebracht hatte. Dieser Ausflug war beinahe umsonst gewesen.

Allerdings erwies sich Serena Doroz mit ihren langen, weißblonden Haaren, ihren strahlend blauen Augen und ihrer stolzen Haltung, die er in Phybes Erinnerungen gesehen hatte, als vielversprechend.

Auf jeden Fall wäre sie eine Frau, mit der er arbeiten konnte.

***

Als Eryx und Lexi es schließlich schafften, sich aus seinem Bett zu rollen, war es in Eden schon weit nach Mittag. Unter der rot umrandeten Sonne und einem mit Wolken bedeckten azurblauen Himmel stapften sie einen sanft abfallenden Hügel hinauf, der mit grün schimmerndem Gras bewachsen war.

Lexis Körper vibrierte förmlich. Sie war bereit, es mit der Welt aufzunehmen und sich allen Hindernissen zu stellen. Einschließlich dem, das Eryx gerade bot. Sie hatte keine Ahnung, was ihn dazu veranlasste, die Stirn in Falten zu legen, doch er hätte einem Shar-Pei Konkurrenz machen können. „Welches Geheimnis verbirgst du diesmal vor mir?" Ihre Stimme klang ein wenig sarkastischer und selbstgerechter, als sie beabsichtigt hatte.

Er schüttelte nur den Kopf.

„Oh, komm schon. Ich habe noch nie einen Mann getroffen, der nach einer unglaublichen Runde Sex derart mürrisch ist."

Er packte ihren Arm und blieb stehen. „Du hast noch nie einen Mann wie mich getroffen, und der Gedanke von dir und einem anderen Mann nach dem Orgasmus verbessert meine Stimmung nicht gerade."

Meine Güte.

Also schön, vielleicht sollte sie das Ganze mit etwas mehr Finesse angehen. „Du weißt, wie ich über Geheimnisse denke. Und ich bin mir sicher, dass du etwas vor mir verbirgst. Ist dir je die Möglichkeit in den Sinn gekommen, mit mir zu reden, statt auf Zehenspitzen um jedes Problem herumzuschleichen?"

Er stemmte die Hände in die Hüften und schob den Unterkiefer hin und her.

„Lass es uns folgendermaßen versuchen", sagte sie. „Auf wie viele Überraschungen muss ich mich noch gefasst machen?"

Er ließ den Kopf hängen und rieb sich den Nacken. Sein Haar hatte er zu mehreren Zöpfen geflochten, an deren Enden verschiedene Metallperlen hingen. Anstelle der Jeans und T-Shirts, die sie an ihm liebte, trug er ein anthrazitfarbenes Leinenhemd und eine Hose. Er sah aus wie eine spirituelle Interpretation von Braveheart auf Steroiden.

„Zwei", sagte er und blickte zu ihr auf. „Aber ich muss damit zurechtkommen und werde es dir sagen, wenn ich bereit dazu bin."

Sie öffnete den Mund, um etwas zu erwidern, doch er kam ihr zuvor. „Wir haben bereits festgestellt, dass du selbst einige Geheimnisse hast. Es treibt mich fast in den Wahnsinn, dass Ludan jeden dunklen Winkel deines Verstands, einschließlich dieser Geheimnisse, kennt. Und die Tatsache, dass sie so bedeutend sind, dass du erstarrst, wenn du nackt unter mir liegst, weckt in mir Mordgelüste."

Wenn er es so ausdrückte, musste sie sich eingestehen, dass sie ihre Sichtweise noch einmal überdenken sollte. Sie atmete tief durch und hob ihr Kinn an. „Du hast recht", sagte sie, doch die Worte hinterließen einen bitteren Nachgeschmack in ihrem Mund. „Versprich mir nur, dass es nicht noch weitere Überraschungen gibt, die mir den Boden unter den Füßen wegziehen werden."

„Das kann ich nicht tun." Er presste die Lippen zu einer dünnen Linie zusammen. „Die Position, die ich in diesem Reich innehabe, hat auch Auswirkungen auf dich, doch die Angelegenheit betrifft vor allem mich selbst. Ich bitte dich nur um etwas Geduld. Lerne mich zuerst kennen, bevor ich dir alles andere aufbürde."

Eine kühle Brise kitzelte ihre Wange. Sie senkte die Augenlider und konzentrierte sich auf die Wärme der Sonne und den frischen Duft des Grases, der ihr in die Nase stieg. „Hat es irgendetwas mit heute Morgen zu tun?", fragte sie und begegnete seinem Blick. „Irgendetwas …" Wie sollte sie es nur ausdrücken? Sie hatte Schwierigkeiten, die richtigen Worte zu finden. „Irgendetwas fehlte."

Er richtete sich auf und starrte sie mit offenem Mund an. „Okay, vielleicht sind es eher drei Überraschungen."

Verdammter Mistkerl. War das sein Ernst? Sie ballte eine Hand zur Faust. Nach ihrer Erweckung war sie schneller. Zweifellos wäre sie in der Lage, ihm zumindest eine Gerade zu verpassen, bevor er ihr Einhalt gebieten konnte.

Er verzog die Lippen zu einem überheblichen Grinsen.

Scheiß drauf. Sie würde es mit einem rechten Haken versuchen.

„Zu meiner Verteidigung muss ich anführen, dass es keine einzige weibliche Myren ohne Gefährten gibt, die das dritte Geheimnis kennt. Daher kann ich es unter keinen Umständen mit dir teilen." Er setzte sich wieder in Bewegung und ging weiter den Hügel hinauf.

Sie eilte ihm hinterher. „Was zum Teufel soll das bedeuten?"

„Es bedeutet genau das, was ich gesagt habe."

„Hört sich für mich wie ein Haufen Mist an."

Er zuckte mit den Schultern und ging weiter,

doch er warf einen Blick über die Schulter und zwinkerte ihr verschmitzt zu. „Die Menschenkinder glauben an den Weihnachtsmann und den Osterhasen, aber davon faselst du auch nicht ununterbrochen. Wir sind Myren. Wir haben unsere Traditionen." Er packte ihr Handgelenk, zog sie zu sich und schlang einen Arm um ihre Schulter. „Du solltest dich daran gewöhnen."

Er drückte ihr einen Kuss auf den Kopf, als sie den Gipfel erreichten.

Wow. Einfach nur wow. Unter ihnen erstreckte sich ein tiefes Tal, in dessen Mitte ein Bach floss, der die Farbe des irdischen Himmels hatte. Um sie herum ragten graue Felsen auf, deren Gipfel schneebedeckt waren. Zu beiden Seiten von ihnen wuchsen schwarzstämmige Bäume mit violetten Blättern an den Berghängen. Eines war sicher. Eden bot eine Vielzahl an Farben.

„Ich liebe diesen Ort." Eryx zog sie vor sich. Mit einem zufriedenen Seufzer schlang er von hinten die Arme um sie und legte sein Kinn auf ihren Kopf. „Graylin brachte mich hierher, kurz nachdem er sein Haus gebaut hatte. Er sagte, jeder Mann brauche einen Ort der Ruhe."

„Hast du je jemand anderen hierher mitgebracht?" Die Frage war genauso töricht, wie sie sich fühlte, doch nun hatte sie sie ausgesprochen.

Mit den Lippen streifte er ihre Schläfe. „Ich hatte nie das Bedürfnis."

Mein Gott, sie wollte ihn. Sie sehnte sich danach, wieder seine verschwitzte Haut auf der ihren zu spüren. Jedoch hätte sie auch gute Lust, ihm ein paarmal in den Hintern zu treten. Aber sie tat ihr Bestes, um das Chaos in ihrem Inneren zu beruhigen. Dieser Ort, dieser Moment war etwas Besonderes. Er war heilig. Sie würde ihre Antworten bekommen, sobald Eryx bereit wäre. Dieser Moment war eine Zeit der Ruhe. Und vielleicht sogar ein neuer Anfang.

Eryx' Herzschlag pochte gleichmäßig an ihrem Rücken. Ein blumiger Duft wehte im Wind. Geißblatt vielleicht, aber etwas durchdringender.

Plötzlich standen ihr unerwartet die Haare zu Berge. Irgendetwas fühlte sich seltsam an. Sie verspürte dasselbe warnende Prickeln, das ihr ihr ganzes Leben lang immer wieder den Hintern gerettet hatte. Allerdings war das Gefühl noch stärker und hatte den Beigeschmack von verbranntem Toast. Woher zum Teufel rührte das plötzlich?

Eryx starrte mit einem distanzierten Ausdruck in den Augen auf das rauschende Wasser unter ihnen.

Obwohl er seine Arme locker um sie geschlungen hatte, waren seine Züge angespannt. Er wirkte wie ein Mann, der sich im inneren Aufruhr befand, statt wie jemand, der mit der idyllischen Landschaft im Einklang stand.

„Ist alles in Ordnung?"

Er blinzelte erschrocken und sah sie an. „Ich habe gerade über Graylin nachgedacht. Heute Morgen hat er Orla betrachtet und hatte dabei einen seltsamen Ausdruck im Gesicht. Seit dem Tod seiner

Baineann habe ich diese Miene nicht mehr an ihm gesehen." Sein Blick verfinsterte sich. „Sie weilt schon seit langer Zeit bei dem Großen."

„Eine Baineann ist eine Gefährtin, richtig? Aber ich dachte, Myren leben sehr lange."

Er drehte sie um und zog sie in seine Arme. „Das bedeutet nicht, dass wir von Tragödien gefeit sind. Ludans Onkel hat sie getötet. Eines Tages hat er den Verstand verloren und sie kaltblütig ermordet."

„Was hat ihn dazu getrieben?"

Eryx schüttelte den Kopf und strich ihr eine Haarsträhne hinters Ohr. „Niemand hatte je die Gelegenheit, es herauszufinden. Ludan hat ihn kurz nach der Tat gefunden und ihm das Genick gebrochen."

„Ludan hätte seine Erinnerungen durchforsten können, nicht wahr? So, wie er meine gescannt hat."

„Er behauptet, er habe aus einem Impuls heraus gehandelt, um seine Mutter zu retten." Eryx verzog den Mund. „Aber ich bin mir ziemlich sicher, dass er es weiß. Er war auch schon vor dem Mord ein ernstes Kind, doch danach hatte er sich verändert. Er war irgendwie kälter."

Lexi streichelte seine Arme und Schultern. Eryx strahlte eine Traurigkeit aus, die sie innerlich aufwühlte. „Ich habe Orla dabei ertappt, wie sie Graylin ebenfalls mit einem durchdringenden Blick betrachtet hat."

Er erstarrte. „Meinst du durchdringend im Sinne

von wütend? Oder eher im Sinne von erwartungsvoll?" Plötzlich verschwamm alles um sie herum und ihre Sinne strahlten aus. Sie sah besagte Erinnerung mit einer Klarheit vor sich, die sie noch nie zuvor erlebt hatte. Zugleich brachte sie Emotionen mit sich, die sich anfühlten wie ihre eigenen. „Es war, als würde sie den wahren Mann in seinem Inneren sehen."

Er packte ihre Schultern und schob sie ein Stück von sich, um ihr in die Augen zu sehen. „Diese Beobachtung ist ziemlich präzise."

Lexi zuckte mit den Schultern und wich zurück, denn sein eindringlicher Blick machte sie verlegen. „Wahrscheinlich schon. Es war gerade wie eine Eingebung." Sie betrachtete die Landschaft, ohne sie wirklich zu sehen. Nicht, solange er sie derart durchdringend anstarrte.

„Nun gut." Er nickte. „Dann sollten wir jetzt zu dem Grund kommen, warum ich dich hierhergebracht habe."

Gott sei Dank. „Ich dachte, du wolltest mir die Aussicht zeigen."

Er schüttelte den Kopf und ein verschmitztes Grinsen breitete sich auf seinem Gesicht aus. „Ich dachte, du würdest vielleicht gern fliegen lernen."

KAPITEL 13

Bevor Lexi etwas erwidern konnte, schlang Eryx die Arme um sie und schoss mit ihr in die Lüfte.

Ihr gebrochener Schrei klingelte ihm in den Ohren. Er war heilfroh, dass er genau wusste, wohin er flog, denn sie klammerte sich so fest an seinen Hals, dass er nicht imstande war, den Kopf zu drehen.

„Entspann dich." Er schob eine Hand zwischen ihren Arm und seine Brust und drückte sie ein oder zwei Zentimeter nach unten. „Fliegen sollte eigentlich Spaß machen."

Lexi presste ihr Gesicht weiter in seine Halsbeuge, und er konnte ihr gleichmäßiges Keuchen an seiner Haut spüren.

Er rollte sich auf den Rücken, sodass sie auf ihm lag und der Wind ihr Gesicht traf. „Komm schon, du Teufelsweib. Ich habe dich in deinen Träumen gespürt. Du hast es geliebt, zu fliegen."

Sie lockerte ihren Griff um seine Schultern ein wenig und reckte den Kopf in die Brise. Dann warf sie einen Blick auf die hohen grauen Berge und violetten Wipfel unter ihnen und erschauderte. „Das ist ziemlich weit unten", presste sie mit vor Angst heiserer Stimme hervor, in der jedoch wieder ein leicht bissiger Unterton mitschwang.

„Du bist absolut sicher." Er festigte seinen Griff um ihre Taille. „Das verspreche ich dir."

Sie schluckte und lugte ein Stück über seine

Schulter hervor, um in die Tiefe zu blicken. „Und ich kann wirklich selbst fliegen?"

„Du bist eine Myren. Es ist ein Geburtsrecht. Allerdings beherrschen es manche besser als andere."

Sie biss sich auf die Unterlippe und er konnte sehen, dass sie noch nicht ganz überzeugt war. „Wie?"

Er stieß ein schallendes Lachen aus und fühlte sich plötzlich so beschwingt wie seit Jahren nicht mehr. „Du musst immer alles genau wissen." Er drehte sich erneut, sodass sie jetzt nebeneinander schwebten. „Wenn du zu sehr ins Detail gehst, wird es nur schwerer, glaub mir. Vertrau einfach auf dein Bauchgefühl und alles wird gut gehen."

„Du wirst mich doch nicht fallen lassen, oder?" Sie umklammerte seinen Hals so fest, dass er kaum noch atmen konnte. „So wie ein Vogel, der sein Junges aus dem Nest wirft."

„Ich denke, ich habe fürs Erste genügend Minuspunkte bei dir gesammelt. Da muss ich dich nicht auch noch auf grausame und ungewöhnliche Weise bestrafen." Er spielte mit ihr und neckte sie, als hätte er keine Sorgen auf der Welt. Und er genoss es sichtlich.

„Wir steuern auf ein flaches Stück Land zu. Ich dachte mir, dass Steigungen und Wasser für den ersten Tag keine so gute Idee sind."

Sie nickte, doch in ihren Augen lag ein misstrauischer Ausdruck. Schließlich reckte sie den Hals, um einen Blick hinter sich zu werfen und dann die vorbeiziehende Landschaft unter ihnen zu betrachten.

Er schwieg, um ihr Zeit zu geben, sich an das Gefühl zu gewöhnen. Außerdem hatte er dadurch die Gelegenheit, mit Ludan und Ramsay in Verbindung zu treten.

„Sind alle an ihrem Platz?"

„Ja." Ludan war wie immer äußerst gesprächig.

Zumindest war Ramsay etwas mitteilsamer. *„Wir haben fünf Männer an allen strategischen Punkten platziert. Sie behalten die Umgebung im Auge. Außerdem haben wir seit letzter Nacht einige Männer auf Patrouille. Abgesehen von wilden Tieren haben wir nichts entdecken können. Sie ist in Sicherheit."*

„Und wo seid ihr?" Eryx musterte die Umgebung. Nach und nach wichen die Berge zerklüfteten Felsblöcken, die stellenweise mit immergrünem Moos bedeckt waren.

„Wir sind etwa vierhundert Meter entfernt. Ludan ist der Einzige, der in eurer Nähe ist." Ramsay zögerte eine Sekunde lang. *„Denkst du, sie wird uns spüren?"*

Eryx war sich nicht sicher, was er glauben sollte. Ihre Bemerkung über Geheimnisse kam ihm wieder in den Sinn und sein Urteilsvermögen geriet ins Stolpern. Alles, was er für gegeben gehalten hatte, wurde durch sie auf den Kopf gestellt. Sie brachte seine Gedanken durcheinander und verwischte seine Realität. *„Das werden wir gleich herausfinden."*

Vor ihnen erstreckte sich eine smaragdgrüne Ebene, die mit silbernen Sprenkeln durchzogen war. „Daran werde ich mich nie gewöhnen." Die Ehrfurcht in Lexis Stimme erfüllte ihn mit übermäßigem Stolz.

Er drehte sich mit ihr, sodass ihre Füße gen Boden gerichtet waren, wobei er seinen Flug verlangsamte. Dann hob er Lexi an, um die Hauptlast der Landung zu tragen.

Als sie fast auf dem Boden waren, versteifte Lexi sich.

Er landete mit einem Satz, der mit einem Sprung von einem Stuhl vergleichbar war. „Siehst du? Das war doch gar nicht so schlimm." Er ließ sie auf den Boden sinken. „Bist du bereit, es zu versuchen?"

Sie stieß ein zitteriges Lachen aus. „Vielleicht, wenn mein Magen sich wieder beruhigt hat." Sie rieb sich über die nackten Arme und musterte die niedrigen Hügel in der Ferne.

„Ist dir kalt?" Lexi hatte heute Morgen eine Tunika und eine Leggings angezogen. Da Galena dieses Outfit ständig trug, hatte er nicht daran gedacht, andere Kleidung vorzuschlagen.

Sie schüttelte den Kopf und ließ ihren Blick über das idyllische Tal in der anderen Richtung schweifen. Winzige weiße Blumen sprenkelten das sattgrüne Gras und wiegten sich in der stetigen Brise. „Spürst du das?"

„Was meinst du? Beschreib es mir."

Sie verschränkte die Arme vor der Brust und winkelte mit angespannten Schultern die Ellbogen an. „Ich fühle mich, als stünde ich mitten in einem überfüllten Fußballstadion und alle beobachten mich.“

„Kannst du mir sagen, aus welcher Richtung das Gefühl kommt?“

Lexi sah ihn an. „Das ist eine seltsame Frage. Gibt es etwas, das ich wissen sollte?“

Zum Histus. Er hätte wissen müssen, dass sie sofort Verdacht schöpfen würde. In Anbetracht dessen, was sie durchgemacht hatte, konnte er es ihr nicht verübeln. „Nein, ich bitte dich nur, mit mir zusammenzuarbeiten und dich von mir unterrichten zu lassen.“

Sie drückte den Rücken durch, öffnete den Mund, schloss ihn wieder, seufzte und schloss die Augen. Dann zeigte sie in eine Richtung. „Da drüben.“

Nun, wer hätte das gedacht? Eryx wandte sich Ludans getarnter Gestalt zu. „Du bist aufgeflogen.“

Ludan erschien vor ihnen, wobei er das für ihn typische desinteressierte Stirnrunzeln aufgesetzt hatte.

Lexi schürzte die Lippen und starrte sie an. „Du hättest mir sagen können, dass ich einem Test unterzogen werde.“

„Das hätte den Zweck verfehlt“, erwiderte Eryx und schloss sie in seine Arme. „Die Fähigkeit, andere Myren zu spüren, ist eine wertvolle Gabe. Nicht jeder ist dazu in der Lage.“ Er streichelte ihr über den Rücken, in der Hoffnung, ihre Anspannung zu lösen.

Sie stieß sich von ihm ab, drehte sich langsam um die eigene Achse und musterte den Horizont. „Ludan ist nicht der Einzige, nicht wahr?“

Ludan trat vor. Er konzentrierte sich auf den Horizont und hob die Arme kampfbereit in die Höhe.

Eryx stellte sich hinter sie. „Wie viele nimmst du wahr?"

„Nur ein paar. Vier oder fünf. Vielleicht sechs?" Sie sah ihn wieder an.

Unmöglich. Sie war eine Frau, kein Krieger. „Kannst du noch sonst noch etwas spüren? Lass deinen Geist ausstrahlen und höre, was er dir zuflüstert."

Sie schloss die Augen, und der Wind wehte ihr eine dunkle Haarsträhne ins Gesicht. „Ich kenne einen von ihnen. Er fühlt sich so ähnlich an wie du, aber nicht genauso. Also tippe ich auf Ramsay. Die anderen sind Fremde. Zumindest für mich. Aber ich nehme nichts Negatives wahr. Nur … Loyalität?" Sie riss die Augen auf. „Wer sind sie?"

„Das ist verdammt beeindruckend", bemerkte Ludan und kratzte sich am Kinn.

Eryx konnte es ihm nicht verdenken. Auch er brauchte einen Moment, um zu begreifen, was sie gerade getan hatte. „Du hast recht. Sechs Männer haben dieses Gebiet umstellt. Einer von ihnen ist Ramsay, und sie sind ein gutes Stück entfernt. Außer der Familie Forte und mir kenne ich sonst niemanden, der dazu imstande ist."

Möglicherweise war sie ein wenig verärgert wegen der Art und Weise, wie er die Lektion angegangen war, doch sie straffte die Schultern und wirkte plötzlich wie ein sich putzender Pfau. Ein Pfau, der allerdings immer noch lernen musste, dass sein Gefieder es wert war, zur Schau gestellt zu werden.

Möglicherweise war es tatsächlich richtig gewesen, die traditionelle Methode einzusetzen. „Also, bist du bereit, einen Flugversuch zu unternehmen?“

Lexi warf einen Blick auf die Landschaft hinter ihr. „Vor den Augen aller?“

Eryx trat einen Schritt auf sie zu, ohne sie jedoch zu bedrängen. Mit einer Hand strich er ihr über die Wange. „Sie sorgen nur für deine Sicherheit. Bis wir Maxis gefunden haben, brauchen wir sie.“

Sie rümpfte die Nase und runzelte die Stirn. „Und wenn ich mit dem Gesicht voran auf den Boden falle?“

„Erzähl ihr von deinem ersten Versuch“, warf Ludan grinsend ein und verschränkte die Arme vor der Brust.

„Halt die Klappe“, blaffte Eryx seinen Freund an, während er den Blick jedoch nicht von Lexi abwandte. „Male es dir in Gedanken aus und lass dann die Energie den Rest übernehmen.“

Sie nickte und holte tief Luft. Er trat einen Schritt zurück.

Sie schloss die Augen und ballte die Hände zu Fäusten. Die leisen Laute der Natur erfüllten die Luft, während der Wind zwischen ihnen wehte.

Er hielt den Atem an und spannte unruhig die Unterarme an.

„Nein, es funktioniert nicht“, sagte Lexi nach einem Moment und ließ sowohl die Schultern als auch den Kopf hängen.

„Zumindest springst du nicht von irgendwelchen hohen Felsen“, sagte Ludan.

Eryx warf Ludan einen finsteren Blick zu und stellte sich zwischen die beiden. „Du bist keine Hilfe.“

Lexi trat einen Schritt zur Seite und fragte Ludan: „Wer ist von einem Felsen gesprungen?“

Ludan antwortete nicht. Eryx hatte ihm den Rücken zugewandt und konnte ihn nicht sehen, doch als Lexi die Lippen zu einem verschmitzten Lächeln verzog, wusste er, dass sein Freund auf ihn gezeigt hatte.

Ständig mischten sich seine Familie und Freunde in seine Angelegenheiten ein. Er konnte den Tag kaum erwarten, an dem Ludan einmal jemanden beeindrucken wollte. Dann würde Eryx sich bei ihm revanchieren.

Er drehte Lexi von seinem Somo weg. „Du musst dich entspannen. Wenn du dich verkrampfst, wird es nur schwerer.“

„Du hast leicht reden. Du bist nicht derjenige, der von einem Haufen Fremder beobachtet wird.“

„Vergiss sie.“ Er packte ihre Schultern und senkte seine Stimme. „Schließe deine Augen und denke an deine Träume. Erinnere dich daran, wie es sich anfühlt, zu fliegen.“

Der Wind um sie herum regte sich. Es war nur ein Hauch, für den Mutter Natur jedoch nicht verantwortlich war. Die Luft knisterte voller untrainierter Energie.

Er entspannte sich. „Genau so. Erinnere dich an die Empfindungen. Wie du abgehoben bist. Wie du dich gedreht hast. Wie sich der Wind auf deiner Haut anfühlte."

Mit geschlossenen Augen neigte Lexi den Kopf in den Nacken und reckte ihr Gesicht gen Himmel. Ein friedlicher Ausdruck breitete sich auf ihrem Gesicht aus, als sie die Lippen zu einem Lächeln verzog. Er hob vom Boden ab und schwebte ein paar Meter über ihr. Ein blasser silbriger Schimmer tanzte um ihren Kopf und ihre Schultern wie ein Heiligenschein. Ihre Kraft wartete nur darauf, freigesetzt zu werden. „Jetzt öffne die Augen und komm zu mir."

Sie sog langsam den Atem ein und schlug die Lider auf. Für einen Sekundenbruchteil trübte sich ihr Blick, bevor er sich wieder schärfte. Sie trat zwei Schritte nach vorn und schoss in den Himmel. Als sie an ihm vorbeiflog, stieß sie ein erschrockenes Quietschen aus und begann, in die Tiefe zu fallen.

„Langsam!" Eryx packte sie und drückte sie an sich. „Du musst dich konzentrieren. Niemand ist sofort in der Lage, auf Autopilot zu fliegen. Es ist wie beim Autofahren. Nachdem man es jahrelang geübt hat, denkt man gar nicht mehr darüber nach. Aber am Anfang musst du mit deinen Gedanken bei der Sache sein."

Sie lachte und schien nicht im Geringsten besorgt, dass sie beinahe auf den Boden gestürzt wäre. „Ich habe es geschafft." Sie legte die Hände an seine

Brust und schenkte ihm ein Lächeln, das sein Herz mit festem Griff packte und höherschlagen ließ. „Ich habe es wirklich geschafft."

Er spürte ihren warmen Atem auf seinem Gesicht. Seine Gedanken wirbelten wild durcheinander und ein rohes, animalisches Bedürfnis drängte sich in den Vordergrund.

Ihr Lächeln verblasste und sie rieb ihre Hand an seiner Brust, direkt über seinem Herzen. „Geht es dir gut?"

In seinem Hinterkopf versuchte die Vernunft verzweifelt, sich einen Weg durch die Begierde zu bahnen. Dies war weder der richtige Zeitpunkt noch der richtige Ort, um seinen Impulsen freien Lauf zu lassen. „Es geht mir gut."

Sie zog zweifelnd eine Augenbraue in die Höhe.

„Ich sehe dich nur gern lächeln." Das war erst ein Bruchteil der Wahrheit und offenbarte nur ansatzweise die Wirkung, die sie auf sein Herz hatte.

Ihre Wangen liefen rot an, sodass sie förmlich glühte. Sie warf einen Blick auf Ludan, der immer noch mit wachsamem Blick unter ihnen stand. „Kann ich es noch einmal versuchen?"

„Dafür sind wir da." Am liebsten hätte er sie zurück nach Hause gebracht, um sich mit ihr den fleischlichen Genüssen hinzugeben. Stattdessen drehte er sie um, sodass sie ihm den Rücken zuwandte. „Ludan wird ein Auge auf die Umgebung haben. Ich bleibe in deiner Nähe."

Ohne zu zögern, schoss sie empor. Ihre Bewegungen wurden mit jeder Minute geschmeidiger.

Seine Sinne nahmen ihre stetig wachsende Zuversicht wahr, während sie so leicht ihre Natur als Myren annahm, wie ein Fluss seinen Lauf findet.

Wenn sie wüsste, nach welcher Art von Beziehung er sich sehnte, würde sie sich dann ebenso leicht daran gewöhnen? Er verdrängte den Gedanken, bevor er Wurzeln schlagen konnte, und vergrößerte seinen Abstand zu Lexi. Er sollte sich auf ihre Ausbildung konzentrieren, nicht darauf, die Beziehung zu ihr zu ruinieren, bevor sie richtig begonnen hatte.

Sie stellte sich jeder seiner Herausforderungen mit einem Enthusiasmus und einer Beharrlichkeit, als hätte sie ihr früheres Leben längst hinter sich gelassen. Ihre Begeisterung war ansteckend. Nicht nur er, sondern auch Ludan und Ramsay ließen sich davon mitreißen, denn Eryx konnte ihre ehrfürchtigen Gedanken durch die Verbindung hören. Die meisten Myren hatten Angst davor, die Landung zu erlernen, doch Lexi lachte und führte die Aufgabe voller Eifer aus.

Beim letzten Mal versuchte sie etwas schneller zu landen als zuvor, wobei sie die Arme seitlich in die Luft gereckt hatte, um ihr Gleichgewicht zu halten.

Eryx balancierte auf den Fußballen und war bereit, sie aufzufangen, falls sie ins Straucheln geriet.

Ihre Energie geriet ins Stocken.

Er stürzte nach vorn und zog sie gerade noch rechtzeitig in die Arme, als ihre Knie nachgaben.

„Ich habe dich zu sehr gefordert", sagte er mit rauer Stimme, während ihm das Herz bis zum Hals schlug.

Lexi schlang die Arme um seinen Hals. „Wohl kaum." Sie stieß ein zufriedenes Seufzen aus und legte ihren Kopf an seine Schulter. „Aber ich bin tatsächlich müde."

Eryx setzte sie auf dem Boden ab, wobei er die Arme weiterhin um ihre Taille geschlungen hatte. „Du bist ausgebrannt. Zuvor hattest du einen Überschuss an Energie, doch jetzt ist sie erschöpft. Um wieder zu Kräften zu kommen, brauchst du Nahrung und Ruhe. Wenn du dich erst einmal akklimatisiert hast, werden die Schwankungen nicht mehr ganz so stark sein."

Ihr Magen grummelte beifällig, und sie legte eine Hand an ihren Bauch. „Ich liebe es." Keuchend beugte sie sich vornüber, stützte die Hände auf den Knien ab und sah zu ihm auf. Sie hatte ein Funkeln in den Augen und ein breites Lächeln auf dem Gesicht, bei dem ihre perfekten weißen Zähne zum Vorschein kamen. „Zum ersten Mal in meinem Leben fühle ich mich richtig. Ich glaube, heute werde ich mit allem fertig, was du mir zumutest."

Könntest du dich auch mit der Vorstellung anfreunden, meine Gefährtin zu werden?

Bei dem Gedanken entfuhr ihm unwillkürlich ein Knurren.

Lexi richtete sich langsam auf und zog die Stirn in Falten. „Was war das?"

„Was war was?"

„Ich könnte schwören, dass ich deine Hand in meinem Nacken gespürt habe. Und dein Eau de

Cologne“, sagte sie und zeigte auf ihn. „Dieser erregende Duft nach Leder und Gewürzen … er ist für einen Moment viel stärker geworden.“

Sein erregender Duft nach Leder und Gewürzen? „Du denkst, ich trage Eau de Cologne?“

„Lenk nicht ab.“ Sie trat näher und legte ihre Hände an seine Brust. „Ich habe dich gespürt, doch du standest nicht einmal neben mir. Was hast du gerade gedacht?“

Ein warnender Schauer lief ihm über den Rücken, und er packte ihre Handgelenke. „Ich habe an dich gedacht.“

Sie schmiegte sich noch enger an ihn und schloss die Augen. „Denk es noch einmal.“

Die Erinnerung an ihre Hand auf seinem Herzen heute Morgen – ihre Energie, die auf der Suche nach einer Verbindung in seine Brust eindrang – explodierte. Die Begierde gewann die Oberhand über seinen Verstand, und er presste seinen Mund auf ihren.

Ludan räusperte sich hinter ihnen. „Sind wir hier fertig?“

Eryx löste seinen Mund von Lexis Lippen, die nach dem Kuss einen tiefen Rosaton angenommen hatten. „Ich denke, ich habe alles im Griff.“

Ludan schwang sich in die Lüfte, wobei die Grashalme unter ihm von dem Windstoß hin und her wiegten.

„Du befürchtest, ich könnte Reißaus nehmen, wenn ich deine Gefühle kenne.“ Lexis Stimme glitt so leicht wie eine Feder durch die Luft.

Eryx packte ihre Schultern.

„Du hast Angst, ich könnte dich verlassen, wenn du mir sagst, was du von mir willst."

Eryx war nicht in der Lage, ihr zu antworten. Sein Verstand brachte nichts hervor als einen Haufen Fragen. „Woher weißt du das?"

Sie verzog die Lippen zu einem Grinsen und hatte plötzlich einen glasigen Ausdruck in den Augen. „Ich habe keine Ahnung. Aber ich habe deine Berührung gespürt, und im nächsten Moment war mein Verstand messerscharf." Sie begegnete wieder seinem Blick, und ihr Grinsen verwandelte sich in ein strahlendes Lächeln. „Dann habe ich es irgendwie in meinen Gedanken gehört. Zumindest glaube ich es. Oder ich habe es gefühlt." Sie schüttelte den Kopf und stieß ein verlegenes Lachen aus. „Es war einfach da."

Eryx erstarrte innerlich. „Du bist eine Empathin."

„Eine was?"

„Eine Empathin." Es ergab alles einen Sinn. Die körperlichen Empfindungen, die sie genannt hatte, die zwar nicht real gewesen, aber mit einem Gefühl einhergegangen waren. Ihre Beobachtungen zu Orla. Ihre Fähigkeit, nicht nur die Anwesenheit anderer Myren, sondern vor allem Ramsay und die Loyalität seiner Männer wahrzunehmen. Ihre Gabe, seine schwankenden Stimmungen zu benennen. „Während Galena die Verletzungen einer Person körperlich in sich aufnimmt, kannst du ihre Emotionen spüren. Emotionale Empfindungen manifestieren sich zuerst als körperliche Empfindungen. Und darauf folgt eine Erkenntnis."

„Du denkst, es ist eine meiner Gaben?"

„Höchstwahrscheinlich."

Lexi trat einen Schritt zurück und rieb die Hände abwesend an ihrer Hüfte.

Er wollte den Abstand zwischen ihnen verringern und hätte sie am liebsten wieder in seine Arme gezogen. Sie lernte zwar Dinge über sich selbst und nicht über ihn, aber er fühlte sich auf seltsame Weise entblößt. „Missfällt es dir, diese Gabe zu haben?"

„Nein, aber es stört mich, dass du mir etwas verschweigst. Auch mein Herz steht hier auf dem Spiel", sagte sie mit einem vielsagenden Unterton, als hätte sie selbst gerade diese Erkenntnis gewonnen. „Im Gegensatz zu dir, hatte ich nie eine Familie oder habe Liebe erfahren. Bis ich Ian traf. Aber ich fürchte mich nicht davor."

Von wegen. Seit er sie gefunden hatte, hatte sie jede nur erdenkliche emotionale Barriere zwischen ihnen errichtet. Allerdings war Lexi auch jemand, der sich jeder Herausforderung stellte. Er trat auf sie zu und packte sie an den Schultern, damit sie nicht weglaufen konnte. Für einen Moment war er kaum in der Lage zu atmen und die Worte blieben ihm im Halse stecken. „Das, was ich dir jetzt sagen werde, ist keine Lappalie. Sobald ich die Worte ausgesprochen habe, werde ich Nirana und Histus in Bewegung setzen, damit du in meinem Leben bleibst."

Sie setzte eine entschlossene Miene auf und hob

das Kinn an. „Verstanden."

Zehn Jahre lang hatte er nach ihr gesucht, hatte von ihr geträumt und gewartet. Und nun stand er vor ihr und seine Seele am Rande einer emotionalen Klippe. Er spannte die Muskeln in seinen Armen an und sagte mit heiserer Stimme: „Ich will dich zu meiner Baineann machen, Alexis. Ich will es, seit ich dich in meinen Träumen gefunden habe und wollte es von dem Moment an, an dem ich dich zum ersten Mal leibhaftig vor mir gesehen habe. Ich brauche dich so sehr, wie ein hungernder Mann etwas zu essen. Es ist irrational und verrückt, ich kann es mir selbst nicht erklären."

Stille.

Im Gegensatz zu ihm atmete Lexi gleichmäßig ein und aus. Ihre Miene zeigte keinerlei Regung. Er war versucht, ihre Emotionen zu lesen, doch das wäre ihr gegenüber nicht aufrichtig.

Er platzierte ihre Hand über seinem Herzen. „Du hast meine Gefühle gespürt. Geh noch tiefer, um zu verstehen, welche Absichten ich hege." Der flehende Unterton in seiner Stimme zerrte an seinem Stolz. Ramsay und Ludan würden ihm noch über Jahre damit in den Ohren liegen, falls sie ihn je so hören könnten, doch das war ihm egal.

Lexi schloss die Augen.

Energie breitete sich auf seiner Haut aus, als sie begann, nach Antworten zu suchen, die er nie in Worte fassen könnte. Was, wenn es ihr nicht gefiel, was sie in seinem Inneren fand? Würde er damit umgehen können?

„Liebe", flüsterte sie. Sie schlug die Lider auf und Tränen traten ihr in die Augen. Warum war ihre Miene so angespannt? Aus Angst? Oder Hoffnung?

„Die Liebe hat mich dazu getrieben, dich zu finden. Und sie ist der Grund, warum ich dich behalten will. Wirst du mich als deinen Fireann akzeptieren, Alexis? Wirst du dich darauf einlassen?"

Zwischen ihnen breitete sich erneut Stille aus. Selbst der Wind schien sich zu legen und auf ihre Antwort zu lauschen. Sein Herz klopfte in wild in seiner Brust und sein Magen krampfte sich zusammen. Was, wenn sie ihn nicht auf dieselbe Weise wollte, wie er sie?

Sie ballte die Hand an seiner Brust zur Faust. „Gib mir Zeit, um darüber nachzudenken."

***

Maxis wich einem Ellan aus, der aus dem Ratsgebäude eilte, und presste seine getarnte Gestalt gegen eine riesige Marmorsäule. Nach der Generalversammlung herrschte dichtes Gedränge, und er musste vorsichtig sein, nicht mit jemandem zusammenzustoßen.

„Ich weiß nicht, warum du dich mit einer versteckten Identität abmühst." Thyrus ging einige Meter vor ihm durch die Menge. *„Heutzutage spricht kaum noch jemand über deinen Vater. Jeder, der sich für die Rebellion einsetzt, hält sich an Evanoras Richtlinien und interessiert sich nicht für das wichtigtuerische Ge-*

rede des alten Mannes."

Dieses Gerede hatte Maxis eine Menge Ansehen und Geld gekostet – ganz zu schweigen von gut siebzig Jahren, die er über sein Volk hätte herrschen können.

„Wir sollten uns auf unsere bevorstehende Aufgabe konzentrieren." Er drängte sich noch dichter an die goldene Marmorsäule. Eine versehentliche Berührung mit einem Passanten und die Menge würde in Panik ausbrechen. *„Gib die Informationen einfach an Angus weiter, wie wir es besprochen haben."*

Auf der anderen Seite des Ganges zuckte Thyrus mit den Schultern. Die Geste wirkte viel zu desinteressiert und dadurch gefährlich. Der Kerl war eine tickende Zeitbombe, die mit einer heiklen Angelegenheit betraut war.

Maxis straffte die Schultern und versuchte, seine Ungeduld zu unterdrücken. Er würde die Aufgabe unmöglich selbst in die Hand nehmen können. Lange hatte er alles geplant und ein Netz aus möglichen Kontaktpersonen gewoben. Jetzt war es an der Zeit, Beziehungen zu knüpfen und seinen Einfluss auf diejenigen auszudehnen, die für ihn wichtig waren – egal, wie sehr er diese Aufgabe hasste.

„Mm", brummte Thyrus. *„Da ist ja unser Junge."*

Maxis hätte beinahe laut gelacht. Junge war nicht gerade das Wort, mit dem er den Mann bezeichnet hätte. Vielmehr war der Kerl ein Relikt, das drei Generationen überdauert hatte. Angus' Gesicht war faltig und dünnes, graues Haar ragte in kurzen, wirren Strähnen aus seinem bleichen Kopf. Seinen gespitzten Lippen und entschlossenen Schritten nach zu urteilen, war seine Sturheit wahrscheinlich das Einzige, was den alten Knacker am Leben hielt. *„Halte dich an den Plan. Wir haben nur einen Versuch."*

Thyrus watschelte auf den Kerl zu und wischte sich die pummeligen Hände an seiner elfenbeinfarbenen Robe ab, die im Vergleich zu Angus' steifem, strahlend weißem Ratsgewand geradezu schmutzig wirkte. Thyrus streckte ihm eine Hand entgegen.

Der alte Mann betrachtete sie verächtlich.

„Übertragen Sie das Gespräch durch die Verbindung." Maxis war kaum in der Lage, stillzuhalten. Am liebsten wäre er auf und ab gegangen oder sogar über den Köpfen der Menge geschwebt, um etwas mehr Bewegungsfreiheit zu haben, ohne einen Zusammenstoß befürchten zu müssen. Doch mit seiner aufgewühlten Energie hätte er sich sicher verraten und die Wachen wären auf ihn aufmerksam geworden.

„Ja, ja. Entschuldigung." Thyrus zog seine Hand wieder zurück und wischte sich die Handfläche an seinem Gewand ab. „Ich entschuldige mich dafür, dass ich dich ohne Voranmeldung aufsuche, aber ich bin auf Informationen gestoßen, die ich so schnell wie möglich an dich weitergeben will."

„Mach einen Termin mit meinem Pagen." Angus wollte sich an Thyrus vorbeidrängen. „Er wird sich um die Details kümmern."

„Ich fürchte, die Sache kann nicht warten", sagte Thyrus.

Gelobt sei der Große. Thyrus hatte auf Maxis' Anweisungen gehört und gab nicht so leicht auf. Der Mann wies ein paar Eigenschaften auf, die ihm in Zukunft sicher noch nützlich sein könnten.

„Es handelt sich um eine heikle Angelegenheit und die Art von Informationen, die ein Mann deines Kalibers und in deiner … Lage gebrauchen könnte."

Der alte Mann richtete sich auf und verengte die Augen, während er gleichzeitig die Lippen zu einer dünnen Linie zusammenpresste. „Was willst du damit andeuten?"

Thyrus schüttelte den Kopf, wobei sein Kinn hin und her wackelte. Falls Angus' abweisendes Verhalten ihn ärgerte, ließ er sich nichts anmerken. Aber Thyrus war ein geübter Anwalt, der sich wahrscheinlich schon vor Jahren ein dickes Fell zugelegt hatte. „Ich will damit gar nichts andeuten. Ich biete einem treuen Diener lediglich ein Werkzeug an, um seine Ziele zu verfolgen." Er faltete die Hände über seinem Bauch und verbeugte sich leicht. „Vorausgesetzt, du bist daran interessiert, dir anzuhören, was ich zu sagen habe."

Angus ließ seinen Blick über die Umgebung schweifen. Dann starrte er Thyrus an, tippte mit einem Finger auf seine verschränkten Hände und zeigte auf das andere Ende der Halle. „Da drüben."

Thyrus trottete in die gewiesene Richtung, wobei

er entweder nicht bemerkte oder sich nicht darum scherte, dass Angus ihn eindringlich musterte. Wahrscheinlich war Letzteres der Fall.

Maxis schlängelte sich durch das Gedränge und presste sich in der Nähe der beiden Männer an eine Wand, als diese stehen blieben.

„Raus mit der Sprache", sagte Angus, bevor er noch einen letzten Blick über die Schulter warf.

„Ja, gut." Thyrus räusperte sich. „Unser Malran hat die Bekanntschaft einer Menschenfrau ge- macht. Wir glauben, sie ist seine Geliebte."

„Es ist mir scheißegal, ob er sie alle fickt. Was soll mir diese Information nützen?"

Thyrus hob beschwichtigend die Hände. „Wir glauben, dass es sich in diesem Fall um etwas mehr … handelt … als um eine einfache sexuelle Beziehung."

Maxis musste fast lachen. Sexuelle Beziehung? Offenbar war Thyrus zu verlegen, sich etwas far- benfroher auszudrücken.

„Es hat den Anschein", fuhr er fort, „der Malran könnte die Frau tatsächlich hierhergebracht haben. Nach Eden."

Angus horchte auf. „Was meinst du mit *könnte*? Möglichkeiten interessieren mich nicht. Fakten dagegen schon."

„Wir sind an der Sache dran", erklärte Thyrus mit geblähter Brust. „Bisher haben wir ihre Anwesen- heit hier zwar noch nicht bestätigen können, aber wir haben unsere Männer auf den Fall angesetzt. Wir brauchen nur eine Sichtung, um es zu beweisen."

Angus stand stocksteif mit zusammengekniffenen Lippen da. Er sah aus, als wäre er gestorben und umgehend in die Totenstarre verfallen. „Erzähle niemandem ein Wort davon. Falls ihr diese Menschenfrau findet und Beweise habt, kommst du wieder zu mir. Ansonsten hat dieses Gespräch nie stattgefunden." Er schlurfte davon, ohne einen Blick zurückzuwerfen, und erweckte den Anschein, als wäre er nie unterbrochen worden.

Thyrus wiegte vor und zurück. „Ich würde sagen, das lief ziemlich gut."

Maxis sah Angus nach, der sich durch die Menschenmenge schlängelte. Der Anblick der grellen, goldenen Mauern des Ratsgebäudes schmerzte ihm in den Augen.

Vor Freude war er innerlich ganz aufgewühlt. „Das hast du gut gemacht, mein Freund."

Maxis war seinem Ziel einen Schritt näher. Er brauchte nur noch einen Beweis, und Eryx' Welt würde zusammenbrechen.

KAPITEL 14

Lexi ging mit ausladenden Schritten den Flur hinunter zu dem Zimmer, das sie mit Eryx teilte. Die Lüster an den Wänden flammten im Vorbeigehen auf, denn Eryx entzündete sie mit mentaler Kraft, um ihr den Weg zu leuchten. *Ich werde dir geben, was du brauchst, wenn du es brauchst.*

Herrje. Daran sollte sie im Moment nicht denken. Hinter ihr erklangen seine sicheren, selbstbewussten Schritte. Egal, wie weit sie sich von ihm entfernte, sein Hunger brannte in ihr.

Diese verdammte Gabe. Da sie sie nun irgendwie aktiviert hatte, war sie nicht mehr imstande, sie abzustellen. Und das ließ auch in ihrem Inneren ein Inferno brodeln.

Als sie ihn um Bedenkzeit gebeten hatte, hatte sie gehofft, seine Ängste ein wenig mildern zu können, damit er vielleicht den Fuß etwas vom Gas nahm. Aber, oh nein. Sie hatte den Löwen am Schwanz gezogen, ihm ein Stück Fleisch vor die Füße geworfen und die Tür seines Käfigs weit aufgerissen.

Die Tür zu ihrem Zimmer wurde vor ihr aufgerissen und prallte gegen die Wand.

Sie zuckte zusammen, ging aber weiter. „Du musst nicht so melodramatisch sein." Eigentlich hatte sie sich um eine scherzhafte Stimme bemühen wollen, doch sie klang wie Marilyn Monroe, die eine stattliche Dosis Spanische Fliege eingenommen hatte. Sie ging zur Kommode und zog ihre blauen Ledersandalen aus. „Vielleicht können wir uns später etwas ausruhen und du kannst mir beibringen, wie ich Dinge mittels meiner Gedanken bewegen kann."

Eryx riss sich das Oberteil über den Kopf und warf es auf den Boden. Er spannte die Muskeln unter seiner geschmeidigen, gebräunten Haut an.

Ihr stand der Mund offen. *Ja, sie hatte den Löwen am Schwanz gezogen.*

„Ich dachte, ich gebe dir etwas anderes." Er pirschte sich an sie heran, bis sie mit dem Rücken an der Wand stand, und stützte seine Arme zu beiden Seiten ihres Kopfes ab. „Um dir Energie zuzuführen, statt dich auszuzehren."

Er strich mit der Nase an ihrem Hals hinauf und atmete langsam und tief ein.

Eine Gänsehaut bildete sich auf ihren Unterarmen und ihr Magen machte einen Satz. „Du hast doch gesagt, ich müsste mich ausruhen."

„Du brauchst Energie. Ich werde sie dir geben." Er knabberte an ihrem Ohrläppchen und saugte dann daran. „Du sagtest, du hättest nie eine Familie gehabt oder Liebe erfahren." Sie konnte seinen heißen Atem auf ihrer Haut spüren, als er mit der Zunge ihre Ohrmuschel nachzeichnete. „Also werde ich dir auch das geben."

Ein glühendes Feuer loderte in ihrem Inneren auf. Wo zum Teufel waren ihre Vorsicht und ihre Vorbehalte?

„Ich habe dich gewarnt." Er biss ihr auf die Unterlippe, und der erregende Schmerz fuhr ihr bis in die Brustwarzen. Dann löste er die Hände von der Wand und strich über ihren Rücken. Der dünne Baumwollstoff ihrer Tunika war eine fast nicht vorhandene Barriere zwischen ihnen. „Du hast gesagt, du könntest mit allem fertig werden, was ich dir zumute." Er zog ihr das indigoblaue Gewand über den Kopf und warf es hinter sich zu Boden. „Dann wirst du mich haben", sagte er und senkte den Blick auf ihre nackten Brüste. „Alles von mir."

Er presste seine Lippen auf ihre und zog sie an sich. Allein die Wärme seiner Haut brachte sie zum Keuchen. Mit der Zunge drang er in ihren Mund ein und strich gegen die ihre. So stürmisch, so enthemmt. Er hatte jedwede Selbstkontrolle über Bord geworfen und konzentrierte sich nur noch auf ein Ziel.

Sie.

Er strich seitlich über ihre Brüste, als ihre Leggings sich langsam über ihre Hüfte schob.

Wie war das …

Sie zog ruckartig den Kopf zurück.

Ihre Hose rutschte weiter an ihren Beinen nach unten und bewegte sich nur mit der Kraft seiner Gedanken, während er unbeirrt weiter ihre Brüste liebkoste.

„Den Trick musst du mir beibringen." Sie leckte sich über die Lippen und fuhr mit den Fingernägeln über seinen Bauch. Noch ein paar Zentimeter und sie würde seinen steifen Schwanz, der gegen seine Leinenhose drückte, mit ihrer Hand umfassen.

„Wohl kaum." Er hob sie hoch und trug sie ins Badezimmer. „Ich kann dir nicht alle meine Tricks verraten." Er legte sie auf eine breite schokoladenfarbene Liege und trat zurück, bevor sie ihn an sich ziehen konnte.

Sie rutschte unbehaglich hin und her. Daunenweicher Chenille schmiegte sich an ihren Rücken, doch ihre Vorderseite kribbelte angespannt. Es war eine Sache, nackt vor ihm zu liegen, doch mit seinem hungrigen Blick brachte er selbst die Barrieren in ihrem Inneren zum Bröckeln.

„Worauf wartest du?", fragte sie mit einem flehenden Unterton, der an den Kacheln und griechischen Säulen widerhallte.

„Ich genieße nur den Anblick." Er schob die Hose über seine Hüften und ließ sie zu Boden gleiten. „Ich will dich überzeugen." Er stützte ein Knie auf dem Fußende der Liege ab und packte ihre Beine. „Dich lieben." Er spreizte ihre Schenkel und hob ihre Hüften an. Noch bevor sie einatmen konnte, hatte er seinen Mund auf ihr Geschlecht gepresst.

Ihre Lunge brannte, doch die feuchte Hitze seiner Zunge ließ das Bedürfnis nach Luft zur Nebensache werden. Sie ließ sich fallen und gab sich seinen Liebkosungen hin.

Er spannte die Muskeln in seinen Schultern an und ließ seinen Kopf mit jedem Schlag seiner Zunge kreisen. Dann sah er zu ihr auf und durchbohrte sie mit einem sinnlichen Blick. Er wandte die Augen nicht von ihr ab, während er langsam und bedächtig über ihre feuchte Spalte leckte und ihre geschwollene Klitoris verwöhnte.

Heilige Scheiße. Sie spannte jeden Muskel an und bebte am ganzen Körper vor Erregung, während er die Nerven in ihrer Lustperle zum Zucken brachte.

Er saugte mit einem hungrigen Stöhnen und stieß zwei Finger tief in sie hinein.

Im nächsten Moment explodierte sie und schien überall und nirgends zugleich zu existieren. Sie bäumte sich auf, als das Inferno in ihrem Inneren jeden Zentimeter ihres Körpers erfasste und ihre Muschi um seine Finger pulsierte, während die Wogen der Ekstase durch sie hindurch rauschten.

„So ist es gut", hauchte er seinen heißen Atem auf ihr Geschlecht. Er küsste ihren Bauch, während er seine Finger weiter in einem stetigen, langsamen Rhythmus in sie stieß. „Nimm meine Energie."

Sie entspannte ihre Muskeln, als seine Stimme sie langsam wieder in die Realität zurückbrachte. Vergeblich bemühte sie sich um eine geistreiche Erwiderung, um sich weniger entblößt zu fühlen.

Er richtete sich auf, und seine Erektion reichte ihm fast bis zum Bauchnabel.

Ein selbstzufriedenes Grinsen umspielte seine Lippen.

Sie strich über den weichen Stoff unter ihr und sehnte sich stattdessen nach dem Gefühl seiner Haut unter ihren Fingern. Sie wollte mehr, wollte mehr von der Verbindung, die er zwischen ihnen entfacht hatte, und wollte ihn so tief berühren, wie er sie berührt hatte.

Wäre sie dazu in der Lage?

Auf sinnliche Weise ließ sie die Finger über ihren Bauch bis hinauf zu ihren Brüsten wandern. „Weißt du, ich fühle mich tatsächlich ausgeruht."

Eryx' betrachtete die Bewegung ihrer Hand. Ein Funkeln trat in seine silbrigen Iriden und seine Brust hob und senkte sich immer schneller.

Mit zittrigen Armen richtete sie sich auf und zog die Beine unter ihren Körper, bis sie auf allen Vieren vor ihm kniete. Die Sprungfedern der Liege gaben ein ächzendes Geräusch von sich, als sie langsam auf ihn zukroch und nur wenige Zentimeter von seinem Schwanz entfernt innehielt.

Er umklammerte erwartungsvoll den Ansatz seines Schafts.

Sie stieß den Atem aus und kitzelte damit seine Eichel, um ihm das herrliche Gefühl zuteilwerden zu lassen, das er ihr nur wenige Augenblicke zuvor beschert hatte. Dann sah sie zu ihm auf.

Er stieß ein Zischen aus und spannte die Muskeln in seinem Bauch an. Das selbstzufriedene Grinsen auf seinem Gesicht verschwand und wich einem konzentrierten Ausdruck.

Mit einer sanften Liebkosung presste sie die Hände an seine muskulösen Beine knapp oberhalb seiner Knie und ließ ihre Daumen an der Innenseite seiner Schenkel entlanggleiten. Sein Schwanz zuckte, als sie ihre Finger immer weiter hinaufwandern ließ. Mit einer sanften Berührung zeichnete sie die hervorstehende Vene von der Basis bis zur Spitze seiner Erektion nach und umkreiste seine Eichel, aus der der Saft der Erregung tropfte.

Ein Beben durchzuckte seinen schönen Körper.

Ihr Herz pochte triumphierend. Ein Glühen loderte in seinen silbrigen Augen auf und er öffnete den Mund, um langsam und gleichmäßig den Atem auszustoßen.

Oh ja. Sie hatte ihn berührt. Vielleicht nicht ganz so tief, wie sie gehofft hatte, aber sie war auf dem richtigen Weg. Sie beugte sich vor und genoss seinen Moschusduft, bevor sie ihre Zunge um seine Eichel kreisen ließ, um ihn zu schmecken.

Eryx' Knurren hallte von den gefliesten Wänden wider, und er packte ihr Haar im Nacken.

„Vorsicht, Teufelsweib." Er schob die Hüfte vor, sodass sein Schwanz gegen ihre Lippen stieß. „Wenn du mich reizt, kann das auf zweierlei Weise enden … und ich kann lange durchhalten."

Lexis Magen machte einen Satz und ein elektrisierender Schauer lief ihr über den Rücken, als sie den Ansatz seines Schafts umfasste.

„Nimm mich in den Mund." Er packte ihren Hinterkopf. Fordernd. Dunkel.

Ein Teil in ihrem Inneren begehrte dagegen auf und befahl ihr, sich zurückzulehnen und sich ihm zu verweigern, um ihm zu beweisen, dass auch sie Macht über ihn hatte. Doch der andere Teil genoss das erregende Gefühl, das sein Befehl in ihr auslöste. Sie sehnte sich förmlich danach, sich ihm zu unterwerfen.

Vielleicht wäre sie in der Lage, beides zu haben.

Gemächlich ließ sie ihre Zunge über die Venen an

seinem steifen Schwanz gleiten und genoss den Geschmack seines heißen Fleisches. Dann verwöhnte sie ihn, indem sie ihn mit den Lippen umschloss, seinem Blick begegnete – und saugte.

Mit einem Knurren stieß er in ihren Mund und festigte den Griff um ihr Haar.

Sie war verloren.

Sein warmer, salziger Geschmack und sein hervorgepresstes Stöhnen ließen all ihre Hemmungen schwinden. Mit einer Hand umfasste sie seine Hoden und kreiste mit der Zunge über seine Eichel. In diesem Moment hatten sie nicht nur Sex, sondern waren in Intimität miteinander verbunden. Zwei Menschen, die zu einer Einheit verschmolzen und sich vereinten.

„Perfekt“, stöhnte er ehrfürchtig. „So dekadent.“

Sie öffnete die Augen und stellte fest, dass er seinen Blick hinter ihr auf die verspiegelte Wand gerichtet hatte. Eryx hatte stolz den Rücken durchgedrückt, und sein Schwanz war nur wenige Zentimeter von ihren Lippen entfernt, während sie weiterhin vor ihm kniete. Ihre Lippen waren rot und geschwollen und ihre Augen glasig vor Lust.

„Wunderschön.“ Er drehte sie um, sodass sie sich im Spiegel sehen konnte, und schmiegte seine Brust an ihren Rücken. „Und du bist mein.“ Er strich über ihren Brustkorb und berührte ihre geschwollenen Brüste, um sie sanft anzuheben. „Du kannst unmöglich die Verbindung anzweifeln, die zwischen uns besteht. Das werde ich nicht zulassen. Nicht mehr.“

Hinter ihnen erwachte eine Regendusche zum Leben und mehrere Düsen ließen Wasser aus allen drei Wänden sprudeln.

Sie öffnete den Mund, um ihn danach zu fragen, doch dann stöhnte sie auf, als Eryx sanft an ihren Brustwarzen zog. „Ich habe meinen Verstand benutzt." Er ließ seine Zähne über ihren Hals gleiten und fügte mit belustigtem Unterton hinzu: „Ich dachte, du hättest dich inzwischen daran gewöhnt."

Dampf stieg aus der Marmordusche auf und umspielte einladend ihre Knöchel.

„Und jetzt werde ich mich um dich kümmern." Er zog sie in die Kabine und schob sie behutsam unter den Wasserstrahl.

Die Tropfen durchnässten ihr Haar und fielen in heißen Rinnsalen um ihre Brüste. „Du wirst mich noch ruinieren."

„Das habe ich vor." Er drehte sie dem Spiegel zu, sodass sie die Reflexion jeder sinnlichen Bewegung beobachten konnte. Dann ergriff er hinter sich eine Flasche.

Der heiße Dampf umspielte ihren Körper und lullte sie ein, bis sie die Augenlider senkte.

„Öffne die Augen", sagte er mit sonorer Stimme. „Und wage es nicht, sie zu schließen."

Ein zitroniger Duft erfüllte den Raum, als er mit seifigen Händen ihre Taille entlang und verführerisch über ihren Bauch glitt.

„Ich will, dass du uns beobachtest." Er ließ seine Hände über die Unterseite ihrer Brüste wandern und sie schnappte nach Luft. „Sieh zu, wie ich dich berühre“, befahl er und presste seinen Schwanz gegen ihre Pofalte. „Sieh dir an, wie ich dich nehme.“

Ein bedürftiges Wimmern entfuhr ihren Lippen. Er spielte mit ihren Brustwarzen, und sie schmiegte sich an ihn. Sie konnte gar nicht genug von seinen heißen Händen auf ihrer seifigen Haut bekommen. Sie umklammerte seinen angespannten Hals und presste ihren Hintern gegen sein steifes Glied.

Mit einem frustrierten Knurren drehte er sie zur Seite und drückte ihre Hände gegen die Steinwand. Er liebkoste die empfindsame Stelle hinter ihrem Ohr. „Nicht bewegen.“ Im nächsten Moment war die Wärme seines Körpers verschwunden und ein kühles Gel rann über ihren Rücken. Er massierte die seidige Flüssigkeit in ihr Kreuz und packte dann ihre Hüften, um ihren Hintern anzuheben. „Wölbe den Rücken.“

Sie gehorchte und schob ihm ihren Hintern entgegen.

Ein beifälliges Brummen entfuhr seiner Kehle und ließ seine Hände über ihre Pobacken bis zu ihren Oberschenkeln gleiten, um ihre Beine auseinanderzuschieben. „Spreize sie.“

So erotisch, so sinnlich. Seine gebieterischen Worte bescherten ihr eine Gänsehaut. Noch nie hatte sie sich so entblößt und lebendig zugleich gefühlt. Es war, als wäre sie völlig aus dem Gleichgewicht gebracht und hätte gleichzeitig ihren Platz gefunden. „Eryx, bitte." Sämtliche Nervenenden in ihrem Körper sehnten sich nach seiner Berührung. Sie zitterte vor Verlangen und wusste nicht, ob er es jemals würde stillen können.

Er ging hinter ihr in die Hocke, streifte ihre Kniekehlen und betrachtete ihr entblößtes Geschlecht. „Schhh." Sie spürte seinen Atem eine Sekunde, bevor er sie mit seiner Zunge liebkoste.

Sie wurde von einer quälenden Begierde durchströmt, die man am ehesten als Seelen zermarternde, bedürftige Verzweiflung beschreiben konnte. Um sie zu stillen, wiegte sie die Hüfte vor und zurück, doch Eryx hielt sie mit einem unbarmherzigen Griff an ihren Schenkeln fest und verschlang ihr empfindsames Fleisch.

„Eryx. Bitte", wimmerte sie und flehte um Gnade und Erfüllung.

Mit einem Zischen zog er den Kopf zurück. Eine Sekunde später presste er seinen Schwanz gegen ihre Muschi. „Beobachte uns im Spiegel", befahl er wie ein sinnliches Raubtier, das seinen Anspruch geltend machte. „Sag es. Sag mir, was du willst."

Ihr kamen fast die Tränen, als er seinen harten Schaft an ihr Geschlecht presste und sie reizte. Trotz der Hitze, die sie umgab, zitterte sie am ganzen Körper, während die Lust ihre Sicht trübte. „Nimm mich. Bitte."

Mit einem kräftigen Stoß drang er tief in sie ein, und ein lustvoller Schmerz durchströmte ihren Unterleib. Es war perfekt. Erfüllung im wahrsten Sinne des Wortes.

Wie hypnotisiert betrachtete sie ihre wollüstigen Körper im Spiegel. Seine dunkle Haut, die sich an ihre schmiegte. Seine langen Finger, die ihre Taille umklammerten und seinen Kopf, den er in den Nacken geworfen hatte. Das stetige An- und Entspannen seiner Muskeln, während er immer wieder in sie hineinstieß und sie auf den Abgrund der Ekstase zutrieb.

Er hob den Kopf und begegnete ihrem Blick im Spiegel. Dann ließ er eine Hand zwischen ihre Schenkel gleiten und umkreiste ihre Klitoris im Takt seiner Hüften. „Komm für mich", sagte er und biss die Zähne zusammen. „Jetzt." Er presste einen Finger auf ihre geschwollene Lustperle, drang tief in sie ein und katapultierte sie in orgastische Höhen.

Ihre Knie zitterten und die Muskeln in ihrem Unterleib spannten sich an und pulsierten.

Im nächsten Moment kam auch Eryx zum Höhepunkt. Sein Schwanz zuckte in ihr, während er seine Hüften vor und zurück wiegte.

Sie drückte sich fest an die Wand und genoss jede Sekunde, während sie versuchte, ihren Herzschlag zu beruhigen. Dann gaben ihre Knie nach.

Eryx fing sie auf, drehte sie zu sich und hielt sie kraftvoll an seiner Brust. Mit einem dumpfen Laut setzte er sich auf eine Bank hinter ihnen und zog sie auf seinen Schoß. Das warme Wasser umhüllte sie auf hypnotisierende Weise und ließ sie langsam zurück auf die Erde schweben.

Lexi schmiegte ihr Gesicht an seine Brust und

lauschte seinem gleichmäßigen Herzschlag.

Wie sollte sie nach einem derart tiefgreifenden Erlebnis wieder in die Realität zurückkehren?

Er massierte ihren Nacken. „Denk nicht zu angestrengt darüber nach. Nimm an, was ich dir anbiete. Und gib mir, was du kannst."

Die Worte waren schlicht und doch tiefgründig. Er gab, ohne eine Gegenleistung zu verlangen.

Sie wusste nicht, was sie sagen sollte. Zum ersten Mal waren all ihre Zweifel gespenstisch ruhig tief unter ihren Emotionen vergraben. Konnte sie diesem Mann wirklich nur so wenig von sich geben? Während er ihr alles von sich bot?

„Ich weiß, was ich dir geben will", flüsterte sie.

Sie konnte hören, dass sein Herz einen Satz machte, und seine Hand an ihrem Rücken hielt inne.

Wasser tropfte ihren Arm hinunter. Sie spreizte ihre Finger an seiner Brust über seinem Herzen.

Sie war in Sicherheit.

Ein Atemzug.

Nur ein einfacher Satz.

Natürlich konnte sie es tun. „Meine Antwort lautet ja."

KAPITEL 15

Maxis hockte auf einem Felsvorsprung über seinem Trainingsgelände und beobachtete Reese mit den neuen Rekruten. Obwohl die Temperaturen in Asshur niedrig waren, hatten die meisten ihre Hemden mittlerweile ausgezogen. Ihre Körper glänzten trotz des wolkenverhangenen Himmels vor Schweiß. Sie duckten sich, wichen Schlägen aus und konterten mit geschmeidigen Bewegungen. Noch waren sie zögerlich und ihre Strategien bedurften Verbesserungen, doch ihre entschlossenen Schreie und Rufe waren vielversprechend.

Wenn ich doch auch meine übrigen Pläne vorantreiben könnte.

Der nagende Gedanke zerrte an seinen Nerven und er sprang ungeduldig auf. Vier Tage waren vergangen, seit er Eryx mit Lexi gesichtet hatte, und noch immer gab es keine Spur von ihr in Eden. Eryx wurde zwar häufig gesehen, doch die dunkelhaarige Frau aus Evad hatte er noch nicht erspäht.

In seinem Hinterkopf regten sich Zweifel. Vielleicht hatte Eryx seine Abenteuer auf eine abgelegene Ecke des Menschenreichs beschränkt. Er könnte sich genauso gut einen ganzen Harem irgendwo in Timbuktu halten.

Maxis schob die Gedanken beiseite und sandte Reese einen mentalen Befehl, zu ihm zu kommen. Es wäre reine Zeitverschwendung, sich in Selbstzweifeln zu ergehen, vor allem, da ihm noch eine Menge anderer Optionen offenstanden. Das wenige, was er von Phybe über Serena erfahren hatte, war durchaus verheißungsvoll – und er hatte vor, jede Möglichkeit zu nutzen, die sich ihm bot.

Er setzte sich auf einen nahe gelegenen Felsen. Eine karge und trostlose Landschaft von der Farbe verbrannter Lehmziegel breitete sich vor ihm aus. Nur spärliche Ausläufer von spindeldürren grauen Sträuchern durchbrachen das triste Terrain. Dank des einigermaßen konstanten Regens in dieser Region wirbelten die Männer beim Trainieren nur wenig Dreck auf, aber wenn es zu einer Dürre käme, wäre dieser Ort eine Staubwüste.

Reese landete neben ihm auf dem harten Felsen. „Was willst du?"

Maxis knirschte mit den Zähnen. *Vergiss nicht, welchen Wert er für dich hat. Geduld.*

„Du tätest gut daran, dich daran zu erinnern, wen du vor dir hast, Strategos", sagte Maxis mahnend, wobei er besondere Betonung auf den Titel legte und unter dem Deckmantel eines Lächelns die Zähne fletschte. „Die Armee, die du ausbildest, ist jung und nur begrenzt loyal. Ich könnte dich als Befehlshaber im Handumdrehen ersetzen."

Reese verschränkte die Hände förmlich hinter dem Rücken, doch die Geste triefte nur so von Spott.

Maxis stand auf. „Ich habe einen Auftrag für dich." Er spähte über den Vorsprung und warf erneut einen Blick auf die Männer. „Es gibt da eine

Frau, der wir den Hof machen und sie sozusagen in unserer Mitte willkommen heißen sollten. Ihr Name ist Serena Doroz." Er wandte sich an Reese. „Ich habe gehört, dass sie früher viel Zeit im Bett des Malrans verbracht hat. Bist du mit ihr vertraut?"

Reese legte den Kopf schief. „Der Klatsch und Tratsch über das Liebesleben des Malrans gehen mich nichts an."

Maxis schritt mit langsamen Schritten den Vorsprung entlang. „Offenbar war diese Dame vor einiger Zeit mit dem Malran liiert und ist nun ein wenig betrübt, weil er das Interesse an ihr verloren hat. Sie wirft sich ihm immer wieder an den Hals, in der Hoffnung, dass er noch einmal anbeißt."

Reeses Miene verhärtete sich. „Was hat eine verstoßene Geliebte des Malrans mit mir und meinen Bemühungen, eine Armee auszubilden, zu tun?"

Maxis machte eine abwinkende Handbewegung und ging wieder auf den Strategos zu. „Überhaupt nichts. Es ist nur ein neuer Ansatz, um unser Vorhaben voranzutreiben. Wenn wir unsere Karten richtig ausspielen, wird es sich irgendwann für uns auszahlen." Er hielt direkt vor Reese inne. „Finde diese Frau. Gewinne ihre Gunst. Und finde einen Weg in ihr Bett, wenn es unserer Sache dienlich ist."

„Und was soll uns das bringen?"

Eine ganze Menge.

Evanora als unbarmherzige und tödliche Herrscherin war der Beweis dafür.

„Die Emotionen einer verlassenen Frau können enorme Kräfte freisetzen. Serena mag am Hof eine Lachnummer sein, aber zum Schloss hat sie angeblich freien Zugang. Warum sollten wir das nicht ausnutzen?" Maxis setzte sich wieder auf seinen Platz und schlug die Beine übereinander. „Du bist ein gut aussehender Mann, und die Frau ist sicher selbst recht ansehnlich, wenn sie dem Malran ins Auge gestochen ist."

Reese öffnete den Mund und schloss ihn wieder – dann wiederholte er die Geste.

„Man weiß nie", sagte Maxis, „vielleicht ist sie am Ende die perfekte Frau für dich."

Reese starrte ihn noch einen Moment an, bevor er, nicht ganz überzeugend, nickte. „Ich werde ein paar Erkundigungen einziehen."

Maxis lächelte zufrieden. „Tu das, Strategos. Tu das."

***

„Oh, Lexi." Orlas gedämpfte Stimme ertönte aus dem Inneren des begehbaren Schranks. „Warte, bis du das gesehen hast."

Lexi ignorierte sie. Oder versuchte es zumindest. Sie hatte immer noch nicht gelernt, ihre Sinne abzuschalten, und seit Eryx ihre bevorstehende Vermählung angekündigt hatte, prasselten Orlas Glücksgefühle unaufhörlich auf sie ein. Genauso mussten sich Eltern fühlen, die zu viele Stunden in einem Raum voller Vierjähriger eingesperrt waren, die zu viel Zucker gegessen hatten.

„Bist du bereit?", fragte Orla hinter der Tür.

Was für eine Frage. Als Lexi zugestimmt hatte, Eryx zu heiraten, hatte sie gedacht, dass sie Zeit haben würde, sich an den Gedanken zu gewöhnen und Pläne zu schmieden. Sie hätte nicht geglaubt, dass sie gleich am darauffolgenden Abend in den Hafen der Ehe einlaufen würde. Also, nein, sie war nicht bereit. Nicht wirklich. „Sicher, zeig es mir."

Orla betrat das Schlafzimmer mit einem atemberaubenden Kleid aus schwarzem Samt, das sie über eine Schulter und ihre Arme drapiert hatte. „Es ist wunderschön, findest du nicht auch?"

Lexi ließ sich in den Sessel hinter ihr fallen, und das Herz schlug ihr bis zum Hals.

Sie würde heiraten. Heute Abend.

Und zwar Eryx. Das Kleid war der Beweis.

„Gefällt es dir etwa nicht?", fragte Orla und ließ hastig den Saum des Rocks zu Boden sinken, um das Kleid besser zur Geltung zu bringen.

„Es ist wunderschön." Lexi ließ ihre Finger über den samtenen Stoff gleiten, der ihr zur Begrüßung zuzuflüstern schien. Platinspangen mit filigranen Verzierungen waren in gleichmäßigem Abstand vom Hals bis zu den Ärmeln angebracht und hielten das Vorder- und Rückenteil des Kleides zusammen. Prächtige Rubine schmückten die Mitte einer jeden Schnalle, während an den Rändern Diamanten eingelassen waren.

„Liebst du ihn?", fragte Orla mit einem besorgten Tonfall. Ihre Stimme zitterte fast vor Angst.

Lexi ließ die Hand in ihren Schoß sinken und zupfte am Saum ihres Gewands herum. „Ich dachte, das würde ich. Und dann ging er fort, um …" Sie zeigte in Richtung Tür. „Um irgendetwas zu erledigen, was er vor mir geheim hält. Und nun frage ich mich ständig, ob ich überhaupt weiß, was Liebe ist."

Sie stand auf, um nervös auf und ab zu laufen. Sie hatte den ganzen Nachmittag nichts anderes getan.

Orla legte das Kleid auf dem Bett ab und stellte sich Lexi in den Weg. Sie packte sie am Ellbogen und wirbelte sie herum. „Schalte für einen Moment deinen Verstand aus und beantworte meine Frage mit dem Herzen. Liebst du ihn?"

Sie dachte daran, wie es war, in Eryx' Armen aufzuwachen. An die Intensität einer jeden tröstlichen Berührung. An seine Aufrichtigkeit und daran, wie sehr sie sich mit dem Leben verbunden fühlte, seit sie ihn kannte. „Ich denke schon."

Orla zog eine Augenbraue in die Höhe.

„Ja." Das Geständnis erschütterte Lexi bis ins Mark. Eine Schweißperle rann ihr über den Rücken, und ihr Kopf fühlte sich plötzlich so leicht an, als könnte er ihr jeden Moment von den Schultern fliegen.

Orla strich Lexi über die Wange, und in ihre kornblumenblauen Augen trat ein verständiger und trauriger Ausdruck. Oder war es Mitleid? „Warum kämpfst du dann dagegen an?"

„Es geht einfach alles so … schnell."

„Wirklich?" Orla ergriff Lexis Hände und drückte

sie fest. „Er hat jahrelang nach dir gesucht. Wenn du weißt, dass dein Herz ihm gehört, warum kostbare Zeit verschwenden?" Sie ließ Lexis Hände los und hob einen Ärmel ihres weiten silberfarbenen Kleides an. Von ihrem Handgelenk bis zu ihrem Ellbogen zog sich das mattgraue Abbild eines Vogelbeerbaums, dessen Wurzeln sich verschlungen um ihren Arm rankten.

„Das war das Zeichen meines Gefährten." Sie atmete tief durch und betrachtete sehnsüchtig das verblasste Bild. „Die Male verblassen, wenn unsere andere Hälfte ins Nirana übergeht, aber wenn sie lebendig ist, sind sie von einem herrlichen, kräftigen Schwarz." Mit tränenfeuchten Augen und bebenden Lippen begegnete sie Lexis Blick. „Ich war viel zu jung, als mir mein Fireann genommen wurde. Wir hatten keine Kinder, und ich danke dem Großen jeden Tag dafür, dass Eryx und seine Familie das klaffende Loch füllten, als sie mich aufnahmen."

Sie ließ den Ärmel sinken und packte Lexi an den Schultern. „Es gibt Momente, in denen ich alles dafür geben würde, noch einen Tag mit ihm verbringen zu dürfen. Wenn du weißt, dass es das Richtige ist, dann stürze dich hinein und schau nicht zurück. Genieße jede Minute deiner Liebe ohne Reue."

Erschüttert von Orlas überwältigenden Gefühlen, schob Lexi instinktiv die Schultern vor, als könnte sie dadurch ihr Herz schützen. „Ich weiß nicht, wie."

„Oh, Schätzchen. Die Antwort ist ganz einfach." Orla zog sie in die Arme. „Lass dich von Eryx leiten."

Die Worte kamen von Herzen und bescherten Lexi ein wohliges Gefühl. Sie strahlten auf ihre Seele aus und hüllten ihren Geist ein.

Orla hielt sie lange im Arm.

Sobald sie wieder ruhig atmen konnte, löste sich Lexi aus der Umarmung. Das Kleid lag auf dem Bett und wartete auf sie wie eine märchenhafte Verheißung – falls sie den Sprung wagte.

„Okay. Ich werde es tun."

Orla stieß einen Freudenschrei aus und klatschte in die Hände, und die ernste Stimmung war mit einem Mal verflogen.

Lexi zog das Kleid an, dessen seidenes Unterkleid sich um ihre Kurven schmiegte. „Ich werde mich nie daran gewöhnen, ohne Unterwäsche herumzulaufen."

Orla stieß ein unanständiges Lachen aus. „Gib es zu. Es ist angenehmer, nicht wahr?"

Ein Klopfen ertönte an der Tür.

„Perfektes Timing." Orla strich den Samt an Lexis Schultern glatt. „Wir sind gerade fertig, Graylin. Komm herein."

Die Tür öffnete sich lautlos.

Orla trat mit einer ausladenden Geste zur Seite. „Sieht sie nicht wunderschön aus?"

Graylin schlenderte in den Raum und hatte die Hände vor seinem Körper verschränkt. Er trug auch heute eine für ihn übliche Kombination aus

Achselshirt und Stoffhose, doch der Stoff war so schwarz wie der Samt von Lexis Kleid.

„Bezaubernd." Er drückte Lexi einen Kuss auf die Fingerknöchel und zwinkerte Orla zu. „Eryx ist ein Glückspilz."

Ein hübsches Rosa breitete sich auf Orlas Wangen aus und Graylin verzog die Lippen zu einem verschmitzten Lächeln.

Es war ein so inniger und unschuldiger Moment – und Lexi fühlte sich wie ein Eindringling. Graylin stellte sich neben Lexi und legte ihr eine Hand an den Rücken, um sich mit ihr in Richtung Tür in Bewegung zu setzen. „Es ist üblich, dass die Eltern eine Frau zu ihrem zukünftigen Gefährten führen. Ich hoffe, es ist nicht anmaßend von Orla und mir, diese Aufgabe in ihrer Abwesenheit zu übernehmen? Es wäre uns eine Ehre."

Orla blickte auf und schenkte ihr ein hoffnungsvolles Lächeln.

„Macht ihr Witze?" Sie war im Begriff, den größten Schritt ihres Lebens zu tun, ohne auch nur zu ahnen, was sie erwartete. Wenn die beiden ihr bei den ersten Metern zur Seite stehen wollten, wäre sie mehr als dankbar. „Ich nehme jede Hilfe an, die ich bekommen kann."

Er schob sie vorwärts. „Ich weiß, dass du nervös bist, aber du solltest wissen, dass alle Myren-Frauen bei ihrer Vereinigung über genau dasselbe Maß an Wissen verfügen wie du. Es ist eine Tradition. Eine sehr angemessene und wichtige Tradition."

Die Kerzen auf dem Gang flackerten und die tanzenden Flammen schienen ihren inneren Aufruhr und ihre Nervosität widerzuspiegeln.

Graylin schürzte die Lippen und legte die Stirn in Falten. „Heute Nacht wird sich Eryx dir gegenüber beweisen. Er wird dir zeigen, wie er sich als dein Gefährte zu verhalten gedenkt. Wie er beabsichtigt, für dich zu sorgen, dich zu beschützen und, was am wichtigsten ist, dich zu lieben. Deine Aufgabe ist es, jede Handlung und jede Kleinigkeit zu beobachten und zu entscheiden, ob er deiner Liebe würdig ist."

Sie gingen in Richtung des Hauptgeschosses, während Lexi darüber nachdachte, was Graylin ihr im Wesentlichen gesagt hatte. Der Gedanke, dass Eryx sich auf so formelle Weise beweisen würde, klang wunderbar, aber Graylin hatte nichts von ihren Pflichten erwähnt. „Was ist mit mir? Muss ich nicht dasselbe für ihn tun?"

Graylin hielt inne. „Gelobt sei der Große, nein." Er schüttelte den Kopf und drängte sie, weiterzugehen. „Es ist die Ehre eines Mannes, seine Absichten bei einer Vereinigung zur Schau zu stellen."

Sollte sie also einfach nur dasitzen und zusehen? Würde sie weder etwas tun noch etwas sagen müssen? Die Vorstellung passte nicht in die Welt, in der sie aufgewachsen war – zumindest nicht in die Gegend, aus der sie kam. „Sollte eine Frau in einer Ehe nicht ihre eigenen Absichten unter Beweis stellen müssen?"

„Vereinigung", korrigierte er sie fast geistesabwesend. „Ein Mann würde diesen wichtigen Schritt niemals unternehmen, wenn er die Frau nicht bereits als perfekte Gefährtin erachtet hätte." Am oberen Ende der Treppe angekommen, führte er sie in einen Teil des Hauses, den sie bisher noch nicht erkundet hatte. „Unsere Kultur ist ganz anders als die, in der du aufgewachsen bist. Die Frauen in Eden werden von ihren Männern verehrt und geschätzt. Heute Nacht wird er dir zeigen, wie wichtig du ihm bist."

Verehrt. Geschätzt.

Sie verlangsamte ihre Schritte, während die Worte in ihrem Kopf herumspukten. Dabei hinterließen sie in ihr kein unangenehmes Gefühl, sondern waren einfach nur ungewohnt. Aber irgendwie passten sie. Sie passten zu Eryx.

„Und", begann sie wieder, während sich ihre Gedanken überschlugen, „was muss ich dann tun?"

Vor ihnen erstreckte sich ein Flur, dessen Wände mit schokoladenbraunen Paneelen verkleidet waren, während der Boden aus grauem Stein bestand.

„Du entscheidest", sagte Graylin. „Entweder du nimmst ihn zu deinem Gefährten oder du wendest dich ab, je nachdem wie du seine Taten bewertest. Aber angesichts deiner neuen Gabe dürfte es dir nicht schwerfallen, seine wahren Absichten herauszufinden."

Am Ende des Flurs blieb er stehen. Ihr entging nicht die Symbolik der geschlossenen Türen vor ihnen. Sie konnte sich nur noch auf das dicke Holz mit den chaotischen Schnitzereien konzentrieren und dachte an die Verpflichtung, die auf der anderen Seite auf sie wartete.

„Eines werde ich dir noch sagen." Graylin fixierte sie mit einem ersten Blick, der ihre volle Aufmerksamkeit forderte. „Wenn du dich nicht ganz und gar in Eryx' Obhut begeben und ihm fraglos vertrauen kannst, solltest du heute Abend nicht mit ihm gehen."

Der feierliche Unterton in seiner Stimme bescherte ihr eine Gänsehaut auf den Armen. Zwar lieferten ihr seine Worte immer noch nichts Konkretes, doch die tiefere Bedeutung, die darin mitschwang, ließ ihr das Herz in die Hose rutschen. „Und was ist das für ein Elefant, um den du herumredest?"

„Es gibt keinen." Er richtete sich auf und straffte die Schultern. „Es reicht, wenn ich dir sage, dass ich Eryx so sehr liebe wie meinen eigenen Sohn, und ich will ihn beschützen. Ich bin mir sicher, dass deine Sinne dir weismachen wollen, dass mehr dahintersteckt, aber es gibt Dinge in dieser Welt, die du selbst herausfinden musst. Die heutige Nacht ist eine davon."

Die Tür öffnete sich und Graylin trat einen Schritt zurück.

Sie stand allein an der Schwelle zu etwas Großem, das bisher jedoch nicht greifbar war. Ihre Fantasie spielte verrückt und sie malte sich aus, wie ihre Zukunft aussehen könnte, wenn sie weiterging oder was aus ihr werden würde, wenn sie davonlief.

Der Geruch von Leder und abgenutztem Pergament schlug ihr ins Gesicht. Bücher säumten die gegenüberliegende Wand, und braungraue und karmesinrote Brokatsessel standen verteilt auf dicken gemusterten Teppichen. Ein Blick auf ein Eckfenster verriet ihr, dass die Sonne fast untergegangen war und den Himmel purpurrot färbte.

„Es ist Zeit, eine Entscheidung zu treffen, Lexi", drängte Graylin hinter ihr, wobei weder er noch Orla sich zu ihr gesellten.

Sie spürte ein leichtes Ziehen um ihr Herz, das durch die Erinnerung an ihre aufrichtige Unterhaltung mit Orla noch verstärkt wurde. Trotz all der Unbekannten wollte sie das hier.

Sie atmete tief durch und trat mit zitternden Beinen über die Schwelle. Sie wandte sich zur Seite und blieb wie angewurzelt stehen.

Eryx stand vor einem riesigen Kamin. Sein Oberkörper war in einen formellen Drast gehüllt. Es sah aus wie ein Kettenhemd, schmiegte sich aber wie ein feiner Stoff an seine Haut, wobei die Ärmel ihm bis zur Mitte der Unterarme reichten. An ihrem ersten Tag in Eden hatte Ramsay ein ähnliches Gewand getragen, doch seines war eine informelle, ärmellose Variante gewesen. Eryx' Hose war aus weichem schwarzem Leder, ebenso wie seine Stiefel. Die Zöpfe, die er am Vortag getragen hatte, waren verschwunden, und er trug sein Haar, das ihm bis zur Mitte des Rückens reichte, offen – genau, wie sie es mochte. Er war von Kopf bis Fuß ein Abbild der Macht und schien zu sagen: *„Warte, bis du mich nackt siehst."*

Er kam auf sie zu.

Hitze durchflutete sie, als wäre sie durch eine Flammenwand gelaufen.

Nehmen. Beschützen. Lieben.

Sie konnte Eryx' Gefühle, seine Lust und rohe Besessenheit spüren, als wären es ihre eigenen Emotionen. Kraftvoll und kaum zu bändigen waren sie so heftig, dass sie einen Schritt zurücktrat.

Du bist sicher. Der Gedanke schoss ihr durch den Kopf und ein unsichtbarer, seidener Kokon umhüllte sie. Ganz gleich, welche Bedürfnisse oder Gefühle er hatte, Eryx würde die ihren immer an erste Stelle setzen.

„Alexis." Seine raue Stimme brannte durch sie hindurch wie ein köstlicher Whiskey. „Lass mich dir mein Herz zeigen. Nimm meine Hand und begleite mich in das Haus, das auch deines sein wird."

Eine gewichtige, sinnliche Magie umhüllte sie. Seine förmlichen Worte, seine Stimme, seine Augen, selbst die Hand, die er ihr entgegenstreckte, hypnotisierten sie. Der Moment war perfekt, dabei hatte er sie bislang nicht einmal berührt.

Ihren Körper durchströmte ein Kribbeln, als ihre neu gewonnene Energie unter ihrer Haut tanzte. Der Schwall seiner Emotionen zerrte mit einem berauschenden Sog an ihrer Seele, doch sie wollte diesen Moment noch nicht verstreichen lassen. Sie wollte ihn noch genießen, denn so etwas würde sie nie wieder erleben.

Sie ließ ihre Hand in die seine gleiten. Sie passten

perfekt. Zwei Teile, die füreinander bestimmt waren. Seine warmen, starken Finger umschlossen ihre, und er zog sie in seine Arme.

Auf wackeligen Beinen trat sie vor – und gab sich dem Unbekannten hin.

KAPITEL 16

Lexi flog hoch über der myrenischen Landschaft durch die Luft. Der Nachthimmel war gespickt mit funkelnden Sternen und silbrigen Energieströmen. Ihre Wangen streifte ein kühler Wind, der ein Vorbote des Herbstes war. Zwar hatte sie nicht gerade eine Vorliebe für tiefe Temperaturen, aber heute Abend machte es ihr nichts aus. Mit Eryx' warmem Körper an ihrem Rücken und seinen Emotionen, die sich wie eine glühende Decke um sie hüllen, war die kühle Luft eine Wohltat.

„Werde ich jemals wieder allein fliegen können?"

Eryx festigte den Griff um ihre Taille und liebkoste ihr Ohr. „Sobald ich meinen Kontrollzwang abgelegt habe." Seine aufreizende, heisere Stimme glitt wie unsichtbare Finger über ihren Bauch, worauf sie sich an ihm hin und her wand.

Von da an ergingen sie sich in Schweigen, wobei die Stille die erotische Spannung zwischen ihnen noch verstärkte. Eryx lenkte sie in Richtung einer Reihe dunkler Gebäude und landete mit ihr vor einer hoch aufragenden Felswand. Dann ging er mit ihr weiter. Er sagte immer noch keinen Ton und schien in eine fast grüblerische Stimmung zu verfallen.

Sie gingen leise durch das dichte Gras, dessen silberne Adern im Mondlicht funkelten. Die Luft war von dem Duft unsichtbarer Blüten durchzogen, in den sich noch ein kaum fassbarer salziger Geruch mischte. „Wo sind wir?"

Eryx behielt sein Tempo bei und ging zielstrebig geradeaus. „Havilah." Seine Emotionen schnippten über ihre Arme, stakkatoartig, wie seine knappe Antwort.

Sie stieß einen frustrierten Atemzug aus. Dies war eine perfekte, magische Nacht und ihr Märchenprinz hatte seine Tage.

Wie könnte es auch anders sein.

Eryx blieb vor einem schmiedeeisernen Tor stehen, das an einer Mauer aus massivem Fels verankert war. Er packte ihr Kinn und neigte ihren Kopf sanft nach hinten, sodass sie seinem Blick begegnete. In seiner Miene spiegelte sich ein Ausdruck des Bedauerns wider. „Es tut mir leid. Ich war mit meinen Gedanken woanders." Mit einem Blick suchte er ihr Gesicht ab. „Wenn ich weniger rede, dann deshalb, weil es heute Abend um Gefühle geht. Ich möchte, dass du mit deinen im Einklang bist."

Es war eine subtile Andeutung. Er hatte die Augen leicht verengt und bedachte sie mit einem Blick, der sie aufforderte, zwischen den Zeilen zu lesen. Sie ertastete seine Emotionen, um festzustellen, wie er sich fühlte – Sorge, Hoffnung, Angst … und ein Überschwang an Liebe. Es war herrlich, aber kein bisschen hilfreich.

Sie strich über den Stoff, der seine Brustmuskeln bedeckte. Die glatte, raue Textur war angenehm und doch fremd. Ein Teil in ihrem Inneren, den sie nicht ganz fassen konnte und irgendwo um ihr

Herz auszustrahlen schien, wollte die Hand nach ihm ausstrecken, sich mit ihm verbinden und ihn trösten. „Ich werde es versuchen."

Er ließ seine Lippen über ihre Schläfe gleiten. Seine Kleidung verstärkte seinen ledernen Duft. „Ich weiß."

Das Tor öffnete sich mit einem Ächzen.

Er ergriff ihre Hand und zog sie hindurch. Ein scharfer, feuchter Windstoß streifte ihr Gesicht und wehte ihr das Haar aus dem Nacken. Sie schmeckte Salz auf den Lippen und wurde plötzlich von Vorfreude gepackt. Salzwasser. Sie hatte den Ozean noch nie gesehen. Zwar hatte sie schon immer ans Meer reisen wollen und sich sogar einen Reisepass besorgt, doch sie hatte nie die Gelegenheit dazu gehabt.

Keine fünfzig Meter entfernt loderte ein Feuer in einer Metallschale, die groß genug war, um drei Schweine darüber zu rösten. Ringsherum standen Liegestühle und dicke futonartige Kissen, die mit schneeweißen, grauen und silberfarbenen Bezügen versehen waren. Einzigartige, tropisch anmutende Pflanzen säumten das abgeschiedene Paradies, durch das sich weiße Sandwege schlängelten. Es lag hoch oben auf einer flachen Klippe, hinter der sich im Mondlicht das Meer spiegelte.

Wunderschön.

Eryx führte sie zu einer großen weißen Liege von der Größe eines Doppelbetts, zu deren Rechten das Meer lag. Lexi ließ sich darauf sinken, lehnte sich in einen Berg von Kissen und streckte ihre Beine aus. Das Feuer spendete auf der einen Seite ihres Körpers Wärme, um dem peitschenden Wind auf der anderen Seite entgegenzuwirken.

„Ist dir warm genug?" Eryx musterte sie mit einem durchdringenden Blick, der schon fast beunruhigend war.

Mit einer nervösen Geste strich sie das Samtgewand an ihren Beinen glatt. Sie faltete die Hände in ihrem Schoß und richtete sich auf. Sie gehörte nicht hierher und wusste nicht, wie sie sich verhalten sollte. „Es geht mir gut, danke."

Ein enttäuschter Ausdruck huschte über sein Gesicht, doch er unterdrückte ihn schnell und wandte sich ab.

„Eryx?" Sie faltete die Hände und drückte sie leicht, wobei ihr Blut protestierend in ihren Fingerspitzen pochte. Er hielt neben einem Tisch inne und warf einen Blick zurück, um sie mit einem fragenden Ausdruck anzusehen.

„Das Feuer ist angenehm, aber der Wind ist ein bisschen kalt."

Eryx verzog die Lippen zu einem Lächeln, das so hell strahlte wie die Fackeln, die er vor Kurzem entzündet hatte. Eilig schnappte er sich eine flauschige Decke von einer Bank und breitete sie über ihr aus.

Sie zog die Beine an und senkte das Kinn. „Ich wollte mich nicht umsetzen, denn ich habe noch nie zuvor das Meer gesehen."

Eryx kniete sich vor sie, packte ihre Füße, um ihre Beine wieder auszustrecken und wickelte sie mit der Decke ein. Als er mit seiner Arbeit zufrieden war, umfasste er ihr Gesicht und strich mit seinem Daumen über ihre Wange. „Sag mir nie etwas, von dem du denkst, dass ich es hören will. Ich kann nicht für deine Bedürfnisse sorgen, wenn du mir nicht erzählst, was du brauchst."

Ihr Herz schlug so hoch, dass es den Mond hätte überfliegen können. Graylins Worte hallten in ihrem Kopf wider. *Heute Nacht wird sich Eryx dir gegenüber beweisen. Er wird dir zeigen, wie er sich als dein Gefährte zu verhalten gedenkt.*

Sie ließ ihre Fingerspitzen über seinen Unterarm gleiten. Selbst bei einer so leichten Berührung konnte sie seine Stärke deutlich spüren. In ihm brodelte eine Kraft, die er nur mittels eiserner Disziplin im Zaum hielt. Sie legte eine Hand an die seine, die immer noch an ihrer Wange ruhte, und drückte ihm einen sanften Kuss auf die Handfläche. Daran könnte sie sich definitiv gewöhnen.

Vielleicht ist das der Grund, warum du so viel Angst hast.

Er zog sich zurück und stand auf. „Hast du Hunger?" Gott sei Dank. Mit diesem Thema konnte sie umgehen.

„Machst du Witze?", fragte sie und stieß ein aufrichtiges Lachen aus. „Seit meiner Erweckung bin ich wie ausgehungert. Mir scheint, dass ich seitdem nichts anderes getan habe, als zu essen." Sie drehte sich auf die Seite und strich mit der Hand über ihre Hüfte. „In zwei Wochen werde ich dick und fett sein, also solltest du dir die Sache mit der

Baineann vielleicht noch einmal überlegen, solange du noch Gelegenheit dazu hast."

„Du wirst nicht fett werden", erwiderte er und folgte mit dem Blick der Wölbung ihrer Kurven. „Ich werde schon dafür sorgen, dass du genügend Energie verbrennst." Mit einem verführerischen Augenzwinkern drehte er sich um und überließ ihren glühenden Körper dem Wind. Von einem nahe gelegenen Tisch holte er einen Teller mit Fleisch-, Obst- und Käsehappen und stellte ihn neben sie auf die Liege.

Bei dem Anblick knurrte ihr Magen und sie schob sich gleich zwei der Leckerbissen hintereinander in den Mund. Das delikate Aroma des Käses explodierte auf ihrer Zunge, während das würzige Fleisch ihr ein Gefühl von Wärme vermittelte. Sie könnte die ganze Nacht lang von den hiesigen Speisen schwärmen.

Eryx reichte ihr ein Glas Rotwein. „Trink nicht gleich alles auf einmal. Unsere Weine sind etwas gehaltvoller als die, die du gewohnt bist. Ich würde gern sicherstellen, dass du dich mit einem klaren Verstand entscheidest, meine Gefährtin zu werden."

Lexi lachte und biss in einen Happen Fleisch. Keine Reaktion. Keine Bewegung.

Sie blickte auf.

Eryx beobachtete sie. Eifrig. Konzentriert.

Großartig. Wahrscheinlich hielt er sie für burschikos. Sie schluckte den Bissen hinunter, ließ den Rest des Stücks zurück auf den Teller fallen und griff nach einer Serviette.

„Tu das nicht."

Sie wischte sich die Finger ab und tat so, als wäre sie nicht einmal imstande, die Hälfte des Essens verschlingen. „Was soll ich nicht tun?"

„Verschließe dich nicht vor mir. Gib nicht vor, jemand zu sein, der du nicht bist."

Sie starrte auf die Kissen, während ihr langsam die Hitze in den Nacken stieg. Verlegen fuhr sie mit dem Finger über die Naht einer Kante. „Du hast mich angestarrt."

„Ich habe nur den Anblick genossen." Seine Stimme umhüllte sie auf sinnliche Weise. Er setzte sich neben sie und legte eine Hand auf ihr Knie. „Ich will nicht, dass du dich verstellst. Ich will dich, so wie du bist."

Sie wurde von einem Kribbeln durchströmt, das sämtliche Nervenenden in ihrem Körper erreichte. „Selbst wenn ich mich vollstopfe und lauthals kichere?"

Er schenkte ihr ein warmes und sanftes Lächeln. „Vor allem dann."

Ein verschmitztes Funkeln trat in ihren Blick und sie schürzte verspielt die Lippen. Sie schaute ihm tief in die Augen, als sie die Hand ausstreckte und sich einen weiteren Bissen vom Teller nahm, um ihn sich in den Mund zu schieben.

„Schon besser." Er gab ihr einen spielerischen Klaps auf den Hintern und machte es sich zu ihren Füßen bequem. Nachdem er einen Stapel Kissen hinter sich aufgeschichtet hatte, schob er eine

Hand unter die Decke und schlang seine warmen Finger um ihren Fußknöchel. Mit geschickten Bewegungen zog er ihr die Sandale aus und massierte ihren Fuß, wobei er einen angenehmen Druck auf die Sohle ausübte.

Lexi ließ sich in die Kissen sinken und stöhnte auf. „Ich dachte, du wolltest, dass ich einen klaren Kopf behalte?"

„Vielleicht sollte ich meine Absichten noch einmal überdenken." Er ließ seinen Blick über ihren Körper gleiten. „Wenn jemand deinen Verstand verwirrt, dann bin ich es."

Ihr Herz schlug wild in ihrer Brust und sie spannte unwillkürlich die Schenkel an. Mit bedächtigen Bewegungen widmete er sich ihrem anderen Fuß. Es war so verführerisch.

Sie unterhielten sich darüber, wie er jahrelang nach ihr gesucht und was sich in der Zeit in ihrem Leben ereignet hatte. Mit jeder Minute entspannte sie sich mehr, bis auch die letzten Reste ihrer inneren Unruhe verflogen waren.

Als sie den Teller fast leer gegessen hatte, wickelte er ihre Füße wieder in die Decke und stand auf. Er streichelte ihr zärtlich über die Wange und legte die Stirn in Falten.

Sie schmeckte das Aroma von Geburtstagskuchen und saurer Milch auf der Zunge und wurde sofort danach von einer Woge aus Liebe und Angst durchströmt.

Emotionale Empfindungen manifestieren sich zuerst als körperliche Empfindungen. Und darauf folgt eine

Erkenntnis.

Plötzlich ergaben Eryx' Worte einen Sinn und sie wurde von Traurigkeit übermannt. Während sie sich träge und unbekümmert vor ihm rekelte, wurde er von Angst gepackt.

Er ging zu einem kleinen Tisch in der Nähe der Feuerstelle und hob eine lange, mahagonifarbene Kiste auf. Sein merkwürdiges Oberteil spannte sich über seine Brust, als er die kleine Truhe am Rand des Lagerfeuers abstellte und irgendwelche Gegenstände, die ihren Blicken verborgen blieben, darin anordnete.

Sie ließ ihrer Fantasie freien Lauf und malte sich aus, wie sie heute Nacht die Gelegenheit haben würde, die stählernen Muskeln unter seinem seidigen Hemd zu berühren.

Eryx nahm einen Dolch aus der Kiste.

Lexis lüsterne Gedanken gerieten augenblicklich ins Stocken. Die Waffe war wahrscheinlich so lang wie ihr Unterarm. Vielleicht sogar noch länger. Rubine und Saphire zierten den Ebenholzgriff, aus dem eine glänzende silberne Klinge ragte.

Sie setzte sich auf und machte sich bereit, aufzuspringen.

Eryx spannte kaum merklich die Arme an, was ihr verriet, dass er sich ihres Schocks bewusst war. Wahrscheinlich konnte er sogar ihr pochendes Herz hören. Aber er sah sie nicht an und konzentrierte sich auf seine bevorstehende Aufgabe.

Er atmete tief durch, legte den Dolch auf die Umrandung des Lagerfeuers und schob einen Ärmel seines Drasts über den Ellbogen. Ein Windstoß wehte ihm die Haare aus dem Gesicht, während die Flammen seine Haut golden schimmern ließen. Er griff nach der Waffe. Mit einer fließenden Bewegung schnitt er sich mit der Klinge die Innenseite seines Arms vom Ellbogen bis zum Handgelenk auf.

Ihr drehte sich der Magen um und sie machte auf der Liege einen Satz nach vorn. „Eryx!", rief sie und sah, wie er die Kiefermuskeln anspannte.

Sie erstarrte. Der Wind peitschte um sie herum, während das Feuer ihr Gesicht erwärmte.

Eryx streckte eine Hand über dem Feuer aus, woraufhin sein tiefrotes Blut zischend in die heiße Metallschale tropfte.

Dann spürte sie, wie ihr Herz sich verkrampfte und ein stechender Schmerz durch ihren Körper zuckte. War es ihr Schmerz? Oder seiner? Was zum Teufel sollte sie tun? Er bewegte sich nicht. Er stand einfach nur da und wartete ruhig atmend ab.

Heute Nacht wird sich Eryx dir gegenüber beweisen.

Das musste Graylin gemeint haben. Sie verfluchte ihn und all die albernen Traditionen. In diesem Moment schwor sie sich, dass sie ihre Tochter, sollte sie jemals eine zur Welt bringen, nicht derart unvorbereitet in eine Nacht wie diese gehen lassen würde. Sie versuchte zu schlucken, doch ihre Kehle wollte ihr nicht gehorchen. Mit einer ruckartigen Bewegung ließ sie sich wieder in die Kissen fallen und faltete ihre zitternden Hände in ihrem Schoß.

Ein Seufzer entfuhr Eryx' Lippen und seine Anspannung schien sich zu lösen. Er hob den Kopf und blickte gen Himmel. „Ich schwöre beim Großen, diese Frau zu lieben und so lange für sie zu sorgen, bis ich aus diesem Leben scheide. Ich werde mich ihrer Bedürfnisse und der Bedürfnisse derer, die ihr am Herzen liegen, annehmen. Ich werde sie um jeden Preis beschützen, selbst wenn es meinen Tod bedeuten sollte." Er wandte sich ihr zu. Mit einem durchdringenden Blick ließ er alle Barrieren fallen und entblößte ihr seine Seele.

Sie umklammerte die Kissen, um sich an irgendetwas festhalten zu können, während der Wunsch, zu ihm zu eilen, mit unbändiger Kraft auf sie einstürmte.

„Sie wird immer an erster Stelle stehen und wird von mir bis zu meinem letzten Atemzug geliebt werden." Er stand reglos da, während das Blut noch immer aus seiner Wunde rann.

Lexi wusste nicht, ob sie weinen oder seinen Arm verbinden sollte. Wie sollte eine Frau ein solches Gelöbnis eines Mannes würdigen, solange sein Blut in Strömen floss und er nichts tat, um es zu unterbinden?

Als hätte er ihre Besorgnis gespürt, bedeutete Eryx ihr, zu ihm zu kommen.

Lexi sprang auf. Am liebsten hätte sie ihm die Leviten gelesen, doch sie hatte auch eine Million Fragen, die sie ihm stellen wollte.

Er widmete sich wieder seinem Arm. Mit gerunzelter Stirn und konzentriertem Blick ließ er die andere Hand über die tiefe Wunde gleiten, sodass das Blut versiegte und der Schnitt verheilte. Er streckte ihr den Arm entgegen und zeigte auf die gezackte, rosa Linie. „Siehst du? Es ist alles in Ordnung." Er nahm einen feuchten Lappen vom Tisch und wischte sich das restliche Blut ab.

Lexi riss ihm den Lappen aus der Hand und machte weiter.

Er öffnete den Mund, um etwas zu sagen.

„Kein Wort, Eryx." Ihre Arme zitterten so sehr, dass sie sich mit aller Kraft auf die Wunde konzentrieren musste. Sie schaffte es kaum, ein Wort hervorzubringen, so trocken war ihre Kehle.

„Ich habe stillschweigend dagesessen und zugesehen, wie das Blut des Mannes, den ich liebe, aus einer zehn Zentimeter tiefen Wunde floss, und ich habe darauf vertraut, dass er weiß, was er tut. Also wirst du mich das jetzt tun lassen."

Der Wind peitschte ihr die Haare ins Gesicht. Ihr Herz hämmerte so heftig in ihrer Brust, dass es schmerzte.

„Sag das noch einmal." Seine Stimme klang wie ein Donnergrollen. Plötzlich umwehte der Wind sie auf unnatürliche Weise und liebkoste jede intime Stelle ihres Körpers. Ihr Zittern wich einem angenehmen Schauer.

„Welchen Teil meinst du? Die Worte, die ich laut ausgesprochen habe oder den Teil, als ich dich in Gedanken einen Idioten genannt habe?"

„Die Worte, die du laut ausgesprochen hast."

Lexi hielt den Kopf gesenkt und strich noch einmal mit dem Lappen über seinen Arm. Sie legte ihn beiseite und war schließlich imstande, zu schlucken. Jetzt musste sie nur noch einmal tief durchatmen.

Sie straffte die Schultern und begegnete seinem Blick. „Ich liebe dich."

Eryx' Emotionen prasselten auf sie ein. Freude. Stolz. Dankbarkeit. Lust.

Er schlang die Arme um sie und legte eine Hand an ihren Hinterkopf. „Ich habe dich schon geliebt, bevor ich dir begegnet bin. Ich liebe dich, seit ich dich zum ersten Mal in meinen Träumen gesehen und dein Lachen gehört habe. Niemand wird je auf dieselbe Weise zu mir passen wie du."

Er presste seine festen, vollen Lippen auf ihre. Doch sein Kuss war nicht von stürmischer Leidenschaft, sondern von Hingabe und Ehrfurcht geprägt. Immer wieder liebkoste er ihren Mund mit bedächtiger Zärtlichkeit und verführte sie mit seiner Zunge dazu, sich ihm hinzugeben.

Zu viele Jahre lang hatte sie sich selbst von allem abgeschottet und die Menschen um sie herum auf Distanz gehalten. Doch mit diesem Mann würde sie sich nicht mehr zurückhalten.

Viel zu schnell ließ er von ihr ab.

Sie löste sich nur unwillig von ihm und öffnete die Augen, entschlossen, ihren unersättlichen Mann zu reizen, damit er beendete, was er begonnen hatte.

Er starrte wie ein Raubtier auf sie herab. Hungrig und entschlossen. Wenn sie geglaubt hatte, dass es von hier an nur noch bergab ging, dann sagte ihr ein Blick in Eryx' Augen, dass die Fahrt noch sehr holprig werden würde.

Ein lustvoller Schauer durchzuckte ihren Unterleib. Sie leckte sich über die Lippen und genoss den Geschmack, den sein Kuss auf ihrer Zunge hinterlassen hatte. „Das war noch nicht alles, nicht wahr?"

Gott, sie klang wie eine begierige Nymphomanin.

Eryx verzog die Lippen zu einem sinnlichen Lächeln und sagte mit sonorer Stimme: „Oh, nein. Nicht einmal annähernd."

KAPITEL 17

Eryx schlang die Arme um Lexi und schoss mit ihr in die Luft. Ihr Magen verweilte immer noch irgendwo am Boden, doch das war ihr völlig egal. Er presste mit Wucht die Lippen auf ihre und küsste sie leidenschaftlich. Dank ihrer Gabe konnte sie ein unbändiges Verlangen spüren, das dem ihren in nichts nachstand.

Die Landschaft zog unter ihnen vorbei, und die Luft umspielte ihre Haut. Sie wusste nicht, wie weit sie geflogen waren und versuchte nicht einmal abzuschätzen, wohin die Reise ging. Allerdings fragte sie sich, wie er in der Lage war, gleichzeitig zu navigieren und sie derart stürmisch zu küssen.

Er verlangsamte seinen Flug und lockerte seine Umarmung, wobei sein Kuss zärtlicher wurde. Als sie auf einem Hügel landeten, schenkte er ihr ein verschmitztes Grinsen, bevor er sie umdrehte. „Ich wollte, dass der erste Anblick dir den Atem raubt."

Sie schnappte so heftig nach Luft, dass die kühle Luft in ihrer Kehle schmerzte. Ein ehrfürchtiger Schauer durchströmte sie. Vor sich sah sie ein Schloss. Ein echtes, wahrhaftiges Schloss.

Das Anwesen lag völlig im Dunkeln, doch die hellen Mauern glitzerten im Mondschein wie Perlmutt. Im Hintergrund blitzten Schaumkronen auf und das Branden von Wellen drang an ihre Ohren. Vor der majestätischen Kulisse breitete sich ein kunstvoll angelegter Blumengarten aus, dessen

Blüten sich im Wind hin und her wiegten.

Sie spürte Eryx' Brust an ihrem Rücken, die sich stetig hob und senkte. „Willkommen zu Hause, Lexi." Er streckte eine Hand aus, drehte die Handfläche nach oben und entfachte Hunderte Fackeln, die den Garten und das Anwesen in ihrer ganzen Pracht erstrahlen ließen.

Eryx drängte sie vorwärts.

Sie schloss den Mund, den sie vor Staunen aufgerissen hatte, und setzte sich in Bewegung. Das Licht der Fackeln schien so hell wie die Sonne und brachte ein Kaleidoskop von Farben zur Geltung. Der Pfad aus weißem Sand wirkte so weich wie Babypuder, und für einen Moment dachte sie daran, ihre Sandalen auszuziehen, um barfuß weiterzugehen.

Sie näherten sich der Balustrade, die eine Terrasse säumte, und ihr Herz machte vor Freude einen Satz. Efeu bedeckte das Geländer und bahnte sich seinen Weg zu den Schlossmauern.

Plötzlich verspürte sie kaum merklich eine Emotion, die ihr wie ein zaghaftes Kind auf die Schulter tippte und um ihre Aufmerksamkeit bettelte.

Eryx blieb stehen.

Sie folgte seinem Blick zu einem großen Felsen am Wegesrand. Dahinter kauerten zwei rothaarige Jungen, die ihr Kichern kaum unterdrücken konnten.

„Jungs", rief Eryx mit gebieterischer Stimme. Er bedachte Lexi mit einem flüchtigen Zwinkern, bevor er wieder eine ernste Miene aufsetzte.

Das Kichern verstummte und zwei Jungen, die kaum älter als sieben oder acht sein konnten, standen mit weit aufgerissenen Augen auf. Sie verzogen den Mund mit einer Mischung aus Angst und Belustigung.

Ohne ein Wort zu sagen, zeigte Eryx mit einer autoritären Geste in Richtung der Gärten.

Die Jungen huschten eilig davon, doch ihr freudiges Kichern hallte noch immer durch die Luft.

„Sie waren nur neugierig. Du hättest sie nicht verjagen müssen", sagte sie mit einem freundlich tadelnden Unterton. Sie hatte diese Art von gutmütiger Zurechtweisung schon oft zwischen Paaren gehört, die schon viel miteinander erlebt hatten. Der Gedanke erwärmte ihr Herz und vermittelte ihr sofort ein heimeliges Gefühl.

Eryx stieß langsam den Atem aus. Die Geste war sexy und sinnlich und umspielte ihre Libido mit der Verheißung vergnüglicher Stunden. Mit halb geschlossenen Lidern schenkte er ihr einen verführerischen Blick. „Heute Nacht werde ich jemand anderes Neugierde befriedigen."

Ein lautes Ächzen ertönte hinter ihr.

Sie wirbelte herum. Eine bogenförmige Flügeltür aus dickem Holz öffnete sich und lud sie ein, das dunkle Innere zu betreten. Sie ließ ihre Finger über die raue Oberfläche gleiten und trat über die Schwelle. Der Duft von Blumen, Zitronen und Erde aus dem Garten kitzelte ihre Nase. Durch die Fenster drangen lediglich vereinzelte Strahlen des Mondlichts und der Schein der Fackeln von draußen.

Eryx legte seine Hände auf ihre Schultern und umhüllte sie mit seiner Wärme.

Kerzen flackerten auf und brachten ein prächtiges Foyer zum Vorschein. Allerdings war prächtig ein viel zu bescheidenes Wort. Eiserne Wandleuchter säumten die steinernen Wände, die in einem Farbspektrum von blassgrau bis weiß erstrahlten. Dicke Teppiche in warmen, neutralen Farben bedeckten die Böden, und ein Fenster, das groß genug war, um einen Halbmond hindurchzulassen, zierte den Eingang.

Er führte sie eine riesige Treppe hinauf und durch ein Labyrinth gemütlicher Flure, wobei er ihr Zeit gab, ihre Umgebung in Augenschein zu nehmen und jedes Detail in sich aufzusaugen.

Der Korridor endete vor einer weiteren riesigen Flügeltür, die der am Eingang ähnelte, doch mit einzigartigen Schnitzereien versehen war. Das Kerzenlicht beleuchtete auf jeder Tür ein geflügeltes Pferd, das sich wütend aufbäumte und die Flügel weit ausbreitete. Sie hatte das Bild schon einmal gesehen, aber …

„Das werden unsere Gemächer sein.“

Die Formulierung mutete seltsam an. „Werden?“

„Die Zimmer sind seit dem Tod meiner Eltern nicht mehr bewohnt worden. Ich wollte nicht ohne meine Gefährtin hierherkommen.“

Eine Woche. Sie kannte ihn weniger als sieben Tage, aber es hatte sich so viel verändert. Zweimal war sie für ihn durch eine Tür ins Ungewisse getreten, zuerst durch das Portal und dann heute Abend, um ihn zu treffen. Es entging ihr nicht, dass sie nun erneut vor einem symbolischen Durchgang stand. Und wenn man ihre bisherige Erfolgsbilanz in Betracht zog, dann …

Die Türen öffneten sich.

Adrenalin entfachte die neu gewonnene myrenische Energie in ihrem Inneren und trieb sie vorwärts. Sie warf einen Blick zurück und sah, dass Eryx immer noch auf der Schwelle stand und sie mit halb geschlossenen Lidern und einem stürmischen Blick betrachtete. Er sah aus wie ein Stier, der zum Angriff bereit war. Seltsamerweise jagte ihr das keine Angst ein. Im Gegenteil, sie strotzte nur so von Selbstvertrauen. Hätte sie einen roten Umhang gehabt, hätte sie ihn geschwungen, um ihn weiter zu provozieren.

Langsam verzog er die Lippen zu einem sinnlichen Grinsen und ging auf sie zu, wobei überall im Raum Kerzen aufflackerten.

Sie ließ ihren Blick durch den prunkvollen Raum schweifen. Die steinernen Wände waren hier dunkler, von einem stürmischen Grau, das der Farbe seiner Augen glich. Tiefrote Samtvorhänge fielen von den hohen Decken auf den mit flauschigen, schwarzen Teppichen ausgelegten Boden. Direkt vor ihr stand ein riesiges Bett, das auf einem königlichen Podest thronte und dessen Laken aus demselben sündigen Rot waren wie die Vorhänge. Der ganze Anblick rief alle möglichen verruchten Gedanken in ihr wach.

Eryx verringerte den Abstand zwischen ihnen, wobei seine Schritte von dem Teppich gedämpft wurden. Er stellte sich hinter sie und schmiegte sich dicht an ihren Rücken. Seine Lippen an ihrem Ohr und die Wärme seines Atems auf ihrer Haut jagten ihr einen Schauer über den Rücken.

„Es ist noch nicht zu spät, deine Meinung zu ändern und Reißaus zu nehmen", sagte er mit fester Stimme, während sie von seinen unzähligen Emotionen durchflutet wurde.

Sie schüttelte den Kopf und bebte vor Aufregung am ganzen Körper. „Ich werde nirgendwohin laufen."

Er ließ seine Hände von ihren Schultern zu ihren Handgelenken gleiten und umfasste die letzte mit Juwelen besetzte Spange an den Ärmeln ihres Kleides. Mit den Fingerkuppen tastete er die Edelsteine ab. „Ich wäre dir ohnehin hinterhergejagt." Mit einem Ruck löste er den Verschluss, sodass der vordere und hintere Teil ihres Gewands von ihren Handgelenken abfiel.

Ihr Herz hämmerte erwartungsvoll in ihrer Brust.

Eryx sagte nichts und verharrte hinter ihr. Sie konnte seinen gleichmäßigen Atem an ihrem Nacken spüren. Er ließ die Hände an ihrem Arm hinaufgleiten und löste die nächste Spange. Mit jedem geöffneten Verschluss entblößte er mehr von ihrer Haut, während ihre Lust sich ins Unermessliche steigerte und kleine ekstatische Funken ihren Körper durchzuckten.

Eine letzte Spange war noch an ihrer Schulter befestigt. Die kühle Luft kitzelte ihre Haut.

Quälend langsam ließ er seine Hände an ihren Armen hinabwandern. „Dreh dich um." Der beruhigende, heisere Unterton in seiner Stimme war einem gebieterischen Tonfall gewichen, der keine Widerrede duldete.

Ein erregender Schauer durchzuckte ihren Unterleib und sie spannte die Schenkel an. Sie gehorchte, doch sie trat einen Schritt zurück und hob ihr Kinn an, um seinem Blick zu begegnen.

Eryx ging vor ihr in die Hocke, hob den Saum ihres Kleides an und griff nach einem ihrer Füße. „Halte dich an mir fest." Mit einer zärtlichen und zugleich sinnlichen Berührung zog er ihr die Sandalen aus. Als er sich wieder aufrichtete, ließ er seinen Blick an ihrem Körper hinaufgleiten. Er ließ die Arme locker herabhängen und sah aus wie ein Raubtier, das bereit war, sich auf seine Beute zu stürzen. Er schnippte mit den Fingern.

Die letzten Spangen öffneten sich und der schwere Stoff fiel zu Boden.

Lexi stockte der Atem, als die kühle Luft aufreizend ihre Haut umspielte.

An dem Schmunzeln in seinem Gesicht konnte sie erkennen, dass er wusste, wie sehr er sie überrascht hatte. „Leg dich auf das Bett."

Sein autoritärer Ton jagte ihr einen erregenden Schauer über den Rücken. Sie wollte ihm gehorchen. Dennoch zog sie trotzig eine Augenbraue in die Höhe. „Willst du mich heute Abend denn gar nicht verführen?"

Seine silbernen Iriden glühten. Ein Luftstrom wirbelte um ihre Brustwarzen und fuhr zwischen ihre Schenkel. „Das habe ich bereits getan, sonst wärst du heute nicht hier. Und jetzt leg dich auf das Bett, Alexis."

Diesmal widersetzte Lexi sich dem Befehl und stieß zittrig einen Atemzug aus, der die Stille des Raums durchbrach. Der Luftstrom wurde stärker und umspielte jede empfindsame Stelle ihres Körpers, bis das Verlangen die Oberhand über ihren Stolz gewann.

Sie machte es ihm allerdings nicht leicht und schlenderte mit einem aufreizenden Hüftschwung zum Bett. Langsam kletterte sie auf die seidenbezogene Matratze und rollte sich auf den Rücken. Sie stützte sich auf die Ellbogen, winkelte ein Knie an und hob den Blick.

Sie strahlte weiblichen Stolz und Macht aus und strotzte vor Selbstbewusstsein.

Eryx' Drast lag auf dem Boden. Seine nackte Brust hob und senkte sich rasch, während in seinen Augen ein glühendes Funkeln lag. Mit einer rauen, animalischen Stimme sagte er: „Ich kann meine Erregung kaum bändigen. Ich habe so lange auf diesen Moment gewartet."

Sie ließ sich nicht entmutigen und reckte ihr Kinn in die Höhe. „Sollte mich das beunruhigen?"

Er öffnete seine Lederhose und schob sie über die Hüften. „Denkst du denn, du hättest etwas von mir zu befürchten?"

Ihre üblichen Zweifel waren wie weggeblasen

und sie antwortete, ohne zu zögern: „Nein. Du würdest mir nicht wehtun."

Das Kerzenlicht tanzte auf seiner gebräunten Haut, wobei seine Muskeln von den Schatten hervorgehoben wurden. Er umfasste seinen Schwanz und ihr Mund war plötzlich wie ausgetrocknet. „Dann wirst du mich nehmen? Unbefangen? Wirst du darauf vertrauen, dass ich für dich sorgen werde?"

Sowohl seine Worte als auch der Anblick, der sich ihr bot, ließen eine Woge der Lust durch ihren Unterleib fließen. Sie starrte ihn wie gebannt an und war völlig verzaubert. „Ja."

Er schlenderte auf das Bett zu und kniete sich vor sie. Dann ließ er seine Hände über ihre Füße gleiten und packte ihre Fußknöchel. „Spreize die Beine."

Allein von diesen Worten wäre sie fast gekommen. Ihr feuchtes Geschlecht pulsierte begierig. Sie zögerte einen Moment, doch eher aus Unsicherheit als aus Trotz. Wenn sie ihm gehorchte, würde sie völlig wehrlos und entblößt vor ihm liegen.

Er ließ seine Hände an ihren Wagen hinaufgleiten. „Gib dich mir hin."

Der Klang seiner Stimme und der erregenden Schauer, der ihre Schenkel hinauffuhr, übten eine magische Wirkung auf sie aus und sie spreizte ihre Knie weit. Sie streckte die Hände nach ihm aus und suchte nach etwas, das sie im Sturm ihrer Gefühle verankern könnte.

„Nein." Unsichtbare Hände packten ihre Handgelenke und pressten sie über ihrem Kopf auf die Matratze. Sie hielten sie fest, doch nicht auf eine Weise, die ihr Unbehagen bereitet hätte. Eryx kniff die Augen zu dünnen Schlitzen zusammen. „Heute Nacht wirst du nehmen. Und ich gebe."

Er rutschte näher und umkreiste mit dem Zeigefinger ihren Bauchnabel. „Wunderschön."

Seine Berührung ließ sie erbeben.

Langsam ließ er seine Hand auf ihren Venushügel gleiten. „Jetzt liegst du ausgestreckt vor mir." Er begegnete ihrem Blick. „Hilflos."

Panik durchfuhr sie.

Sie zerrte an ihren Armen und hob ein Bein an, um auszutreten.

Und erstarrte.

Eryx betrachtete sie mit einem durchdringenden Blick.

Oh Gott.

Er wusste es. Er kannte ihre tiefsten Ängste und wollte dennoch, dass sie sich ihm unterwarf. Ihre Lunge brannte, und trotz der Angst, die ihr die Kehle zuschnürte, sehnte sie sich nach seiner Berührung. Konnte sie sich ihm hingeben?

Ja.

Die Antwort drang aus den Tiefen ihrer Seele in ihr Bewusstsein. Ohne weiter darüber nachzudenken, bäumte sie die Hüfte auf und stieß ein bebendes Stöhnen aus.

Bedächtig ließ er seine Hand an ihr Geschlecht gleiten, und sie spreizte ihre Schenkel noch weiter. Er schob ihre feuchten Schamlippen auseinander und beobachtete aufmerksam, wie sie sich unter ihm rekelte. „Lass los." Eine elektrisierende Energie umkreiste ihre Klitoris und Lexi keuchte auf. Sie konnte kaum atmen oder einen klaren Gedanken fassen, so stark war die Woge der Lust, die ihren Körper durchströmte.

Er drang mit zwei Fingern in sie ein und packte mit der anderen Hand ihre Hüfte, um sie festzuhalten. „Kämpfe nicht dagegen an. Nimm meine Energie. Lass zu, dass sie dich an den Ort deiner Begierden trägt."

Die Empfindungen trugen sie nicht einfach nur. Sie rissen sie mit sich und katapultierten sie in eine andere Dimension, in der die Sinnlichkeit mit eiserner Faust regierte. Die seidenen Spitzen seines Haares kitzelten an der Innenseite ihrer Schenkel, als sie explodierte. Grelle Lichtblitze zuckten vor ihren Augen, als sie sich auf der Matratze aufbäumte. Sie wurde von einer ekstatischen Woge nach der anderen durchflutet, während Eryx sich an ihrer Weiblichkeit labte.

Allmählich ebbte die Ekstase ab und sie entspannte sich wieder.

Eryx schob seine Hände unter ihre Schulterblätter und hob ihren Oberkörper an, um mit dem Mund ihre Brüste zu liebkosen. Die Woge der Lust wallte von Neuem in ihrem Unterleib auf, als er mit den Lippen eine ihrer Brustwarzen umschloss.

Lexi stöhnte auf und wurde erneut von einer unbändigen Leidenschaft übermannt, die der seinen in nichts nachstand. Sie hob die Arme an und erwartete, sich gegen die unsichtbaren Fesseln um ihre Handgelenke wehren zu müssen, doch sie waren verschwunden. Also legte sie eine Hand an sein Herz. „Eryx, bitte. Ich brauche dich."

Sie brauchte mehr als nur seinen Schwanz. Sie brauchte etwas anderes. Etwas Tieferes. Dasselbe Verlangen nach einer unbeschreiblichen Verbindung, das sie schon einmal verspürt hatte. Doch diesmal war es noch stärker und frei jeglicher Vorbehalte.

Er löste seinen Mund von ihrem empfindsamen Nippel und setzte sich auf. Er presste seinen Schwanz gegen ihr Geschlecht und sie spürte seine Energie, mit der er jede ihrer erogenen Zonen umspielte.

Sie rekelte sich und sehnte sich danach, ihn endlich in sich zu spüren.

Eryx nahm ihre Hand und legte sie an seine Brust. Mit der anderen Hand strich er über ihren Bauch und legte sie ebenfalls an ihre Brust über ihrem Herzen. „Alexis, sieh mich an."

Mit einiger Mühe öffnete sie die Augen.

Seine Miene war angespannt und Schweißperlen glitzerten auf seiner Stirn. In seinen Augen loderte ein begieriges Feuer.

„Eryx, bitte." Worauf zum Teufel wartete er? Die Energie, die ihren Körper umspielte, wurde noch stärker, bis sämtliche Nervenenden in ihr vor lustvoller Qual aufschrien.

„Du sollst wissen, dass du mein Herz hast." Seine Stimme war rau und kaum hörbar. „Du sollst wissen, dass ich dich liebe.“

Er drang tief in sie ein.

Wunderbare Fülle dehnte ihren Unterleib. Sie wiegte gierig ihre Hüften.

Ein Rauschen erfüllte ihre Ohren und plötzlich fand sie sich in einer anderen Realität wieder. Der Raum um sie herum löste sich auf, als sie körperlos durch ein Nichts schwebte – und fiel. Sie stürzte aus einer unbekannten Höhe in die Tiefe und war nicht in der Lage, sich an irgendetwas festzuhalten.

Sie kämpfte darum, das Gleichgewicht wiederzuerlangen und versuchte, Eryx' körperliche Präsenz zu packen, doch sie griff nur ins Leere. Eine düstere Weite umgab sie.

Und Panik.

Überall.

Irgendwo am Rande hörte sie einen Schrei. Eine männliche Stimme. Ein Schmerzensschrei, der ihre Wirbelsäule hinauffuhr.

Eryx. Er hatte Schmerzen.

Der Wind peitschte um sie herum und sie fiel immer noch in die Tiefe. Sie hatte das Gefühl, als würden die Verwirrung und die Angst sie erdrücken.

Mein Gott, er hatte so viel für sie getan. Er hatte ihr so viel beigebracht und sie gedrängt, ihm zu vertrauen. Er war verletzt, und sie konnte ihm nicht helfen.

Genau das war es.

Sie musste ihm vertrauen.

Die Gewissheit ließ ihr Herz höherschlagen und strömte durch ihren Körper. Sie ließ los. Sie gab sich dem freien Fall hin und akzeptierte ihr Schicksal.

Wieder rauschte es in ihren Ohren, als wäre sie gerade durch einen langen, dunklen Tunnel gefahren und den Ausgang erreicht.

Starke Arme schlangen sich um sie und rissen sie aus ihrem Fall. Sie war zurück in der Gegenwart.

Eryx stieß in sie hinein und sie krallte sich in seine Taille. Sie öffnete die Augen und hätte bei dem Anblick fast geweint. Eryx hatte immer noch die Hand auf ihr Herz gelegt, während sie die Beine weit gespreizt hatte und er immer wieder tief in sie eindrang. Sein Schwanz war feucht von dem Saft ihrer Erregung.

Er hob den Blick und ließ eine Hand zwischen ihre Körper gleiten, um ihre geschwollene Klitoris zu massieren. Sie explodierte und stieß einen erstickten Schrei aus, der durch den Raum hallte.

Kurz darauf war auch Eryx' bebendes Knurren zu hören. Mit seinem harten Schaft drang er immer wieder in ihren zuckenden Unterleib ein, der sich um seine Männlichkeit anspannte.

Mit einem lauten Schrei stieß er noch einmal zu, dann zuckte und pochte sein Schwanz in ihr genauso heftig wie seine Bauchmuskeln.

Sie hielt sich fest und ließ sich von der Welle der Ekstase davontragen, während Tränen und Schweiß ihr über das Gesicht rannen.

„Du gehörst mir, Alexis Shantos.“

Mit seinen samtweichen Lippen strich er über ihre Stirn und sie spürte seine erhitzte Haut auf der ihren.

„Meine Baineann. Meine Malress." Die Worte hallten besitzergreifend, aber beruhigend durch sie hindurch.

Sie schwebte zurück auf die Erde. Hatte sie ihn gerade in ihren Gedanken gehört?

Oder war sie vor lauter Lust verrückt geworden?

„Darüber werde ich später nachdenken." Sie rekelte sich unter ihm und schmiegte sich an ihn.

Bevor der Schlaf sie übermannte, hörte sie noch ein leises Lachen in ihrem Kopf. *„Schlaf, meine Baineann. Schlaf."*

KAPITEL 18

Galena wich einem Bediensteten aus, der ein mit Champagnerflöten beladenes Tablett trug, und versuchte, einen Blick auf Phybe zu erhaschen. Galena hasste die formellen Versammlungen, die häufig von den Ehefrauen der Krieger in Eryx' Armee veranstaltet wurden. Ausgehend von dem Stirnrunzeln auf Phybes Gesicht, behagten ihr derartige Veranstaltungen genauso wenig.

Der Quaran, der heute Abend die Feierlichkeiten ausrichtete, hatte viel zu viele Gäste eingeladen, sodass in dem Raum dichtes Gedränge herrschte. Bei so vielen erhitzten Körpern konnte sie kaum atmen. Trotz ihres trägerlosen leichten Kleides stand ihr der Schweiß im Nacken und zwischen ihren Brüsten.

Wenn sie klug gewesen wäre, hätte sie ihr Haar hochgesteckt, statt es offen über ihren Rücken wallen zu lassen. Doch dann hätten die Leute sich sicher das Maul zerrissen. Unter den Myren deutete zusammengebundenes Haar darauf hin, dass die betreffende Person eine romantische Beziehung unterhielt. Sie konnte nicht einmal einen Teil ihrer Haare flechten, ohne die Gerüchteküche brodeln zu lassen.

Ein französischer Zopf hing über Phybes Schulter. Im Gegensatz zu einigen der machthungrigen Frauen im Lager der Krieger schien Phybe ihren Gefährten wirklich geliebt zu haben. Sie weigerte sich, anzuerkennen, dass das Schicksal sie auseinandergerissen hatte.

Galena schlängelte sich durch die Menge, lächelte und plauderte hier und da. Mit jeder oberflächlichen Unterhaltung nahm ihre Erschöpfung zu. Wenn es nicht so wichtig wäre, den Schein zu wahren, wäre sie schon vor Stunden gegangen. Doch sie konnte ihre Pflichten nicht einfach so beiseiteschieben. Ob es ihr gefiel oder nicht, sie musste ihrer Rolle als schickliche Prinzessin gerecht werden, die immer anständig und loyal war. Dabei interessierte es niemanden, dass sie möglicherweise auch eigene Wünsche und Bedürfnisse hatte.

Sie richtete ihren Blick wieder auf Phybe. Sie war von einigen der scharfzüngigsten Frauen des Kriegerclans umgeben, deren unausstehliches Gelächter die Unterhaltungen der anderen Gäste übertönte. Sie alle trugen viel zu protzige Kleider, die für eine so einfache Feier unangemessen schienen.

Phybe bildete die Ausnahme. Ihr schlichtes himmelblaues Gewand schmiegte sich an ihre Kurven. Sie beteiligte sich nur hin und wieder an der Unterhaltung und hatte die meiste Zeit über den Blick auf den Balkon gerichtet, während sie den Stiel ihrer Kristallflöte zwischen Fingern und Daumen zwirbelte.

Galena war nur fünf Schritte und zwei höfliche, aber unbedeutende, Unterhaltungen von ihr entfernt. Vielleicht wäre sie in der Lage, ihnen beiden einen Gefallen zu tun.

Eine Frau in einem rosafarbenen Chiffonkleid

stieß zu der Gruppe von Frauen. „Juno hat mir erzählt, Ramsay weigert sich, die Sicherheitsvorkehrungen zu lockern. Der Trupp befindet sich weiterhin in höchster Alarmstufe, bis Maxis gefunden ist. Unglaublich. Man sollte meinen, als unser Strategos würde Ramsay die Zeit unserer Männer besser zu nutzen wissen. Die Lomos-Rebellion ist schon vor Jahren gestorben.“

In Galena flammte ein loderndes Feuer auf. Das vorlaute, kurzsichtige Miststück brauchte wirklich einen Realitätscheck.

„Mami! Mami!“ Auf dem Schieferboden ertönten trappelnde Schritte, die von einem Keuchen untermalt wurden. Zwei kleine Jungen in weiten schwarzen Hosen und ärmellosen weißen Hemden kamen neben einer Frau zum Stehen. Zwillinge. Beide hatten ein strahlendes Lächeln auf dem Gesicht und feuerrote Haare, die ihnen wahllos vom Kopf abstanden.

„Mami, ich habe den Malran gesehen“, berichtete einer der Jungen und straffte die Schultern. In seinen Augen lag ein verschmitztes Funkeln. „Er hatte eine Frau bei sich.“

„Wirklich? Das sind ja interessante Neuigkeiten.“ Ein berechnendes Grinsen breitete sich auf dem Gesicht der Mutter aus, als sie die Blicke der anderen Frauen erwiderte. „Mir war nicht bewusst, dass der Malran jemanden umwirbt.“

„Oh, es ist mehr als ein Werben, das versichere ich Ihnen“, sagte Galena und stellte sich neben Phybe.

Phybe verzog zum ersten Mal an diesem Abend die Lippen zu einem Lächeln. „Galena, es ist schön, dich zu sehen."

Galena hätte fast gelacht, als sie die erschrockenen Blicke der anderen Frauen sah. Phybes vertraute Begrüßung hatte sie offensichtlich verblüfft. Also konnte Galena die Überraschung der Frauen auch noch etwas auskosten, solange sie die Gelegenheit dazu hatte. „Wie ist das Pflanzen der Krocious-Blumen gelaufen? Bist du bereit, deinen grünen Daumen in meinem Garten auszuprobieren?"

Phybe nickte und ihre Wangen liefen rot an. Inmitten dieser elitären und oberflächlichen Weibsbilder war sie die einzig aufrichtige und freundliche Person. Sie festigte den Griff um den Stiel ihres Glases. „Ich habe mehr Chaos angerichtet als mir lieb ist. Ich bin bereit …"

„Haben Sie gesagt, dass der Malran eine ernsthafte Beziehung zu jemandem führt?" Die Dame in dem rosa Kleid kam einen Schritt auf Galena zu. Diese gierige kleine Schlampe.

Galena nahm Phybe das Glas ab und stellte es auf das Tablett eines Bediensteten, der gerade an ihnen vorbeiging. Sie wandte sich wieder der schrecklichen Frau in Rosa zu und ließ etwas von dem gebieterischen Gehabe, das sie von Eryx gelernt hatte, in ihre Stimme einfließen. „Das habe ich. Sie ist eine wunderbare Frau." Sie verhöhnte die Frauen, indem sie sie in der Luft hängen ließ und sonst keine weiteren Informationen preisgab. Dann wandte sie sich wieder Phybe zu. „Hättest du Lust, dir mit mir einen frischen Drink zu holen? Hier drin ist es so stickig. Ein kaltes Getränk würde mich sicher abkühlen."

Einige der Frauen hinter Galena schnappten nach Luft. „Sehr gern", erwiderte Phybe.

Galena führte Phybe von der Gruppe weg und warf den Frauen noch einen flüchtigen Blick über die Schulter zu. „Meine Damen, wenn Sie uns entschuldigen würden?"

Sie wartete nicht auf eine Antwort. Es war besser, die Klatschbasen zurückzulassen.

„Danke für die Rettung", platzte Phybe heraus, bevor sie die kleine Bar erreicht hatten.

„Du hättest Eryx sagen sollen, dass du dich mit den anderen Frauen nicht verstehst", mahnte Galena. „Dann hätte er eine andere Lösung für dich gefunden."

Phybe schüttelte den Kopf.

„Phybe, du sahst gerade aus, als würdest du lieber Gras wachsen sehen, als ihnen zuzuhören. Du hast nichts mit ihnen gemein."

Phybe zuckte mit den Schultern und griff nach einem Getränk. „Es gibt Leute, von denen man sich einfach nicht abwenden kann, wenn man von der Gruppe akzeptiert werden will."

Es war schon seltsam. Auf gewisser Weise befanden sie sich in einer ähnlichen Lage. Phybe tat, was von ihr erwartet wurde, um akzeptiert zu werden. Galena tat, was von ihr erwartet wurde, weil niemand auch nur in Erwägung zog, dass sie vielleicht etwas anderes wollte.

Galena nippte an ihrem Getränk. Der zitrusartige Punsch kitzelte ihre Kehle und sie schmatzte mit den Lippen. „Wir müssen wohl alle auf irgendeine Weise einen politischen Balanceakt bewältigen." Das Gedränge lichtete sich etwas und eine schwache Brise wehte in den Raum, der sich Galena dankbar zuwandte.

„Stimmt es, dass der Malran eine neue Geliebte hat?", wollte Phybe wissen.

Die neugierige Frage traf Galena unvorbereitet. Zumindest war Phybe aufrichtig und hatte sie nicht wie die andere Frau in böser Absicht gestellt. „Sie war eine verlorene Myren und Eryx hat sie gefunden. Sie hat ihr Erweckungsritual erst vor Kurzem durchlaufen."

„Ist es ernst zwischen ihnen?", fragte Phybe mit funkelnden Augen.

Galena hätte fast gelacht. Aber diese Sache ging nur Eryx und Lexi etwas an. „Wir werden sehen", antwortete sie nur. Die Menge an der Tür trat beiseite und überraschte Stimmen hallten durch den Raum.

Ramsays hochgewachsene Gestalt trat durch die Tür, dicht gefolgt von zwei seiner Elitewachen.

„Phybe, ich verlasse dich nur ungern, aber ich muss mit Ramsay reden."

Phybe trat einen Schritt zurück und drückte ihr Glas an die Brust, während ein trauriger Ausdruck über ihr Gesicht huschte.

Galena legte eine Hand auf Phybes Arm. „Ich

weiß, dass dich die Vorstellung von Gartenarbeit nicht gerade begeistert. Hast du noch andere Hobbys? Gibt es etwas, das du schon lange einmal tun wolltest? Vielleicht wäre jetzt der richtige Zeitpunkt, um etwas Neues auszuprobieren."

Phybes Lippen verzogen sich zu einem schüchternen, befangenen Lächeln. „Eigentlich nicht. Saul hatte geplant, mit mir in Eden herumzureisen, sobald er sich eine Auszeit verdient hatte. Ansonsten war ich damit beschäftigt, unser Zuhause einzurichten."

„Dann solltest du vielleicht eine Reise in Angriff nehmen." Galena festigte ihren Griff, bis Phybe ihrem Blick begegnete. „Geh hinaus in die Welt. Bereise unsere Ländereien. Havilah ist wunderschön. Brasia ist zwar eisig, aber atemberaubend. Warst du schon einmal in Cush?"

Phybe schüttelte den Kopf.

„Dann geh dorthin. Es ist eine geschäftige, goldene Stadt und ein wahres Einkaufsparadies. Verdammt, ich werde dich sogar begleiten."

Phybe lächelte übers ganze Gesicht.

Galena umarmte sie. „Du schaffst das schon, Phybe. Geh deinen eigenen Weg und lass dich nicht von diesen gehässigen Frauen erdrücken." Sie hielt inne und die Kehle schnürte sich ihr zu. „Sei du selbst."

Ramsay kam an ihnen vorbei und zeigte mit dem Kopf in Richtung des dahinter liegenden Balkons.

Galena ließ von ihrer schüchternen Freundin ab. „Ich erwarte, dass du in den nächsten Tagen in meinem Cottage vorbeischaust und mir zumindest ein paar spannende Neuigkeiten erzählen kannst, einverstanden?"

Phybe nickte und Galena eilte davon, um zu sehen, was ihr Bruder von ihr wollte. Auf jeden Fall würde sie in den nächsten Tagen mit Eryx sprechen müssen. Phybe war vielleicht nicht bereit, ihn um eine Veränderung ihrer Situation zu bitten, aber Galena hatte kein Problem damit, sie von ihm zu verlangen.

KAPITEL 19

Eryx erwachte mit dem ersten Sonnenstrahl. Die Vereinigung mit Lexi hatte ihn erschöpft, doch vor allem verspürte er eine tiefe Zufriedenheit. Jetzt verstand er, warum das Ritual vor den Myren-Frauen geheim gehalten wurde. Wenn sie auch nur ahnten, was dabei vor sich ging, würden sich einige dem Bund hingeben, ohne ihrem Gefährten zu vertrauen. Sie würden ihre Hoffnungen und Träume mit dem wahren Fundament verwechseln, auf das ihre Beziehung gründen sollte. Andere, wie Lexi, würden gänzlich auf den Austausch verzichten, da er dem Mann Schmerzen bereitete.

Sie schmiegte sich an ihn und schlang ein Bein um seines.

Oh ja. Er würde diese Schmerzen jede Nacht ertragen, nur um neben ihr aufzuwachen.

Er rieb sich die Striemen, die sternförmig von seinem Herzen über seine Brust verliefen, an der Lexis Energie in seinen Körper eingedrungen war. Sie hatte es ihm nicht leicht gemacht – und ein Mal hinterlassen, das er dank seines männlichen Stolzes bereitwillig zur Schau stellen würde, bis es verheilt war.

Aber das war noch nicht das Beste.

Er hob den Kopf, um ihren Arm zu betrachten, der auf seiner Brust ruhte. Eine Woge besitzergreifender Freude durchströmte seine Adern. Der Pegasus der Shantos verlief von ihrem Handgelenk bis fast zu ihrer Schulter hinauf. Das schwarze Zeichen hob sich deutlich von ihrer leicht gebräunten Haut ab.

Seine Malress. Vor seinem geistigen Auge sah er bereits vor sich, wie sie vor dem Ellan stand, wie sie gekrönt wurde und die Ratsmitglieder sie als ihre Herrscherin akzeptierten. Er konnte es verdammt noch mal nicht erwarten. Zwar hätte er darauf verzichten können, sie gleich am Morgen nach ihrer Vereinigung hier zurückzulassen, doch die schockierten Gesichter seiner Ratsherren würden ihn darüber hinwegtrösten.

Er stand auf und hielt noch einen Moment inne, um den sündigen Anblick seiner Gefährtin zu genießen, die in die purpurfarbenen Laken eingewickelt war. Dunkles Haar. Gebräunte Haut. Vielleicht könnte der Ellan noch eine Stunde warten. Oder drei.

Sein Schwanz zuckte zustimmend.

Andererseits hatte sie sich nicht einmal gerührt, als er aus dem Bett geschlüpft war. In den vergangenen Tagen hatte sie mehr durchgemacht, als die meisten Menschen ertragen konnten, und hatte sich etwas Ruhe verdient.

Und die Wahrheit.

Die Erkenntnis traf ihn mitten ins Herz und erschütterte ihn bis ins Mark. Sie würde sicher wütend werden. Vor allem, nachdem sie ihm letzte Nacht ihr Vertrauen geschenkt hatte.

Er straffte die Schultern und unterdrückte seinen Stolz. Er würde das Richtige tun und sich von seiner Frau so lange die Leviten lesen lassen, bis er wieder in ihrer Gunst stünde. Doch zuerst musste er sich um den Rat kümmern.

Er stapfte über den dicken schwarzen Teppich zum Badezimmer, das von den sanften Strahlen der Morgensonne beleuchtet war. Der übergroße Platinspiegel begrüßte ihn. Er hob die Hand, um das sternförmige Muster auf seiner Brust nachzuzeichnen …

Was zum Histus …

Er beugte sich vor und streckte den Arm aus. Sein Herz begann zu rasen, und ein berauschendes Gefühl durchströmte ihn. Lexis Zeichen verlief entlang seines Arms – ein mit Efeu umranktes Schwert. Der mit uralten Zeichen verzierte und mit Juwelen besetzte Griff befand sich in der Nähe seines Handgelenks. Die Klinge reichte ihm fast bis zur Schulter.

Wenn ein Shantos-Mann eine Gefährtin nimmt, die das Zeichen eines mit Efeu umwundenen Schwertes trägt, wird eine neue Ära in Eden anbrechen.

Es war ihr Mal, das in der Prophezeiung genannt wurde. Und es war wunderschön.

Er konnte bereits den Ellan hören. Die ganze Bevölkerung würde in hellem Aufruhr sein. Die einen würden jubeln und eine Ära voller Größe voraussehen, während andere ihre Zivilisation dem Untergang weihen würden. Wie dem auch sei, seine Baineann und er konnten sich auf eine politische Achterbahnfahrt gefasst machen.

Er ballte die Hand zur Faust und spannte die

Muskeln unter Lexis Mal an. Adrenalin rauschte in einem stetigen Strom durch seinen Körper. Nun hatte er seine Gefährtin und war bereit, jede Herausforderung anzunehmen, die man ihm in den Weg stellte.

Er flocht sein Haar zu Zöpfen, die heute eine viel tiefgehendere Bedeutung für ihn hatten. Jahrelang hatte er sie als Zeichen seiner Verpflichtung gegenüber seinem Volk getragen. Jetzt hatte eine tapfere Frau Vorrang vor ihnen allen.

Er zog sein Ratsgewand an und zögerte. Für gewöhnlich verzichtete er auf den Seidenmantel und trug lediglich das platinfarbene Hemd und die Hose, aber heute musste er mit Bedacht vorgehen. Er schnappte sich den Mantel und ging auf leisen Sohlen zum Bett hinüber.

Um sie sanft aufzuwecken, flüsterte er: „Lexi."

„Mm?" Sie kuschelte sich an ihn. Mit geschlossenen Augen hoben sich ihre dunklen Wimpern wie sinnliche Mondsicheln von ihrer Haut ab.

„Ich muss etwas erledigen, aber ich bin bald wieder zurück."

Sie riss ein Auge auf und schloss es sofort wieder, mit einem Stöhnen. „Ich dachte, Ehemänner bleiben am Morgen nach der Hochzeit zu Hause."

Oh, ja. Er würde es definitiv genießen, jeden Morgen neben Lexi aufzuwachen. „Ich werde nicht lange weg sein. Versprochen." Er atmete tief durch. Es wäre besser, gleich jetzt einen Ansatz für später zu schaffen, denn wenn er zurückkehrte, wollte er ehrlich zu ihr sein. „Und wenn ich zurückkomme, müssen wir uns unterhalten."

Diesmal öffneten sich beide Augen und ein wachsamer Ausdruck huschte über ihre verschlafene Miene. „Ist alles in Ordnung?"

Er drückte ihr einen sanften Kuss auf die Lippen. „Das wird es sein." Sie wollte sich aufsetzen, doch er drückte sie zurück auf die Matratze. „Es ist an der Zeit, dass ich dir ein paar Dinge mitteile, das ist alles."

Sie entspannte sich und ihr Blick erweichte sich.

Er strich über ihre Lippen. „Es wird keine Geheimnisse mehr zwischen uns geben."

Ihre Miene verdunkelte sich.

War er aus Versehen über etwas gestolpert, was Ludan in ihrer Vergangenheit gesehen hatte? „*Ich will keine Geheimnisse vor dir haben. Und du kannst mir alles erzählen, wenn du bereit dazu bist.*"

Dankbar kuschelte sie sich wieder in die Seidenlaken und verzog die Lippen zu einem albernen Lächeln, das eine Frau aufsetzte, wenn ihr Mann ihr unerwartet Blumen schenkt. „Beeil dich und komm bald zurück zu mir."

Er drückte ihr einen bedächtigen Kuss auf die Schläfe und atmete ihren sinnlichen Duft ein, dann stieß er sich vom Bett ab. Beim Verlassen des Zimmers wäre er fast über Ludan gestolpert, der vor der Tür in einem Ohrensessel saß, der am Abend zuvor noch nicht da gewesen war.

Eryx schloss telepathisch die Tür hinter sich. „Ich dachte, ich hätte dir die Nacht frei gegeben."

Ludan stand auf und streckte sich, wobei das Knacken seiner Wirbelsäule durch den Flur hallte. „Du hast mir befohlen, die Nacht freizunehmen. Das heißt aber nicht, dass ich deinen Befehl befolgen muss. Wer weiß, was Maxis noch versuchen wird, um zu dir zu gelangen." Er zeigte mit dem Kopf auf die Tür zu seinen Gemächern und grinste. „Du warst nicht gerade wachsam."

„Da du schon einmal hier bist, kannst du auf Lexi aufpassen, während ich vor den Rat trete." Er wandte sich der Treppe zu, doch Ludan hielt ihn zurück.

„Vergiss es. Mein Job ist es, dich zu bewachen. Ramsay kann für ihren Schutz sorgen."

Eryx wandte sich seinem Somo zu und seine Brust schnürte sich zu. Irgendwann musste er das Mal jemandem zeigen, also konnte er genauso gut mit Ludan beginnen. Er zog den Mantel aus und zeigte ihm seinen Arm. „Heute bleibst du hier."

Der herausfordernde Ausdruck wich aus Ludans Zügen und ihm stand der Mund offen. „Ich muss wissen, dass sie in Sicherheit ist. Sobald die Öffentlichkeit davon erfährt, geht es hier rund."

Ludan betrachtete das Symbol.

„Ich werde in ein paar Stunden zurück sein. Falls sie das Zimmer verlassen will, begleite sie."

Ludan zeigte mit einem Nicken auf Eryx' Brust. „Hat sie dich dafür arbeiten lassen?"

Eryx hob das Hemd an, um ihm die Striemen zu zeigen. Ihm war klar, dass er ein ebenso breites Grinsen im Gesicht hatte wie damals, als er seine erste Waffe bekommen hatte.

„Oh ja. Das hat wehgetan." Ludan setzte sich wieder in den Sessel und verschränkte die Arme vor der Brust. „Ich werde hierbleiben. Aber beeil dich. Ich will Einzelheiten erfahren."

Eryx schlenderte den Flur entlang. „Falls irgendetwas vorfällt, will ich es wissen."

Gelobt sei der Große, der schockierte Ausdruck auf Ludans Gesicht war unbezahlbar. Nachdem er das Mal gesehen hatte, hatte er nicht mehr widersprochen.

Eryx öffnete die Schlosstüren und schwang sich in die Lüfte, wobei er seine Gedanken sammelte, um sich auf die bevorstehende Konfrontation vorzubereiten. Irgendwie hatte er das Gefühl, dass sein Ellan nicht ganz so wortkarg sein würde.

KAPITEL 20

Lexi stand nackt vor einem bodenlangen Spiegel und ließ ihre Finger über das Symbol auf ihrem Arm gleiten. Das geflügelte Pferd wirkte wie eine Fantasy-Darstellung des sagenhaften Pegasus, doch dieser war schwarz wie die Mitternacht statt weiß. Aufgebäumt auf die Hinterbeine, blickte das Wesen mit einem herausfordernden Blick über die Schulter, wobei seine ausgebreiteten Flügel ihr bis an die Schultern reichten. Die lange Mähne des Tiers schlängelte sich um ihren Arm, als hätte sie sich im Wind verfangen, während der Schweif über ihren Unterarm bis zu ihrem Handgelenk verlief.

Eryx hatte sie als die seine beansprucht.

Und Besitz von ihr ergriffen.

Selbst wenn er nicht in ihrer Nähe war, verhieß sein Mal seinen uneingeschränkten Schutz.

Unbehagen machte sich in ihrem Bauch breit. Sie hatte das Zeichen schon einmal gesehen. Zwar nicht annähernd so schön oder groß wie auf ihrem Arm, aber die Ähnlichkeit mit dem Gemälde an Graylins Wand war nicht zu übersehen.

Auf der anderen Seite der Tür regten sich Stimmen und ein leises Klopfen ertönte.

Lexis Herz setzte einen Schlag aus. Ihr Gewand lag auf dem Boden. Es war ausgeschlossen, dass sie die beiden Hälften schnell genug würde zusammenfügen können, doch dann entdeckte sie einen schwarzen Seidenmantel, der über der Bettkante hing.

Nun gut. Es war zwar nicht gerade erfreulich, dass Eryx sie am ersten Tag nach ihrer Vermählung hier zurückgelassen hatte, während ein Mal auf ihrem Arm erschienen war, das sie zu Tode erschreckte. Aber offensichtlich mangelte es ihm nicht an Umsichtigkeit.

Sie zog hastig den Mantel an, schnürte den Gürtel zu und hob ihr Kleid vom Boden auf, bevor sie zur Tür eilte.

„Überraschung!" Galena hatte die Hände aufgeregt vor der Brust verschränkt und zog beide Augenbrauen in die Höhe, als wollte sie fragen: „Wirst du mir die Einzelheiten erzählen?"

Ramsay und Ludan standen seitlich von ihr und hatten beide ein wissendes Grinsen auf dem Gesicht. Es überraschte sie nicht zu sehen, dass Ramsay einen Drast und eine Lederhose trug, doch es verwunderte sie, dass Ludan sich für die gleiche Kombination entschieden hatte. Ihre Handgelenke zierten Manschetten und ihre Hälse Wendelringe, auf denen exakt die gleiche Abbildung zu sehen war, die ihren Arm bedeckte.

„Hi." Es war eine lahme Begrüßung, doch wenn man bedachte, was ihr alles im Kopf herumschwirrte, war es ein Wunder, dass sie überhaupt einen Ton herausbekam.

„Wenn du müde bist, können wir später wiederkommen", sagte Galena und trat einen Schritt zurück.

„Nein." Lexi zog die Tür auf und wies auf den

riesigen Kamin und die Sessel, die davor standen. „Über Gesellschaft würde ich mich freuen. Weiß jemand, wann mein Mann zurück sein wird? Ich muss mit ihm reden."

„Fireann." Ramsay setzte sich in einen rot-goldenen Ohrensessel.

Galena gab Ramsay einen Klaps auf die Schulter, als sie neben ihm Platz nahm. „Wenn ich du wäre, würde ich sie nicht provozieren. Du bist das Eben-bild des Idioten, der sie hier allein gelassen hat. Vielleicht beschließt sie, dir eine Tracht Prügel zu verpassen."

Sie wandte sich Lexi zu und legte den Kopf schief. „Ist alles in Ordnung?"

Lexi nickte. Der Schweif des geflügelten Pferdes lugte unter ihrem Ärmel hervor. Sicherlich war das Zeichen nur ein Zufall.

Galena beugte sich vor. Sie trug eine blaugrüne Tunika und eine legere Leinenhose, die inmitten des überwiegend rot und schwarz gestalteten Raums fast aufrührerisch wirkten. „Hattest du eine gute Nacht?"

Lexi hätte beinahe gelacht. Falls Galena versuch-te, beiläufig zu klingen, hatte sie ihr Ziel um Län-gen verfehlt.

Die beiden Männer sahen Lexi an und zogen eine Augenbraue in die Höhe. Ein stillschweigender Befehl, nichts zu verraten.

Lexi presste die Lippen zusammen, denn die Ge-heimniskrämerei hinterließ einen bitteren Nachge-schmack auf ihrer Zunge. Es gefiel ihr nicht, dass den Frauen das Ritual der Vereinigung verschwiegen wurde. Sie war sich nicht einmal sicher, ob sie es schon verarbeitet hatte. „Ich denke, ich kann mit Fug und Recht behaupten, dass ich diese Nacht nie vergessen werde."

Galena zog ein enttäuschtes Gesicht und ließ die Schultern hängen, bevor sie ihren Begleitern einen finsteren Blick zuwarf. „Spielverderber. Ich werde es schon noch herausfinden."

Voller Hochmut verzogen die Männer die Lippen zu einem Grinsen. Galena schüttelte den Kopf und deutete auf Lexis Arm. „Lass es mich mal sehen."

Lexi raffte den Ärmel ihres Gewands und zeigte ihrem kleinen Publikum das Zeichen. „Es ist wunderschön, findet ihr nicht auch?"

„Es ist überwältigend", flüsterte Galena und strich über einen der Flügel des Pferds.

„Er ist riesig." Ramsay sprang auf, um es näher zu betrachten. Ludan blieb sitzen und verschränkte die Arme vor der Brust, während er mit seiner Miene zu sagen schien: Ich weiß etwas, was ihr nicht wisst. „Wartet, bis ihr das von Eryx seht."

Galena und Ramsay horchten auf und starrten Ludan an.

Oh, verdammt. Wahrscheinlich hatte sie diese ganze Sache mit der Vereinigung irgendwie vermasselt. „Stimmt etwas nicht damit? Was ist los?"

„Nein, ich werde nichts verraten", erwiderte Ludan und schüttelte reuelos den Kopf.

Lexi schluckte, doch der Kloß in ihrem Hals wollte sich nicht lösen. Bei ihrem Glück hatte er jetzt

Mickey-Mouse-Ohren auf dem Arm. „Wie sieht es aus?"

„Es ist beeindruckend." Ludans Miene verfinsterte sich leicht, aber er grinste immer noch. „Aber ich will die Überraschung nicht verderben."

Sie wandte sich an Ramsay. „Sehen denn die meisten Zeichen nicht auch so aus wie das hier?"

Ramsay lehnte sich wieder im Sessel zurück und lachte schallend. „Verdammt, nein. Die meisten reichen höchstens bis zum Ellbogen. Deines schreit förmlich: ‚Ich habe mich mit einem knallharten Krieger vereinigt!'"

„Und das von Eryx schreit: ‚Leg dich nicht mit meiner Baineann an!'" Ludan rutschte auf die für ihn typische schleichende Art nach vorn, wobei er den Blick nicht von Lexi abwandte. „Andererseits ist ein solches Zeichen auch angemessen für eine Malress, nicht wahr?"

Galena schnappte nach Luft.

Ramsays Lächeln erstarb.

Ludan streckte ihr eine Hand mit der Handfläche nach oben entgegen.

Vielleicht war es doch keine so gute Idee gewesen, Gäste zu empfangen. Da sie nicht wusste, was sie sonst tun sollte, legte Lexi ihre Hand in seine.

Er schloss seine schwieligen Finger um ihre und fiel auf ein Knie. Er senkte den Kopf und drückte ihr einen keuschen Kuss auf die Fingerknöchel. „So wie ich unserem Malran meine Treue geschworen habe, schwöre ich auch dir, unserer Malress, die Treue."

Lexis Brust schnürte sich zu und ihr gefror das Blut in den Adern. „Malress?"

Ludan erhob sich schweigend.

Ihre drei Gäste tauschten untereinander Blicke aus.

Verdammte Telepathie. Mittlerweile machten sie sich nicht einmal mehr die Mühe, es vor ihr zu verbergen.

Ramsay stieß ein gutmütiges Lachen aus, das die Spannung im Raum durchbrach. Er stand auf und fuhr sich mit den Fingern durch sein von der Sonne gebleichtes Haar. „Eryx wird uns umbringen." Er ging zu ihr, nahm ihre Hand und sank auf ein Knie. „So wie ich meinem Bruder, unserem Malran, meine Treue geschworen habe, so schwöre ich auch dir, unserer Malress, meine Treue." Er sah zu ihr auf und zwinkerte ihr zu. „Und meiner Shalla."

Ramsay trat zurück, und auch Galena ließ sich auf die Knie vor ihr fallen. Sie ergriff Lexis zitternden Hände. Mit einem feierlichen Ausdruck in ihren ozeanblauen Augen sah sie sie an.

„Du bist meine Shalla und meine Malress. Ich stehe dir mit meinen Fähigkeiten loyal zur Seite."

Lexi blickte zwischen den dreien hin und her. „Ich habe das Gefühl, dass ich diese Frage gleich bereuen werde, aber was ist eine Malress?"

„Eryx ist unser Malran, Lexi", sagte Galena mit beruhigender Stimme und drückte sanft ihre Hände. „Ein Malran ist in Evad mit einem König vergleichbar."

Weißes Rauschen. Es dröhnte ihr in den Ohren.

„Du bist jetzt seine Gefährtin", fügte Galena hinzu. „Das macht dich zu unserer Malran. Oder zu unserer Königin."

„Aber ich bin keine …" Verzweifelt versuchte sie, die richtigen Worte zu finden, doch sie konnte keinen klaren Gedanken fassen. Sie schloss den Mund, leckte sich über die trockenen Lippen und versuchte es erneut. „Er sagte, ein Malran sei ein Anführer. Ich dachte, er wäre ein Botschafter oder vielleicht ein Senator. Ich hatte keine Ahnung, dass …"

„Er wollte nicht, dass du es weißt." Galena drückte Lexis eiskalte Finger. „Aber nicht aus den Gründen, die du vielleicht vermutest. Also sei nicht zu hart zu ihm, wenn du mit ihm ins Gericht gehst. Manchmal kann er zwar selbstherrlich und anmaßend sein, aber er ist trotzdem nur ein Mann."

„Ach, Lena", jammerte Ramsay mit spielerischer Gereiztheit. „Nimm ihn doch nicht in Schutz. Ich hätte zu gern gesehen, wie Lexi ihn in der Luft zerreißt."

Er klang so verschmitzt und unbeschwert wie immer. Konnte er denn nicht verstehen, wie problematisch die Sache war?

„Ich weiß nicht, wie ich mich verhalten soll." Mit einer fast flehenden Geste beugte sich Lexi zu Galena vor. „Für eine solche Rolle bin ich einfach nicht geschaffen. Ich bin eine Barkeeperin und weiß mich einigermaßen zu behaupten. Was zum Teufel hat er sich dabei gedacht?"

„Du irrst dich", platzte Ludan heraus. Seinem

Gesichtsausdruck nach zu urteilen, fehlte nicht mehr viel, und er würde ihr eine Standpauke halten, die denen seines Vaters in nichts nachstand.

„Du bist perfekt für Eryx und wirst eine starke Königin sein."

„Aber, ich …"

„Wenn du an dir selbst zweifelst, zweifelst du auch an Eryx und seinem Urteilsvermögen", unterbrach Ludan sie und trat einen Schritt vor. „Glaubst du wirklich, er würde eine Frau zu seiner Gefährtin machen, die sein Volk nicht führen könnte?"

„Du musst aufhören, deine Fähigkeiten infrage zu stellen, Lex", sagte Ramsay, dem die Tatsache, dass sein Bruder, der König, sich mit einem Niemand eingelassen hatte, völlig gleichgültig zu sein schien.

Galena setzte sich dicht neben Lexi und legte ihren Arm um ihre Schultern. „Es hat den Anschein, als wärst du die Einzige, die an dir zweifelt."

Mein Gott, wie sollte sie das nur schaffen? Ein neues Reich. Eine neue Rasse. Eine neue Rolle. Ihr Leben schien einem Fantasy-Roman zu entspringen.

Im Raum breitete sich Stille aus, während die anderen sie anstarrten. Ihre Blicke waren zwar freundlich, aber Lexi hatte dennoch das Gefühl, keine Luft mehr zu bekommen. Sie stand auf und steuerte auf das Badezimmer zu. Sie musste hier raus, musste sich bewegen und über alles nachdenken.

Ludan stellte sich ihr in den Weg und senkte den Kopf mit einem fragenden Blick.

Sie stieß ein Schnauben aus und drängte sich an ihm vorbei. „Keine Sorge, ich laufe schon nicht weg." Sie schob die elegante Tür auf und fügte über ihre Schulter hinzu: „Ich arbeite nur daran, Ramsay seinen Wunsch zu erfüllen und Eryx in der Luft zu zerreißen."

***

Eryx betrat den Ratssaal, der von dem wissbegierigen Gemurmel der Mitglieder erfüllt war. Der Raum war nicht gerade gemütlich. Vielmehr erinnerte er mit seiner hohen Kuppel, goldenen Wänden und filigranen Hieroglyphen aus Platin, die noch ein Relikt aus den frühen Tagen ihrer Zivilisation waren, an ein Museum.

Mehrere Reihen aus elfenbeinfarbenen Kissen säumten die untere Ebene, die den niedriger gestellten Ratsherren vorbehalten war, wobei ein breiter Gang in der Mitte verlief. Diejenigen, die in der Hierarchie weiter oben standen, saßen bereits in den Logen, die in einem Halbrund entlang eines Simses angeordnet waren.

Beim Vorbeigehen nickte er einigen von ihnen zu und schenkte anderen ein Lächeln. Wieder andere mied er tunlichst. Sein Volk befand sich an einem heiklen Punkt in seiner Existenz, an dem eine Spannung zwischen den antiquierten Vorstellungen der Alten und neuen, fortschrittlichen Ideen vorherrschte. Wie dem auch sei, mit dem, was er zu sagen hatte, würde er sicher eine Menge von ihnen vom Hocker hauen.

„Es überrascht mich, dass Ihr Euch überhaupt mit uns abgebt." Die Stimme zerrte an Eryx' Nerven und er blieb auf der Stelle stehen.

„Angus." Eryx musterte unverhohlen die blütenweiße Robe des Ratsherrn. „Ich habe dich ohne deine Farben gar nicht erkannt."

Angus zuckte zusammen, nicht, dass Eryx etwas anderes erwartet hätte. Die Erinnerung daran, wie Eryx dem Mann nur Monate zuvor den Rang aberkannt hatte, war nicht gerade als subtiler Seitenhieb gedacht gewesen.

„Die Farben machen den Mann nicht aus." Angus deutete auf Eryx' platinfarbenes Ratsgewand, das symbolisch für das Metall stand, das allein der königlichen Familie vorbehalten war. „Wenn es so wäre, hättet Ihr vielleicht sogar einen Wert." Mit einem Brummen schlurfte er ohne ein weiteres Wort davon.

Eryx stürmte nach vorn. Er hatte Wichtigeres zu tun, als über einen verbitterten alten Mann nachzudenken, der noch immer im Mittelalter verhaftet war. Zum Beispiel musste er seiner Gefährtin die Wahrheit erzählen und ihr erklären, welche Rolle sie beide innerhalb der Myren-Rasse innehatten. Die Last all der Informationen, die er zurückgehalten hatte, drückte auf seine Brust, und er wollte sie loswerden. Je schneller er das alles hinter sich brachte, desto schneller würde er in der Lage sein, damit fertig zu werden. Allerdings konnte er sich im Nachhinein nicht so recht erklären, warum er überhaupt derart verschwiegen gewesen war.

In dem Moment, in dem er das Podium erreichte, ging ein dumpfes Gemurmel durch den Raum. Als er sich der Menge zuwandte, fielen die jüngeren Mitglieder seines Rates auf die Knie, während die Männer in den Logen sich in ihren prächtigen Sitzen zurücklehnten.

„Dunstan“, sagte Eryx.

Mit hoch erhobenen Haupt und mit seinem offiziellen Folianten in der Hand trat der Ratsdiener vor.

„Rufe diese Sondersitzung zur Ordnung.“

Dunstan nickte feierlich und wandte sich den Anwesenden zu. Auf traditionelle Weise ermahnte er die Menge zur Ruhe und verlieh seiner Stimme einen pompösen Klang, bei dem sich Eryx der Magen umdrehte.

Nachdem die Formalitäten erledigt waren, hielt Eryx einen Moment inne, sodass sich eine vielsagende Stille über den Raum legte. Erst dann begann er. „Ich habe euch heute aus einem wichtigen Grund einbestellt, der viele von euch überraschen wird.“

Ein Flüstern ging durch den Saal.

„Ich weiß, dass viele von euch wegen meiner Abwesenheit besorgt waren. Mein heutiges Kommen markiert das Ende dieser Phase und den Beginn einer neuen und aufregenden Zeit für unser Volk.“

„Und Ihr glaubt, dass Ihr uns hinsichtlich Eures Aufenthalts in der Menschenwelt keinerlei Erklärung schuldig seid?", rief Angus aus dem hinteren Teil des Raums. Unter seinesgleichen nahm er den niedrigsten Platz von allen ein. Er erhob sich langsam. „Während Eure Ratsherren unserem Volk treu gedient haben, habt Ihr Euch mit Leuten herumgetrieben, die nicht zu unserer Rasse gehören, und von uns erwartet, dass wir uns an die Regeln halten. Denkt Ihr wirklich, dass Ihr uns keinerlei Rechenschaft schuldig seid und Euch einfach so wieder in unsere Gunst schleichen könnt?"

Eryx versteifte sich und das Blut in seinen Adern kochte. Er hätte Angus für seinen Verrat töten sollen, als er die Gelegenheit dazu gehabt hatte.

Dank seiner jahrelang geübten Selbstbeherrschung unterdrückte Eryx das Feuer, das in ihm auflöderte. „Du tust gerade so, als hätte ich euch gänzlich allein gelassen, Angus. Ich denke, ich habe meine Aufgaben zur Genüge erfüllt, unabhängig von meinen anderen Aktivitäten. Ich bin mir sogar sicher, dass wir erst vor ein paar Monaten eindeutig geklärt haben, wer von uns beiden der Malran ist und wer nicht. Es sei denn, du willst mich herausfordern und mir meine Rechte offiziell streitig machen?"

Der öffentliche Tadel löste ein Raunen im Rat aus.

„Ich fordere Euch heraus." Angus richtete sich so weit auf, wie es seine gebeugte Gestalt zuließ, während er vor Wut am ganzen Körper bebte. „Ich stellte Eure Zeit in Evad infrage und will wissen, ob Ihr Euch an die Lehren des Großen gehalten habt. Habt Ihr oder habt Ihr nicht einen Menschen mitgebracht und damit gegen die heiligsten Gesetze verstoßen, die unsere Rasse befolgen soll?"

Mehrere Ratsherren schnappten nach Luft.

Eryx atmete ein paarmal tief durch und mahnte sich selbst zur Ruhe. Er dankte dem Großen, dass Lexi in der Nacht zuvor wiederholt für seine Erleichterung gesorgt hatte. Andernfalls hätte er mit sprühenden Funken elektrischer Spannung und den Flammen seines Temperaments mehr als die Hälfte seines Rates verbrannt.

„Weit gefehlt", antwortete er mit geschmeidiger Stimme, die den Aufruhr in seinem Inneren Lügen strafte. „Ich habe Euch Eure neue Malress gebracht." Er riss sich den Mantel von den Schultern und warf ihn zu Boden. „Ich habe eine Frau aus dem Menschenreich nach Eden mitgenommen, aber sie war eine von unseren Verlorenen. Wie ihr an dem Zeichen, das ich jetzt trage, sehen könnt, ist die betreffende Frau nicht nur eine Myren, sondern nun auch meine Baineann und Eure Malress. Ich habe diese Sondersitzung einberufen, um Euch gemäß unserer Traditionen davon zu berichten und um Euch wissen zu lassen, dass ich sie dem Rat morgen offiziell vorstellen werde."

Ein Raunen ging durch den Saal, das schnell verebbte, als die Mitglieder sich der Bedeutung seines Zeichens gewahr wurden.

„Ihr Name ist Alexis Shantos. Ihr werdet sie morgen in einer Sitzung empfangen und ihren rechtmäßigen Platz als Malress bestätigen. Gemeinsam werden wir die neue und vielversprechende Ära anbrechen, die auf unsere Rasse zukommt."

Ein verhaltendes Klatschen und Stimmengewirr hallten durch den Raum.

Eryx stieß langsam den Atem aus. Er öffnete den Mund, um die Sitzung zu beenden, als er unterbrochen wurde.

„Malran." Angus' Stimme hatte schon Jahre nicht mehr so kräftig geklungen. „Mich würde interessieren, wie Ihr Euch sicher sein konntet, dass sie Myren ist, bevor Ihr unsere Rasse verraten habt."

Eryx ballte die Hände zu Fäusten und betete um Fassung. Er hätte Angus auf jeden Fall töten sollen, als er die Gelegenheit dazu gehabt hatte.

KAPITEL 21

Lexi trat jenseits der Burgmauern in den strahlenden Sonnenschein hinaus und ein Großteil der Anspannung fiel von ihr ab. Die kühle Luft der vergangenen Nacht war einer angenehmen Wärme gewichen. Tau bedeckte die Landschaft und glitzerte im Morgenlicht. Die leuchtenden Blumen mit ihren pastellfarbenen Blättern und markanten Blüten strömten einen süßen, exotischen Duft aus, der in der flimmernden Luft hing.

Sie schloss die Augen und reckte ihr Gesicht der Sonne entgegen, während sie weiterging. „Ich liebe diesen Ort. Es ist wie in einem Märchen."

Ludan ging auf dem weichen Sandweg mit trägen Schritten neben ihr her. „Seit wann hast du etwas für Märchen übrig?"

Jenseits der Steilküste hörte sie das tosende Meer rauschen. Es schien so aufgewühlt zu sein wie sie selbst. Nichts in ihrem Leben schien im Moment geregelt zu sein. Nichts außer Eryx. Er war ihr Anker inmitten des Chaos.

„Jedes Mädchen träumt von Märchen. Manche von uns sind nur realistischer als andere." Sie zog eine Augenbraue in die Höhe und sah ihn an. „Wenn man die letzte Woche meines Lebens betrachtet, ist das ziemlich ironisch."

Selbst ihr Kleiderschrank war märchenhaft. Er war so groß wie ihre gesamte Wohnung in Evad und vollgepackt mit Kleidern in kräftigen Farben.

Einige waren leger und aus bequemen, weichen Materialien gefertigt, während andere aufwendig gestaltet und mit Juwelen besetzt waren und jede Jetsetterin zum Schwärmen gebracht hätten.

Sie hatte sich für ihren Spaziergang ein bequemes Gewand ausgesucht, doch Galena hatte es wieder in den Schrank gehängt und auf ein blutrotes Kleid mit schwarzem Saum bestanden. Es schmiegte sich an ihre Kurven und ließ eine Schulter frei, sodass der Shantos-Pegasus gut zur Geltung kam.

Ihre Schwägerin hatte Lexi die Haare gebürstet und ihr das Versprechen abgenommen, sie offenzulassen. Als Lexi sie nach dem Grund gefragt hatte, hatte sie nur mit den Schultern gezuckt und gesagt: „Vertrau mir.“

„Bevor Galena gegangen ist“, wandte Lexi sich an Ludan, „sagte sie, ich solle sie anrufen. Meinte sie damit, dass ich mit ihr telepathisch sprechen kann?“

Ludan suchte das andere Ende des Gartens mit seinen Blicken ab. „Ja, genau das.“

„Ich dachte, diese Fähigkeit wäre nur Familienmitgliedern vorbehalten. Und Menschen, mit denen man verbunden ist.“

„Sie ist jetzt deine Familie. Nachdem du dich vereint hast, stehen dir auch die familiären Verbindungen deines Gefährten zur Verfügung.“ Er ließ seinen Blick weiter schweifen, wobei er nie lange an einer bestimmten Stelle verweilte. Ludan hakte ihre Hand schützend unter seinen Arm und sie konnte die warme Haut seines Ellbogens spüren.

Es war seltsam, aber die Berührung eines anderen Mannes fühlte sich unangenehm an. „Kann ich auch mit dir auf diese Weise kommunizieren?"

„Noch nicht. Eryx und ich stehen uns nahe genug, um Brüder zu sein, aber in unseren Adern fließt nicht dasselbe Blut." Er warf einen Blick auf ihre zitternden Finger und sah dann wieder zu ihr auf. „Du müsstest dich mit mir verbinden."

„Zeigst du es mir?"

Ludan hielt inne und ein verruchtes Grinsen umspielte seine Lippen. „Warum nicht. Eryx wird mich ohnehin in der Luft zerreißen, weil ich sein Geheimnis verraten habe. Da kann ich genauso gut noch einen draufsetzen."

„Ludan?" Eine beschwingte, kultivierte Frauenstimme ertönte hinter ihnen.

Ludan versteifte sich.

Über den Garten legte sich plötzlich ein bitterer Duft, der durchdringender war als Zitrone, aber nicht so penetrant wie Essig. Auf jeden Fall passte er nicht zu all den Blumen.

Verärgerung.

Zwar wurde sie immer geübter im Umgang mit ihrer Gabe, doch leider hatte sie sie gerade wegen einer Frau aktiviert.

Ludan drehte sich um und baute seinen muskulösen Körper zwischen der Frau und Lexi auf. „Serena."

Der Name klang weniger wie eine Begrüßung, sondern vielmehr wie eine Anschuldigung.

„Ich bin hier, um Eryx zu besuchen." Die Fremde

hielt inne. Sand knirschte unter ihren Füßen, als sie ihr Gewicht verlagerte. „Wer ist deine Freundin?"

Ludan straffte die Schultern unter seinem Drast.

Die feinen Härchen an Lexis Armen richteten sich auf.

Oh, verdammt. Sie spürte Ludans Gefühle. Er war stinksauer und bereit, sich auf die Frau zu stürzen. Kein gutes Zeichen.

„Eryx ist nicht hier", erwiderte Ludan mit einem Tonfall, der sie an den bösen Wolf in Rotkäppchen erinnerte. „Aber ich werde dich seiner Baineann vorstellen." Er trat einen Schritt zurück und stellte sich neben Lexi, damit ihr gezeichneter Arm gut zu sehen war.

„Erlaube mir, dir unsere neue Malress vorzustellen, Alexis Shantos. Lexi, das ist Serena Doroz, eine *alte* Bekannte von Eryx."

Lexi hasste sie auf den ersten Blick. Himmelblaue Augen, hellblondes Haar, das ihr bis zum Rücken reichte, und zarte rosafarbene Lippen. Sie war der Typ Frau, der einen Mann mit weniger als einem Fingerzeig in die Knie zwingen konnte.

Kurz gesagt, sie war perfekt.

Plötzlich fühlte sich Lexi wieder wie das vierzehnjährige, schlaksige und unbeholfene Mädchen, das sich immer im Verborgenen hielt, damit die gemeinen Zicken nicht auf sie aufmerksam wurden.

Nein, genug davon. Sie würde nicht zulassen, dass irgendeine Barbiepuppe sie aus ihrem märchenhaften Leben riss. Nicht, ohne zumindest ihre

Krallen gezeigt zu haben. Sie straffte die Schultern und streckte der Frau die Hand entgegen. Unbändige Emotionen stürmten auf sie ein, sodass ihre Knie fast nachgaben. Sie rang nach Luft, denn Serenas Gefühle schnürten ihr die Brust ein.

„Du solltest deine Malress begrüßen, Serena.“ Ludan trat einen Schritt auf sie zu und baute sich vor ihr auf.

Serenas Wut verstärkte sich noch.

Lexis Beine zitterten. Mein Gott, sie würde Ludan umbringen. Und zwar langsam, mit einem Göffel. Sobald sie in der Lage wäre, sich von der schönen Teufelin und ihrem Zorn zu lösen.

„Natürlich“, sagte Serena und hustete unfein. Die Meeresbrise wehte ihre hellblaue, lange Chiffontunika um ihre passende Seidenhose. „Verzeiht mir, meine Malress. Ich wusste nicht, dass Eryx sich eine Gefährtin genommen hat. Ich war erst vor kurzer Zeit bei ihm.“

Schlampe. Aber selbst im Kindergarten hatte Lexi schlimmere Beleidigungen über sich ergehen lassen müssen. Eryx gehörte ihr, und sie würde Serena eher auspeitschen, als sie in die Nähe ihres Mannes zu lassen.

Vorausgesetzt, sie konnte sich aufrecht halten.

Schweißperlen bildeten sich an ihrem Nacken, und die Muskeln in ihrem Rücken zitterten angespannt. Ihre Sicht verdüsterte sich und verschwamm.

Serena sank mit einer federleichten Bewegung auf beide Knie und senkte den Kopf, wobei ihr fast weißes Haar ihr teuflisch himmlisches Gesicht umrahmte. „Es ist mir eine große Freude, Euch kennenzulernen." Ohne eine Antwort abzuwarten, erhob sie sich und bedachte Ludan mit einem überheblichen Lächeln. „Dann werde ich wohl ein anderes Mal mit Eryx sprechen müssen."

„Das wird nicht nötig sein", sagte Lexi und drückte den Rücken durch. Sie ergriff Ludans Unterarm und hoffte, dass er ihrer Führung folgen würde, dann setzte sie sich in Bewegung. Mit einer so stolzen Haltung wie möglich schlenderte sie an Serena vorbei. „Ich werde ihm deine Bitte übermitteln. Falls Eryx daran interessiert ist, mit dir zu sprechen, wird er nach dir schicken."

Serena schnappte nach Luft.

Selbst als sie die Frau einige Schritte hinter sich gelassen hatten, zerfetzte ihre Bosheit Lexi immer noch von innen heraus. Ihre Lunge krampfte sich zusammen, doch sie ging weiter.

Nach etwa fünfzehn Metern war sie endlich wieder in der Lage, Farben zu sehen, doch ihre Sicht war weiterhin verschwommen.

Halte dich aufrecht, gehe weiter und atme.

Etwas Besseres fiel ihr nicht ein. Außer vielleicht zu beten, dass die Frau wütend davonstürmte.

„Sie ist weg." Ludans gedämpfte Stimme schien aus weiter Ferne an ihr Ohr zu dringen. Er legte eine Hand an ihren Rücken, und seine Wärme breitete sich in einer kraftvollen Welle auf ihrer Haut aus.

Ihr Blick wurde schärfer. Sie schnappte nach Luft,

hustete und rang gierig nach Atem. „Sie war stinkwütend."

„Serena ist Eryx schon seit Jahren ein Dorn im Auge. Die Sache zwischen den beiden ist ein alter Hut und war nicht von Dauer. Sie kommt gelegentlich vorbei, in der Hoffnung, er würde seine Meinung ändern. Vor ein paar Tagen hat er sie aus dem Schloss geworfen – und das war auch gut so."

Auf zitternden Beinen steuerte Lexi auf eine schmiedeeiserne Bank zu, die inmitten von hohem Gras stand, dessen Spitzen mit weichen Knollen versehen war.

„Dann macht dir Wut mehr zu schaffen als andere Gefühle?" Seine Stimme klang neugierig, doch die Stärke eines dominanten Mannes schwang darin mit.

Sie stützte die Ellbogen auf die Knie, ließ den Kopf nach vorn fallen und reckte den Hals. Ihre Schläfen pochten. „Es scheint so."

Für einen Moment genoss sie die Stille, die nur von dem Rauschen des Windes und dem fröhlichen Zwitschern der Vögel unterbrochen wurde.

Ludan trat vor ihr von einem Fuß auf den anderen. „Falls es ein Trost ist, gerade eben warst du ganz und gar die königliche Herrscherin."

Lexi sah auf.

In seinen Augen lag ein stolzer Ausdruck, der so überwältigend war, dass er Lexi bis ins Mark erschütterte. „Es kommt nicht oft vor, dass Serena von jemandem auf diese Weise in ihre Schranken gewiesen wird."

Lexi setzte sich auf und lehnte sich mit einem kehligen Lachen zurück. Das kühle Eisen der Lehne traf auf ihre erhitzte Haut. „Zugegebenermaßen ist das ein Trost. Keine Frau mag es, mit einer ehemaligen Geliebten konfrontiert zu werden."

„*Lexi?*" Sie hörte Eryx' Stimme.

Sie seufzte. „*Zu schade, dass er vor ein paar Minuten nicht hier war.*"

„*Was soll das denn heißen?*", wollte Eryx wissen.

Lexi setzte sich kerzengerade auf. Es war ausgeschlossen, dass sie ihn gerade in ihren Gedanken gehört hatte. Das bildete sie sich sicher nur ein.

Seine Stimme hallte erneut durch ihren Kopf: „*Du hast mich gehört. Was ist passiert?*"

„*Hm. Das beantwortet wohl meine Frage danach, wie das mit der Telepathie funktioniert. Und sei nicht so schnippisch.*" Wäre sie in der Lage, in Gedanken ein Knurren hinzuzufügen? „*Ich hatte einen höllisch aufregenden Morgen.*"

Eryx' Seufzer der Resignation schwirrte durch ihre Gedanken. Vielleicht würde sie tatsächlich Laute hinzufügen können. „*Dann werde ich dich offenbar nicht eingekuschelt in unserem Bett vorfinden?*"

Sie umklammerte die Latten der Eisenbank so fest, dass sich ihre Fingerspitzen rot färbten. Wenn sie sich nicht an der Bank festgehalten hätte, hätte sie sich Ludan gekrallt. Letzteres wäre jedoch nicht fair, schließlich wollte sie nicht ihn, sondern Eryx erwürgen. „*Oh, nein. Ich habe einen Spaziergang gemacht. Wie es scheint, muss ich doch mein Volk begrüßen.*"

„Wie ich sehe, beherrschst du die telepathische Kommunikation." Ludans tiefe Stimme ließ sie aufschrecken.

„Woher weißt du das?"

„Ich kann dir deine Verärgerung ansehen." Er verzog den Mund zu einem sarkastischen Grinsen. „Außerdem kann ich seine Flüche in meinen Gedanken hören. Es war nicht schwer, eins und eins zusammenzuzählen."

Eryx landete keine zehn Meter entfernt mit einem dumpfen Knall. Mit einer ruckartigen Kopfbewegung bedeutete er Ludan, zu gehen. „Verschwinde."

Ludan blinzelte ihn langsam und träge an. Mit der Geste zeigte er Eryx den Mittelfinger, ohne auch nur die Hand zu heben. „Wohl kaum. Zu riskant." Er ging auf eine Laube zu, die weniger als zehn Meter entfernt war. „Aber ich werde da drüben warten."

„Was ist passiert?" Eryx schritt auf Lexi zu, die immer noch auf der Bank saß. Mit seiner hoch aufragenden Gestalt hüllte er sie in Schatten. Er tastete sie schnell, aber gründlich mit seinen Blicken ab.

Lexi faltete die Hände in ihrem Schoß und stieß einen übertriebenen Seufzer aus. „Ich hatte einen wunderbaren Morgen, danke der Nachfrage. Wie war deiner?"

Eryx ging vor ihr in die Hocke. Er ließ den Kopf hängen und stieß den Atem aus, dann sah er auf und bedachte sie mit einem entschlossenen und aufrichtigen Blick. „Es tut mir leid. Du hättest nicht von meiner Familie erfahren sollen, wer ich bin." Wie Ludan und Ramsay trug er Manschetten und einen Wendelring.

Nach der Begegnung mit Serena war sie zu müde, um viel Aufhebens zu machen. „Ich denke, ich kann dich verstehen." Sie zeichnete einen Flügel des Pferdes nach, der in die Platinoberfläche einer Manschette geätzt war und perfekt zu dem an ihrem Arm passte. „Jeder verdient es, für sein Wesen und nicht für seinen Titel geliebt zu werden."

Eryx stand auf, zog sie auf die Füße und drückte sie an sich. Trotz seines Seidengewands, das ihre Wangen liebkoste, haftete sein Ledergeruch noch immer an seiner Haut.

„Auf die Begegnung mit deiner Ex hätte ich allerdings verzichten können", bemerkte sie.

Eryx versteifte sich. „Hat sie dir wehgetan?"

Sie schloss die Augen und schmiegte sich an ihn. „Ich denke, man kann mit Fug und Recht behaupten, dass die schöne Serena über meinen neugewonnenen Status nicht glücklich ist, aber sie würde sich sehr über deine Gesellschaft freuen." Sie zog den Kopf zurück und sah, dass er besorgt die Stirn in Falten gelegt hatte. „Ich habe auch gelernt, dass wütende Gefühle äußerst unangenehm sind. Vor allem, wenn sie gegen mich gerichtet sind."

Eryx massierte ihren Nacken. „Es ist lange her, dass ich mit ihr zusammen war."

Mit vor Müdigkeit brennenden Augen legte Lexi ihm eine Hand an die Wange. „Wir haben alle eine Vergangenheit. Aber ich möchte ihr nicht so bald noch einmal begegnen.“

Er sah sie mit der Miene eines schuldbewussten Jungen an, der abwog, wie viel er ihr noch gestehen konnte. „Dann bist du nicht wütend, weil du die Malress bist?“

Eine innere Stimme verriet ihr, dass er ihr noch etwas zu sagen hatte, was ihr nicht gefallen würde. „Wütend ist nicht das richtige Wort. Ich bin eher nervös.“

Er fuhr mit den Fingern durch ihr offenes Haar und ein Muskel in seiner Schläfe zuckte. „Ludan sagte, du hättest dich ganz gut behauptet.“

Sie verdrehte die Augen und presste ihre Stirn an seine Brust. „Es geht doch nichts über einen Crashkurs.“

Er hob ihren Kopf an, um ihrem Blick zu begegnen. „Dann halt dich gut fest, denn ich habe noch zwei weitere Überraschungen für dich.“

Ein Knurren entrang sich ihrer Kehle und sie entfernte sich gut drei Schritte von ihm, bevor sie sich ihm wieder zuwandte. Noch mehr?“

Wie von einem Mann nicht anders zu erwarten, zuckte er lässig mit den Schultern. Am liebsten hätte sie laut geschrien. „Nichts allzu Schlimmes.“

Sie zog die Augenbrauen in die Höhe und wartete.

„Du wirst morgen vor den Rat der Myren treten.“

Sie zog die Augenbrauen noch weiter in die Höhe.

„Eine Menge Myren werden kommen, um der Präsentation beizuwohnen.“

Sie drückte den Rücken durch und ihre Schläfen begannen langsam, zu pochen. „Was noch?"

Er musterte sie einen Moment, dann zog er seinen Seidenmantel aus. Ein wunderschönes Schwert verlief entlang seines gesamten Arms. *Ihr* Zeichen. Aufwendige, keltisch anmutende Symbole waren in den Griff graviert, der mit Juwelen besetzt war. Die Klinge strahlte Macht aus. Sie war von Efeuranken umwunden, die sich in der Nähe seiner Schulter verjüngten.

Sie ging auf ihn zu und konnte es kaum erwarten, die feinen Linien mit ihren Fingern nachzuzeichnen. Mit zitternder Hand berührte sie seinen Arm.

Plötzlich erinnerte sie sich wieder an das Gemälde in Graylins Salon. Ihr Magen krampfte sich zusammen, und sie schwankte benommen.

Sie sah zu Eryx auf. Die einzigen Worte, die ihr in den Sinn kamen, hätte sie auch an einem Abend in der überfüllten Kneipe ausgesprochen, wenn ihr der Schnaps ausgegangen wäre. „Oh, scheiße."

***

Maxis ging durch den Hauptgang des riesigen Anwesens seiner Großmutter und hatte die Hände hinter dem Rücken verschränkt. Jeder seiner Schritte hallte auf dem weißen Marmor wider, doch ansonsten war das Anwesen so still wie eine verschneite Winterlandschaft. Graue und goldene Adern verliefen entlang der Bodenplatten unter seinen Füßen.

Seine Pläne waren ins Stocken geraten und er kam nicht voran, wie er gehofft hatte. Ramsays Truppen, die nach ihm suchten, amüsierten ihn zwar aufs Äußerste, aber sie hielten auch seine eigenen Spione davon ab, sich Eryx' Schloss zu nähern und Lexi zu erspähen. Darüber hinaus bekam er Reese nur noch selten zu Gesicht. Der Mann hatte noch etwas darüber gemurrt, dass er Serena ausfindig machen würde und war verschwunden.

Am Ende des Flurs blieb er stehen. Die Abendsonne fiel in einem dramatischen Winkel durch die Fenster hinter ihm. Alles war bereit. Die Quartiere der Krieger, das Anwesen, sein Empfangssaal. Bald würde Brasia die Heimat des Malrans sein, wie Evanora es geplant hatte. Er musste nur noch ein paar lose Fäden miteinander verknüpfen.

Die Eingangstür im Foyer wurde geöffnet und dann mit einem dumpfen Knall zugeschlagen.

Maxis ging mit energischen Schritten in Richtung der Eingangshalle, während ebenso selbstsichere Schritte auf ihn zukamen.

Er bog um die Ecke und wäre fast mit Reese zusammengestoßen. „Was zum Histus hast du hier zu suchen?" Obwohl er sich um eine gedämpfte Stimme bemühte, hallte sie dennoch an den Steinwänden wider.

Reese ließ seinen Blick über die hohe, gewölbte Decke mit ihren Himmelsfresken und goldenen Umrandungen schweifen. „Hübsch hier." Die Bemerkung war nicht als Kompliment gedacht. Ein tollwütiger Hund, der kurz vor dem Verhungern war, hätte weniger Biss.

Maxis störte sich jedoch nicht daran, denn er war selbst imstande, die Zähne zu fletschen. „Nicht so schön wie in deiner Heimat?"

Ein tödliches Funkeln trat in Reeses grüne Augen. „Ich würde meine Heimat jederzeit deinem albernen Pomp vorziehen."

„Warum bist du dann hier?"

Er bedachte Maxis mit einem höhnischen Grinsen und ging dann zu der Fensterwand, von der aus man einen Blick auf den hinteren Teil des Anwesens hatte. In der Ferne ragten die schneebedeckten Berge auf, über die sich ein leuchtender Regenbogen aus Violett, Rosa und Gelb erstreckte. „Ich dachte, ich nutze unsere neue Verbindung und suche dich auf, um dir die neuesten Nachrichten mitzuteilen."

Maxis' Herz machte einen Satz. Es war ein Schritt in die richtige Richtung, dass Reese ihn überhaupt hier besuchte. Und dass er auch noch Neuigkeiten für ihn hatte, machte es noch besser. „Und?"

Reese wandte sich vom Fenster ab. „Was Serena angeht, will ich mit der Sache nichts zu tun haben. Die Frau ist ein jähzorniges Biest. Wenn sie so wichtig für deine Pläne ist, kannst du ihr selbst den Hof machen." Er trat ein paar Schritte auf den Ausgang zu.

Maxis stellte sich ihm in den Weg. „Dann gibst du also so schnell auf?"

„Wohl kaum." Reese stieß ein spöttisches Glucksen aus. „Als ich sie endlich gefunden hatte, musste ich mir ihre lächerliche Tirade anhören. Ich habe Besseres zu tun."

„Und was hat sie derart aufgebracht?"

Ein düsteres Grinsen breitete sich langsam auf Reeses Gesicht aus. „Es hat den Anschein, dass der Malran eine Gefährtin gefunden hat. Die Nachricht ist ihr ziemlich aufgestoßen." Er drängte sich an Maxis vorbei und setzte seinen Weg fort. „Also bin ich raus aus der Sache."

Maxis versuchte verzweifelt, sich auf einen Teil seines Plans zu besinnen, den er noch nicht berücksichtigt hatte.

Bevor Reese um die Kurve bog, stampfte er mit einem gestiefelten Fuß auf und hob die Hand. „Das hätte ich fast vergessen", sagte er und drehte sich mit einem Lächeln um, das Maxis verriet, dass er überhaupt nichts vergessen hatte. „Dein Lakai im Rat? Offenbar hat er ebenfalls Schwierigkeiten, sein Temperament im Zaum zu halten und hat den Malran während einer Sondersitzung beschuldigt, gegen die heiligen Grundsätze verstoßen zu haben." Reese kniff die Augen zu dünnen Schlitzen zusammen. „Und die Frau, nach der du gesucht hast? Sie ist kein Mensch, sondern eine Myren. Und deine neue Malress."

KAPITEL 22

Lexi starrte aus einem hohen, schmalen Fenster des Ratsgebäudes in Cush auf die Straßen unter ihr. Goldene Sprenkel glitzerten auf den elfenbeinfarbenen und hellbraunen Wege aus Backstein, die sich durch die Stadt schlängelten.

Aus der Luft wirkte die Hauptstadt eher wie eine tiefhängende Wolke, denn auf den hohen weißen Stuckwänden der Häuser funkelten silbrig schimmernde Ziegeldächer. Die ganze Region mutete an wie eine marokkanisch beeinflusste Kulisse aus einem Science-Fiction-Film.

Ein ironisches Lächeln umspielte ihre Lippen. Hätte ihr jemand vor einer Woche gesagt, dass sie auf einem wahrhaftigen Pegasus in eine Stadt fliegen würde, hätte sie ihn für verrückt gehalten und ihm keinen Alkohol mehr ausgeschenkt. Ganz zu schweigen von der Tatsache, dass sie und Eryx selbst hätten fliegen können. Aber nein. Sie hatten mit Stil auf einem geflügelten Pferd, das schwarz wie die Sünde war, anreisen müssen. Lexi kam aus dem Staunen nicht mehr heraus.

Zum ersten Mal, seit sie heute Morgen aufgewacht war, war sie allein, und glückselige Stille umgab sie. In der gewölbten Kammer hallte selbst das kleinste Geräusch wider. Sogar ihr Atem prallte von den Steinmauern ab. Eine breite Bordüre aus antik anmutenden goldenen Symbolen verlief entlang der Wände. Die keltischen Muster, die von mystischen Geheimnissen zu erzählen schienen, hoben sich von der glatten grauen Oberfläche ab und verliehen ihr eine förmliche Eleganz. Die einzig andere Farbe im ansonsten kahlen Raum fand sich in den Elfenbeinmöbeln. Keine Teppiche, keine Bilder. Nur kaltes, geschmeidiges Grau. Schön, aber dennoch kalt.

Sie ging zu dem bodenlangen Spiegel, um ihr Äußeres ein letztes Mal zu überprüfen. Die Sandalen an ihren Füßen gaben ein klackerndes Geräusch von sich, während ihr langes Kleid über den Boden zischte. Sie betrachtete die geheimnisvolle Frau, die ihr entgegenstarrte und bewunderte die Arbeit, die Orla und Galena geleistet hatten. Die rauchigen, sinnlichen Farben auf den Lidern brachten ihre blaugrauen Augen zur Geltung. Selbst in dem schwachen Lichtschein schimmerte ihre Haut von dem Diamantstaub, den sie auf ihrem ganzen Körper verteilt hatten.

Ihr Haar war zu einem einfachen Zopf geflochten. Eryx hatte diese Aufgabe selbst übernommen, bevor er die Frauen ihrer Arbeit überlassen hatte. Er hatte etwas davon gemurmelt, dass er Galena nicht vertraute, bevor er gegangen war. Diese hatte schallend gelacht, als sie Lexi von dem myrenischen Brauch erzählte, dem nach man seine Haare flocht, wenn man gebunden war und offenließ, wenn man an dem anderen Geschlecht interessiert war.

Lexi strich die Vorderseite ihres prächtigen Kleids glatt. Es bestand aus einem zarten, platinfarbenen

Netzstoff, der bei jeder noch so kleinen Bewegung schimmerte. Das Gewand war einfach geschnitten, aber äußerst sexy. Das lange Vorderteil war schulterfrei und im Nacken befestigt. Das Rückenteil setzte tief in ihrem Kreuz an und reichte bis auf den Boden, sodass es eine kurze Schleppe hinter ihr bildete. Die beiden Teile wurden nur von schwarzen Seidenknoten an den Seiten zusammengehalten, die einen Blick auf ihre Schenkel gewährten. In den Stoff waren verschieden große Diamanten eingearbeitet.

Ein Klopfen hallte durch den Raum.

Die innere Ruhe, die sie in den letzten fünf Minuten genossen hatte, verpuffte.

Die Tür wurde einen Spalt aufgedrückt. „Lexi? Bist du angezogen?" Es war Ramsay. Nicht Eryx.

Mein Gott, sie könnte eine Umarmung ihres Mannes jetzt wirklich gebrauchen. „Kommt herein. Ich bin bereit." Das war zwar gelogen, aber Lexi setzte dennoch ein Lächeln auf.

Ramsay und Ludan betraten das Zimmer, wobei ersterer einen anerkennenden Pfiff ausstieß und sie unverhohlen von oben bis unten musterte. „Weißt du, wenn du nicht die Frau meines Bruders wärst, würde ich dich anbaggern."

„Du machst doch alle Frauen an." Ludan verschränkte die Arme vor der Brust und stemmte die Beine schulterbreit in den Boden neben der Tür. Er war ohnehin kein sonderlich lebhafter Mann, doch nun wirkte sein finsterer Blick noch düsterer als zuvor. Er sah aus wie ein Tiger, der in einem zu kleinen Käfig eingesperrt war. Vielleicht war er wegen seines Outfits so schlecht gelaunt.

„Bestreitet ihr solche Veranstaltungen eigentlich immer in Seidenpyjamas?" Sie versuchte, ein Lachen zu unterdrücken, doch es sprudelte zwischen ihren Worten hervor. Zugegebenermaßen unterschied sich ihre Kleidung nicht von Graylins gewohnter Garderobe, wobei sie im Gegensatz zu ihm auf den Mantel verzichtet hatten. Sie trugen lediglich ein ärmelloses Oberteil und eine locker sitzende Hose in einem hellen Silberton. Doch an diesen beiden sah das Outfit absolut sexy aus.

Ramsay griff nach ihrem Ellbogen. „Fang nicht damit an. Ludan ist eher ein Levis-Mann. Es ist auch so schon schwer genug, ihn dazu zu bringen, sich für den Rat in Schale zu werfen." Er führte sie zur Tür und beugte sich mit einem Augenzwinkern vor. „Aber ob sie nun albern sind oder nicht, man kann sich der Hosen schnell entledigen."

Ludan stellte sich an ihre andere Seite, woraufhin sie den gespenstisch ruhigen Flur entlangschritten. Ihre Schleppe machte auf dem Steinboden ein zischendes Geräusch, das dem Rauschen in ihren Ohren in nichts nachstand.

Die Männer reichten ihr die Hände, als sie die Treppe hinuntergingen, wobei ihr Herz mit jedem Schritt lauter zu schlagen schien. Lexi war sich sicher, dass jedes Ratsmitglied ihren hämmernden Puls hören konnte, als sie unten ankamen.

„*Lexi.*" Eryx' beruhigende Stimme drang in ihre Gedanken und durchströmte sie mit einer tröstlichen Wärme. *„Mach dir keine Sorgen. Egal, was passiert, du kannst nichts Falsches sagen oder tun. Wir sind gleichberechtigte Gefährten."*

Sie war nicht imstande, ihm zu antworten. Ihr Verstand und ihre Kehle hätten genauso gut mit Eis überzogen sein können. Sie zuckte mit den Schultern, dann fiel ihr ein, dass Eryx sie noch nicht sehen konnte.

Ramsay lachte leise und tätschelte ihre Hand, die auf seinem Arm ruhte. „Versuche einfach, deine Sinne zu zügeln oder abzuschalten, wie wir es geübt haben. Es wird alles gut werden."

Sie blieben vor einer geschlossenen Flügeltür stehen, die so groß war wie eine Garage, in der drei Autos Platz fanden. Mit einem Ächzen öffnete sie sich und kühle Luft schlug ihr entgegen, die ihr erhitztes Gesicht kühlte.

Oh ... wow. Die hohen Tiere von Eden machten keine halben Sachen, wenn es um ihre Zeremonien ging.

Eine gewölbte Decke aus Glas überspannte einen Saal, der mindestens drei Stockwerke hoch war. Die gold- und elfenbeinfarbenen Wände waren mit filigranen Symbolen aus Platin verziert. Die Hälfte des Raums war mit theaterähnlichen Logen ausgestattet, die aus der Wand ragten, während durch die aufgereihten Kissen am Boden ein Gang verlief.

Jeder Platz war besetzt. Die Myren knieten mit geradem Rücken und durchdrangen mit ihrem Atem die Stille. Am Ende des Ganges standen zwei große schwarze Stühle auf einem Podest, das von dem Sonnenlicht beleuchtet wurde, das durch die Glaskuppel fiel.

Eryx stand zwischen den Stühlen und strahlte eine starke und selbstbewusste Präsenz aus, die sie selbst am anderen Ende des Raums spüren konnte.

Ramsay und Ludan traten gleichzeitig vor.

Sie folgte ihnen zögernd, woraufhin sämtliche Anwesenden den Kopf in ihre Richtung drehten. Mit steifer Förmlichkeit erhoben sich die Leute und verfolgten mit ihren Blicken Lexis Schritte.

Ein feuchter Schimmer überzog ihr Gesicht. Wahrscheinlich sah sie aus wie eine wandelnde Leiche und hätte sich geschämt, wenn die Zeremonie auf Video aufgezeichnet worden wäre. Gott sei Dank gab es in Eden keine Elektronik.

Eryx trug ein ähnliches Outfit wie Ludan und Ramsay, wobei die Farbe seines Gewands dem Platinton ihres Kleides entsprach. Seine Zöpfe fielen ihm über den Rücken und ein breites Band aus Platin umwand seinen Kopf.

Eine Krone.

Eine wahrhaftige Krone.

Panik durchzuckte sie, und sie wurde von dem Drang übermannt, ihre verschwitzten Handflächen an ihrem Kleid abzuwischen. Stattdessen wackelte sie mit den Fingern und konzentrierte sich auf die Stammesgravuren und schwarzen Diamanten, die in einem regelmäßigen Abstand Eryx' Kronreif zierten.

Als sie die Stufen des Podiums erreichten, brachte

Ramsay sie sanft zum Stehen. Hinter ihr hörte sie das Rascheln von Stoff.

Sie warf verstohlen einen Blick über die Schulter und sah, dass die Ratsmitglieder sich wieder auf den Boden gekniet und die Köpfe gesenkt hatten. Mit pochendem Herzen wandte sie sich wieder Eryx zu.

Ein Lächeln umspielte seine Lippen und er sagte mit dröhnender Stimme: „Erhebt euch."

Ihre Libido meldete sich zaghaft. *„Wow. Das war sexy."*

Ramsays Lachen ertönte in ihren Gedanken. *„Wirklich? Du findest das sexy?"* Seine Stimme nahm einen nachdenklichen Tonfall an. *„Liegt es an der Dominanz? Denn das ist durchaus mein Ding."*

„Ramsay!", ermahnte Eryx seinen Bruder. Mit der Anmut eines Panthers schritt er die Stufen hinab und bedachte Lexi mit einem glühenden Blick. Er streckte ihr eine Hand mit der Handfläche nach oben entgegen.

Sie ließ ihre Hand in seine gleiten und hätte fast aufgestöhnt angesichts des Feuers, das seine Berührung in ihr entfachte.

„Wir müssen wirklich an der Kontrolle deiner Gedanken arbeiten", sagte Eryx. *„Zumindest sollten wir dafür sorgen, dass du bestimmte Gedanken nur an mich richtest."* Er führte sie die Stufen hinauf und wandte sich der Menge zu.

Das Rascheln verstummte.

„Dunstan", sagte Eryx, „sind alle Ellan anwesend?"

Ein jüngerer Mann in einem karmesinroten Gewand trat aus der ersten Reihe. Er hatte einen riesigen, abgenutzten Folianten unter einen Arm geklemmt. „Sie sind alle versammelt, mein Malran."

Eryx nickte dem Mann zu und wandte sich an den Rat. „In Übereinstimmung mit den Gesetzen, die unsere Gesellschaft regieren, wie sie von der herrschenden Familie und den Ratsvertretern für die Regionen der Myren geschaffen wurden, trete ich heute vor euch, um euch meine Baineann und eure Malress, Alexis Shantos, vorzustellen."

Er trat hinter Lexi und legte die Hände auf ihre Schultern. „Wie das Zeichen der Shantos auf ihrem Arm beweist, hat meine Seele die ihre mit dem heiligsten aller Myren-Bräuche gerufen. Und sie hat ihr geantwortet, indem sie ihrem Fireann ihr Vertrauen geschenkt und ihr Leben in den Dienst an unserer Zivilisation gestellt hat."

Eine junge Frau mit schulterlangem kastanienbraunem Haar und einem gütigen Ausdruck in den Augen erhob sich. „Alexis Shantos, ist es wahr, dass Ihr Euer Leben aus freien Stücken in der gleichen Weise wie Euer Fireann den Myren widmet, um als Malress zu dienen und für unser Volk zu arbeiten, bis Ihr aus diesem Leben scheidet?"

Lexis Kehle war wie zugeschnürt, und sie kämpfte gegen den Drang an, zu husten. „Ich verpflichte mich, meinen …"

„Fireann", soufflierten Eryx und Ramsay gleichzeitig in ihren Gedanken.

„... Fireann in seinen Bemühungen zu unterstützen, das Volk der Myren nach bestem Wissen und Gewissen zu führen." Sie atmete tief durch und versuchte, nicht zu stottern. „Ich für meinen Teil möchte allen Wesen helfen, egal, woher sie kommen."

Ein Raunen ging durch die Menge. Einige der Anwesenden nickten zustimmend, während andere voller Unmut die Augen zu dünnen Schlitzen zusammenkniffen. Wieder andere blickten gelangweilt drein.

Aus dem hinteren Teil des Raumes meldete sich ein älterer Mann mit pompöser Stimme zu Wort. „Heißt das, Ihr unterstützt auch die Menschen und betrachtet sie gegenüber den Myren als gleichberechtigt?"

Weitere gedämpfte Kommentare und Gemurmel erfüllten den Saal.

Der alte Mann fuhr fort: „Der Malran sagte, Ihr stammt aus Evad und wisst nichts von unserer Kultur. Bedeutet das, dass Ihr die Menschen mehr als unseresgleichen hier in Eden schätzt?"

Schon jetzt hasste Lexi den dürren, dünnhaarigen Mann in der letzten Reihe. Und ausgehend von Eryx' angespannten Fingern an ihren Schultern, mochte er den Kerl auch nicht sonderlich.

„Es bedeutet, dass ich diejenigen, die aus Evad kommen, nicht ignorieren oder herabsetzen werde", antwortete sie, bevor Eryx die Gelegenheit dazu hatte. „Es ist durchaus möglich, dass sich noch weitere Angehörige unseres Volkes in dieses

Reich verirrt haben und nichts von Edens Schönheit wissen."

Sie fühlte sich inspiriert und fuhr fort. „Ich habe ein Vierteljahrhundert gelebt, ohne mir meiner Herkunft bewusst zu sein. Ich bin zwar sehr stolz auf meine neue Heimat, aber ich werde diejenigen, die möglicherweise verloren sind, nicht ignorieren, wenn ich einen Weg finden kann, sie nach Hause zu bringen."

Der Mann ließ Lexi völlig außer Acht und wandte sich an Eryx. „Und was ist mit ihrer mangelnden Ausbildung, Malran? Wer soll sie unterrichten und in unsere Sitten einweisen? Sie weiß nichts über unsere Kultur und Bräuche und kann unmöglich für die Führung unseres Rates verantwortlich sein."

Lexi bemühte sich um eine ausdruckslose Miene. Sie war mit Eryx verheiratet und würde sich eine abfällige Bemerkung verkneifen. War der alte Mann ein kompletter Idiot?

Eryx' bedrohlicher Tonfall hallte durch den Raum. „Du willst doch nicht etwa andeuten, dass der Rat etwas mit ihrer Unterweisung in unseren Sitten zu tun haben wird, Angus. Ich kann mich nicht daran erinnern, dass während meiner Kindheit oder der meiner Geschwister, ein Ellan dafür verantwortlich war, uns in die Regierungsgeschäfte einzuweihen. Dieser Unterricht wurde uns von meinen Eltern und Graylin Forte erteilt. Soweit ich weiß, musste ich dich erst vor wenigen Wochen darüber belehren, was Hochverrat bedeutet. Ich denke, ich bin mehr als geeignet, meine Baineann zu unterrichten.“

Schweigen legte sich über den Raum und Lexis Anspannung löste sich ein wenig. So wie Angus ihn angegriffen hatte, war Eryx zweifellos kurz davor, die Fassung zu verlieren. Angesichts der Dinge, die Angus ihnen beiden an den Kopf geworfen hatte, war sie sich nicht sicher, ob sie eine Auseinandersetzung unterbinden oder Eryx anfeuern würde.

Die junge Frau, die sich vorhin erhoben hatte, meldete sich wieder zu Wort und wandte sich dem Ratsdiener zu. „Dunstan, ich beantrage, dass Alexis Shantos als rechtmäßige Malress akzeptiert wird.“

Zwei Männer erhoben sich und unterstützten den Antrag.

„Dem Rat wurde ein Antrag vorgelegt“, rief Eryx. „Wer etwas dagegen einzuwenden hat, möge jetzt sprechen.“

Es herrscht nur gesegnete Stille.

Die Muskeln um Lexis Brustkorb entspannten sich. Jetzt brauchte sie nur noch ein Bier, eine Portion scharfe Chicken-Wings, und eine Handvoll Käsepommes.

Eryx atmete hinter ihr tief durch. „Dunstan, vermerke, dass Alexis Shantos am heutigen Tag vor dem Ellan einstimmig als rechtmäßige Malress anerkannt wird. Sie wird diesen Titel beibehalten, bis sie aus diesem Leben ins Nirana übergeht.“

Dunstan kritzelte pflichtbewusst in sein riesiges

Buch, während die Frau, die den Antrag gestellt hatte, mit einem dicken, elfenbeinfarbenen Seidenkissen vortrat. Sie legte das Kissen direkt vor Lexi auf den Boden und machte mit respektvoll gesenktem Blick einen Schritt zurück.

„Knie dich hin, Lexi.“

Fast hätte sie laut aufgestöhnt, als Eryx' sinnliche Stimme durch ihren Kopf hallte und ihre heiße Mitte feucht werden ließ. War dem Mann nicht klar, dass er im Moment ernst bleiben musste?

Sie kniete nieder und senkte instinktiv den Kopf.

Bis auf Schritte, die über den Boden hallten, war das entfernte Kichern eines Kindes, das von draußen hereindrang, das einzige Geräusch im Raum. Dann kamen Eryx' Füße in ihr Blickfeld.

„Du gehörst mir, Alexis. Meine Baineann. Meine Malress.“ Er platzierte einen Reif auf ihrem Kopf. Langsam zog sich das Metall auf ihren mentalen Befehl hin zusammen, um sich der Größe ihres Hauptes anzupassen. So hatte er es ihr anhand der Metallperlen beigebracht, die seine Zöpfe zusammenhielten. Er reichte ihr die Hand und zog sie auf die Füße, um seine weichen Lippen ehrfürchtig über die ihren gleiten zu lassen. Nur widerwillig trat er zurück. „Mitglieder des Rates, werdet eurer Malress ansichtig.“

Die Leute begannen, verhalten zu klatschen.

Die Frau, die das Kissen gebracht hatte, kniete nun vor ihr nieder und ergriff Lexis Hand. „Ich schenke Euch meine Loyalität und Hingabe und heiße Euch als unsere Malress willkommen.“

Lexi öffnete den Mund, um etwas zu erwidern. Zumindest wollte sie der freundlichen Frau danken, doch sie wich zurück und ein anderer trat an ihre Stelle. Und dann ein weiterer, bis ein Strom aus Ratsmitgliedern folgte, während Eryx neben ihr verharrte. Er sah glücklich und vielleicht auch ein wenig stolz aus. In diesem Moment war sie es ebenfalls und fühlte sich ganz und gar wie die Prinzessin aus ihren Märchen.

Der letzte in der Schlange näherte sich ihr, und Lexi überlegte, wo sie ein wohlverdientes Bier bekommen würde.

Angus kniete vor ihr nieder.

Mit rauen Händen ergriff er die ihren und schürzte seine faltigen Lippen. „Ich heiße Euch als unsere Malress willkommen." Kein Treuegelöbnis. Kein Versprechen der Ergebenheit. Nur ein Willkommensgruß, der nicht aufrichtig war.

Lexi öffnete ihre Sinne und erspürte seine Emotionen. Ihre Knie gaben fast nach und Galle stieg in ihrer Kehle auf. Was immer sie heute getan hatte, sie hatte diesen Mann derart erzürnt, dass sie ihn an den Rand des Wahnsinns getrieben hatte.

***

Maxis trat aus dem Schatten des Balkons hervor, als das Königspaar hinter der letzten Biegung des Hauptganges des Ratsgebäudes verschwand. Für die feierliche Prozession reihte sich die Menge hinter den Kriegern ein, die Eryx und Lexi folgten.

Die Jubelrufe verstummten allmählich und wichen einem gedämpften Getuschel voller Vorhersagen und Vermutungen, während einige die Hälse reckten, um einen letzten Blick auf das prophetische Mal zu erhaschen.

Als Reese sich endlich dazu durchgerungen hatte, ihm diese Information zukommen zu lassen, hatte er den Überbringer der Nachricht fast zu Tode geprügelt. Doch als er das Symbol auf Eryx' Arm mit eigenen Augen gesehen hatte, hatte der Anblick seine Wut weitgehend besänftigt. Es stimmte zwar, dass seine ursprünglichen Pläne im Grunde zu Staub zerfallen waren, aber er war in der Lage, sie anzupassen. Die Myren waren ein vorsichtiges Völkchen, das zu Aberglauben neigte und eine mehr als übertriebene Angst vor dem Unbekannten hatte. Eine perfekte Ausgangssituation, die er auszunutzen wusste.

Ein Paar stritt sich neben einem nahegelegenen Laternenpfahl, und der Anblick sprach das Raubtier in seinem Inneren an. Es war nicht einfach gewesen, Reese dazu zu überreden, sich ein letztes Mal mit Serena zu treffen, aber es hatte sich definitiv gelohnt. In ihrem Gesicht spiegelten sich so viele Emotionen wider und ihr ganzer Körper bebte vor Wut, während sie wild gestikulierte. Ungebändigter Zorn. Damit konnte er arbeiten.

Die Menge löste sich langsam auf, und Maxis machte sich daran, seinen geänderten Plan in die Tat umzusetzen.

„Um die Ecke befindet sich ein Cootya."

Reese stand mit ausdrucksloser Miene neben Serena und ließ sich nicht anmerken, dass Maxis mental mit ihm kommunizierte.

„Nimm Serena mit. Wir treffen uns dort in zwanzig Minuten", fügte Maxis hinzu.

Reese legte eine Hand auf Serenas Rücken und zeigte in Richtung des Cootya, wobei er immer noch eine teilnahmslose Miene aufgesetzt hatte. Weder antwortete er Maxis noch sah er ihn an.

Ein seltsames Gefühl regte sich in Maxis' Brust, das er sich zwar nur ungern eingestehen wollte, aber nicht ignorieren konnte. Er brauchte Reese und wollte mehr als nur seine Folgebereitschaft.

Er schob die Emotion beiseite und schlenderte durch die Menge. Das Cootya, das er sich ausgesucht hatte, war ein Freiluftcafé mit einem Stuckdach, das über ein paar Tische hinausragte, von denen aus die Gäste einen Blick auf die Straße hatten. Im Gedränge konnte Maxis gut untertauchen, also ging er weiter und hielt sich so weit wie möglich im Schatten auf.

„Es ist mir egal, wen Sie treffen wollen, ich möchte jetzt gehen." Serenas gereizte Stimme hallte von den Steinwänden wider, als Maxis eintrat. „Nennen Sie mir einen guten Grund, warum ich bleiben sollte."

Reese versteckte sich weiterhin hinter einer Fassade der Gleichgültigkeit – vielleicht war er tatsächlich zu Tode gelangweilt.

Maxis näherte sich den beiden und beugte sich vor. „Rache."

Serena wirbelte auf ihrem Stuhl herum. In ihrer Miene spiegelte sich weniger Angst als vielmehr selbstgerechte Empörung. Die Luft um sie herum schien mit einer elektrisierenden Spannung geladen zu sein.

„Es ist sicher nicht angenehm, von einem Niemand ersetzt zu werden, der noch dazu unter Menschen aufgewachsen ist", fuhr Maxis fort. „Ich würde sagen, der Malran hat eine Lektion verdient."

Es war ein riskanter Schachzug, doch im Moment war es das Risiko wert.

Serena nahm eine königliche Haltung ein. „Und wer sind Sie, dass Sie auf die Idee kommen, mir einen solchen Vorschlag zu unterbreiten?"

Er trat näher und streckte ihr eine Hand entgegen. Zaghaft berührte sie mit den Fingerspitzen seine Handfläche. „Mein Name ist Maxis Steysis."

Ihr stand der Mund offen.

Er schlang seine Finger um ihre und hielt ihrem argwöhnischen Blick stand. Ihre Gegenwart war berauschend, und er wurde unerwartet mit einer Woge des Verlangens durchströmt. „Wie es scheint, haben Sie meinen Namen schon einmal gehört." Er führte ihre Hand an seine Lippen und streifte ihre Fingerknöchel eine Sekunde länger, als es angemessen war. „Dann wissen Sie also, dass ich geneigt bin, *Verständnis* für eine schöne Frau zu haben, die verschmäht wurde."

„Ich habe die Geschichten über Evanora gehört." Sie lächelte und faltete vornehm die Hände in ihrem Schoß, während ihr Blick scharf genug war, um damit Diamanten zu schneiden. „Als sie starb, verfügte sie über eine Menge Macht – die sie ohne die Hilfe eines Mannes erlangt hatte."

„Auch Sie wären dazu in der Lage." Maxis zog einen Stuhl heran. „Falls Sie die Gelegenheit ergreifen wollen."

Die Angestellten des Cootyas huschten hinter dem Tresen hin und her und schoben den wartenden Kunden Teller und Gläser zu. Besteck klirrte auf dicken Tontellern, und von einem Tisch erklang leises Gelächter.

Serena schwieg. Ihr Blick fiel über Maxis' Schulter auf die Straße hinter ihm, und plötzlich drückte sie hochmütig den Rücken durch. „Was ist los?", wollte er wissen.

Maxis drehte sich auf seinem Stuhl um, um zu sehen, was Serenas Aufmerksamkeit erregt hatte, und sprang auf.

„Ich dachte, Sie heißen Wesley." In Phybes gebrochener Stimme schwang sowohl ein anklagender als auch verletzter Unterton mit.

Ohne darüber nachzudenken, stürzte Maxis auf sie zu, bis Phybe kaum mehr als eine Armlänge entfernt war.

Reese stellte sich ihm in den Weg. Mit einem Nicken zeigte er auf das gut besuchte Café. „Nicht jetzt."

Maxis hörte noch Phybes Schritte auf dem staubigen Bürgersteig, doch Reese versperrte ihm mit seiner massigen Gestalt die Sicht.

Sein Strategos warf einen Blick über die Schulter und seine Miene verhärtete sich. „Ich werde nach ihr suchen.“

Maxis wurde von Aufregung gepackt, doch er strich die Vorderseite seines Hemdes glatt, um sich nichts anmerken zu lassen. Endlich zeigte sein Strategos mehr als bloße Folgebereitschaft.

„*Finde sie*“, sagte Maxis. „*Und sorge dafür, dass sie nie wieder sehen.*“

KAPITEL 23

Lexi ließ sich neben Ludan vor der Feuerschale nieder und zupfte am Saum ihrer roten Tunika. Rosa und korallenrote Morgenröte färbte den Himmel, als die Arbeiter langsam im Schloss eintrudelten. Eryx war bereits gegangen. „Wird es immer so sein?"

Ludan schälte den Rand eines langen lilafarbenen Blütenblattes ab, das sie an ein Palmblatt erinnerte. „Du meinst seine Aufgaben hinsichtlich des Rates?" Er brach das Ende ab und knickte es, dann warf er den Rest über seine Schulter in die Grube und schüttelte den Kopf. „Nein. Er muss sich nur mit Angus' Behauptungen auseinandersetzen." Er legte den bunten Streifen beiseite und begann den Vorgang mit einem anderen Blatt.

„Ich habe wohl eine Menge Staub aufgewirbelt, nicht wahr?"

Ludan warf ihr einen Seitenblick zu und grinste, wobei er das Blatt weiter schälte. „So kann man es auch sehen. Oder man betrachtet es als Chance, Angus auszuschalten und Maxis zu finden. Schließlich muss es Letzterer gewesen sein, der Angus von deiner Herkunft berichtet hat." Erneut warf er Blattreste in die Grube und ließ seinen Blick über den Garten schweifen, bevor er zum Himmel hinaufschaute. Alle fünf Minuten überprüfte er die Umgebung auf diese Weise.

„Du machst dir Sorgen um ihn." Sie hätte die Worte gar nicht aussprechen müssen, denn es war offensichtlich. Dafür brauchte sie nicht einmal ihre neuen Superkräfte, die sie mit einem Kribbeln durchströmten.

„Eryx kann auf sich selbst aufpassen. Ich bin nur die Verstärkung." Er knüpfte die Streifen zu Knoten zusammen, sodass ein seltsames Muster entstand. „Wir sind eher deinetwegen besorgt. Aber sobald wir einen Somo für dich finden und dich ausbilden, können wir uns etwas entspannen."

„Es wäre besser, wenn ich nicht mehr ganz so hilflos wäre." Sie stand auf und hielt sich an dem Steingeländer fest, das ihren gemeinsamen privaten Garten begrenzte. Hier hatte Eryx seinen Blutschwur geleistet. Im Hintergrund hörte sie das Meer rauschen, während ihr die Brise das Haar aus dem Nacken strich. „Warum kannst du mich nicht unterrichten?"

Ludan knotete weiter die Blätter, doch er lachte schnaubend. „Weil ein Mann, der eine gute Frau gefunden hat, sie um jeden Preis beschützen will. Eryx will dich selbst trainieren. Außerdem ist er immer noch verärgert, weil ich deine Erinnerungen gesehen habe." Er hielt inne und sah auf. „Wirst du ihm sagen, was vorgefallen ist?"

Sie drehte sich um, sodass ihr der Wind ins Gesicht wehte. Sie würde diese Erinnerungen nicht mehr lange vor ihm verbergen können. Eryx hatte ihr gegenüber reinen Tisch gemacht. Das Mindeste, was sie tun konnte, war, ihm ihre Geheimnisse zu offenbaren.

„Ich denke, er weiß es bereits." Sie senkte den

Kopf und rieb über den groben, grauen Stein. „Er wird die Details nicht kennen, doch im Wesentlichen weiß er, was geschehen ist."

„Es würde nichts an seinen Gefühlen ändern. Nicht so, wie du vielleicht denkst. Und für einen Mann wie ihn machen Details durchaus einen Unterschied."

Sie wollte nicht darüber sprechen. Nicht heute. Also ging sie zu Ludan zurück und versuchte, das Thema zu wechseln. „Wir sind nie dazu gekommen, die Verbindung zueinander herzustellen."

Ludan verzog den Mund zu einem verschmitzten Lächeln. „Bist du sicher, dass du das tun willst, wenn Eryx nicht hier ist?"

„Er ist mein Gefährte, nicht mein Vater."

Ludans Lächeln wurde breiter. „So ist es recht." Er knüpfte einen weiteren Knoten und hielt dann ein kreisförmiges Geflecht in die Höhe, das etwa die Größe ihres Handgelenks hatte. „Hier."

Das Muster schimmerte in einer verschlungenen Mischung aus blassem Lila bis tiefstem Violett. „Was ist das?"

„Ein Armband." Er stand auf und wischte sich Blumenreste von seiner Hose. „Als wir noch Kinder waren, habe ich sie immer mit Galena zusammen geknüpft."

Ein Kichern entfuhr ihr, denn das Bild von Ludan, der pflichtbewusst hinter Galena her trappelte, zauberte ihr ein Lächeln ins Gesicht. Sie hatte immer noch Schwierigkeiten, sich an das Bild von ihm in Kriegerkleidung zu gewöhnen, aber sie

passte besser zu seiner Persönlichkeit als das Ratsgewand.

„Lach nicht", sagte er. „Wenn Galena sich etwas
in den Kopf gesetzt hat, kann sie sehr verbissen
sein." Er ergriff ihre Hand und presste seine Handfläche an die ihre. „Bist du bereit?"

Lexi nickte und konzentrierte sich auf ihre Hände. „Was soll ich tun?"

Er stieß ein warmherziges Lachen aus, das seine
übliche gelangweilte Miene Lügen strafte. „Für
den Anfang musst du dich einfach entspannen.
Schließ die Augen." Er senkte die Stimme. „Spüre
meine Energie und stelle sie dir bildlich vor."

Ein Kribbeln schoss durch ihre Handfläche, und
vor ihrem geistigen Auge schlängelte sich ein Band
aus Licht – das perfekt zu seinen eisblauen Augen
passte – ihren Arm hinauf. „Es fühlt sich genauso
an wie mit Eryx."

„Das will ich doch nicht hoffen", ertönte Eryx'
Stimme hinter ihnen.

Sie zuckte zusammen und versuchte, ihre Hand
wegzuziehen, aber Ludan hielt sie fest umklam-
mert, während die Energie immer noch ihren Unterarm hinaufströmte.

Eryx legte seine Hände an ihre Schultern und half
ihr. „Und jetzt lass deine Energie zu ihm fließen."
Er schmiegte sich von hinten an sie und flüsterte
ihr mit rauer Stimme ins Ohr: „Wickle den Strang
in Gedanken um seinen, sodass sie sich miteinander verflechten können."

Sie bebte am ganzen Körper und schämte sich für

ihre Reaktion. Man konnte es ihr jedoch kaum verdenken. Mit Ludans Verbindungsenergie, die auf intime Weise in ihre Handfläche strömte, während ihr Gefährte sich an ihren Rücken presste, würde selbst eine Nonne ins Schwanken geraten.

Mit Eryx' Unterstützung stellte sie sich den mentalen Händedruck bildlich vor und verwob ihre Energie mit der von Ludan. Die einzelnen Stränge umkreisten einander, bis sie plötzlich fest zuschnappten.

„Und jetzt raus aus meiner Baineann, Forte."

„Reg dich ab." Ludan trat höflich einen Schritt zurück und stemmte die Hände in die Hüften. „Sobald du ihr einen Somo besorgst, der dich nicht so aus der Fassung bringt, wird sie mich nicht mehr brauchen. Bis dahin kann eine weitere Verbindung nicht schaden."

„Es war meine Idee." Lexi fuhr mit ihrer Hand über Eryx' Arm, woraufhin er den Bizeps anspannte.

Eryx zog sie an sich und drückte ihr einen Kuss auf den Kopf. „Ich hätte dich nicht warten lassen sollen."

„Es ist schon in Ordnung." Sie zog den Kopf zurück. „Aber ich bin jetzt bereit zu lernen, wie man einen Feuerball wirft."

Ludan und Eryx tauschten einen verwirrten Blick aus, der nur der männlichen Spezies vorbehalten schien. Eryx rieb sich das Kinn, wobei seine Barstoppeln ein kratzendes Geräusch von sich gaben. „Ich weiß nicht, ob das möglich ist. Zumindest nicht auf dieselbe Weise, wie wir."

„Warum nicht?" Sie ließ ihren Blick zwischen den beiden hin- und herwandern. „Ich dachte, jeder kann die Elemente manipulieren."

„Das ist richtig, doch nur, um grundlegende Bedürfnisse zu befriedigen, wie zum Beispiel das Entfachen eines Feuers. Bestenfalls, um sich zu verteidigen", erklärte Eryx. „Die meisten weiblichen Gaben manifestieren sich als fürsorgliche Fähigkeiten. Deshalb kann Galena heilen und du bist in der Lage, die Emotionen anderer zu spüren."

Ludan ließ sich auf einen Stuhl neben der Feuerstelle nieder und stützte einen gestiefelten Fuß auf dem Rand ab. „Ja, aber sie ist nicht einfach irgendeine Frau."

Eryx nickte und rieb sich den Nacken. Seine Stirn legte sich in Falten. „Bist du sicher, dass du nicht mit etwas Kleinerem anfangen willst? Zum Beispiel mit dem telepathischen Bewegen eines Kissens?"

Männer. „Ich darf ohne dich oder Ludan das Haus nicht verlassen und jetzt willst du, dass ich mit dem Verschieben eines Kissens anfange?"

Eryx verzog die Lippen zu einem breiten, strahlenden Lächeln und hatte endlich den Anstand, den Kopf einsichtig zu senken. „Dann also Feuer." Er drehte sie in Richtung der Schale und deutete auf das trockene Holz, das in der Mitte aufgestapelt war. „Wage einen Versuch und finde heraus, wohin er dich führt."

Lexi warf Eryx einen verstohlenen Blick zu, und ein Teil ihrer Begeisterung wurde von Zweifel gedämpft. „Gibt es einen Trick?"

„Es ist auch nicht anders als das Fliegenlernen." Eryx schmiegte sich von hinten an sie, wie er es auch vor einigen Tagen bei ihrem ersten Flugversuch getan hatte. „Dein Körper ruft das gewünschte Element zu sich und dein Geist lenkt es."

Lexi schloss die Augen. Das Bild der Feuerstelle, die in der Nacht ihrer Vereinigung in Flammen gestanden hatte, kam ihr in den Sinn. Sie sah die tiefen Rot- und Orangetöne, die hoch aufsteigenden Flammen und die Funken vor sich, die durch den Wind tanzten. Dann stellte sie sich vor, wie der Feuerstrom durch ihre Brust floss, streckte eine Hand mit Handfläche nach oben aus und presste.

Der Wind bäumte sich auf. Blumentöpfe fielen auf die Terrasse und zerbrachen.

Ludan schob das Durcheinander mit dem Fuß beiseite. „Das war zwar kein Feuer, aber für einen ersten Versuch mit dem Element Luft war es nicht schlecht."

Lexi zog die Nase kraus und wandte sich Eryx zu. „Tut mir leid."

Er zuckte mit den Schultern und tätschelte ihr die Schulter. „Es ist jetzt genauso dein Zuhause wie meines. Aber pass auf, dass du nicht auf das Haus zielst."

„Ich muss schon sagen, das mit dem Wind sah vielversprechend aus." Ludan trat aus der Schusslinie. „Es ist, als wolltest du sagen: *Leg dich nicht mit Mutter Natur an.“*

„Aber es ist nur Luft“, jammerte sie.

„Hey. Du solltest das Element Luft nicht unterschätzen.“ Eryx drehte sie der Feuerstelle zu und schmiegte sich an sie. „Und jetzt versuch es noch einmal.“

Sie kniff die Augen zusammen und unternahm einen neuen Versuch, wobei sie das Windelement aus ihrem mentalen Bild ausließ. Ein Feuerstrahl strömte in einem Bogen aus ihrer ausgestreckten Handfläche und landete kurz vor der Schale. Ein großer Brandfleck auf dem Boden brachte das ehemals weiche, grüne Gras zum Knistern und eine Rauchwolke verbreitete den Duft von frischem Heu in der Luft. Seltsam. Sie hätte eher einen Grasbrand wie auf der Erde erwartet.

„Das war ziemlich lahm“, sagte Ludan und warf ihr einen provozierenden Blick zu.

Oh, sie würde sich der Herausforderung bereitwillig stellen. Auf keinen Fall würde sie einfach so kampflos aufgeben. Sie schloss die Augen und stellte sich die Umgebung vor ihrem geistigen Auge vor. Dann zielte sie auf eine Stelle, wobei sie auf Eryx’ und Ludans Positionen achtete.

Winzige Fäden waberten über das Bild. Sie waren hauchdünn und flatterten im Wind und schienen mit Ludan und Eryx verbunden zu sein. Vielleicht handelte es sich um eine visuelle Manifestation ihrer Verbindungen?

Konzentrier dich. Darüber kannst du später noch nachdenken.

In Gedanken richtete sie ihr Ziel auf die Feuerstelle aus und stieß einen visuellen Feuerstrahl in ihre Richtung.

Sie öffnete die Augen und ein faustbreiter Strahl traf sein Ziel. „Ja!"

„Gut", sagte Eryx mit eindringlicher Stimme direkt hinter ihr. „Und jetzt wirf einen Strahl bis zum Rand der Klippe. Tu es einfach, ohne darüber nachzudenken."

Diesmal mit offenen Augen, zielte sie weit und legte ihre ganze Konzentration in einen dünnen Strahl.

Wusch.

Sie kam nicht ganz bis zur Kante der Klippe, aber nahe dran.

„Das ist ungefähr so weit, wie Galena werfen kann, und das will etwas heißen." Ludan setzte sich wieder auf seinen Stuhl und warf ihr einen ernsten Blick zu. „Aber ich glaube, Wind ist eher dein Element."

„Eryx." Ramsay landete vor ihnen und brachte dabei den Boden zum Beben. Ein weiterer Mann, den sie noch nie zuvor gesehen hatte, folgte ihm. „Wir müssen reden. Jagger hat Neuigkeiten."

Eryx ließ sie los und umklammerte die Unterarme des Fremden im Kriegergruß. „Jagger."

Der Mann sah aus, als wäre er von der Sonne selbst geboren worden. Goldene Augen, hellbraunes Haar, das mit honigfarbenen Strähnen durchzogen war und ein leuchtender Teint. Als schön hätte man ihn allerdings nicht bezeichnen können, denn seine Wangen und Kieferpartie waren zu kantig geschnitten und verliefen nicht ebenmäßig. Er wirkte eher grimmig wie ein Rachegott der Sonne.

Ramsay trat mit ungewohnt angespannter Miene auf sie zu.

Lexi mache eine abwinkende Handbewegung. „Geht ihr nur. Ich werde üben." Statt eine Erwiderung abzuwarten, wandte sie sich wieder der Feuerstelle zu. Sie hörte das Gemurmel der Männer hinter ihr. Es störte sie nicht, dass sie ihre Fähigkeiten noch trainieren musste, doch mit einer durchschnittlichen Leistung würde sie sich nicht zufriedengeben. Sie würde sicher eine Möglichkeit finden, um den Strom zu verstärken.

Sie rief sich den Garten ins Gedächtnis und erweiterte ihren Fokus, wobei sie das Meer und den regenbogenfarbenen Horizont einschloss.

Wie zuvor schlängelten sich die blass-weißen, fast durchsichtigen Stränge durch das Bild, als würden sie um Aufmerksamkeit wetteifern. Ludan, Ramsay, Eryx, Jagger. Sie sah sie alle vor sich …

Moment mal. Sie war nicht mit Jagger verbunden. Warum konnte sie dann seine Energie sehen? Mit geschlossenen Augen wandte sie sich dem Schloss zu und entdeckte weitere Stränge, die jedoch weniger ausgeprägt waren als die in ihrer Nähe. Es war ein komplexes Netz, das in alle Richtungen verwoben war.

Sie drehte sich wieder zum Meer. Vielleicht machte sie etwas falsch. Im Geiste griff sie nach den Strömen, die ihr am nächsten waren, kanalisierte eine Vision von Feuer und streckte die Handfläche aus.

„Heilige Scheiße."

„Das ist beeindruckend."

Ramsay und Jagger taten gleichzeitig ihr Erstaunen kund.

Und sie hatten recht. Lexi hatte nicht nur die Klippe erreicht, sondern auch einen Feuerstrahl geworfen, gegen den Eryx' Feuerball im Waffle House wie ein Softball wirkte.

Eryx trat hinter sie. „Wie hast du das gemacht?"

Lexi warf einen Blick auf einen grinsenden Ludan und sah dann wieder Eryx an. „Ich bin mir nicht ganz sicher." Das war nicht unbedingt gelogen, aber so wie alle sie anstarrten, wollte sie ihnen noch nicht alles erzählen. Zumindest nicht in der Öffentlichkeit.

Eryx legte einen Arm um ihre Schultern und zog sie an sich. „Du wirst es schon noch herausfinden." Er drückte ihr einen Kuss auf den Kopf. „Aber Jag hat recht. Es war verdammt beeindruckend."

„Wir müssen der Sache nachgehen, Eryx", warf Ramsay ein. „Falls Jag recht hat, was die Männer in Asshur angeht, dann sollten wir etwas unternehmen, bevor Maxis seine Spuren verwischen kann."

Sie versetzte Eryx einen leichten Stoß in die Rippen. „Kümmert euch um eure Angelegenheiten. Ich bleibe hier." Ihr fiel auf, dass Ludan die Lippen zu einer dünnen Linie zusammenpresste. „Und nimm Ludan mit."

„Ich werde dich nicht allein hier zurücklassen." Eryx verzog das Gesicht zu einer unnachgiebigen Miene, mit der er für gewöhnlich seinen Willen bekam.

Aber sie war ebenso starrköpfig. „Das Schloss wird doch bewacht, nicht wahr? Also bin ich in Sicherheit. Nimm Ludan mit, kümmere dich um deine Geschäfte und lass mir etwas Zeit allein. Ich bin es nicht gewohnt, dass ständig jemand auf mich aufpasst. Es gibt mir das Gefühl, als sei ich zwei Jahre alt."

„Es wäre gut, seine Meinung zu hören", sagte Ramsay. „Aber wir müssen uns beeilen."

Eryx beugte sich vor. „Versprich mir, dass du hierbleibst. Verlasse das Anwesen nicht. Unter keinen Umständen."

Lexi verdrehte die Augen. „Bösewichte. Überall. Verstanden." Sie wackelte mit den Augenbrauen. „Aber jetzt bin ich imstande, sie aus einiger Ent-fernung zu braten."

„Werd' nicht übermütig, Teufelsweib." Er küsste sie auf die Stirn und ging zurück zu den Männern. „Und richte deinen Flammenwerfer nicht auf das Haus."

KAPITEL 24

Mit grummelndem Magen ging Lexi in Richtung Küche. Eryx hatte nicht gelogen, als er gesagt hatte, dass ihr Appetit sich steigern würde. Vor allem, nachdem sie zwei Stunden ununterbrochen Zielübungen hinter sich hatte – einschließlich eines Experiments mit Wasser, mit dem sie für Chaos gesorgt hatte.

Abseits des Hauptkorridors wischte eine Bedienstete gerade einen sechs Meter langen Tisch ab. Lexi schenkte ihr ein Lächeln und winkte.

Die junge Frau wandte ihren Blick ab und starrte konzentriert auf die glänzende Oberfläche.

Auf dieselbe Weise reagierten auch alle anderen. Nicht gerade die Begrüßung, die sie sich gewünscht hatte, aber sie konnte es ihnen nicht verdenken. Immerhin hatte sie ihre prophetische Visitenkarte auf Eryx' Arm hinterlassen.

Die erfreuliche Nachricht war, dass sie Elektrizität, Feuer und Wind mittlerweile, ohne zu zögern, für sich nutzen konnte, wobei sie ihre Ziele zumindest annähernd traf. Aber Ludan hatte recht – die Luft war definitiv ihr Element. Bisher traf sie noch nichts, das etwas weiter entfernt war, doch sie würde auf keinen Fall noch einmal an diese Energiestränge andocken, bevor sie nicht mit Eryx gesprochen hatte. Am Ende verstieß sie damit gegen irgendeinen myrenischen Aberglauben.

Mist. Sie blieb in der Eingangshalle stehen und versuchte sich zu entsinnen, wo sie falsch abgebogen war. Wahrscheinlich hätte sie den linken, statt den rechten Gang hinuntergehen sollen. Sie schnaubte und drehte sich um, um zurückzugehen.

Als ihr Blick durch das riesige Panoramafenster fiel, hielt sie inne. Im Garten sah sie ein Beet mit amethystfarbenen Blüten hin und her wippen, während am Boden etwas Dunkles daran rüttelte. Silberfarbenes Haar lugte darüber hervor.

Orla. Mit beschwingten Schritten ging sie in den Garten hinaus und freute sich darauf, etwas Gesellschaft zu haben. Der weiße Sandweg glitzerte in der Mittagssonne, und der Duft der verschiedenen Blüten durchflutete ihre Lunge. Süß. Würzig. Frisch. Die Gerüche vermengten sich in der Luft mit einem Hauch Meersalz.

Als sie sich dem Beet näherte, wäre sie beinahe über ein paar jugendliche Beine mit nackten Füßen gestolpert. „Ach, herrje. Tut mir leid.“

Mit einer Handvoll Unkraut blickte Orla von dem Blumenbeet auf, und ein hübsches Mädchen mit locker geflochtenen Zöpfen kroch hinter einem hohen Büschel Gras hervor.

„Lexi.“ Orla wischte sich die Hände an ihrer Schürze ab. „Ich dachte, du wärst mit Eryx in den Gärten.“

„Nein. Ich bin schon seit einer Weile allein unterwegs. Die Jungs sind auf und davon, um Krieg zu spielen.“ Sie war es leid, auf Zehenspitzen um die Fremden in ihrem neuen Zuhause herumzuschleichen, also reichte sie dem Mädchen die

Hand. „Ich bin Lexi."

Das Kind ergriff Lexis Hand und neigte verlegen den Kopf, um sich höflich zu verbeugen. „Ich bin Jillian." Ihr sonniges Lächeln passte zu ihrer gelben Tunika und den Leggings. „Ich wohne hier mit Orla."

Während Lexi dem Mädchen die Hand schüttelte, regte sich plötzlich ein vage vertrautes Gefühl in ihr. „Es ist schön, dich kennenzulernen."

Dunkelblondes Haar, winzige Sommersprossen auf Wangen und Nase und ein ausgeprägter Knochenbau, der in ihrem jungen Gesicht seltsam wirkte. Aber sie würde in diese Knochen hineinwachsen. Und in Kombination mit diesen haselnussbraunen Augen? Die Jungs würden nicht wissen, wie ihnen geschah.

Haselnussbraun. Ausdrucksstark. Sie hatte diese Augen schon einmal gesehen …

„Warte mal." Lexi warf einen Blick auf Orla und sah dann wieder Jillian an. „Bist du mit Orla verwandt?"

Ein jugendliches Strahlen trat in ihre Augen. „Oh, nein. Sie sorgt nur für mich. Ich lebe hier mit Onkel Eryx und Onkel Ramsay, seit ich denken kann." So schnell wie sich ihre Miene erhellt hatte, verfinsterte sie sich wieder und sie warf einen Blick auf Orla. „I-ich meine, die beiden sind nicht wirklich meine Onkel. Ich habe sie nur immer so genannt. Wenn es dir nicht gefällt, dann …"

Lexi öffnete ihre Sinne und spürte eine verlorene, eigenwillige Seele, die zwar glücklich, aber dennoch abgekoppelt schien. Sie drückte Jillians Arm, um das Mädchen zu beruhigen. „Meine Anwesenheit hier ändert nicht das Geringste. Vielleicht könnten wir etwas Zeit miteinander verbringen und du könntest mir helfen, alle kennen zu lernen? Jedes Mal, wenn ich in die Nähe der Angestellten komme, ziehen sie die Köpfe ein."

Jillian verschränkte die Hände hinter dem Rücken, und ihre Wangen erröteten. „Das würde mir gefallen."

Ein Hund kam hinter der Wand aus hohem Gras hervor. Die Farbe seines Fells war eine Mischung aus Lila und Grau, das man am ehesten als Lavendelblau bezeichnen konnte. Der erstaunliche Farbton wurde nur von einer perlmuttfarbenen Strähne unterbrochen, die schimmernd entlang seiner Wirbelsäule verlief. Er tapste auf Lexi zu und stupste ihr Handgelenk mit seiner kalten, feuchten Schnauze an.

Jillians Lachen hallte mit der gleichen Leichtigkeit durch die Luft, mit der auch die Blütenblätter im Wind tanzten. „Oh, jetzt kommst du endlich hervor."

„Er ist wunderschön." Lexi streichelte dem Tier über den Kopf. „Wie heißt er?"

„Samuel." Jillian ging in die Hocke und strich mit einer Hand über die weiße Strähne an seiner Wirbelsäule. „Onkel Ramsay hat ihn mir geschenkt."

„Er ist eine Plage." Orla stand auf und rieb sich über den Rücken. „Wir sind hier fertig. Wenn du nicht gerade deine neuen Fähigkeiten übst, möchtest du vielleicht etwas essen?"

„Ich war gerade auf dem Weg in die Küche. Aber ich habe mich verlaufen und stattdessen euch hier vorgefunden."

„Wunderbar." Orla warf ihren Spaten in eine abgenutzte braungraue Tasche aus robustem Stoff und deutete auf eine Handvoll Werkzeuge, die hinter ihr auf dem Weg lagen. „Jilly, sammle die hier ein, und ich bringe sie in den Schuppen."

Lexi half mit und schnappte sich die Tasche, bevor Orla danach greifen konnte. „Ich hänge sie auf, wenn du mir sagst, wo sie hingehören."

Orla nickte, hob den Sack mit dem Unkraut auf und deutete den Weg hinunter zu einem Schuppen am Rande des Gartens. „Gleich da drüben. Während du damit beschäftigt bist, werden Jilly und ich uns um das Essen kümmern. Hast du Lust auf irgendetwas Bestimmtes?"

„Was war das für ein Gebäck, das du gestern zubereitet hast? Es war mit Pfirsich gefüllt und mit Karamellsauce übergossen."

Orla und Jillian lachten, dann antwortete Orla. „Das ist Lasta. Normalerweise essen wir es zum Frühstück, aber warum nicht." Sie warf einen Blick auf die gejäteten Beete hinter ihr. „Wir haben es uns verdient, nicht wahr?"

„Auf jeden Fall." Lexi machte sich auf den Weg zum Schuppen und freute sich fast so sehr auf Orlas Leckerbissen, wie sie dem Erlernen ihrer Feuerkünste entgegengeblickt hatte. Sie wühlte sich durch die Reihen von Werkzeugen, fand einen leeren Platz für die Tasche und trat wieder hinaus in die Sonne.

Sie blieb auf der Stelle stehen, als Serenas teuflische Stimme an ihr Ohr drang, nur Sekunden bevor sie ihre Wut spürte. „Ich hatte gehofft, dass ich dich hier finden würde."

Lexi unterdrückte ihre emotionale Gabe und versteifte sich. „Was willst du?"

Ein bösartiges Funkeln loderte in Serenas hellblauen Augen. „Vielleicht wollte ich mich für mein Verhalten von neulich entschuldigen."

„Ich kann mir nicht vorstellen, dass du dich oft für etwas entschuldigst. Wahrscheinlich schnüffelst du eher um meinen Fireann herum."

„Für eine Frau, die nichts über unsere Rasse weiß, benutzt du diesen Begriff ziemlich leichtfertig." Ihr gehässiger Tonfall war so scharf wie eine schneidende Klinge. „Aber du hast recht. Deine Gefühle sind mir völlig gleich. Eryx wird mir gehören."

„Von wegen."

„Ach wirklich?" Aus dem Rock ihres Kleides zog sie ein schmales, goldenes Kästchen hervor, das gerade in ihre Hand passte. Sie streckte es Lexi entgegen. „Ich habe hier etwas, das das Gegenteil beweist."

Lexi warf einen Blick auf das Kästchen und sah dann zu Serena auf. „Ein Spiel?"

„Wohl kaum." Sie legte die freie Hand auf den Deckel und hob ihn an. „Sieh doch selbst." Auf einem Bett aus weißem Filz lag ein goldenes Abzeichen.

Lexi wurde von Schrecken gepackt und ihr rutschte das Herz in die Hose.

Zeig keine Reaktion. Atme langsam und gleichmäßig ein und aus.

„Was ist das?" Mit ein bisschen Glück war Serena so sehr von ihren Rachegelüsten verblendet, dass sie das Zittern in Lexis Stimme nicht hören konnte.

Serena legte den Kopf schief. „Du erkennst es nicht? Ich dachte, du würdest auf den ersten Blick wissen, was es ist. In seinen Erinnerungen sah es so aus, als sei er stolz auf seine Zeit als … wie nennt man das in Evad? Polizist? Hat er dir das nie gezeigt?"

In der Mitte des glänzenden Emblems prangten in Schwarz die Buchstaben TPD. Lexis Magen verkrampfte sich und der Schrecken wich einer unbändigen Angst, doch sie würde sich von dieser Schlampe nicht in die Karten schauen lassen. „Ich habe keine Ahnung, von wem du redest."

„Oh, verdammt. Ich kann mir Namen so schlecht merken." Serena legte einen Finger an ihr Kinn und blickte gen Himmel. „Ike … Issac …" Sie riss die Augen auf und begegnete Lexis Blick. „Oh, ich weiß. Ian."

Scheiße.

Serena hielt inne und verzog die Lippen zu einem bösartigen Grinsen. „Er wollte genauso wenig zugeben, dass er dich kennt. Es ist wirklich niedlich, wie ihr beide versucht, einander zu beschützen. Weiß Eryx von ihm? Ihr wart doch sicher nicht intim miteinander. Er sieht so *alt* aus."

Lexi ballte die Hände zu Fäusten, sodass ihre Fingernägel sich in ihre Handflächen bohrten. Sie hatte das unbändige Bedürfnis, Serena am Hals zu packen und fest zuzudrücken. Dabei biss sie die Zähne so fest zusammen, dass ihre Schläfen zu schmerzen begannen.

„Dein Freund befindet sich in einer Villa am Rande von Cush. Aber du kannst dafür sorgen, dass er sicher wieder nach Hause zurückkehrt, wenn du mich heute Abend dort triffst."

Lexi richtete sich so kerzengerade auf, wie sie konnte. „Mir ist klar, dass du nur Geringschätzung für mich übrighast. Aber niemand, nicht einmal eine unter Menschen aufgewachsene Myren, wäre so dumm, in eine solche Falle zu tappen. Außerdem unterschätzt du die Schachfigur, die du als Köder benutzt, gewaltig."

„Dann würde es dir also nichts ausmachen, wenn ich den Befehl gebe, ihm die Kehle durchzuschneiden?"

Lexi brachte keinen Ton heraus und presste die Lippen aufeinander.

Serena gluckste. „Das hätte ich auch nicht gedacht. Ich werde dir die Adresse nennen, und du wirst heute Abend bei Sonnenuntergang dort sein. Und zwar allein. Und überlege es dir gut, bevor du deinem kostbaren neuen Fireann etwas davon erzählst. Ich verfüge über politische Verbindungen und eine ganze Armee. Ich muss nur die richtigen Worte an die richtigen Leute richten und du wirst für einen Krieg verantwortlich sein." Ein Ausdruck morbider Freude funkelte in ihren azurblauen Augen auf. „Ich bin sicher, deine Untertanen wären begeistert, wenn sie wüssten, dass ihre neue Malress der alleinige Grund dafür ist, dass eine neue Ära des Leidens und des Todes über unser Volk hereinbricht."

Serena fuhr mit ihren Ausführungen fort.

Lexi schwieg weiter. Es musste eine Lösung für all das geben. Irgendwie müsste sie einen Weg finden, um diesen Drachen aufzuhalten und Ian in Sicherheit zu bringen.

Als Serena fertig war, flüsterte sie in ihr Ohr: „Wir sehen uns heute Abend, meine Malress."

Dann trat sie zurück in die Schatten und verschwand im Nichts.

Eine letzte Brise überdosierten Parfüms umwehte Lexi.

KAPITEL 25

Eryx stürmte aus der Küche in Richtung Garten und versuchte die Wut zu zügeln, die durch seine Adern rauschte. Sobald er gelandet war, waren Orla und Jillian zu ihm geeilt und hatten ihm erzählt, was in seiner Abwesenheit vorgefallen war. Allerdings hatten sie ihm nicht viel berichten können. Serena war zwar hier gewesen und hatte Lexi sichtlich aus der Fassung gebracht, doch niemand schien zu wissen, was sie gesagt hatte. Wie er Serena kannte, war es sicher nicht erfreulich.

Er trat hinaus in die späte Nachmittagssonne. Ein Blitz schlug in eine Holzkiste ein, die an die Feuerstelle gelehnt war. Drei weitere Kisten lagen auf dem Boden. Eigentlich waren sie nicht mehr als solche erkennbar, denn es waren nur noch Holzreste und Aschehaufen übrig, während die Luft von Rauch durchzogen war. „Diese Kiste muss dich wirklich wütend gemacht haben."

Lexi wirbelte herum und sah ihn an. Das Oberteil ihrer karmesinroten Tunika war schweißnass und klebte an ihrem Oberkörper. Ihre Wangen und Stirn waren mit Schmutz oder Asche verschmiert. „Ich habe dich gar nicht kommen gehört."

„Das kann ich sehen." Er ging behutsam auf sie zu und war neugierig zu sehen, wie sie sich verhalten würde. „Du übst wohl schon eine Weile."

Lexi nickte ein wenig zu energisch. „Ich werde schon besser."

„Sieht ganz danach aus."

Sie verschränkte die Hände hinter dem Rücken und trat von einem Fuß auf den anderen. „Wie war die Besprechung?"

Aha, dann wollte sie also ablenken. „Wir haben unser Einsatzgebiet geändert und die Patrouillen ausschwärmen lassen." Er zog sie in seine Arme, wobei sich die feinen Härchen an seinen Armen aufrichteten. Es war ein deutliches Zeichen dafür, dass sie bis an den Rand der Erschöpfung geübt hatte. „Hast du heute auch eine Pause eingelegt?"

Lexi nickte, doch sie wich seinem Blick aus. „Ich habe mit Orla und Jillian zu Mittag gegessen."

Er wartete, um zu sehen, ob sie noch etwas hinzufügen würde. Nichts.

„Komm schon." Wenn sie nicht mit ihm reden wollte, konnte er sich wenigstens um ihre körperlichen Bedürfnisse kümmern. Er zog sie an seine Seite und führte sie in Richtung Haus. „Wenn du dich nicht ausruhst, wirst du noch ohnmächtig werden."

Sie sah ihn mit großen Augen an. „Mist, das habe ich ganz vergessen." Dann blickte sie wieder mit eindringlichem Blick zu Boden. Es wunderte ihn, dass er nicht imstande war, die Rädchen in ihrem Kopf zu hören.

Mehr sagte sie nicht und schwieg den restlichen Weg zu ihren Gemächern. Dort angekommen, legte sie sich ins Bett und rollte sich mit dem Rücken zur Tür auf die Seite.

In diesem Moment schien die Distanz zwischen

ihnen größer zu sein als je zuvor. Frustration durchströmte ihn und er verspürte einen schmerzhaften Stich im Herzen. Wie sollte er ihr helfen, wenn sie sich ihm nicht anvertraute? Nach ihrer Vereinigung hatte er geglaubt, sie hätten diesen Punkt hinter sich gelassen.

Er schnappte sich eine Decke. Wenn sie nicht mit ihm reden wollte, würde er einfach ihre Erinnerungen durchforsten. Er breitete die Decke über ihr aus und ließ sich auf der Bettkante nieder. „Rede mit mir."

Lexi kniff die Augen zu und presste die Lippen so fest aufeinander, dass sie weiß anliefen.

So kam er nicht weiter. Was, um Himmels willen, sollte er jetzt tun? Sollte er in ihre Erinnerungen eindringen oder darauf vertrauen, dass sich ihm anvertrauen würde, wenn sie bereit dazu war?

Sie lag stillschweigend und zusammengerollt neben ihm. Innerhalb einer Woche war ihre ganze Welt auf den Kopf gestellt worden und sie hatte mehr durchgemacht als manche Leute in ihrem ganzen Leben. Doch in der ganzen Zeit hatte sie sich nicht ein einziges Mal so in sich zurückgezogen wie jetzt. Sie war nicht einfach nur erschöpft, das war nur ein Vorwand. Was auch immer an ihr nagte, es war schrecklich. Er nahm ihre aufgewühlten Emotionen wahr – und sie zerrissen ihn fast von innen heraus.

Und da hast du deine Antwort.

Wenn er jetzt ihre Erinnerungen durchforsten würde, wäre er nicht besser als die Menschen, die ihr in ihrer Kindheit wehgetan hatten. Ganz zu schweigen davon, dass er das Vertrauen, das sie zueinander aufgebaut hatten, mit einem Schlag zerstören würde. Er stieß einen Seufzer aus und strich ihr eine Haarsträhne hinters Ohr. „Du bist nicht mehr allein im Leben, Lexi."

Eine Träne rann ihr über die Wange und fiel auf die karmesinrote Seide unter ihrer Schläfe.

Er stand auf und ging zur Tür. Es wäre besser zu gehen, bevor er seine Meinung änderte und etwas tat oder sagte, was er bereuen würde. Er legte eine Hand an den kalten Türknauf.

„Eryx."

Sein Herz machte einen Satz, als er ihre zittrige Stimme hörte. Er wappnete sich und drehte sich um.

Ihr Gesicht war angespannt, und er konnte sehen, dass sie die Hände unter der Bettdecke zu Fäusten geballt hatte. „Wir müssen reden."

***

Von allen möglichen Strategien, die Lexi seit ihrer Begegnung mit Serena in Erwägung gezogen hatte, hatte sich keine so entwickelt wie die Realität. Die Details waren nur so aus ihr herausgesprudelt, wobei sie sich einiger schillernder Metaphern befleißigt hatte, die einen Biker zum Erröten gebracht hätten.

Eryx zog sie in seine Arme und drückte sie so fest an sich, dass sie Angst hatte, er könnte ihre Lunge zerquetschen. Dabei war er weder wütend noch sprang er mit dem Wunsch auf, jemandem den Kopf abzureißen. Er hielt sie einfach nur fest. Seine Stimme bebte, und sie konnte spüren, dass er von unbändiger Erleichterung durchflutet wurde. „Danke, dass du dich mir anvertraut hast."

Sie stieß zitternd den Atem aus. „Du hast es gewusst."

Eryx ergriff ihr Kinn mit Daumen und Zeigefinger und hob ihren Kopf an. „Jillian und Orla eilten sofort zu mir, als ich nach Hause kam. Sie erzählten mir, dass Serena hier gewesen war, aber sie konnten mir nicht sagen, was genau vorgefallen war. Ich hätte dir fast deine Erinnerungen genommen. Aber mir wurde klar, dass ich dir dasselbe Vertrauen entgegenbringen muss, das du auch mir entgegenbringst."

Fassungslos sah sie ihn an. Fast hätten ihre Knie nachgegeben und Tränen kullerten ihr über die Wangen. Seit ihrem vierzehnten Lebensjahr hatte sie nichts mehr gehabt, für das es sich zu weinen lohnte. Doch dieser Mann – dieser Mann war all die Tränen wert.

Er strich ihr über die Wangen und ließ zärtlich seine Lippen über ihre Stirn gleiten. „Wir werden Ian finden."

Sie unterdrückte ein Schluchzen. „Aber die Rebellion. Wir werden einen Krieg anzetteln."

Er lächelte. Dieser arrogante, selbstbewusste, wunderbare Mann verzog tatsächlich die Lippen zu einem Lächeln. „Die Lomos-Rebellion wird ihr

Vorhaben vorantreiben, egal, wie wir vorgehen. Ob wir Ian nun befreien oder nicht, wir werden nichts an Maxis Plänen ändern."

Mit diesen Worten hob er Lexi hoch und trug sie in ein angrenzendes Arbeitszimmer, in dem er sich mit ihr auf eine Liege setzte. Dann sandte er Ludan und Ramsay in Gedanken eine Nachricht und bat sie, sich für eine Besprechung einzufinden. Eine halbe Stunde später herrschte in seinem Arbeitszimmer ein reges Treiben – fünf Quarans, die die einzelnen Regionen repräsentierten, Ramsay, Ludan und Jagger waren gekommen.

Lexi war sich ihrer beschmutzten Tunika und ihres verschmierten Gesichts nur allzu bewusst, während sie trotz der ernsten Besprechung immer noch in inniger Pose auf Eryx' Schoß verweilte. Sie hatte einige Male versucht, sich auf einen Stuhl zu setzen, doch Eryx hatte sie mit seinem Arm um ihre Taille festgehalten.

„In der Nähe der Villa gibt es nichts, was von uns ablenken könnte. Ihr müsstet eine begrenzte Anzahl von Kriegern mit starken Tarnfähigkeiten einsetzen, um unbemerkt hineinzugelangen", sagte ein Quaran. „Ihr habt bereits bemerkt, dass Maxis über Fähigkeiten verfügt, die uns bisher nicht bekannt waren. Falls er auch getarnte Myren aufspüren kann, dann würden wir uns verraten, wenn wir zu viele auf einmal schicken."

„Ich weiß nicht recht", erwiderte Jagger und rutschte auf seinem Stuhl zu Ramsays Rechten hin und her. „Da ich in Asshur vermehrt Männer gesehen habe, die wie Krieger aussahen, wäre es möglich, dass er uns in einen Hinterhalt locken will."

Ein anderer Quaran meldete sich zu Wort. „Seid ihr wirklich sicher, dass der Mensch dort ist? Wir werden doch nicht das Leben unserer Krieger wegen den Worten einer verschmähten Frau riskieren?"

„Jedes Leben ist zu kostbar, um es aufs Spiel zu setzen." Eryx' fixierte den Quaran mit einem eisigen Blick. „Wenn es jemand wäre, den du liebst, würdest du dann auch wollen, dass ich nichts unternehme?"

Niemand erwartete eine Antwort, am allerwenigsten Eryx. Er wandte sich Ludan zu, der es sich in einem überdimensionalen Sessel gemütlich gemacht und einen Fuß achtlos auf der Kante des Couchtisches abgestützt hatte. „Wie denkst du über die Sache?"

„Seine Familie hat sich schon immer derartiger Methoden bedient, indem sie Geiseln genommen und die Schwachstellen anderer ausgenutzt hat. Daher würde es nicht überraschen, wenn er Ian wirklich festhält. Die Frage ist nur, ob der Mann noch am Leben ist."

„Und woher Maxis wusste, wo er ihn finden konnte", fügte Ramsay hinzu.

Lexi drehte es erneut den Magen um.

„Er muss uns in Evad länger auf den Fersen gewesen sein, als wir dachten. Vielleicht hat er uns im Café zusammen mit Ian gesehen", sagte Eryx.

„Maxis hat nicht viel Ahnung von menschlichen Gepflogenheiten, aber selbst er muss in der Lage sein, eine Marke nachzuverfolgen."

Ludan lehnte sich vor und stützte die Ellbogen auf die Knie. „Das ergibt Sinn." Allerdings schien er nicht ganz überzeugt zu sein.

„Wir müssen davon ausgehen, dass es sich um eine Falle handelt." Ramsay lehnte sich mit der Hüfte gegen die Lehne von Jaggers Sessel und verschränkte die Arme vor der Brust. „Wir kundschaften zuerst das Gebiet aus. Wenn die Luft rein ist, schicken wir die Leute mit den besten Tarnfähigkeiten dorthin. Falls das alles nur eine List ist, ziehen wir uns zurück und formieren uns neu. Sie dürfen nie erfahren, dass wir dort waren. Und falls sie Ian tatsächlich festhalten, schnappen wir ihn uns und hauen ab."

„Eine Ablenkung wäre vielleicht praktisch", warf ein weiterer Quaran ein, dessen Stimme im Vergleich zu den anderen fast weinerlich klang. „Wenn sie die Malress erwarten, dann sollte sie vielleicht wirklich zu der Villa gehen, während wir ihr Rückendeckung geben."

„Nein." Das Wort hallte durch den Raum wie ein Donnerschlag.

Stille breitete sich im Raum aus, während die Männer nicht recht zu wissen schienen, worauf sie ihre Blicke richten sollten.

Lexi wäre am liebsten aufgesprungen und auf und ab gegangen. Sie versuchte, sich aus Eryx' Umklammerung zu befreien, doch er ließ nicht locker.

Vielleicht lag es an all der Macht im Raum, die sie so unruhig machte. Die Männer waren alle kräftig gebaut und verfügten über beeindruckende Fähigkeiten. Und doch standen sie alle reglos da und versuchten verzweifelt, eine Lösung zu finden.

„Ramsay und ich werden gehen." Eryx' Tonfall ließ keine Widerrede zu. „Niemand kann andere Myren besser aufspüren und sich vor ihnen tarnen als wir. Wir werden Jagger und Ludan als Verstärkung mitnehmen."

Panik und Wut kochten Lexi hoch.

Eryx festigte den Griff um ihre Taille und fügte mit angespannter Stimme hinzu: „Ich brauche zwei hoch angesehene Krieger mit außergewöhnlichen Fähigkeiten. Sie werden als Lexis Leibwächter fungieren. Ich will nur die Besten."

Der Quaran mit der weinerlichen Stimme trat vor. „Ich habe einen Mann, der gerade befördert wurde und für einen solchen Auftrag bestens geeignet ist. Er verfügt über erstklassige Fähigkeiten und hat sich schnell hochgearbeitet. Außerdem ist er durch und durch loyal."

Lexi konnte das Vibrieren in Eryx' Brust spüren, als er fragte: „Sonst noch jemand?"

Einer der anderen Quarans, die bisher noch nichts gesagt hatten, trat vor. „Ich wäre stolz, meinen Sohn mit dieser Aufgabe betrauen zu können, mein Malran. Er steht kurz vor seiner Beförderung zu einem Elitekrieger und hat schon immer herausragendes Engagement bewiesen."

Eryx betrachtete wieder den Mann mit der weinerlichen Stimme. „Ich bin mir nicht sicher, ob ich einem Mann vertrauen sollte, der meine Baineann den Wölfen zum Fraß vorwerfen will."

„Eryx." Lexi war zwar nicht imstande, sich von ihrem Mann loszureißen, doch sie schaffte es, sich umzudrehen und seinem Blick zu begegnen. „Sein Vorschlag ergibt durchaus Sinn. Ich denke, du solltest es dir noch einmal überlegen."

„Nein", antwortete Eryx knapp. Er wandte sich an die beiden Quarans, die ihre Krieger zur Verfügung gestellt hatten. „Bringt sie hierher. Und verstärkt die Sicherheitsvorkehrungen im Schloss. Wer nicht zu den Kriegern, dem Personal oder der Familie gehört, hat keinen Zutritt. Verstanden?"

„Ja, Sir", sagten die Quarans im Chor.

„Ramsay, bereite ein Bataillon mit Männern vor, die auf Nahkampf spezialisiert sind. Sie sollen sich bereithalten. Niemand wird etwas über den Zielort verraten, es sei denn, es gibt Schwierigkeiten. Sämtliche Pläne werden in diesem Raum bleiben, was bedeutet, dass niemand von dieser Operation erfährt, bis sie erledigt ist und Ramsay oder ich den Befehl geben, die Information weiterzugeben."

„Wir haben noch etwa eineinhalb Stunden bis Sonnenuntergang." Im Gegensatz zu Eryx' schroffem Tonfall klang Jaggers Stimme geradezu sanft. Der goldene Damast seiner Rückenlehne umrahmte sein sonnengebräuntes Haar. „Ich werde jede Minute zum Auskundschaften brauchen."

Eryx nickte, wobei er stetig den Daumen an ihrem Bauch kreisen ließ. Wenn er wüsste, wie nahe sie davorstand, sich zu übergeben, würde er vielleicht innehalten. „Alle raus. Wartet im Foyer auf mich."

Die Männer verließen mit lautem Gemurmel den Raum. Eryx legte seine Hand auf Lexis Faust, an der ihre Fingerknöchel weiß hervortraten. Ihr Blut pulsierte durch ihre Adern und mit jedem Atemzug wollte sie aufschreien, doch sie presste die Lippen fest aufeinander.

Eryx' sah ihr direkt in die Augen. Er war verärgert, aber er wappnete sich für eine Diskussion. Sobald der Riegel der Tür einrastete, sprang Lexi von Eryx' Schoß auf und wandte sich ihm zu. „Das kannst du nicht tun!"

Das Leder seines Stuhls gab ein knarzendes Geräusch von sich, als er sich zurücklehnte. Seine silbernen Iriden verfinsterten sich und schimmerten wie flüssiges Metall. „Doch, das kann ich. Und ich werde es tun." Pure Dominanz untermalte seine geschmeidige Stimme. Er wirkte wie ein Raubtier, das seinen Angriff geplant hatte.

Mit einem schmerzhaften Ruck biss Lexi die Zähne zusammen. „Dann lass mich dich zumindest begleiten. Ich werde für Ablenkung sorgen. Du kannst mich nicht einfach hier zurücklassen, während du meine Schlachten für mich schlägst."

Eryx schoss nach vorn, ergriff ihre Hand und verschränkte ihre Finger miteinander. „Das ist nicht nur dein Kampf, Lexi." Er zog sie zu sich heran, so dass sie zwischen seinen Knien stand. „Seit Generationen kämpft meine Familie gegen die Rebellion an, und nun wurdest du in die Sache hineingezogen." Er hob ihre miteinander verwobenen Finger und strich mit seinen Lippen über die Innenseite ihres Handgelenks. „Und genau deshalb muss ich es tun."

Seine Berührung jagte einen Schauer über ihren Arm. „Dann sollte ich auch gehen."

„Nein."

Lexi öffnete den Mund, um zu widersprechen.

Eryx liebkoste ihre zarte Haut und ihr Verstand setzte aus. Mit seinem Atem streichelte er die Stelle, die er gerade befeuchtet hatte. „Du bist noch nicht bereit. Die Fähigkeiten, die du heute unter Beweis gestellt hast, verraten mir, dass du das Zeug zu einer Kriegerin hast, aber wir wissen noch nicht, wie umfangreich deine Kräfte wirklich sind. Es ist völlig inakzeptabel, dass du dich derart in Gefahr begibst." Mit den Zähnen strich er über ihre pochende Pulsschlagader. „Wenn du einen Moment innehalten und darüber nachdenken würdest, dann wäre dir das ebenfalls klar."

Lexi riss ihre Hand zurück und wandte sich in Richtung Tür.

Eryx sprang auf und schlang einen Arm um ihre Taille, um sie wieder an sich zu ziehen. Er legte seine freie Hand an ihren Hinterkopf und neigte ihren Kopf zurück, damit sie seinem entschlossenen Blick begegnete. Sein heißer Atem vermischte sich mit ihrem. „Ich weiß, dass du dich nicht so sträubst, weil du mir nicht vertraust. Wenn dem so wäre, hättest du die Sache heimlich im Alleingang in die Hand genommen. Und du bist dir der Tatsache bewusst, dass du deine Fähigkeiten erst noch entwickeln musst, sonst hättest du dich heute nicht bis zur Erschöpfung verausgabt. Was ist also los mit dir?"

Er hatte ins Schwarze getroffen. Aber sie wusste nicht, ob sie die Kraft hatte, die Frage zu beantworten. Sie drückte seine muskulösen Schultern und ließ ihre Stirn mit einem gequälten Stöhnen an seine Brust fallen. „Ich will dich nicht verlieren." Wieder traten ihr Tränen in die Augen und die Angst brach mit einem Schluchzen aus ihr heraus. „Ich habe dich gerade erst gefunden. Ich will dich nicht verlieren", sagte sie mit gebrochener Stimme. Wenn sie nackt über den Times Square hätte laufen müssen, hätte sie sich nicht so entblößt gefühlt. „Ich liebe dich."

Er hob ihr Kinn an. Der unnachgiebige Ausdruck in seinen Augen erweichte sich. „Du wirst mich nicht verlieren. So leicht wird man mich nicht los. Zu viert sind wir so gut wie unaufhaltsam. Niemand hat bessere Wahrnehmungs- oder Tarnfähigkeiten als die Angehörigen meiner Blutlinie."

„Und wenn es ein Hinterhalt ist?"

„Dann werden wir es herausfinden, die Mission abbrechen und uns eine neue Strategie zurechtlegen."

Lexi schlang die Arme um seinen Hals und schmiegte sich dichter an ihn. Ein Ohr an seinen Oberkörper gepresst, lauschte sie dem stetigen

Rhythmus seines Herzens. Ihr eigenes schlug nicht ganz so gleichmäßig, sondern hämmerte wild in ihrer Brust.

Eryx streichelte ihren Rücken, und mit jeder Berührung konnte sie seine Zuversicht spüren. Sie vertraute ihm und wusste, dass er und seine Krieger bestens ausgebildet waren, um sich einem Mann wie Maxis entgegenzustellen. Dennoch war niemand unfehlbar.

Ein winziger Fehler und sie könnte die beiden Männer verlieren, die sie in ihrem Leben am meisten liebte.

KAPITEL 26

Es war wahrlich übertrieben, den Treffpunkt als Villa zu bezeichnen. Eryx hatte schon Hütten in Unterland gesehen, die in einem besseren Zustand waren.

Jagger tauchte an der Baumreihe auf, hinter der sie sich versteckt hielten. „Ich habe die Umgebung durchkämmt. Sie ist sauber. Die Quarans hatten allerdings recht. Es wird schwierig sein, sich zu tarnen, solange keine Leute in der Nähe sind, die für Ablenkung sorgen."

Verdammt, es war gut, dass Jagger wieder zurück war – und mit ihm seine Fähigkeiten als Fährtenleser. Es war die richtige Entscheidung gewesen, ihn zu beurlauben, damit er sich um private Angelegenheiten in Asshur kümmern konnte, aber falls ihnen wirklich ein Krieg bevorstand, würden sie jeden Mann seines Kalibers gebrauchen können.

Der Wind fegte über das offene Feld zwischen ihnen und dem Gebäude mit dem Kuppeldach. Ein schwarzer, schlecht befestigter Fensterladen klapperte gegen die verwitterte Stuckfassade. „Könnt ihr irgendeine Bewegung wahrnehmen?"

Ludan schüttelte den Kopf, während er den Blick auf die offenen Fenster gerichtet hatte. „Nichts, nur unsere Verstärkung, und die ist mindestens hundertfünfzig Meter entfernt."

Auch das war eine von Ludans Gaben. Seine sensorische Reichweite war doppelt so groß wie die der meisten Krieger.

Mit einem knappen Nicken wandte sich Eryx an die anderen Männer. „Ramsay, du bist mit der Verstärkung verbunden, also bist du für die Massenkommunikation zuständig. Alles Übrige bleibt zwischen dir, mir und Ludan. Geh auf die andere Seite und verschaffe dir von hinten Zutritt, während ich vorn reingehe. Jagger, du hältst ihm den Rücken frei."

Die beiden Männer verschwanden aus dem Blickfeld und wirbelten die Blätter am Boden auf, als sie sich in die Lüfte schwangen.

„Lexi?"

Sie antwortete mit einem sanften Summen. Es war schon erstaunlich, wie schnell sie gelernt hatte, auf diese Weise zu kommunizieren, ganz zu schweigen von den anderen Fähigkeiten, die sie in Kürze erlernen würde.

„Wir werden gleich reingehen. Wenn du mich brauchst, musst du mich nur rufen. Denk daran, dass du auch mit Ramsay und Ludan kommunizieren kannst."

„Ich komme schon zurecht." Sie klang durch und durch wütend.

„Geh nach unten und bleibe bei Orla. Oder suche nach Jillian. Das wird dich ablenken, bis ich wieder da bin."

„Warten zählt nicht gerade zu meinen Stärken." Ihr Knurren verriet ihm, dass sie sich bei ihm revanchieren würde, sobald er nach Hause kam.

Aber es würde ihm Vergnügen bereiten, sich mit ihr zu versöhnen. *„Zu meinen auch nicht. Du kannst mich später dafür büßen lassen."*

„Es ist nicht gerade klug, mir Zeit zu geben, um meine Rache zu planen." Sie hielt inne, dann wurde ihre Stimme weicher. *„Sei vorsichtig."*

Er genoss das Gefühl, das ihre Worte in ihm auslösten. Und er genoss die Tatsache, dass er eine Gefährtin hatte. Jemanden, der zu Hause auf ihn wartete. Die auf ihn angewiesen war. Wenn sie ihm nichts von Serenas Machenschaften erzählt hätte …

Ein Schauer durchfuhr ihn. Er verlangsamte seinen Atem und konzentrierte sich. Jetzt war die Zeit zum Handeln gekommen. Er musste den Freund seiner Baineann retten und hoffentlich der Schlange der Rebellion den Kopf abschlagen. *„Ramsay?"*

„Bereit."

„Los geht's." Eryx trat aus seiner Deckung und tarnte sich. Luft und Erde legten sich über die äußere Hülle seiner Maskierung und verschmolzen seine Gestalt mit der Landschaft.

Als sie das Haus erreichten, senkte die Sonne sich bereits dem Horizont entgegen. Falls in dem Haus tatsächlich jemand lebte, wären sie ausgeflogen und auf der Suche nach Lexi.

„Ich bin drin", sagte Ramsay.

Eryx kletterte durch ein geöffnetes Fenster und wartete darauf, dass sich seine Energie beruhigte. *„Ich auch. Im Wohnzimmer ist niemand zu sehen. Überprüfe das obere Stockwerk und ich werde das Erdgeschoss durchkämmen."* Eine ruckartige Bewegung und jeder, der etwas vom Fährtenlesen verstand, würde sie aufspüren können.

Er durchsuchte sämtliche Zimmer. Nichts. „Hast du irgendetwas gefunden?"

„Noch nicht. Aber ich habe noch einen Raum vor mir", antwortete Ramsay.

„Ludan? Bei dir?"

„Auch nichts." Ludan klang fast enttäuscht.

„Verdammt. Eryx, kontaktiere Lexi und komm her!" Seine Stimme hallte wider, als er auf Massenkommunikation umschaltete. *„Riegelt das Schloss ab. Beschützt die Malress!"*

Eryx versuchte, Lexi zu erreichen, als er so schnell er konnte zu seinem Bruder eilte.

In der Verbindung zu ihr herrschte Stille. Die Leere brachte seine Welt fast zum Stillstand. Während er in Gedanken weiter nach Lexi rief, bog er um die Ecke.

Ramsay stand im Raum und starrte auf eine Polizeimarke, an der ein Zettel befestigt war.

Wir haben ihr gesagt, dass es nicht klug wäre, mit dir zu reden. Jetzt haben wir sie beide.

***

Lexi saß mit angezogenen Knien in der Mitte ihres riesigen Bettes und hatte ihr Kinn auf die verschränkten Arme gestützt. Wenn sie klug wäre, würde sie etwas Produktives tun. Sie könnte ein Bad nehmen oder sich umziehen. Alles wäre besser, als zu schmollen.

Mit einem kläglichen Schnaufen rutschte sie an den Rand des Bettes. Sie sollte Eryx seine Arbeit machen lassen und ihn nicht noch einmal kontaktieren. Mit etwas Glück würde Orla noch in der Küche sein und Lust haben, mit ihr zu plaudern.

Sie öffnete die Schlafzimmertür und machte vor Schreck einen Satz.

„Malress." Auf beiden Seiten der Tür stand ein Krieger stramm. Der Mann zu ihrer Linken verbeugte sich kurz und lächelte freundlich.

Eryx übertrieb wirklich. Sie war zu Hause, um Himmels willen. Sicherlich würde das in Zukunft nicht die Norm sein. Sie winkte den Männern zu und ging auf die Treppe zu. „Ich bin nur auf dem Weg nach unten in die Küche."

Der Krieger zu ihrer Rechten verzog keine Miene und starrte mit verkniffenen Augen geradeaus. Wahrscheinlich wünschte er sich, er wäre mit dem Rest der Männer im Einsatz, statt seine Zeit mit ihrem Schutz zu verschwenden.

„Ist alles in Ordnung?"

„Es geht mir gut, meine Malress." Sogar seine Stimme klang angespannt.

Männer und ihr Stolz. Sie zuckte mit den Schultern und setzte ihren Weg fort. Hatten sie hier keine weiblichen Krieger?

Hinter ihr schnappte jemand erschrocken nach Luft, dann folgte ein Grunzen. Sie wirbelte herum.

Der Krieger, der sich gerade noch verbeugt hatte, starrte sie mit großen Augen und offenem Mund an. Er umklammerte einen Dolch, der in seinem Brustbein steckte.

Im nächsten Moment wurde ein Arm um ihren

Hals geschlungen, und eine Hand stopfte ihr ein übelriechendes Tuch in den Mund. Sie versuchte, die Hand von sich zu stoßen. Ihr Verstand trübte sich und ihre Kraft schwand. Ihre Knie gaben nach und sie sackte zu Boden. Dann wurde sie von Dunkelheit umhüllt.

***

Eryx flog so schnell wie noch nie zuvor zum Schloss zurück. Hinter ihm konnte er die Energie von Ludan, Ramsay und Jagger spüren, obwohl sie ein gutes Stück entfernt waren.

Lexis Verbindung war immer noch tot.

„Sie ist noch am Leben", sagte Ramsay. *„Wenn sie tot wäre, hättest du es gespürt. Dein Zeichen ist immer noch schwarz, richtig? Vergiss das nicht."*

Richtig. Also hatte man sie entweder außer Gefecht gesetzt oder sie war von Zeolith umgeben. Beim Großen, er hoffte, dass Letzteres zutraf. Er landete mit einem dumpfen Knall vor dem Schloss.

Die Krieger, die den Eingang bewachten, rissen die Türen auf und neigten die Köpfe.

Ramsay landete hinter Eryx und eilte zu ihm, wobei er den Kriegern Befehle zubrüllte. Ludan und Jagger waren eine Sekunde später bei ihnen.

„Quarans!" Eryx' Schrei hallte von den Wänden wider und ließ die Glasscheiben erzittern.

Vier der fünf Quarans eilten zu ihm und standen stramm. Ihren Mienen waren angespannt.

„Wo ist meine Baineann?"

Alle Quarans, bis auf einen, wurden blass. Der Letzte, der seinen Sohn freiwillig zum Dienst gemeldet hatte, trat vor. Seine Augen brannten vor Wut. „Wir haben das Schloss auf Befehl des Strategos sofort abgeriegelt und das Innere durchkämmt. Eine ihrer Wachen ist tot. Die andere Wache und die Malress sind verschwunden."

Einen Moment. Nur vier der Quarans hatten sich versammelt. Eigentlich sollten es fünf sein. Derjenige, der vorgeschlagen hatte, Lexi als Köder zu benutzen, war nicht hier. „Wo ist Quaran Stend?"

Der Mann, der vorgetreten war, ergriff wieder das Wort. „Er ist auch nicht auffindbar, mein Malran."

Eryx' Magen krampfte sich zusammen. „Welcher der Wächter wird vermisst?"

„Der, der von Quaran Stend empfohlen wurde", berichtete der Mann und seine Stimme brach. Er hob das Kinn an und deutete mit dem Kopf in Richtung des oberen Treppenabsatzes. „Der gefallene Krieger ist mein Sohn."

Eryx eilte die kurze Strecke hinauf. Er nahm nur noch undeutliche Rufe wahr und seine Sicht war verschwommen. Der junge Krieger lag mit leerem Blick und einem Dolch in der Brust auf dem Boden.

Eryx ließ sich auf ein Knie fallen und zog die Klinge heraus. Blut sickerte aus der Wunde und benetzte die Waffe. Er drückte den Griff und verlangsamte seinen Atem. Lexi brauchte ihn. Er musste bei klarem Verstand bleiben und sich konzentrieren.

Er wandte sich dem Vater des Mannes zu und reichte ihm den blutigen Dolch. „Deinem Sohn wird die Ehre eines Elitekriegers zuteil, der im Kampf gefallen ist. Sobald wir den Mann finden, der für diese Tat verantwortlich ist, wird die Rache dein sein."

Der Quaran verbeugte sich und umklammerte das Messer so fest, dass seine Fingerknöchel weiß hervortraten.

„Ramsay", sagte Eryx.

Sein Bruder trat vorwärts.

„Niemand verlässt das Anwesen, bevor sein Geist nicht von einem loyalen Mitglied gescannt worden ist." Eryx starrte die übrigen Quarans an. „Fangt mit ihnen an."

Er wandte in Richtung seiner Gemächer. „Ludan, trommle den Stab zusammen und beginne mit der Befragung. Jagger, du erkundest das Gelände. Ich werde hier oben nachsehen."

Die kleine Gruppe hinter ihm erwachte mit leisen Stimmen zum Leben. Eryx setzte sich wieder in Bewegung und stellte fest, dass alles noch an seinem Platz war. Bis auf den toten Krieger, der gerade weggetragen wurde. Die emotionalen Rückstände, die er im Raum wahrnahm, zeugten von Angst und Schmerz, und rochen nach einer Mischung aus fauligem Sumpf und Kupfer. Es war unmöglich, unter dieser dicken Schicht etwas zu finden.

Ihre gemeinsame Suite erwies sich genauso unergiebig. Er sah die Einbuchtung an ihrer Seite des Bettes, wo er Lexi nur Stunden zuvor zurückgelassen hatte. Ihr Duft nach Rosmarin und Minze haftete noch auf dem Kissen. Keine Spur. Kein Anhaltspunkt. Ludan hatte recht gehabt. Er war zu nachlässig gewesen. Zu zuversichtlich.

Er hätte die Rebellen niederdrücken sollen, als sie anfingen, aufzubegehren, doch er hatte es auf die lange Bank geschoben.

Und jetzt war seine Gefährtin verschwunden.

„Eryx", schrie Galena aus der Eingangshalle.

Er eilte die Treppe hinunter, landete im ersten Stock und packte sie an den Schultern. Kein Blut. Keine Tränen oder blauen Flecken. „Was ist los?"

Sie schob seine Hände beiseite und deutete auf die geöffneten Türen. „Die Wachen draußen haben es mir gerade gesagt. Hast du etwas gefunden?"

Er schüttelte den Kopf und drängte Galena vorwärts. Draußen auf dem Hof befragten Ludan und Jagger gerade das Personal. „Noch nichts. Wir werden weiter graben. Vielleicht findet ihr ja etwas, was wir nicht sehen."

Sie schritten über die erhöhte Terrasse in Richtung Garten, auf der Ramsay den Stab gerade aufreihte. Auf der einen Seite des Weges lagen ein Haufen dunkler Erde und ein Wirrwarr aus Krocious-Blumen.

„Was ist das?" Eryx zog Galena zu sich und zeigte auf das Chaos. „Die waren für Phybe, sie ist heute nicht bei mir zu Hause erschienen, also habe ich sie hierhergebracht." Galena riss sich los und winkte mit einem finsteren Blick ab. „Ich habe sie fallen lassen, als ich die Nachricht gehört habe. Ich räume es später auf."

Eryx ließ sie los und folgte ihr. Dann blieb er stehen.

Blumen. Zerdrückte, aber bunte Blütenblätter. Dieselbe Sorte, die die Witwe des Kriegers in der Hand gehalten hatte. *Ich glaube, mein Freund hat sich in Euch getäuscht,* hatte sie gesagt.

„Galena."

Galena eilte an seine Seite. „Eryx, du verschwendest nur Zeit. Wir sollten mit dem Personal reden und herausfinden, was sie wissen."

Ramsay, Ludan und Jagger kamen näher, als er Galena zurück zu dem Haufen aus Erde und Blüten zog. „Die waren für Phybe?"

Sie nickte.

„Und sie sollte heute bei dir zu Hause erscheinen?"

Wieder ein Nicken. „Was hat das mit Lexi zu tun?"

„Und sie ist nicht aufgetaucht?"

„Nein. Ich war bei ihr zu Hause, um zu sehen, ob es ihr gut geht, aber sie war nicht da. Die Frau, die gegenüber von ihr wohnt, sagte, sie habe sie seit gestern nicht mehr gesehen." Mit gerunzelter Stirn sah sie zuerst Ramsay und dann Ludan an. „Ist mir etwas entgangen?"

Eryx ging in die Hocke, hob eine zerdrückte Blüte auf und zwirbelte sie in seinen Fingern. Es war dieselbe wie an dem Tag, an dem er Phybe getroffen hatte. Die Blätter zitterten im Wind – im Einklang mit dem Beben, das seine Muskeln durchzuckte. „Es ist nur eine Vermutung, aber ich denke, ich weiß, wie wir Maxis aufspüren können."

Er wandte sich Ramsay zu. „Findet die Witwe."

KAPITEL 27

Lexi kam langsam wieder zu Bewusstsein. Ihr Hinterkopf schmerzte und ein widerlicher Geschmack von Farbverdünner lag ihr auf der Zunge.

„Ah, da ist ja unsere neue Malress."

Maxis Steysis. Sie erkannte die Stimme. Eher Tenor als Bariton, mit einer gesunden Portion Wahnsinn.

Sie hielt die Augen weiterhin geschlossen und gab vor, zu schlafen, doch ihr Herz schlug in einem unregelmäßigen Rhythmus wild in ihrer Brust.

„Es ist nicht zu übersehen, dass du wach bist. Du kannst dich deinen Feinden genauso gut stellen."

Ein Anflug von Wut wallte in ihr auf. Sie öffnete die Augen und sah das Flackern von Kerzenlicht, woraufhin ein stechender Schmerz ihren Nacken und ihre Wirbelsäule entlang schoss.

In der feuchten, kargen Zelle stank es nach Schimmel und Erde. Ihre Hände waren auf dem Rücken gefesselt, und die Jutepritsche, auf der sie lag, rieb an ihren Fingerknöcheln. Sie hatte kein Gefühl in den Fingern. Es war schwer zu sagen, wie lange sie bewusstlos gewesen war.

An der gegenüberliegenden Wand stand ein langer, schmaler Tisch, der neben ihrer Pritsche und dem Trittleiterstuhl, auf dem Maxis saß, das einzige Möbelstück im Raum war. Sie konnte nur eine Seite des Gesichts ihres Kidnappers sehen, die andere war spärlich von den Kerzen beleuchtet. Seine langen schwarzen, gewellten Haare reichten ihm bis auf die Schultern. „Das Chloroform ist ziemlich wirkungsvoll, nicht wahr?" Er deutete mit einer beiläufigen Geste auf eine schlanke Frau, die starr in einer düsteren Ecke stand. „Du erinnerst dich sicher an Serena."

Serena trat ins Licht, wobei die Kerzen Schatten auf ihr Gesicht warfen und ihre eleganten Züge zu einer unheimlichen Maske verformten. „Plötzlich bist du nicht mehr ganz so beherzt und hochmütig, was?"

Lexi versuchte, Eryx mit ihrem Geist zu erreichen. Die Verbindung war tot, wie eine leere Sackgasse.

„Du rufst wohl deinen Fireann an?" Serenas Stimme hallte abfällig wie immer an den grauen Marmorwänden wider.

„Ganz ruhig." Maxis beschwichtigte seine Komplizin, indem er sanft ihren Unterarm tätschelte und leise lachte. Seine grünen Augen wirkten geradezu gespenstisch. Sie leuchteten unnatürlich hell. „Du befindest dich in einer Zeolith-Zelle", erklärte er. „Der ganze Raum ist damit ausgekleidet."

Serena strich über Maxis' Schulter. „Sie weiß wahrscheinlich nicht einmal, was Zeolith ist."

„Doch, das weiß ich." Es war gelogen, aber sie wollte keinem dieser kranken Arschlöcher die Genugtuung geben und es zugeben. „Wo ist Ian?"

Maxis bedachte sie mit einem bösartigen Grinsen und schüttelte missbilligend den Kopf. „Wir wollen doch nichts überstürzen." Er legte den Kopf schief, wobei das Licht dunkle Schatten auf seinen markanten Kiefer warf. „Ich dachte, wir nehmen uns zuerst etwas Zeit, um einander kennenzulernen. Ich, du und die Geliebte deines Fireanns."

„Ehemalige Geliebte." In Lexis Stimme schwang ein giftiger Tonfall mit, mit dem sie einen Elefanten zur Strecke hätte bringen können.

Serena presste die Lippen zu einer dünnen Linie zusammen und kam mit einem hasserfüllten Blick auf sie zu. „Vielleicht werden wir ja die Gelegenheit haben, uns einander wieder näherzukommen, sobald du nicht mehr da bist."

„Seltsam." Lexi starrte an die Decke und wackelte mit den Fingern, um gegen das Taubheitsgefühl in ihren Händen anzukämpfen. „Ich habe das Gefühl, du und Maxis würdet besser zusammenpassen. Deine Wahnvorstellungen sind eine wunderbare Ergänzung für seine Geisteskrankheit. Was für ein Paar."

Serena packte Lexi an den Haaren und hob ruckartig ihren Kopf an.

Lexi knurrte, konnte sich aber unmöglich befreien. „Ich dachte mir schon, dass du zu diesen erbärmlichen Schlampen gehörst, die andere an den Haaren ziehen. Wie wäre das: Du löst meine Fesseln und wir regeln die Sache wie zwei gestandene Frauen."

Serena stieß Lexis Kopf zurück auf die Pritsche und trat wieder hinter Maxis.

„Frauen", murmelte Maxis und stellte den Stuhl

an die Wand. „Du tätest gut daran, dich nicht zu verausgaben", sagte er zu Lexi. „Dir steht eine lange Nacht bevor, sobald unser Freund hier eintrifft." Maxis schlenderte auf die Tür zu.

Serena blieb wie angewurzelt stehen. „Du warst eine ganze Weile bewusstlos, Lexi." Sie kam näher und beäugte sie voller Hochmut. „Weißt du, wie viele Informationen man aus einem geöffneten, unbewussten Geist herauslesen kann?"

Lexi wäre fast von der Pritsche aufgeschreckt.

Serena gluckste und gesellte sich zu Maxis, der bereits an der Tür stand. „Du kannst ja darüber nachdenken, während du wartest."

***

Eryx ging auf den Eingang einer weiteren Zeolith-Mine zu und ließ seinen Bruder in einiger Entfernung zurück. Wenn er nicht etwas Abstand gehalten hätte, hätte er ihn wahrscheinlich erwürgt. Phybe war unauffindbar und ihre Verbindung war tot. Das bedeutete, dass sie sich entweder irgendwo versteckte oder Maxis sie bereits ausgeschaltet hatte. Weder die eine noch die andere Möglichkeit trugen dazu bei, seine Laune zu heben.

Ramsays strategischer Ansatz machte die Sache nicht besser. „Wir müssen uns aufteilen, Eryx."

Eryx warf einen Blick auf Ludan. „Du solltest ihn zum Schweigen bringen, bevor ich auf die Idee komme, ihn zu töten."

„Ich mische mich nicht in Familienangelegenheiten ein." Ludan hielt mit ihm Schritt, wobei seine Stiefel auf dem felsigen Kiesboden ein knirschendes Geräusch von sich gaben.

Ramsay trat neben ihn. „Wir sollten ein paar Trupps von den Minen abziehen und sie Asshur auskundschaften lassen, nur …"

„Sag es nicht." Eryx stellte sich dicht vor seinen Bruder, sodass ihre Nasen sich fast berührten. Der Druck hinter seinen Augen war so brutal, dass er glaubte, sie könnten jeden Moment zerbersten. „Denk nicht einmal daran."

Ludan legte Eryx eine Hand an die Schulter. Er zog ihn nicht zurück und versuchte nur, eine Auseinandersetzung zwischen zwei Brüdern zu verhindern. Dennoch war es eine mutige Geste.

Eryx trat einen kleinen Schritt zurück. „Sie ist meine Gefährtin. Falls deine Gefährtin irgendwann einmal entführt werden sollte, können wir unsere Männer über den ganzen verdammten Globus verteilen, aber bis dahin treffe ich die Entscheidungen." Er stapfte zum Eingang, schnappte sich zwei unbeleuchtete Fackeln und warf Ramsay eine zu.

Ludan nahm ebenfalls eine Fackel und machte mit der Rückhand eine ausladende Geste, mit der er alle drei Fackeln auf einmal anzündete. Die goldenen und rötlichen Flammen reflektierten auf dem Zeolith.

Dieser beschissene Kristall. Eryx atmete tief durch und betrat die Mine. Die Kraft des Zeoliths zerriss ihn fast von innen heraus. Gnadenlos. Diese spezielle Laune der Natur war wirklich wie geschaffen, um einen Myren auszuweiden.

Er schüttelte den Kopf und ging weiter. „Wir machen es genauso wie vorher." Er deutete auf die ersten drei Tunnel. „Verteilt euch und arbeitet einen nach dem anderen ab. Ruft mich, falls ihr etwas findet, ansonsten zieht euch zurück und wartet oben."

Mit entschlossenen Gesichtern verschwanden Ludan und Ramsay in den Tunneln und machten sich an die Arbeit.

Ein stetiges Tropfen erfüllte die muffige Luft. Die Fackel in seiner Hand zischte und knisterte, und das verbrannte Pech stieg ihm stechend in die Nase. Mit jedem zaghaften Schritt knirschte das Gestein unter seinen Füßen und das Licht von draußen wurde schwächer.

Er richtete die Fackel aus und suchte die Umgebung nach irgendwelchen Anzeichen von Leben ab. In den Minen war seit über einem Jahrhundert nicht mehr gearbeitet worden, doch das hielt kleine Jungs und Leute, die den Nervenkitzel suchten, nicht davon ab, sie zu besuchen. Die Spuren, die sie hinterlassen hatten, waren zu frisch, als dass Eryx viel hätte erkennen können.

Ein Keuchen hallte durch den Tunnel. Eryx blieb stehen und lauschte.

Nichts.

Er trat einen weiteren Schritt vor.

Es war kein Keuchen. Eher ein gedämpfter Schrei. „Phybe?"

Ein zittriges Wimmern hallte durch die Dunkelheit, gefolgt von einem Schniefen. „Phybe? Ich bin es, Eryx.“

Beim Großen. Hatte er es sich nur eingebildet? Spielte ihm seine Fantasie nur einen Streich?

„Bitte.“ Eine gebrochene Stimme drang flüsternd aus nicht einmal fünf Metern Entfernung an sein Ohr. „Tut mir nicht weh.“

Sein Herz machte einen Satz und begann zu rasen. Er senkte die Fackel ab und ging vorsichtig weiter. „Ich bin hier, um dir zu helfen, Phybe. Ich will dir nicht wehtun.“ Versehentlich trat er auf einen glatten Felsen und rutschte mit dem Fuß ab, doch er hielt sich aufrecht. Er unterdrückte einen Fluch und bemühte sich um einen ruhigen Tonfall. „Lass mich deine Stimme hören. Ich bin gleich bei dir.“

„Hier drüben.“

Ein schmutziger, blauer Pantoffel kam ins Blickfeld. Phybe schreckte vor dem Licht der Fackel zurück und bedeckte ihr Gesicht.

Eryx ging vor ihr in die Hocke und hielt die Flamme in die Höhe. Er senkte ihre Hände ab und strich ihr das zerzauste blonde Haar aus dem Gesicht, dann stieß er einen schrillen Pfiff aus.

Phybe zuckte zusammen und hielt sich die Ohren zu.

„Entschuldige.“ Abgesehen von dem Schmutz und den Rissen in ihrem blassblauen Kleid wirkte sie eher verängstigt als verletzt. „Kannst du mir sagen, was passiert ist?“

Schluchzend bebte sie am ganzen Körper und ließ den Kopf hängen, sodass ihr das Haar wieder ins Gesicht fiel. Sie zog die Knie an. „Ich wusste es nicht", flüsterte sie. „Ich war so sehr in meiner Trauer versunken, und er war so nett zu mir. Ich hatte keine Ahnung, wer er war", sprudelte es unzusammenhängend aus ihr heraus, während sie immer wieder von heftigem Schluchzen geschüttelt wurde.

Hol sie einfach hier raus und entziehe ihr die Informationen, die du brauchst.

Er unterdrückte den Gedanken nur mit Mühe. „Wer?"

Ihre Unterlippe bebte. „Er sagte, sein Name sei Wesley, aber ich habe ihn in Cush belauscht. In Wahrheit heißt er Maxis."

Der Freund, den sie erwähnt hatte, und der ihr die Blume geschenkt hatte. „Maxis war der Freund, der dich gefunden hat?"

Sie nickte und ließ wieder den Kopf hängen, wobei ihre Schultern so stark zitterten, dass er glaubte, sie würde umkippen.

Schritte hallten durch den Tunnel und Phybe wich mit vor Angst geweiteten Augen zurück.

Eryx packte sie an der Schulter und hielt sie fest. „Es ist alles in Ordnung. Das sind meine Männer. Wir werden dich hier rausholen."

Sie schüttelte energisch den Kopf und ihre Wangen liefen hochrot an. „Nein. Das könnt Ihr nicht tun. Er wird mich finden."

Eryx festigte seinen Griff an ihren Schultern.

„Maxis?"

Sie nickte und schnappte nach Luft. „Er wird mich umbringen. Der Mann, der mir geholfen hat, sagte, ich müsse hierbleiben, bis es sicher sei."

„Wer hat dir geholfen?"

Die Dunkelheit lichtete sich allmählich, als Ludan und Ramsay um die letzte Ecke bogen. Phybes blickte zwischen den beiden Männern hin und her und rollte sich zusammen.

Eryx hob vorsichtig ihr Kinn an. „Wer hat dir geholfen, Phybe?"

„I-ich weiß nicht, wie er heißt. Aber er hat mir Essen gebracht. Er sagte, er bräuchte Zeit, um herauszufinden, was er als Nächstes tun sollte."

„Hast du dich mit Maxis verbunden?"

Sie ließ den Kopf hängen.

„Ich will dich ins Schloss bringen. Wir haben dort Zeolith-Zellen, in denen Maxis dich nicht finden wird. Wir werden uns beeilen, aber du wirst für kurze Zeit ungeschützt sein." Er ließ ihr eine Minute Zeit, um darüber nachzudenken. „Bist du bereit, es zu riskieren?"

Eine Träne kullerte ihr über die Wange, aber sie stimmte mit einem knappen Nicken zu.

Er reichte Ludan die Fackel und hob sie hoch, bevor sie ihre Meinung ändern konnte. Dann machte er sich auf den Weg zum Ausgang.

„Maxis will Euch schaden." Sie hob ihr verschmiertes, tränenüberströmtes Gesicht von seiner Brust. „Er hat Serena angeboten, Rache an der Malress zu üben. Ich habe sie belauscht."

„Sie haben sie bereits", sagte er schroffer als beabsichtigt.

Phybe senkte wieder den Kopf und brach erneut in Tränen aus. „Es tut mir so leid. Saul würde sich für mich schämen."

Er drückte Phybe dichter an sich. Ganz gleich, was sie sich zu Schulden hatte kommen lassen, sie hatte es nicht verdient, so zu leiden. Sie und ihr Gefährte hatten bereits einen hohen Preis bezahlt. „Dein Fireann wusste, dass du ein gutes Herz hast. Maxis konnte es auch sehen und hat es ausgenutzt. So etwas Niederträchtiges sieht ihm ähnlich."

Der Tunnel schien nie enden zu wollen. Als er den Ausgang erreichte, erwartete er, dass die Nachmittagssonne kurz vor dem Horizont stehen würde, doch sie warf kaum einen Schatten über den Eingang. Sie waren nicht mehr als vierzig oder fünfzig Minuten im Inneren der Mine gewesen. Sobald er den Felsen hinter sich gelassen hatte, kehrten seine Kräfte zurück und er atmete tief durch. „Kannst du stehen?"

Als sie nickte, setzte er sie ab.

„Was werden sie mit der Malress machen?", fragte Phybe und krallte sich in seinen Unterarm. Er wusste nicht, ob sie nur versuchte, sich aufrecht zu halten oder ob sie Angst hatte.

Er hielt sie fest. „Ich hatte gehofft, du könntest mich zu ihr führen, bevor wir es herausfinden."

Phybe schwankte und ihre Knie gaben fast nach. „Meine Verbindung."

„Wenn du deine Erinnerungen mit uns teilst,

können wir die Informationen nutzen und dort ansetzen. Dann bringen wir dich an einen Ort, an dem Maxis dich nicht finden kann. Den Rest klären wir später."

„Nein." Sie ließ seinen Arm los und richtete sich auf. Obwohl sie immer noch am ganzen Körper zitterte, presste sie entschlossen die Lippen zusammen. „Ich habe schon einmal versagt, doch das wird mir nicht noch einmal passieren. Lasst mich meine Verbindung zu ihm nutzen. Auf diese Weise kann ich mein schändliches Verhalten büßen."

„Phybe, du musst nicht …"

„Sie hat recht." Ramsay trat einen Schritt vor und sah Phybe an. „Weißt du irgendetwas über ihn, außer wo er wohnt?"

Sie schüttelte den Kopf. „Ich war nur eine Nacht dort, dann hat er mich nach Hause gebracht."

Ramsay wandte sich Eryx zu. „Maxis wird bei Lexi sein. Falls er sie nicht bei sich zu Hause festhält, sind wir ohne Phybe aufgeschmissen."

Ludan und Ramsay starrten ihn unnachgiebig an. Sie sahen in Phybe einen Vorteil, den es zu nutzen galt. Obwohl seine Baineann in Gefahr war, sah er in ihr eine Frau, die bereits ihren Gefährten für ihre Rasse geopfert hatte.

„Bitte." Phybe ergriff seine Hand. „Lasst mich meine Vergehen wieder gutmachen."

Fast vierundzwanzig Stunden waren vergangen, seit sie Lexi entführt hatten. Zweifellos der längste Tag seines Lebens.

Phybe wartete auf seine Antwort, und in ihren

Augen lag eine Entschlossenheit, die er einfach respektieren musste.

„Ramsay, stell eine Einheit zusammen, die nur aus den besten Kriegern besteht und die dir allesamt gut bekannt sind. Ich will, dass vier Männer diese Frau bewachen." Er hob Phybe wieder in seine Arme. „Bereite den Rest auf den Kampf vor."

KAPITEL 28

Lexi lehnte sich erschöpft an die kühle Marmorwand, die mit silbrig funkelnden Adern durchzogen war. Es hatte ihr einen Großteil ihrer Kraft geraubt, sich von der Pritsche zu winden, und die Nachwirkungen des Chloroforms erschlafften noch immer ihre Muskeln, doch zumindest würde sie die nächste Runde gegen Maxis stehend ausfechten. Ein Rinnsal von Blut sickerte unter den engen Fesseln an ihren Handgelenken hervor. Sie ließ die Hände kreisen und begrüßte das Brennen.

Allerdings standen ihr in dem Raum keinerlei Waffen zu Verfügung. Sie hatte nichts weiter als ihren Verstand und Zeit, um einen Plan zu schmieden. Sie drückte sich mit dem Rücken an die hinterste Wand und betete darum, dass der nächste, der die Zelle betrat, ihr wohlgesonnen war. Zwar war das eher unwahrscheinlich, doch gegen Maxis' und Serenas Arroganz würde sie nichts ausrichten können.

Die Minuten verstrichen und sie ließ alles Revue passieren, was sie seit ihrer Ankunft in Eden getan und gesehen hatte. In Gedanken machte sie sich eine Liste von den Dingen, die sie noch tun wollte, sobald sie wieder frei war. Sie würde das hier durchstehen. Schließlich hatte sie es schon einmal geschafft.

Die Kerze neben dem Feldbett war mittlerweile fast zu einem Stummel hinuntergebrannt. Sie war etwa vier Zentimeter kürzer als zu dem Zeitpunkt, an dem sie das Bewusstsein wiedererlangt hatte. Lexi saß gefesselt in einer feuchten Zelle und versuchte, die Zeit an der Höhe einer Kerze zu messen. Es verlieh dem Begriff „Geduld" eine ganz neue Bedeutung.

Schritte ertönten hinter der Tür.

Lexi sog die Luft ein und hielt den Atem an. Das Blut rauschte in ihren Ohren und wurde mit jedem Adrenalinstoß lauter.

Der Türknauf drehte sich.

Lexi drückte sich fester gegen die Wand.

Die Tür wurde aufgestoßen, und ein ihr unbekannter Mann trat über die Schwelle und starrte auf die Pritsche.

Er wollte sich gerade umdrehen.

Lexi trat ihm mit dem nackten Fuß in den Rücken. Er stürzte zu Boden und sie drehte sich zur Tür um.

Ein Arm wurde von hinten um ihre Taille geschlungen und zog sie gegen eine muskulöse Brust. Ein finsteres Lachen drang an ihr Ohr und sie spürte heißen Atem an ihrem Nacken.

„Dachtest du wirklich, ich wäre so dumm?", fragte Maxis.

Wut wallte in ihr auf und sie versuchte, sich loszureißen. Der Mann, den sie zu Boden gestoßen hatte, kam mühsam wieder auf die Beine.

Maxis schob sie vorwärts, wobei er den Arm so fest um ihren Bauch geschlungen hatte, dass sie kaum Luft bekam. „Ich muss sagen, ich bin froh, dass du eine Kämpferin bist. So macht die ganze Sache mehr Spaß." Er versetzte ihr einen Stoß.

Sie stolperte und zog den Kopf ein, um nicht damit gegen die Wand zu prallen. Sie landete mit einer Schulter auf der Pritsche, deren Holzbeine über den Steinboden schrammten. Der Mann in der elfenbeinfarbenen Robe kam langsam auf sie zu.

Maxis ging vor ihrem Kopf in die Hocke. Er hatte einen glasigen Ausdruck in den Augen, als er seinen Blick über ihre Lippen schweifen ließ. „Eigentlich wollte ich dich für mich selbst haben."

Lexi wandte das Gesicht ab.

Unverdrossen strich er ihr über die Wange. „Dann wurde mir klar, wie viel wirksamer es wäre, wenn ich dich eine Weile herumreichen würde, damit ein paar deiner neuen Landsleute sozusagen die Chance auf eine Kostprobe haben. Ich werde am Schluss an der Reihe sein. Ich will die Niederlage in deinen Augen sehen, wenn ich dich nehme, um zu wissen, wie gebrochen dein Geist wirklich ist." Er packte ihren Kiefer zwischen Daumen und Zeigefinger und drehte ihr Gesicht zu seinem. „Du bist deinem Schicksal bisher entkommen. Heute Nacht wirst du nicht so viel Glück haben." Er stand auf und stieß ihren Kopf so heftig zur Seite, dass ihr Genick einen knackenden Laut von sich gab.

Sie biss die Zähne zusammen und versuchte, sich

aufzurichten, wurde aber von dem Fremden auf den Rücken gedrückt.

„Cutter, du bist ein Blutsauger." Maxis' krankes Lachen prallte an den Wänden ab. Er zog eine Pistole aus seiner Tasche und fuchtelte damit fröhlich in der Luft herum, während er sie eindringlich ansah. „Welch Ironie, dass du ausgerechnet durch die Waffe deines Freundes den Tod finden wirst. Aber keine Sorge, vorher steht dir noch eine vergnügliche lange Nacht bevor." Er ließ die Pistole mit einem lauten Knall auf den Tisch fallen.

„Wo ist Ian?", schrie Lexi und versuchte, sich aus den Klauen des Mannes zu befreien, der mit wurstartigen Fingern ihre Schultern festhielt.

Maxis hielt an der Schwelle inne. „Du meinst meine Versicherungspolice? Er ist an einem sicheren Ort versteckt. Das Schöne an den Menschen ist, dass kein Zeolith nötig ist, um sie zu verbergen. Das erleichtert die Sache enorm. Serena und ich wollten uns gerade auf den Weg machen, um nach ihm zu sehen, aber ich werde ihn wissen lassen, dass du ihn grüßen lässt." Er umklammerte den Türknauf und verzog die Lippen zu einem ausdruckslosen Grinsen. „Amüsiere dich, während ich weg bin."

Lexi stemmte sich mit den Fersen gegen die wackelige Pritsche. Die Tür fiel ins Schloss, und Cutter drückte sein Knie gegen ihren Oberschenkel. Er stieß ein Lachen aus, das nach Knoblauch und irgendeinem anderen widerlichen Kraut stank.

„Nur zu, schrei so viel du willst. Mich stört das kein bisschen.“

***

Kaltes, graues Mauerwerk und ein schwarzes Schieferdach. Nicht gerade der fröhlichste Ort, den Eryx je gesehen hatte, aber die Festung war stabil. Und groß. Zwar nicht annähernd so groß wie sein Schloss, aber mehr Platz, als ein einzelner Mann brauchte.

Ramsay reckte den Hals, um einen besseren Blick durch die Bäume zu erhaschen, hinter denen sie sich versteckten. „Ziemlich mutig, sein Haus mitten in den Wald zu bauen.“

„Nicht mutig, sondern vermessen.“ Eryx ließ einen Ast zurück an seinen Platz federn. „Er glaubt, er sei unantastbar.“

Phybe kniete neben Galena und biss sich auf die Unterlippe, während sie auf das Anwesen hinter den Bäumen starrte.

„Bist du sicher, dass wir hier richtig sind?“

Phybe schreckte auf, wobei die Blätter unter ihr ein raschelndes Geräusch von sich gaben. Ihre Tränen waren endlich versiegt, aber ihre Augen waren immer noch geschwollen und rot. „Ich bin zu weit entfernt, um zu bestimmen, in welchem Raum er sich aufhält, aber er ist hier.“

Seine Schwester schlang einen Arm um Phybes Taille. „Du solltest nicht hier sein“, sagte Eryx zu

Galena.

Sie warf ihm einen finsteren Blick zu. Galena war seiner Verbindung gefolgt, sobald sie von ihren Plänen erfahren hatte, und hatte sich mit Kräutern und Verbänden bewaffnet. „Es ist nicht das erste Mal, dass ich mitten in einen Kampf gerate und Lexi mich vielleicht braucht."

Dem hatte er nichts entgegenzusetzen. Er war zwar in der Lage zu heilen, doch Galenas Kräfte waren viel ausgeprägter. Er wollte nicht auf ihre Fähigkeiten verzichten, falls Lexi verletzt war.

Verdammt, er war es leid zu warten. „Wie lange noch?"

„Die Männer sind in Position", antwortete Ramsay. „Jagger ist gleich damit fertig, die Umgebung abzusuchen."

„Gut, lasst uns reingehen." Eryx setzte sich in Bewegung.

Ludan legte ihm eine Hand auf die Schulter. „Noch nicht."

Etwas knackte in Eryx' Kiefer. Vielleicht ein abgebrochener Backenzahn.

„Wenn du die Sache überstürzt, sind wir erledigt." Ludan festigte seinen Griff. „Wir haben nicht genug Waffen für einen Hinterhalt. Vergiss nicht, sie ist eine Kämpferin. Sie lebt noch, andernfalls hättest du es gespürt."

Eryx riss sich los und trat ein Stück zur Seite, um tief durchzuatmen, ohne die Blicke der anderen auf sich zu ziehen. Adrenalin rauschte durch seine Adern und drängte auf ein Ventil, während seine

Muskeln endlich zur Tat schreiten wollten.

Also schön. Er würde voller Ungeduld warten und seine Kräfte sammeln. Und wenn die Zeit gekommen war, würde er jeden Funken seiner Macht freisetzen – und Maxis für seine Vergehen bestrafen.

***

Maxis trat mit Serena an seiner Seite auf die hintere Terrasse hinaus. Die Temperaturen in Asshur waren geringer als in Havilah, aber bei weitem nicht so niedrig wie in Brasia. Der heutige Abend bildete keine Ausnahme. Vor ihnen erstreckte sich ein klarer Himmel, der hier und da von Schlieren silbriger Energie durchzogen war, die wie Sternschnuppen leuchteten.

Serena schritt beschwingt neben ihm her und berührte mit ihrem nackten Arm den seinen. Ihr kehliges Lachen, mit dem sie ihre Freude über Lexis bevorstehendes Martyrium zum Ausdruck brachte, erfüllte die Luft. Auf verkorkste Weise spiegelte es die Schmerzen seiner eigenen Vergangenheit wider.

Als sie die Terrasse hinter sich ließen, spürte er eine Woge der Energie, die gegen seine Brust prallte.

Maxis blieb auf der Stelle stehen. Als Serena erschrocken aufschrie, legte er ihr eine Hand über den Mund und tarnte sie beide. Er flog mit ihr hinauf und ging hinter einer kunstvoll gestalteten

Hecke in Deckung. Mit einem eindringlichen Blick bedeutete er Serena, keinen Laut von sich zu geben, dann landete er und löste die Hand von ihrem Schmollmund.

Er ließ seine Sinne über das Grundstück ausschweifen. Die Energie um sein Haus sollte flach und unberührt sein, da es weit entfernt von anderen Behausungen in völliger Abgeschiedenheit lag. Heute Abend spürte er jedoch einen kaum wahrnehmbaren Unterschied, der fast schon zu subtil war.

Serena schmiegte sich an ihn und ließ schamlos ihren Hintern an seiner Leistengegend kreisen. „Ich kann nichts spüren. Es ist nicht nötig, mir eine Bedrohung vorzugaukeln, um meine Aufmerksamkeit zu erregen."

„Das liegt daran, dass deine Sinne nichts im Vergleich zu meinen sind." Er umfasste ihre Brüste durch den seidigen Stoff ihres Kleids und presste seinen steifen Schwanz in ihre Pofalte. Die Mischung aus Gefahr und Serenas verlockendem Körper war ein berauschender Cocktail. Er zwickte ihr in die Brustwarze.

Serena keuchte.

„Und jetzt beruhige dich wieder." In einer Sache hatte Lexi recht gehabt. Sie passten sehr gut zusammen, und Maxis hatte die feste Absicht, Serena zu beweisen, wie kompatibel sie wirklich waren. Aber er würde dazu kommen, wenn er es für angemessen hielt, nicht wenn Serena es wollte.

Als sie von ihm abließ, tastete er nach den stärksten Energiepunkten, die sein Land umgaben und ließ seine Energie daran abprallen. Mit jedem Impuls erweiterte er die mentale Karte. Umzingelt. Zwar nicht von einer ganzen Brigade, aber von einer kleinen Anzahl strategisch positionierter Myren.

„Wir haben Besuch. Ich vermute, es handelt sich dabei um deinen Ex und seine Krieger." Seine Verärgerung mischte sich mit Vorfreude und sein Schwanz an Serenas Rücken wurde noch härter.

„Er ist hier?"

Ihr aufgeregtes Keuchen zerrte an seinem Stolz. Vielleicht waren diese verbalen Sticheleien, die sie Lexi an den Kopf geworfen hatte, mehr gewesen als nur ein Mittel, um ihre Erzfeindin zu provozieren. „Würdest du wirklich zu ihm zurückgehen?" Seine Stimme klang wie ein Zischen und er kniff ihr noch einmal in die Brustwarze. Die andere Hand ließ er grob zwischen ihre Schenkel gleiten, um ihren Hintern gegen seinen harten Schaft zu drücken. „Denkst du, er wird dir geben, was du brauchst?"

Serenas ließ stöhnend den Kopf an seine Brust fallen und schloss die Augen. „Das hat er nie getan."

Die Worte waren eine unverhohlene, sinnliche Kapitulation. Sie trafen etwas tief in seinem Inneren, das er nicht ganz greifen konnte. Aber er würde später darüber nachdenken, nachdem er sich um seine ungebetenen Gäste gekümmert hatte.

Er kontaktierte Reese. *„Folge meiner Verbindung*

und bring deine Rekruten hierher. Und zwar schnell. Shantos hat mein Anwesen umstellt."

Reese antwortete mit unterkühlter Stimme. *„Du willst, dass ich eine große Anzahl von Männern, die das Gelände nicht kennen, von einem Moment auf den anderen mobilisiere?"*

„Du klingst nicht gerade zuversichtlich, Strategos. Ich dachte, du würdest dich über eine Gelegenheit freuen, endlich zu beweisen, wie gut du Befehle befolgen kannst."

„Ich bin mir meiner Fähigkeiten bewusst."

„Dann bring mir die Männer, und zwar sofort." Maxis trennte die Verbindung. Reeses Unverfrorenheit nahm langsam überhand. Ganz gleich, welchen Platz der Mann in Maxis' Leben und Plänen einnahm, er würde sich mit seinem Verhalten auseinandersetzen müssen.

Gleich, nachdem er den Verräter gefunden hatte, der das Shantos-Lager zu seiner Tür geführt hatte.

***

Fingerknöchel schlugen auf Lexis Wange ein. Sie schmeckte Blut, das ihr zäh die Kehle hinunterrann. Sie wehrte sich und strampelte mit aller Kraft, um Cutter von sich zu stoßen.

Sein wahnsinniges Lachen hallte von den Wänden wider. „Maxis hat mir schon gesagt, dass du Temperament hast. Ich kann verstehen, dass der Malran dich anziehend findet." Er schob ein Knie zwischen ihre Schenkel und spreizte sie. „Ich frage mich, was sich wohl unter dem Stoff verbirgt."

Lexi wand sich und bäumte sich auf. Sie musste nur einen Schwachpunkt finden und ihn im richtigen Moment nutzen.

Die Adern an seinen Schläfen traten hervor, als er ihre Tunika hochschob und ihre Brüste drückte. „Der Malran hat einen guten Geschmack."

Schweiß rann von seiner Stirn auf ihre Brust und ihr drehte sich der Magen um. Sie zerrte an den Fesseln an ihrem Rücken. „Lass mich los, du perverses Schwein!" Sie schaffte es, eines ihrer Beine zu befreien.

Cutter schob es zurück.

Ihre Schenkel bebten vor Anstrengung und ihre Muskeln waren erschöpft. Cutter packte den Bund ihrer Hose und wandte seinen Rücken der Tür zu. Sie versuchte noch einmal, ihr Bein hervorzuziehen.

Bitte, Gott. Nicht das. Nicht jetzt.

Ihr Blick fiel auf die Silhouette einer schmächtigen Gestalt in der Tür. Cutter zerrte an ihrer Hose und zerriss den Stoff.

Wütende Frustration wallte tief in ihrer Brust auf und sie stieß einen panischen Schrei aus. Sie schaffte es, ein Bein unter Cutter hervorzuziehen, und stemmte ihren Fuß in seine Leiste, um ihn mit aller Kraft von sich zu stoßen.

Ein ohrenbetäubender Knall hallte durch die Zelle. Cutter brach über ihr zusammen und der Geruch von Schießpulver erfüllte die Luft.

Mit zitternden Beinen schob Lexi Cutter auf den

Rücken und rutschte zur Seite. Er war zwar nicht tot, doch das gurgelnde Stöhnen, das aus seiner Kehle drang, verhieß nichts Gutes. Auf keinen Fall würde sie hier warten, um zu sehen, ob er überlebte oder nicht. Sie stand auf und die Sicht verschwamm vor ihren Augen. Dann gaben ihre Knie nach.

Sie hörte noch das Klappern von Metall auf Stein, als junge, weibliche Arme sie umklammerten, kurz bevor ihr Kopf auf dem Boden aufschlagen konnte. Ihr Blick fiel auf schmale Füße, die in Sandalen steckten. Ians Pistole lag nur eine Armlänge entfernt.

Lexi kämpfte sich auf die Knie.

Eine junge Frau mit braunen, eng geflochtenen Zöpfen blickte mit großen, verängstigten Augen auf sie herab. Sie zitterte so heftig, dass ihr Kleid aus Sackleinen aussah, als würde es tanzen. Ihre Stimme bebte genauso sehr wie ihr Körper. „Geht es dir gut?"

Cutter lag auf der Seite. Blut sickerte aus seinem offenen Mund. „Ging schon mal besser. Ich danke dir." Die Worte waren völlig unzureichend, wenn man bedachte, was die Frau gerade getan hatte, um sie zu retten. Lexi versuchte aufzustehen, aber ihre zitternden Beine gaben erneut nach.

Das Mädchen hielt sie fest. „Ich konnte nicht zulassen, dass er ..." Sie verstummte, doch der Schrecken, der sich auf ihrem Gesicht abzeichnete, sagte alles. Sie war zwar jung, doch sie hatte schon Schlimmeres erlebt als Lexi. Gott allein wusste, wie oft.

„Wie heißt du?"

Das Mädchen zog ihre Hände zurück und presste sie an ihren Bauch. „Brenna. Brenna Haven."

Schön.

Die Höflichkeitsfloskeln hatten sie hinter sich.

Es war Zeit, sich in Bewegung zu setzen.

Sie taumelte zu dem Stuhl an der Wand und ließ sich auf die harte Sitzfläche fallen. Zerrissene Hose, nackte Füße, geschwollene Wange, taube Finger und zittrige Beine. Alles in allem nicht schlecht. Sie drehte Brenna den Rücken zu, um ihr die Fesseln an ihren Handgelenken zu zeigen. Die klebrige Nässe an ihrer Haut verriet ihr, dass ihre Hände blutig waren. „Kannst du die Knoten lösen?"

Brenna beugte sich vor und machte sich an die Arbeit, wobei die rauen Fasern bei jedem Ruck kratzten.

„Wo ist Ian?", fragte Lexi.

Brenna hielt inne.

Lexi wackelte mit ihren gefesselten Händen, und Brenna wandte sich wieder ihrer Aufgabe zu. „Wer-Wer ist Ian?"

Lexi schüttelte den Kopf. „Vergiss es. Wir müssen von hier verschwinden. Ich rufe Eryx, er wird uns helfen."

Das Seil glitt zu Boden, und Brenna taumelte zurück. Sie hielt sich ihre zitternden Hände vor Mund und Bauch. „Ist er … wie er?"

„Wie wer?" Lexi warf einen Blick auf Cutter. „Der da?"

Cutter beobachtete sie. Sein Atem war flach und seine Haut blass, aber in seinen Augen funkelte nach wie vor ein bösartiger Ausdruck.

Brenna schüttelte den Kopf. „Wie mein Herr."

Dieser verdammte Mistkerl.

Lexi stand auf unsicheren Beinen auf. „Eryx hat nichts mit ihm gemein." Ihre Oberschenkel schmerzten, doch sie drückte die Knie durch. Brenna schlang einen Arm um ihre Taille und Lexi stürmte in Richtung Tür. Jeder Schritt stärkte ihre Muskeln und verhieß ihre Freiheit.

„Werdet … es … nicht schaffen." In Cutters Drohung schwang ein psychopathischer Unterton mit.

Lexi warf dem erbärmlichen Mann einen eindringlichen Blick zu, als sie die Schwelle überschritten. „Oh doch, das werden wir."

***

Maxis konzentrierte seine Energie auf die Vorderseite des Hauses, vor dem sein Maulwurf mit Eryx und dessen Kriegern lauerte.

Phybe. Da er selbst so wenige Verbindungen hatte, hatte er nicht lange gebraucht, um die Verräterin aufzuspüren.

Es war ein Fehler gewesen, Reese mit der Beseitigung der kleinen Schlampe zu betrauen. Sobald er und Serena in Sicherheit waren, würde er ihn korrigieren.

„Die Männer sind im Anflug", blaffte Reese. *„Die, die sich dem Anwesen von hinten nähern, sollten un-*

entdeckt bleiben. Aber die, die von vorn kommen, laufen Gefahr, gesehen zu werden."

„Es sei denn, wir lenken Eryx und seine Männer ab." Maxis hatte seine Zeit weise genutzt und alles perfekt geplant. *„Ich habe ein Ablenkungsmanöver vorbereitet. Gib mir Bescheid, wenn dein Trupp bereit ist, und ich werde für Deckung sorgen."* Er ballte die Hände zu Fäusten und spannte die Muskeln in seinen Schulterblättern an. Auf jeden Fall hatte er einen Plan. Zuerst die Ablenkung, dann die Rache.

„Was immer du vorhast, tu es jetzt", brüllte Reese.

Maxis machte sich an die Arbeit. In dem Moment, in dem er Phybe in der Nähe seines Erzfeinds ausfindig gemacht hatte, hatte er ihren Geist erwürgen wollen. Jetzt konzentrierte er sich auf ihren Verstand und drückte mental kräftig zu.

Ihr gequälter Schrei durchdrang die Nacht.

Er drückte noch fester und ließ Schmerzen durch alle Windungen ihres Gehirns ausstrahlen. Aber er ließ sich Zeit, denn Reeses Männer würden Zeit brauchen, um sich zu positionieren.

Er ließ sie für ihren Verrat leiden – und sandte zugleich Reese eine Nachricht mit der Strafe, die ihn erwartete.

KAPITEL 29

Eryx presste eine Hand auf Phybes Mund. Die vier Wachen um sie herum zogen ihre Dolche und duckten sich angriffsbereit.

Phybe krallte sich in ihre Kopfhaut und bäumte sich in Galenas Armen auf.

„Was ist los mit ihr?", fragte Eryx und ließ seinen Blick über das Feld vor Maxis' Anwesen schweifen.

Plötzlich machte Galena einen Satz zurück und ließ Phybe schockiert zu Boden fallen. „Er ist in ihren Verstand eingedrungen. Er benutzt seine Verbindung zu ihr."

„Er weiß, dass wir hier sind." Verdammt. Eryx hätte die Festung sofort nach ihrer Ankunft stürmen sollen. „Ihr vier bleibt bei den Frauen. Ramsay, du gehst rein."

Ramsay schoss in die Luft.

Eryx stürmte, dicht gefolgt von Ludan, auf das Anwesen zu.

„Eryx, im Anflug", warnte Ramsay. Schwärme kräftig gebauter junger Myren griffen von allen Seiten an und waren seiner Einheit fast fünf zu eins überlegen. Er und Ludan konnten ihre Männer nicht einfach sich selbst überlassen und sich auf die Suche nach Lexi begeben.

„Ludan, wir greifen an." Eryx änderte seinen Kurs und feuerte den ersten Schuss.

***

„Geht schon, ihr alle." Galena bedeutete den Männern, sich den anderen anzuschließen. Eryx konnte es sich nicht leisten, vier Krieger für sie und eine sterbende Frau abzustellen.

Phybe krümmte sich am Boden. Sie keuchte und raufte ihr Haar, während um sie herum Kampfgeräusche durch die Luft hallten.

„Er wird uns umbringen, wenn wir Euch hier zurücklassen." Der Wächter duckte sich und suchte mit seinen Blicken den Himmel ab.

„Und ich bringe euch um, wenn ihr es nicht tut. Geht schon."

Die vier tauschten flüchtige Blicke aus. Einer legte seinen Dolch neben sie auf den Boden. „Wir kommen wieder." Sie erhoben sich gemeinsam in die Luft und stürzten sich in den Kampf, der sowohl in der Luft als auch am Boden stattfand.

Galena schob den Dolch unter ihr Bein und streichelte Phybe über die Stirn. Maxis befand sich immer noch im Kopf der armen Frau und tötete sie langsam, und sie konnte nichts tun, um ihn aufzuhalten.

Sie sollte verdammt sein, wenn sie zuließ, dass er auch ihre Familie tötete.

***

Lexi stolperte die hölzernen Stufen ihres Gefängnisses hinauf. Mit jedem Schritt kehrte die Energie schneller in ihren zitternden Körper zurück. Sie sehnte sich nach Eryx. Nach dem Gefühl seiner

Arme um sie, nach seiner Stärke und Wärme. *„Eryx?"*

„Lexi", brüllte Eryx und stöhnte dann auf.

Blitze zuckten durch die Luft und der Wind peitschte gegen die Fassade. Gedämpfte Rufe drangen von draußen herein.

„Bleib im Haus. Komm nicht nach draußen. Hast du mich verstanden?"

Trotz seines mahnenden Tonfalls durchzuckte sie ein Gefühl der Erleichterung. Sie folgte Brenna die letzte Treppe hinauf und trat in eine mittelalterlich anmutende Küche. Ein gusseiserner Topf hing über einer riesigen Feuerstelle. An der gegenüberliegenden Wand brannte eine einsame Kerze, doch der Raum wurde durch den Schein von Flammen und Blitzen erhellt, der durch ein Panoramafenster fiel. Sowohl in der Luft als auch auf dem Boden tobte eine Schlacht und die Angriffe der Männer brachten die Steinmauern des Hauses zum Beben.

Ihr Magen krampfte sich zusammen.

„Lexi, antworte mir! Hörst du mich?"

Die Lichtblitze waren zu schnell wieder erloschen, um die Gesichter der Kämpfer erkennen zu können. *„Ich höre dich. Wo bist du?"*

„Maxis hat ein paar Männer rekrutiert." Selbst inmitten der Schlacht konnte sie den sarkastisch selbstsicheren Unterton in seiner Stimme hören. *„Bleib im Haus, bis wir sie unter Kontrolle gebracht haben. Wenn sie dich sehen, werde sie sich auf dich stürzen."*

Er grunzte.

Er konnte jetzt keine Ablenkung gebrauchen, doch etwas zerrte an ihren Instinkten. Sie musste ihn finden. Zumindest musste sie ihn sehen und herausfinden, wogegen er zu kämpfen hatte.

Sie ergriff Brennas Hand und konzentrierte sich auf ihre Verbindung zu Eryx. In diesem Moment war nichts so wichtig, wie ihn zu finden und zu wissen, dass er in Sicherheit war. Ein winziger Funke in ihrem Verstand registrierte einen Ort, den sie zwar fühlen, aber nicht sehen konnte. Sie wandte sich ihm zu. „Was befindet sich in dieser Richtung?"

Brenna schlug sich eine Hand vor den Mund. „Der Haupteingang."

Lexi packte ihre zitternde Retterin am Ellbogen und zog sie an sich. „Dann werden wir dorthin gehen."

***

Maxis konnte seinen Blick nicht von der Schlacht losreißen. Seine Augen brannten von den Flammen und der Elektrizität, die am Nachthimmel aufblitzten. Shantos und seine Mannschaft waren in der Unterzahl. Zwar nicht beträchtlich, aber es würde ausreichen, um der Rebellion zum Sieg zu verhelfen. Selbst wenn Eryx Verstärkung anforderte, würde sie nicht rechtzeitig hier sein.

Vier weitere von Eryx' Männern schossen in die Luft.

Trotzdem waren sie seinen Trupps immer noch

drei zu eins unterlegen, solange Eryx nicht noch weitere Krieger irgendwo versteckt hielt.

Er ließ seine Sinne am Rande des Gefechts entlang schweifen. Mehr. Mindestens einer. Vielleicht zwei. Er öffnete seine Verbindung. *„Reese.“*

„Ich bin im Moment ziemlich beschäftigt“, antwortete Reese.

„Und gleich wirst du noch mehr zu tun haben.“ Geduld. Er würde seinen verräterischen Strategos später für sein Verhalten bestrafen. *„Die vier Krieger, die sich gerade dem Kampf angeschlossen haben …“*

„Was ist mit ihnen?“

„Sieh dich an der Stelle um, von der sie gekommen sind. Und zwar sofort. Da liegt mindestens noch ein weiterer auf der Lauer.“

Reese brummte und unterbrach die Verbindung.

Dieser Narr. Er hatte Reese seinen Herzenswunsch erfüllt und ihm eine Sache gegeben, für die es sich zu kämpfen lohnte und ihm eine Armee unterstellt. Und der Kerl hatte ein hübsches kleines Weib über einen seiner eigenen Leute gestellt.

Serena schmiegte ihren Rücken an seine Brust. In ihren Augen funkelten die Flammen des Kampfes und sie hatte die Lippen leicht geöffnet.

„Ich würde gern wissen, wie loyal du gegenüber der Rebellion bist“, sagte er. „Bist du bereit, mir zu folgen?“

Serena drehte sich in seinen Armen um und der faszinierte Ausdruck in ihrem Gesicht wich einer selbstsicheren Miene. „Dir folgen? Wohl kaum.

Aber ich werde mit dir herrschen.“

Mit einem Ruck zog er sie an sich und packte ihr Haar, dann führte er seine Lippen dicht an ihre. „Glaubst du wirklich, du kannst mit mir mithalten?“

Er spürte ihren nach Wein duftenden Atem an seinem Gesicht. „Nicht nur das.“

Er zog ihren Kopf noch einen Zentimeter zurück. „Dann bist du auch bereit, dich als Zeichen unserer Partnerschaft mit mir zu verbinden?“

Serena legte eine Hand auf die seine an ihrem Rücken. Mit Freuden beobachtete er, wie sie die Lippen zu einem teuflischen Grinsen verzog. „Nur eine Verbindung, Maxis? Ist das alles?“

Bei den Worten fletschte Maxis die Zähne. „Ich werde mich nicht mit einer Frau vereinigen, Serena. Du tätest gut daran, das nicht zu vergessen.“

Sie senkte die Lider. Mit der gesitteten Geste konnte sie ihn jedoch nicht täuschen. Er spürte ihre Energie, die gegen seine Hand presste. „Wir werden sehen. Fürs Erste belassen wir es bei einer freundschaftlichen Verbindung.“

Maxis umwand seine Energie mit der ihren und hielt sie mental mit eiserner Faust fest. Wenn sie geahnt hätte, welch grausamen Tod er Phybe nicht einmal dreihundert Meter entfernt beschert hatte, hätte sie es sich vielleicht anders überlegt.

Er presste seine Lippen auf die ihren und sandte seine lüsternen Gedanken durch ihre Verbindung.

„Es wird Zeit, dass du lernst, was es heißt, beherrscht zu werden.“

Sie schnappte nach Luft und stemmte die Hände gegen seine Schultern, während sich ihre Brust jedoch vor Erregung hob und senkte. „Niemand beherrscht mich."

Er schlang seine Arme um ihre Taille, ließ seine Lippen über die ihren gleiten und presste seinen steifen Schwanz an ihren Bauch. „Ich werde dich beherrschen." Bevor sie etwas erwidern konnte, schoss er mit ihr in die Luft und tarnte sie beide.

Sie zuckte in seinen Armen, dann erstarrte sie, als sie sah, wie hoch oben sie schwebten. „Wohin gehen wir? Wir können die Männer nicht hier zurücklassen."

„Reese wird sich um die Truppen kümmern." Und Maxis würde sich schon bald um Reese kümmern. „In der Zwischenzeit ziehen wir uns an einen privaten Ort zurück. Denn ich will dir die Aufmerksamkeit zuteilwerden lassen, die du verdienst."

***

Lexi folgte ihrem mentalen Kompass durch die kerzenbeleuchteten Gänge, bis sie einen Salon erreichten. Brenna zitterte neben ihr, während eine spannungsgeladene Explosion nach der anderen gegen die Fassade prallte.

Drei Flammen blitzten vor einem großen Fenster in der Mitte des Raumes auf. Lexis Herz machte einen Satz und rutschte ihr zugleich in die Hose.

Umgeben von Rebellen flogen Eryx und Ludan

Rücken an Rücken durch die Luft. Sie kämpften mit Fäusten und Tritten gegen die Männer in ihrer Nähe und beschossen diejenigen, die weiter entfernt waren, mit der Macht der Elemente.

Ihre Instinkte befahlen ihr, zu ihnen zu eilen und ihnen zu helfen. Oder sich zu verstecken. Sie musste irgendetwas tun. Aber ihre Füße wollten ihr nicht gehorchen und sie blieb wie angewurzelt stehen.

Die Bewegungen der beiden waren so fließend und unglaublich schön, während sie scheinbar mühelos gegen die Angreifer kämpften. Eryx' Zöpfe schwangen hin und her, sein muskulöser Körper war schweißgebadet und sein Gesicht war zu einer Miene stoischer Konzentration verzogen.

Weitere Angreifer näherten sich ihnen. „Eryx, noch drei. Hinter dir."

Eryx wirbelte herum und feuerte.

Lexi behielt den Himmel im Auge, während sie die Verbindung zu Eryx offenließ. Sie konnte die Erschöpfung der beiden Männer spüren und das Brennen ihrer Muskeln in ihren eigenen fühlen. Es musste eine Möglichkeit geben, ihnen zu helfen und mehr zu tun, als nur im Schutz der Dunkelheit zu warten. Sie wagte es nicht, sie direkt darauf anzusprechen, während sie kämpften, und wusste ohnehin, dass sie ihr nur befehlen würden, sich zu verstecken. Graylin hätte ihr sicher Auskunft geben können, doch sie hatte sich noch nicht mit ihm verbunden und war nicht mit ihm verwandt.

Galena.

Zögerlich ließ sie ihre Gedanken ausströmen.

„Lexi. Du bist in Sicherheit." Galenas erleichterte Stimme war von Schock und Angst untermalt.

„Ich bin in Sicherheit, aber Eryx und Ludan sind in Gefahr. Sie sind umzingelt."

„Ich weiß. Ich bin hier bei ihnen." Galenas ernster Ton verriet ihr mehr, als sie wahrhaben wollte.

„Sie sind erschöpft. Sagtest du nicht, es gäbe eine Möglichkeit, meine Energie mit jemandem zu teilen?"

„Du müsstest ihn berühren. Und wenn einer von uns sich in die Schlacht wirft, werden wir ihn nur ablenken."

Lexi ging hinter dem Fenster auf und ab, während die Stille im Raum sie zu erdrücken schien. Bei jedem Lichtblitz, der auf Eryx und Ludan gerichtet war, zuckte sie zusammen. Als ein spannungsgeladener Strom an Eryx' Schläfe vorbeischoss, stürzte sie zur Tür und stieß sie weit auf. Eryx würde sie wahrscheinlich umbringen, aber sie würde lieber seinen Zorn spüren, als ihn fallen zu sehen.

Wie bei ihren vorherigen Versuchen konzentrierte sie sich und rief das Element des Feuers an. Sie schloss die Augen und sah die Landschaft vor ihrem geistigen Auge vor sich. Sie hob die Arme – und hielt inne.

Die zarten Stränge, die sie zuvor gesehen hatte, waberten aus allen Richtungen. Jeder einzelne war verbunden mit den Kämpfern am Himmel. Sie konnte sogar erkennen, wo Galena sich hinter dem Anwesen verbarg, denn ihre durchscheinende Linie verlief in den Wald hinein.

Ihre Gedanken überschlugen sich. Was, wenn die Verbindungen nicht für alle gleich waren? Was, wenn das eine völlig andere Gabe war? Während ihrer Trainingseinheiten hatten die Stränge ihren Angriffen Energie zugeführt und sie verstärkt. Wenn sie die Kräfte von den Rebellen abzog, würde sie sie durch ihre Verbindung Eryx und Ludan zuführen können?

Sie streckte ihre Hände in Richtung der Schlacht am Himmel aus und zog etwas von der Energie der Rebellen ab, um sie an Eryx und Ludan weiterzuleiten.

Ludan schoss eine sieben Meter hohe Flammenwand in die Luft, während Eryx die Brust seines Angreifers mit heftigen Stromstößen durchbohrte.

Die Rebellen fielen mit Wucht zu Boden.

Eryx und Ludan wappneten sich, als weitere Angreifer auf sie zustürmten, doch sie warfen noch einen Blick in ihre Richtung.

„Ich habe keine Ahnung, was du gerade angestellt hast, aber könntest du es noch einmal tun?"

Die Erschöpfung in Eryx' Stimme war unüberhörbar.

„Ich denke schon." Mein Gott, sie hoffte es. Sie war sich immer noch nicht sicher, was genau sie getan hatte.

„Dann bleib, wo du bist. Ludan und ich werden den Rest der Rebellen in deine Richtung locken."

„Wer sind diese Leute?", fragte Brenna hinter ihr.

„Das ist mein Mann." Lexi konnte den Stolz nicht

unterdrücken, der in ihr aufwallte. Vielleicht war sie auch ein wenig stolz auf sich selbst. „Die Männer, gegen die sie kämpfen, sind Maxis treu ergeben."

„Du hast doch gesagt, es gibt keine anderen Männer wie ihn." Brenna wich von der Tür zurück und war bereit, davonzulaufen.

Lexi hielt sie fest und zog sie an ihre Seite. „Niemand wird dir je wieder wehtun. Niemand. Hast du verstanden?"

Eryx, Ramsay und Ludan flogen an der Eingangstür vorbei. Der Rest ihrer Männer folgte dicht hinter ihnen. Mein Gott, was hatten sie vor?

Eine Horde von Rebellen nahm die Verfolgung auf.

Eryx' Männer wendeten und griffen erneut an, wobei sie die Rebellen umkreisten und einkesselten.

„Eryx, ich bin nicht mit dem Rest deiner Männer verbunden. Ich kann ihnen die Energie nicht zuführen."

„Konzentriere dich auf mich, Ludan und Ramsay. Der Rest wird die Rebellen in Schach halten." Er hatte leicht reden. Die zarten Energiestränge waren jetzt nur noch ein verknotetes Gewirr. Wie zum Teufel sollte sie herausfinden, welche mit den Bösewichten verbunden waren? Sie konzentrierte sich auf die Rebellen, die Eryx am nächsten waren, entzog ihnen einen Schwall Energie und ließ ihn durch die Verbindung strömen.

Die Kraft der Elemente schleuderte wie Raketen durch die Luft und verwandelte Maxis' Männer in einen leblosen Haufen.

„Scheiße, das ist erstaunlich", brummte Ramsay.

„Fokussiere dich", blaffte Eryx bissig. *„Ich will Lexi nicht gefährden."*

Ramsay stürzte sich auf die nächste Gruppe Rebellen.

„Noch einmal, Lexi." Eryx kam in Sicht.

„Ramsay, Ludan, lasst uns das zu Ende bringen."

Lexi fühlte sich zuversichtlicher, zog die Energie von den verbleibenden Rebellen mit aller Kraft ab und leitete sie durch die Verbindungen weiter. Die Spannung floss aus ihren Händen und sie geriet ins Taumeln.

Die drei Männer feuerten und setzten ihre Angreifer außer Gefecht.

Plötzlich herrschte gespenstische Stille und über den Himmel legte sich eine geschmeidige Dunkelheit. Selbst die friedlichen Energiewirbel, die für gewöhnlich am Firmament zu sehen waren, waren verschwunden.

„Sie haben es geschafft." Staunen erfüllte Brennas Stimme.

Lexi wurde schwindelig und sie hielt sich am Türpfosten fest, um das Gleichgewicht nicht zu verlieren. Ihre Knie zitterten und ihre Sicht verschwamm. Cutter, der Kampf, das alles zollte nun seinen Tribut. Ihr Körper verlangte nach Ruhe. Und sie wollte ihren Mann und war es leid, zu warten.

Da sie Brenna nicht einfach zurücklassen konnte, ergriff Lexi ihre Hand und zerrte sie mit sich. An

Fliegen war nicht zu denken. Verdammt, sie konnte kaum laufen, aber sie konnte Eryx entgegenkommen.

Sie war noch etwa drei Meter von der Tür entfernt, als Eryx ihrem Blick begegnete und aus der Luft auf sie herab lächelte. Er schaute noch ein letztes Mal zum Himmel und setzte dann zur Landung an. Im nächsten Moment wich der Ausdruck erschöpfter Erleichterung in seinen Augen blankem Entsetzen. „Lexi!" Er stürzte auf sie zu.

Lexi wirbelte herum.

Cutter stand schwankend in der Tür und stützte sich am Rahmen ab. Ians Waffe war direkt auf sie gerichtet und zitterte in seiner Hand. Seine Lippen formten Worte, die sie nicht hören konnte, aber sein geistesgestörtes Lächeln sagte alles.

Sie konzentrierte sich auf die winzige Bewegung seines Fingers, der den Abzug drückte. Ihre Muskeln zuckten und sie wollte ausweichen, doch niemand konnte sich schneller bewegen als eine Kugel, am allerwenigsten sie.

KAPITEL 30

Galena saß in ihrem Versteck und war wie benommen. Das musste Lexi gewesen sein. Sie hatte ihre Brüder und Ludan kämpfen sehen, seit sie alt genug war, um zu laufen, doch sie war noch nie einer derartigen Macht ansichtig geworden. Irgendwie hatte Lexi es geschafft, die Kräfte der Männer zu verstärken und ihre Energievorräte zu regenerieren.

Sie würde noch früh genug herausfinden, wie sie das angestellt hatte. Sobald die Männer die Gegend nach weiteren Bedrohungen abgesucht hatten und jemand Phybe nach Hause bringen konnte. Sie wollte den leblosen Körper ihrer neuen Freundin nicht unbeaufsichtigt lassen – nicht nach allem, was sie geopfert hatte.

Was auch immer Maxis mit Phybe getan hatte, es hatte lange gedauert. Und es war schmerzhaft gewesen. Galena hatte in dem Moment, in dem sie Maxis' Anwesenheit gespürt hatte, versucht, ihr zu helfen, doch er hatte ein irreparables Chaos hinterlassen. Jeder Versuch, einzuschreiten, wäre Selbstmord gewesen.

Phybes leerer Blick war gen Himmel gerichtet und ihr Körper wurde bereits kalt.

Wut brannte in Galena auf. Eine gute Myren hatte ihr Leben gelassen. Phybe mochte in die Irre geführt worden sein, aber Galena hatte ihre Güte und ihre fast kindliche Unschuld gespürt. Sie hätte nur jemanden gebraucht, der ihr zur Seite stand und sie im Guten lenkte.

Zu Galenas Rechten ertönte eine tiefe männliche Stimme, die von Traurigkeit erfüllt war. „Wäre sie in ihrem Versteck geblieben, wäre sie jetzt noch am Leben."

Sie griff nach dem Dolch unter ihrem Bein.

Ein Mann mit gewelltem, dunkelblondem Haar, das ihm bis zu den Schultern reichte, erschien neben ihr.

„Wer bist du?"

Der Fremde starrte auf Phybes leblosen Körper. Er trug einen schwarzen Drast mit langen Ärmeln – einer der Rebellen. „Jetzt bin ich genauso tot wie sie." Er sah so traurig aus. Fast tragisch. „Eine ehrlose Sache ist es nicht wert, dass man für sie kämpft, nicht wahr?"

Er sah Galena mit seinen smaragdgrünen Augen an, und etwas regte sich in ihr. Er kam ihr bekannt vor, doch das war es nicht, was sie aus der Fassung brachte. Das Gefühl, das in ihrer Brust aufwallte, war fremdartig und zugleich bedeutungsvoll. Sie schob den Gedanken beiseite und richtete sich auf. „Ich würde von einem Mann, der auf Maxis' Seite kämpft, keine Ehre erwarten."

„Da hast du recht." In seiner Stimme schwang keinerlei Belustigung mit. Er bestätigte lediglich ihre Worte. „Meine Ehre habe ich in dem Moment aufgegeben, als ich zugestimmt habe, ihn bei seinem intriganten Vorhaben zu unterstützen." Er trat vor und ging neben Phybes leblosem Körper in die Hocke. Dann legte er eine Hand an ihre Stirn und senkte den Kopf. Galena sah, dass er die Lippen bewegte und nahm an, dass er ein stilles Gebet sprach. „Am Ende habe ich versucht, das Richtige zu tun.“

Er stand auf und wich einen Schritt zurück. Gepriesen sei der Große, er war hochgewachsen. Etwa so groß wie ihre Brüder und Ludan.

„Du bist Galena Shantos.“ Eine Feststellung, keine Frage.

Sie nickte dennoch. Ihr Verstand verweigerte sich ihr und der Raum zwischen ihren Ohren schien leer zu sein. Sie umklammerte den Dolch noch fester.

„Du erinnerst dich nicht an mich, nicht wahr?“

Galena schüttelte den Kopf und versuchte, sein Gesicht mit einem Namen zu verbinden. „Ich heiße Reese Theron.“ Seine Miene erweichte sich ein wenig und ein trauriges Lächeln umspielte seine Lippen. „Man munkelt, dass aus dir eine beachtliche Heilerin geworden ist.“

Ein warmes Gefühl durchströmte sie. Er kannte sie? Und wusste, was sie für ihr Volk tat?

„Kannst du seelische Beschwerden genauso gut heilen wie körperliche?“ Der Schmerz, der in seinen Worten mitschwang, hätte sie in die Knie gezwungen, wenn sie nicht bereits gesessen hätte.

Aber sie durfte es sich nicht erlauben, dem Feind gegenüber Schwäche zu zeigen. „Seelen werden am besten von innen heraus geheilt.“

„Aber es gibt Leute, die anderen beistehen können.“ Er ließ seinen Blick auf den Griff des Dolches in ihrer Hand gleiten, bevor er sie wieder ansah. „Eine so schöne Frau wie du sollte niemals mit dem Tod in Berührung kommen.“

Was hatte es nur mit diesem Mann auf sich? „Ich begegne dem Tod viel zu oft. Und heute war ich Zeugin, wie er eine unschuldige Frau dahingerafft hat.“

Er nickte weise und wehmütig. „Ruf deine Wachen. Sorge dafür, dass sie wissen, dass du in Gefahr bist.“

Das Grün seiner Iriden verdunkelte sich, bis sie fast schwarz waren und traurige Erschöpfung zeichnete sich auf seinem Gesicht ab. Er war nicht so massig wie viele der anderen Krieger, sondern geschmeidig und muskulös. Seine langen, starken Finger hingen entspannt seitlich an seinem Körper herab. Wie würde es sich anfühlen, von ihm berührt zu werden?

Schüsse durchdrangen die Nacht, und ein markerschütternder Schrei hallte über den dicht bepflanzten Hof, der mit Leichen übersät war.

Sie sollte bei ihren Brüdern sein. Um ihnen zu helfen.

Sie warf einen Blick zurück auf den Mann, der sie noch einmal mit einem verzweifelten Blick bedachte.

Ein herzzerreißendes, reumütiges Lächeln umspielte seine Lippen. „Ich werde mich an dein schönes Gesicht erinnern. Geh mit dem Großen, Galena.“

Er schoss hoch genug in die Luft, damit Eryx’

Männer ihn sehen konnten, und zog seine Hand zurück. In seiner Handfläche bildete sich eine spannungsgeladene Kugel, die er auf sie richtete.

Galena erhob sich ebenfalls in den Himmel.

Jagger holte aus, um ihn anzugreifen, während zwei weitere Männer auf Reese zustürmten.

Reeses Energieball verpuffte. Er stellte für sie keine Bedrohung dar. Konnten die Männer ihres Bruders das nicht sehen?

Sie stürzte sich nach vorn.

Ein gewaltiger Blitzstrahl zischte an ihrer Wange vorbei und traf Reese in die Schulter.

Er zuckte und krampfte und wurde durch die Wucht der Energie in der Luft gehalten. Sobald der Blitz verblasste, fiel Reese zu Boden.

***

„Brenna!" Lexi fiel neben der jungen Frau auf die Knie und versuchte, den größer werdenden Fleck über ihrem Herzen einzudämmen. Ihre Haut war kränklich blass, ihr Puls schwach, und ihre bleichen Lippen leicht geöffnet.

„Eryx, hol Galena." Vorsichtig tastete Lexi die Wunde ab. Die Kugel hatte ihr Herz knapp verfehlt, doch Brenna blutete heftig. Sie übte Druck aus, um die Blutung zu stoppen.

Ein weiterer Schrei hallte in der Ferne wider, aber Lexi konzentrierte sich auf ihre Aufgabe, während um sie herum Rufe und Befehle ertönten.

Eryx ging ihr gegenüber in die Hocke, zog ihre

Hände von der Wunde und legte seine eigenen darauf. „Lexi.“

„Wir müssen etwas tun. Sie hat mich gerettet.“ So viel Blut. Zu viel.

„Lexi, sieh mich an.“

Sie blickte zu ihm auf.

Durch die Tränen konnte sie Eryx nur verschwommen erkennen. „Galena kann sie nicht heilen. Diese Frau ist ein Mensch. Ich kann versuchen, ihr zu helfen, aber ich laufe Gefahr, sie dabei zu töten.“

Nein! Lexi sah Brennas unschuldiges Gesicht vor ihrem geistigen Auge. Das war nicht fair. Nicht richtig. Trotz ihrer Angst hatte sie Lexi gerettet. Und zwar gleich zweimal.

„Es ist deine Entscheidung.“

Sie öffnete die Augen und versuchte, sich an die Hoffnung zu klammern. „Wird sie es schaffen? Wenn wir die Blutung stoppen, wird sie es schaffen? Vielleicht können wir sie nach Evad bringen?“

Eryx schüttelte den Kopf. „Ich würde es nicht rechtzeitig schaffen. Sie verliert zu viel Blut.“

Sie hatte Brenna versprochen, dass sie in Sicherheit sein würde. Verdammt noch mal, diese Nacht sollte nicht so enden. „Tu es.“

Eryx schluckte und ein schwermütiger Ausdruck trat in seine Augen. „Bring die Männer hier raus“, befahl er Ludan mit einem Blick über seine Schulter. So wie er es in der Nacht ihrer Vereinigung mit dem Schnitt an seinem Arm getan hatte, konzentrierte er sich jetzt auf Brennas blutige Wunde.

Ihr zierlicher Körper krampfte und bebte, als Eryx' Energie in sie eindrang.

KAPITEL 31

„Verdammt, Ramsay. Wenn du mir nicht aus dem Weg gehst, sorge ich dafür, dass dein Darm das ganze nächste Jahr Überstunden macht." Galena verschränkte die Arme vor der Brust.

Ein Anflug von Angst huschte über das Gesicht ihres Bruders. Zwar nur flüchtig, doch es reichte aus, um zu wissen, dass er ihre Drohung ernst nahm.

Zwei Wachen, die vor Reeses Zelle standen, beäugten sie mit einem merkwürdigen Blick. Seit sie alle nach Hause zurückgekehrt waren, übertrieben es ihre Brüder und deren Kumpels wirklich mit ihrer Fürsorge.

Zur Hölle mit ihnen. Und auch allen anderen. „Also, wie entscheidest du dich? Lässt du mich rein, um ihm zu helfen, oder wirst du deine Truppen als Vorkoster benutzen?"

Hmpf. Sie wollte die beiden kleinen Mistkerle hinter ihm wissen lassen, dass sie sie ebenfalls leiden lassen würde.

Ramsay zog sie beiseite und senkte die Stimme. „Lena, was zum Teufel ist in dich gefahren? Er ist ein Gefangener und ein Rebell. Schlimmer noch, er hat versucht, dich zu töten. Wer bei klarem Verstand würde da reingehen und versuchen, ihn zu retten?"

Oh Großer, rette mich vor kurzsichtigen Männern. „Zunächst einmal hat Reese nicht versucht, mich zu töten. Er hat nur in der Hoffnung auf mich gezielt, dass ihn jemand umbringen würde. Das hätte Jagger auch getan, wenn ich ihn nicht abgelenkt hätte."

Zumindest glaubte sie, dass Reese das beabsichtigt hatte. Warum sonst hätte er den Energieball verpuffen lassen?

„Und du hättest dich dabei selbst fast umgebracht." Er stand dicht vor ihr und hatte die Nasenlöcher gebläht. „Was wäre geschehen, wenn Jag den Schuss nicht rechtzeitig angepasst hätte? Glaubst du, er hätte mit der Schuld leben können?"

Galena schnaubte. Ramsay und seine Theatralik konnten zum Histus fahren. „Du willst mir doch nicht erzählen, dass Jagger nicht präzise genug ist. Ich bitte dich. Alle aus deinem Eliteteam sind perfekte Schützen." Sie trat einen Schritt zurück und wischte einen nicht vorhandenen Fussel von ihrem Kleid. Es passte perfekt zu ihren Augen. Die Tatsache, dass sie heute Morgen ihr Lieblingskleid angezogen hatte, hatte rein gar nichts damit zu tun, dass sie einen Verräter heilen wollte. Sie wollte lediglich die Informationen schützen, die er ihnen vielleicht liefern könnte. Mehr nicht.

„Ist dir eigentlich in deinen testosterongeschwängerten Sinn gekommen, dass er bereit sein könnte, uns etwas über Maxis zu erzählen? Und zwar etwas, das uns tatsächlich helfen könnte?" Sie wich noch einen Schritt zurück und legte mit gespielter Überraschung eine Hand an die Wange. „Oh, warte. Dazu wäre er gar nicht imstande, wenn er tot wäre."

Ramsay presste die Lippen zu einer dünnen Linie zusammen, während sich in seinen stahlgrauen Augen ein wütender Sturm zusammenbraute. „Du hast keine Ahnung, wer dieser Mann ist oder wozu er fähig ist."

Galenas Selbstsicherheit geriet ins Straucheln. Von ihren beiden Brüdern war Ramsay eigentlich der gelassenere. Selbst in den abscheulichsten Momenten riss er noch unpassende Witze. Wenn er jetzt derart angespannt war, musste sie vorsichtig sein – ganz gleich, was ihre Intuition ihr sagte.

Sie hielt den Atem an und blieb standhaft. Ein Herzschlag. Zwei. Drei.

„Aber du hast recht", lenkte Ramsay schließlich ein. „Falls er wirklich Informationen hat, wären wir gut beraten, sie zu nutzen." Er trat zurück, um sie passieren zu lassen. „Ich werde auf Abstand bleiben, aber ich begleite dich in die Zelle."

Galena nickte. Der Wortwechsel mit ihrem Bruder hatte sie mehr erschüttert, als sie zugeben wollte. „In Ordnung. Aber wir müssen uns beeilen. So wie ihr Krieger mit Verletzungen umgeht, könnte die Wunde inzwischen infiziert sein."

Galena nahm ihre Kräutertasche und wappnete sich gegen das Zeolith. Die dunklen, energieverzehrenden Höhlen waren ihr unheimlich. Die ganze Sache war geradezu deprimierend. Es war ihr schleierhaft, wie sie den Mann in dieser düsteren Umgebung lediglich mit der Hilfe von Kräutern heilen sollte. Doch sie wusste, dass sie Ramsays Entgegenkommen nicht überstrapazieren sollte.

Beim Betreten der Zelle zog sie den Kopf ein und die kraftraubende Wirkung des Kristalls zerriss sie innerlich.

Stille.

Sie spürte ein Kribbeln auf ihrer Kopfhaut. War er bereits tot? „Reese?", flüsterte sie, doch sie bekam keine Antwort.

In einer Ecke brannten zwei Kerzen und beleuchteten nur dürftig Reeses ausgestreckte Gestalt auf der einfachen Pritsche. Ansonsten war hier unten kein Licht erlaubt, da man befürchtete, dass der Gefangene einen Weg finden könnte, seine Energie durch die Oberlichter zu leiten.

„Reese? Ich bin es, Galena." Sie ging ein paar Schritte auf ihn zu und spürte, dass Ramsay an der Tür zögerte. „Ich würde mir gern deine Wunden ansehen." Mit sachten Schritten trat sie näher und legte ihr Bündel auf den Beistelltisch neben dem Bett. Als er immer noch nicht reagierte, legte sie eine Hand auf seine unverletzte Schulter. Die Wärme seines Körpers erfüllte sie mit Hoffnung und Sorge zugleich. Er war noch am Leben, aber er hatte hohes Fieber.

Galena holte Duftkerzen aus ihrer Tasche und entzündete sie schnell an den brennenden Kerzen auf dem Tisch. Heilende Düfte und Helligkeit durchfluteten den Raum. „Ramsay, ich brauche Wasser."

Ramsay schreckte auf und erteilte den Wachen

hinter der Tür Befehle.

Die Wunde war verkohlt und zerklüftet und befand sich an der Schulter, die ihr am nächsten war. Sie tastete die Ränder ab und atmete den Duft von Wald und Sandelholz ein, der von seiner Haut ausströmte. Die Mischung wühlte sie innerlich auf, aber nicht unbedingt auf eine unangenehme Art und Weise. Sein goldbraunes Haar klebte ihm den schweißnassen Schläfen. Seine vollen, trockenen Lippen waren leicht geöffnet und er atmete flach.

„Ich muss dich mit Kräutern heilen, da wir dich nicht aus der Zelle lassen dürfen." Konnte er sie hören? Würde er es überhaupt wollen? „Damit kann ich das Fieber senken, aber es wird eine Weile dauern und schmerzhaft sein. Ich entschuldige mich jetzt schon dafür. Aber ich will, dass du überlebst."

Ihr lagen noch weitere Worte auf den Lippen, die sie akzeptierte, obwohl sie sich wie eine Verräterin fühlen würde, würde sie sie laut aussprechen. Galena senkte die Stimme, damit Ramsay sie nicht hören konnte.

„Reese. Du *musst* überleben."

***

Eryx lag im Bett und hatte seine Finger in den Haaren seiner Baineann verwoben und seine Beine mit ihren verschlungen. In der kurzen Zeit, in der sie zusammen waren, waren sie immer in dieser Stellung aufgewacht, als würden sie voneinander angezogen, um sich perfekt zusammenzufügen.

Die Mittagssonne fiel durch die Fenster. Sie waren vor mehr als fünfzehn Stunden eingeschlafen. Er konnte sich nicht erinnern, dass er je so kurz davor gestanden hatte, das Bewusstsein zu verlieren. Als sie es endlich zurück nach Hause geschafft hatten, hatte er seine Energie gänzlich aufgebraucht.

Lexi war das genaue Gegenteil gewesen. Nach dem Vorfall mit Cutter, zwei Todesfällen und Ians Verschwinden war sie innerlich aufgewühlt gewesen. Ludan hatte sie überredet, sich hinzulegen, und versprochen, dass er und Jagger nach Ian suchen würden, wenn sie sich ausruhen würde.

Er ließ die ganze Szene noch einmal in Gedanken Revue passieren und unterdrückte ein Lachen, als er die erwachsenen Männer vor sich sah, die ein solches Aufheben um eine Frau machten. Sogar Ludan. Irgendwann hatte er sie alle rausschmeißen müssen. Die anderen hatten sie zwar mittlerweile in ihr Herz geschlossen, doch Eryx brauchte sie. Er wollte ihren Körper neben dem seinen fühlen und ihren Atem an seiner Brust spüren. Wenn Brenna sich nicht vor sie gestellt hätte …

Lexi rieb ihre Wange an seinem Oberkörper und stieß ein zufriedenes Schnurren aus. Sie rekelte sich in seinen Armen. „Hast du etwa Angst, ich könnte weglaufen?"

„Tut mir leid, Teufelsweib." Er lockerte seinen Griff und streichelte ihr über den Rücken.

Sie atmete tief durch. Der Laut war so bedächtig

und sinnlich, dass sein Schwanz sich regte. „Es muss dir nicht leidtun." Sie liebkoste seine Brust und begegnete seinem Blick. „Solange ich neben dir aufwachen darf, ist es mir völlig egal, wie ich geweckt werde."

Ihre Augenlider waren schwer. Lena hatte den blauen Fleck geheilt, den Cutter auf ihrer Wange hinterlassen hatte. Die schwieligen Verbrennungen an ihren Handgelenken waren ebenfalls verschwunden, aber er bezweifelte, dass ihre Erinnerungen jemals heilen würden. Seine ganz sicher nicht.

Bei dem Gedanken raste sein Herz. Es war zu schade, dass Ludan Cutter das Genick gebrochen hatte. Eryx hätte ihn geheilt, nur um ihn danach lange und ausgiebig zu foltern.

Lexi stieß sich von ihm ab. „Stimmt etwas nicht?"

„Nein, es ist alles in Ordnung."

Lexi schrak auf. „Ludan und Jagger. Hast du etwas von ihnen gehört?"

Er schüttelte den Kopf. „Noch nicht."

Sie setzte sich auf, zog die Knie an und schlang die Arme um ihre Beine. Und schon war der friedliche Moment verflogen und ihre innere Unruhe war zurückgekehrt.

Sie hatten kaum über das gesprochen, was geschehen war. Seine größte Sorge hatte der Versorgung seiner Männer gegolten, während er sich ein Bild über das Ausmaß der Schlacht gemacht hatte. Sie hatten zwar keine Krieger verloren, aber einige von ihnen hatten schwere Verletzungen erlitten.

Die Rebellen aus Maxis' Lager hatten nicht so viel Glück gehabt.

„Du kannst das Geschehene nicht einfach ignorieren", sagte Eryx, obwohl er selbst von Beklommenheit gepackt wurde. Insgeheim war er sich nicht einmal sicher, ob er die Einzelheiten wissen wollte. Die Vorstellung dessen, was Lexi durchgemacht hatte, ließ ihn innerlich wie ein tollwütiges Tier toben. Aber ihre Seele konnte es sich nicht leisten, die Ereignisse einfach zu begraben.

Sie schüttelte den Kopf. „Ich weiß, was du denkst, aber Brenna kam herein, bevor er …" Sie erschauderte.

„Für mich würde sich dadurch nichts ändern."

Lexi verstummte und verzog das Gesicht zu einer gräulichen Maske. „Ich war schon einmal in einer solchen Situation."

Eine Sekunde lang dachte er, sie würde nichts weiter sagen. Er bewegte sich keinen Zentimeter und wagte es kaum zu atmen, weil er befürchtete, sie könnte es sich anders überlegen.

„Ich war vierzehn und gerade in einer neuen Pflegefamilie untergekommen. Der Vater …" Sie kratzte mit ihrem Fingernagel über die Seidenlaken und betrachtete eindringlich die Einkerbung. „Nun, er hatte eine Vorliebe für junge Mädchen. Die Behörden haben herausgefunden, dass ich nicht die Erste war, mit der er es versucht hat." Sie streckte sich neben ihm aus, rollte sich auf die Seite und ließ eine Faust auf seiner Brust ruhen. „Aber ich habe ihm nie die Genugtuung gegeben. Und ich war die Letzte, der er je wehtun würde." Sie schluckte und begegnete seinem Blick. „Weil ich ihn getötet habe."

Seine Lungen brannten und schrien nach Luft, aber er wollte sich nicht bewegen, aus Angst, den Moment zunichtezumachen.

Sie starrte auf sein Schlüsselbein. „Ich wollte es nicht tun. Es war ein Reflex. Er war am falschen Ort und ich am richtigen, aber ich hatte ein Messer. Ermittlungen der Polizei förderten eine Spur weiterer Mädchen zutage. Ich kam zu einer anderen Pflegefamilie und das war alles." Sie blickte auf. Egal, wie krampfhaft sie die Lippen zusammenpresste, sie bebten dennoch. „Als ich das erste Mal mit einem Mann geschlafen habe, geschah es aus freien Stücken. Brenna hatte nicht so viel Glück. Maxis hat sie vergewaltigt. Sie hat es mir zwar nicht erzählt, aber ich konnte es in ihrem Gesicht sehen."

Er zog sie an sich und dankte im Stillen seinem Schöpfer. Für ihr Vertrauen. Für ihr schlagendes Herz an seiner Seite. „Brenna ist in Sicherheit, und Maxis ist nicht so dumm, noch einmal zu versuchen, dich zu töten. Was nicht bedeutet, dass unsere Männer dich nicht bewachen werden."

Lexi stemmte ihre Hände gegen seine Brust und versuchte, sich abzudrücken. „Hat Ramsay etwas über die Wache herausfinden können, die mich entführt hat?"

Eryx ließ zu, dass sie sich aufsetzte. Zumindest ein Stück weit. Er bezweifelte, dass er während der kommenden ein oder zwei Jahrhunderte häufig von ihrer Seite weichen würde. „Wir wissen nur, dass ein Quaran und besagter Wächter verschwunden sind. Unklar ist, ob sie unter einer Decke stecken oder ob der Quaran aus einem anderen Grund fort ist. Auf jeden Fall war es ein Insider-Job, der selbst für Maxis ziemlich beeindruckend war. Man kommt nicht so leicht an Ramsay vorbei, wenn man den Eid eines Kriegers ablegt. Falls einer oder beide von ihnen ins feindliche Lager übergelaufen sind, dann sicher, nachdem sie vereidigt worden waren."

Lexi strich über die Decke auf Eryx' Bauch. „Wie können wir wissen, ob sich nicht weitere Krieger den Rebellen angeschlossen haben?"

Hinter seinen Augen begann es zu pochen und er antwortete entschlossen: „Von jetzt an wird jeder gründlich gescannt, und zwar in regelmäßigen Abständen. Falls es in unseren Reihen jemanden gibt, der uns feindlich gesinnt ist, wird er vor einer Überprüfung fliehen. Ein Verräter würde nicht gerade gut behandelt werden, falls er entdeckt wird, während er von loyalen Kriegern umgeben ist."

„Bist du wach, Sonnenschein?"

Ludan. Sein Somo hatte ein ausgesprochen schlechtes Timing.

Eryx sprang auf, schnappte sich Lexis Bademantel und hielt ihn hoch, um ihr beim Anziehen zu helfen. „Was ist los?" Trotz ihrer Frage stand sie auf und schlüpfte in das Gewand.

Er schlang die Seiten um sie und schnürte den Gürtel fest zu. „Wir haben Gesellschaft", murmelte er und küsste ihre Schläfe. „Deine Botenjungen sind zurück." Er ging zum Kleiderschrank, um sich selbst etwas zum Anziehen zu holen.

Lexi folgte ihm dicht auf den Fersen. Ihre Neugierde hatte nicht unter den Ereignissen des Vortages gelitten. „Haben sie etwas gesagt?" Er zog sich eine elfenbeinfarbene Leinenhose an. „Das würden sie nicht tun, wenn du nicht dabei bist. Nicht, wenn es um dieses Thema geht." Er warf sich ein Oberteil über und ergriff ihre Hand. „Komm, wir können unten mit den beiden reden. Ramsay wird auch da sein. Ich habe genug davon, dass die Leute in unserem Schlafzimmer ein und aus gehen."

Lexi blieb stehen. „Ich kann doch nicht im Bademantel runtergehen!"

Er legte seinen Arm um ihren Rücken und zog sie an sich, um mit seiner Nase über die ihre zu streichen. „Du kannst tun, was du willst. Du bist die Malress." Bevor sie widersprechen konnte, presste er seine Lippen auf ihre und küsste sie leidenschaftlich. Vielleicht könnte die Angelegenheit noch eine Stunde warten. Oder zwei.

Sie zog den Kopf zurück und verzog die Lippen zu dem ersten Lächeln, das er seit Stunden auf ihrem Gesicht gesehen hatte. „Du bist unersättlich."

„Ich fange gerade erst an." Eryx tippte an ihre Nase und ergriff wieder ihre Hand, um ihre Finger mit seinen zu verschränken. „Komm schon."

Er führte sie durch die Eingangshalle, wobei er seine Schritte den ihren anpasste, bis sie eine große Wand unter der geschwungenen Treppe erreichten. Er schob die beiden Paneele mit der Kraft seines Geistes auf.

Lexi schnappte nach Luft. „Das hast du mir bisher noch nicht gezeigt."

Unzählige alte Bücher in allen Farben füllten dunkelbraune Regale, während durch vier große Bogenfenster im hinteren Teil des Raumes strahlendes Sonnenlicht hereinströmte. Die grauen Steinböden waren mit dicken, burgunderroten Teppichen ausgelegt, auf denen das Shantos-Wappen in Platin und Schwarz abgebildet war.

Lexi strich über die Lehne eines schwarzen Ohrensessels, der nur einer von vielen in dem Zimmer war. In der Mitte unter dem vorderen Fenster standen zwei Thronsessel neben zwei kunstvoll verzierten Schreibtischen.

„Nach dem Tod meines Vaters habe ich mich geweigert, diesen Raum zu benutzen. Es fühlte sich falsch an, ohne meine Gefährtin hier zu sein." Eryx schlang eine Hand um ihren Nacken. „Jetzt fühlt es sich richtig an."

Sie lächelte und ihr Herz erwärmte sich mit derselben langsamen, gleichmäßigen Wärme wie die Sonne, die durch das Fenster auf den Steinboden schien.

„Mann, ist das seltsam." Ramsays Stimme durchbrach die Stille, und Schritte hallten an der verzierten, goldenen Decke wider. „Ich war schon ewig nicht mehr hier drinnen."

Eryx wandte sich und Lexi den Neuankömmlingen zu.

Ludan und Jagger schlenderten hinter Ramsay in den Raum. Nach ihrem Besuch in Evad trugen sie immer noch menschliche Kleidung.

„Ah", stöhnte Lexi. „Wenn ihr das nächste Mal dort vorbeischaut, holt noch mehr von meinen Klamotten aus meiner Wohnung. Die Kleider hier sind wunderschön, aber manchmal habe ich Lust auf eine alte Jeans."

Ludan zog eine Augenbraue in die Höhe. „Ich werde dir sämtliche deiner Jeans besorgen, wenn du versprichst, eine bei der nächsten Ratssitzung zu tragen."

„Du sorgst selbst schon für genug Aufregung", warf Eryx ein. „Und jetzt erzähl uns, was ihr herausgefunden habt."

Ludan warf einen Blick auf seine Kameraden, dann wandte er sich wieder Eryx zu. „Wir waren zuerst bei Ian zu Hause. Ich dachte mir, dass Serena sich die Marke dort geschnappt hat und hoffte, dass sie Hinweise hinterlassen hätte."

„Und?"

Ludan begegnete Lexis Blick. „Leichte Anzeichen eines Kampfes. Keine Anhaltspunkte." Sein Tonfall ließ vermuten, dass das noch nicht alles war.

„Und was sonst noch?", wollte Eryx wissen.

Ludan zog ein Foto aus seiner Gesäßtasche und fuhr mit dem Zeigefinger am Rand des Bildes auf und ab. „Die Dinge werden langsam interessant.“ Er streckte Eryx das Bild entgegen.

Verdammt. Er nahm das Foto entgegen. „Jillian.“

Lexi beugte sich vor. „Das ist Ians Frau. Sie ist vor etwa achtzehn Jahren verschwunden. Es hat ihn schwer mitgenommen. Aber ich glaube nicht, dass ihr Name Jillian war. Ich glaube, sie hieß Madeline.“ Sie blickte zwischen den Männern hin und her. „Was? Das ist alles, was ich weiß. Nur, dass sie damals schwanger war. Der Fall wurde irgendwann zu den Akten gelegt, aber Ian hat nie aufgehört, nach ihr zu suchen.“

Eryx drehte das Foto so, dass Lexi es besser sehen konnte. „Sieh es dir noch einmal an. Bist du Jillian nicht neulich erst begegnet?“

Lexi fiel die Kinnlade herunter, und sie ergriff das Foto. „Heilige Scheiße.“ Sie legte den Kopf schief und runzelte die Stirn. „Ihr glaubt, dass seine Frau Jillians Mutter ist?“

„Und Ian ist ihr Vater“, fügte Jagger hinzu.

Lexi schüttelte den Kopf. „Das ist verrückt.“

„Wirklich?“, fragte Eryx sanft. „Versetz dich in die Lage seiner Frau, Lexi. Sie stand kurz davor, ein Kind auf die Welt zu bringen. Wenn sie eine Myren war, konnte sie Ian nicht sagen, woher sie stammte. Entweder würde er sie für verrückt erklären, oder sie würde für die Enthüllung bestraft werden, falls je jemand davon erführe. Denk darüber nach, wie sie über die Zukunft ihrer Tochter entscheiden musste. Das Kind würde höchstwahrscheinlich mit Gaben geboren werden, die es ab einem gewissen Alter entfalten würde. Erinnerst du dich an die Anzeichen, die du selbst gespürt hast?"

Lexi ging rückwärts auf einen der Thronsessel zu und ließ sich auf den Sitz fallen. Sie sah gut darin aus. Verdammt gut. Wenn die Situation im Moment nicht so angespannt gewesen wäre, hätte er es ihr gesagt.

„Aber sie hat ihn verlassen. Es hat ihn fast umgebracht", sagte sie ungläubig. Ihre Stimme war voller Mitgefühl für ihren Freund.

„Woher weißt du, dass es sie nicht genauso umgebracht hat?", fragte Ludan unverblümt wie immer. „Jillian war kaum ein Jahr alt, als wir sie fanden. Sie lebten in einer heruntergekommenen Hütte am Rande von Asshur. Ihre Mutter war tot und Jillian war am Verhungern. Soweit wir das beurteilen konnten, war sie eines natürlichen Todes gestorben, aber wir haben nie einen Vater gefunden."

Eryx strich mit seiner Hand über Lexis Schulter, aber sie hatte den Blick weiterhin auf das Gesicht auf dem Foto fixiert. „Jetzt zählt vor allem, dass er sehr wahrscheinlich eine Tochter hat. Ein Grund mehr, ihn zu finden."

„Wir haben keinerlei Anhaltspunkte, auf die wir uns stützen könnten." Sie sah mit angespannter Miene auf. „Die Männer, die Jagger in Asshur bemerkt hat, verraten uns so gut wie nichts. Du hast selbst gesagt, dass es eine Menge Zeit in Anspruch nehmen wird, die uns bekannten Orte zu durchkämmen, an denen sie ihn verstecken könnten.

Was würde Maxis davon abhalten, ihn einfach zu töten?"

Eryx setzte sich auf den Sessel neben ihrem. Er zog ihre Hand in seinen Schoß und streichelte ihre Fingerknöchel. „Er hat es dir selbst gesagt. Ian ist seine Versicherungspolice. Für den Fall, dass er verhandeln muss, hat er immer noch ein Ass im Ärmel. Er wird ihn nicht töten, es sei denn, er wird in die Ecke gedrängt. Wir haben noch Zeit, ihn zu finden."

„Galena glaubt, dass Reese möglicherweise einlenken und uns weiterhelfen könnte", bemerkte Ramsay mit finsterer Miene, die ganz und gar nicht typisch für die sonst so joviale Art seines Zwillingsbruders war. „Es gefällt mir zwar nicht, wie sie sich in seiner Nähe verhält, aber wir sollten die Möglichkeit nicht ausschließen."

Keine schlechte Idee. Er hätte schon früher daran denken sollen. „Wie geht es ihm?"

„Seine Wunde ist infiziert, aber Lena behandelt ihn mit Kräutern. Für eine vollständige Heilung will sie ihn aus der Zeolith-Zelle holen." Seinem abfälligen Ton nach zu urteilen, war Ramsay nicht allzu glücklich über diesen Vorschlag.

Eryx war eher geneigt, auf die Instinkte seiner Schwester zu hören. „Betäubt ihn und lasst sie ihn heilen. Falls er etwas weiß, will ich die Informationen haben. Auf die eine oder andere Weise."

***

Einige Stunden später saß Lexi auf dem Hügel hinter dem Schloss und betrachtete ihr neues Zuhause, während die Sonne hinter dem Horizont verschwand. Sie stützte ihr Kinn auf die Knie und nahm die blauen, violetten und orangen Farbtöne in sich auf, die von leuchtenden Energiefunken durchzogen waren. Sie liebte diesen Ort, seit sie das Schloss zum ersten Mal gesehen hatte. Und in fünfzig Jahren würde sie ihn wahrscheinlich immer noch lieben. Oder in fünfhundert Jahren, immerhin hatte sich ihre Lebensspanne nun etwas ausgeweitet.

Sie genoss den Moment, denn so ruhig war es um sie herum schon lange nicht mehr gewesen. Die letzten eineinhalb Wochen hatten sie gelehrt, dass sie das Beste aus solchen Augenblicken machen musste.

Eryx und Ramsay waren immer noch in der Haupttrainingshalle, um ihre Krieger zu befehligen und nach Spuren zu suchen, um einen Hinweis auf Ian, die vermisste Wache und den Quaran zu finden. Ludan klebte zweifellos an Eryx' Seite und grübelte stillschweigend vor sich hin.

Auch sie selbst war nicht allein. Sie warf einen Blick über die Schulter und bedachte ihren neuen Somo Jagger mit einem Lächeln. Wahrscheinlich würde sie für eine lange Zeit kaum eine Minute für sich haben. Nicht, solange Eryx ein Wörtchen mitzureden hatte. Die formelle Zeremonie, in der Jagger seine neue Rolle annehmen würde, würde erst stattfinden, nachdem alle Vorbereitungen abgeschlossen waren, aber ihr gefiel die Vorstellung, dass er ihr Beschützer sein würde.

Der Wind peitschte ihr das Haar ums Gesicht. Sie stieß ein schelmisches Lachen aus, das jeder Mann fürchtete, sobald es aus dem Mund einer Frau kam. Eryx wäre sicher stinksauer, weil sie es nicht geflochten hatte, vor allem, da Jagger ganz in ihrer Nähe war.

Aber hier oben spielte es keine Rolle. Sie würde sich einen Zopf flechten, bevor sie ins Schloss zurückkehrte, und Jagger war klug genug, den Mund zu halten. Im Moment wollte sie einfach nur die Abendbrise genießen und sich entspannen, um über die vielen Herausforderungen nachzudenken, die Eryx und ihr bevorstanden.

Der Himmel verdunkelte sich zu einem samtigen Tiefblau, und die Fackeln entlang der Gartenpromenade flackerten auf, als die Arbeiter sich auf den Weg nach Hause machten. Als ihr ein dicker Samtmantel über die Schultern gelegt wurde, war sie nicht überrascht. Eryx ließ sich ohne ein Wort hinter ihr nieder und streckte die Beine zu beiden Seiten ihrer Hüfte aus, um das Gewand um ihre nackten Arme zu schlingen.

„Gibt es etwas Neues?", fragte sie leise.

„Reese ist noch bewusstlos, aber er wird wieder gesund. Galena ruht sich gerade aus."

Lexi hatte gar nicht bemerkt, wie sehr sie fröstelte, bis er seine Hände auf ihre Arme legte.

„Werden wir es Jillian erzählen?" Sie grübelte schon eine Weile über diese Frage, doch sie hatte immer noch keine Antwort gefunden.

„Noch nicht. Wir wollen zuerst abwarten, wie sich die Situation mit Reese entwickelt. Sie muss es erfahren, aber es kann noch ein paar Tage warten."

Lexi nickte und akzeptierte Eryx' Meinung wie nur wenige andere. „Ich habe über meine Rolle hier nachgedacht und bin zu einem Entschluss gekommen."

Eryx hielt inne.

„Wenn das hier vorbei ist, möchte ich anderen Myren wie mir helfen", erklärte sie.

Eryx schmiegte sich dichter an sie und umhüllte sie mit seinem mystischen Duft. „Es ist nicht nötig, zu warten. Du kannst jetzt gleich damit anfangen."

Sie schüttelte den Kopf. Ihr neues Zuhause war wirklich wunderschön. Magisch. „Noch nicht. Zuerst müssen wir Ian finden. Danach werde ich mir überlegen, wie ich sie aufspüren kann."

Sie lehnte sich zurück und legte ihren Kopf auf Eryx' Schulter, sodass sie ihm in die Augen sehen konnte. „Machst du dir Sorgen wegen des Ellans? Wegen der Prophezeiung?"

Eryx zog hochmütig eine Augenbraue in die Höhe. „Sehe ich etwa besorgt aus?"

Lexi gab ihm einen Klaps auf die Schulter. „Vielleicht solltest du es sein. Ich habe hier eine Menge Staub aufgewirbelt. Einige Leute sind deshalb zweifellos nervös."

Eryx schob einen Arm unter ihre Knie und zog sie auf seinen Schoß. „Die Schicksalsgöttinnen haben mich zu dir geführt, Alexis. Du bist das Schicksal,

von dem ich geträumt und nach dem ich gesucht
habe. Die einzige Meinung, die für mich zählt, ist
deine.“

Die Schicksalsgöttinnen.

Vielleicht war es ihre Bestimmung, in Eden zu-
sammenzufinden und die Zukunft ihres Volkes für
immer zu verändern.

AUTORIN

Die aus Oklahoma stammende Mutter zweier hübscher Töchtern ist attestierte Liebesromansüchtige. Ihr bisheriger Lebenslauf spiegelt ihre Leidenschaft für alles Neue wider: Rhenna Morgan arbeitete u.a. als Immobilienmaklerin, Projektmanagerin sowie beim Radio.
Wie bei den meisten Frauen ist ihr Alltag von morgens bis abends vollgepackt mit allerlei Verpflichtungen. Um ihrem anstrengenden Alltag zeitweise zu entkommen, widmet sie sich in ihrer Freizeit dem Liebesromangenre. Egal, ob zeitgenössisch oder übersinnlich – in Rhenna Morgans Liebesgeschichten stecken stets neue aufregende Welten und starke Helden, die um die Frauen ihres Herzens kämpfen.